古典文獻研究輯刊

十一編

曾永義 主編

第 21 冊

李伯元《游戲報》、《世界繁華報》研究

楊詞萍 著

國家圖書館出版品預行編目資料

李伯元《游戲報》、《世界繁華報》研究／楊詞萍 著 -- 初版 --
新北市：花木蘭文化出版社，2015〔民 104〕
目 4+216 面；19×26 公分
（古典文學研究輯刊 十一編；第 21 冊）
ISBN 978-986-404-129-9（精裝）
1.（清）李伯元 2. 報導文學 3. 文學評論
820.8   103027556

ISBN-978-986-404-129-9

古典文學研究輯刊
十一編　第二一冊　　　　　　　　ISBN：978-986-404-129-9

李伯元《游戲報》、《世界繁華報》研究

作　　者　楊詞萍
主　　編　曾永義
總 編 輯　杜潔祥
副總編輯　楊嘉樂
編　　輯　許郁翎
出　　版　花木蘭文化出版社
社　　長　高小娟
聯絡地址　235 新北市中和區中安街七二號十三樓
　　　　　電話：02-2923-1455 ／傳眞：02-2923-1452
網　　址　http://www.huamulan.tw 信箱 hml810518@gmail.com
印　　刷　普羅文化出版廣告事業
初　　版　2015 年 3 月
定　　價　十一編 29 冊（精裝）台幣 52,000 元

李伯元《游戲報》、《世界繁華報》研究

楊詞萍　著

作者簡介

楊詞萍，國立中央大學中國文學系博士生。碩士論文主要關注晚清上海的文藝小報，以李伯元所創辦的《游戲報》為主要的研究對象，即探討李伯元如何務實地認識到當時的文化狀況及娛樂市場需求，將通俗文藝、娛樂與新式媒體結合起來，創辦兼具商業與娛樂特質的一份報紙。亦曾撰寫〈海上歐洲風情——《昕夕閒談》中「西學東漸」之譯介〉一文於 2012 年 5 月 26 日之「第十一屆國際青年學者漢學會議：域外經驗與中國文學史的重構」上發表。

提　　要

　　創刊於晚清時期的《游戲報》（1897～1910），是由李伯元首創的一份娛樂小報，它主要以上海妓女、優伶為報導主體，在當時不僅風靡了上海讀者圈，亦在報界引起一陣開辦小報的風潮。並且，李伯元又於 1901 年將《游戲報》售給別人，自行另辦《世界繁華報》（1901～1910），將小報的版面重新編排，清楚地劃分欄目，並開始連載《庚子國變彈詞》、《官場現形記》等諷刺小說，對近代的文學與傳播活動、大眾消閒閱讀風氣，以及上海娛樂事業的推動，皆產生了一定的影響力。

　　本論文的主旨即是探討李伯元如何務實地認識到當時的文化狀況及娛樂市場需求，將通俗文藝、娛樂與新式媒體結合起來，創辦兼具商業與娛樂特質的一份報紙。本論文採取多視角的分析策略，從上海城市與文學、報務經營、花榜選舉、西洋娛樂等不同角度來詮釋李伯元辦報的創新意義，並關注他所採取的極具「現代性」的經營手法。本論文共分六章。第一章緒論，確立論題的研究價值，並論述整個論文架構。第二章主要討論小報誕生的背景因素，並介紹小報群體的產生。第三章以李伯元的兩種辦報理念為考察線索，期能通過小報上的相關論說來分析其辦報原意，並一併討論《游戲報》、《世界繁華報》的創新意義，與兩個報館的商業經營策略。第四章討論小報上花榜運作的實質內涵，以及帶來的效益與商機，期能通過花榜選舉的過程，瞭解一個新型態媒體的公信力建立，並探討文人筆下的上海妓女報導，試圖呈現妓女在報紙公共空間的面貌，及其隱含的權力關係。第五章雖以「娛樂」、「日常生活」為題，然而討論的是與西方事物相關的娛樂新聞在《游戲報》上的呈現。筆者認為對《游戲報》的讀者來說，這些娛樂新聞在當時的文化市場中，不只是扮演著提供消閒、娛樂信息的角色，更是認識西方世界的窗口，有著傳輸新知的功能，可視為一種另類的文化啟蒙。第六章總結上述各章節中的重要論點，並試圖將這些論點回歸到一個歷史的敘述脈絡；最後亦在此章對研究未盡之處進行說明。

目

次

第一章　緒　論

第一節　研究動機與目的

　　上海是近代報刊的發源地，在晚清時期也是出版報刊最發達的地方。特別是上海作為中國報刊新聞的中心，在 1880、90 年代已進入其發展的成熟時期，當時有所謂「申、新、滬」三報鼎立局面的出現〔註 1〕：《申報》是中國近代歷史悠久、影響廣泛的商業性報紙，該報於 1872 年創刊，由英國人美查（E. Major）投資，華人蔣芷湘為首任主筆，內容主要報導社會時事新聞，間亦抨擊官場腐敗，注重言論，每期置頭版頭條，1897 年的銷售數幾近七、八千份；而與《申報》齊名並立，於 1882 年創刊的《字林滬報》亦是清末上海最具影響力的報紙之一，當時每日也有數千份的銷量；1893 年上海又一大報《新聞報》創刊，其銷量「初發行，即駕滬報而上之」〔註2〕。由此可見，1890年代上海的中文報紙已有屬於自己的報業市場，並且已經具備了相當規模，蘊含著無窮的潛力。

　　特別是，中日甲午之戰（1894）之後，維新改革與革命運動先後興起，維新志士認為興辦報紙、雜誌等刊物可能是喚醒民眾的許多方法中，最有效果的一種，因此運用報刊媒體作為宣傳、教化的利器，使得在 1896 到 1911

〔註 1〕　方漢奇主編：《中國新聞事業通史》（北京市：中國人民大學，1992 年），頁330〜335。

〔註 2〕　海上漱石生（孫玉聲）：《新聞報三十年來之回顧》，載於新聞報館編印《新聞報三十年紀念》，1923 年。

年的十幾年中，政論性報刊突然間急遽增多。在大報發展到如此成熟的階段，又有政論性報刊蜂湧而起，李伯元卻在大報、政論報刊興盛之外，自己創辦了《游戲報》，其內容多以奇事軼聞、冶遊豔事、遊樂指南、詩賦詞曲爲主要內容。李伯元被後人視爲晚清小報的開創者，晚清小說家吳趼人即曾爲李伯元作傳，說其：「創爲《游戲報》，爲我國報界闢一別裁，踵起而笑顰者，無慮十數家，均望塵不及也。」〔註3〕，當時的報業文人周桂笙、孫玉聲等人皆有相同之推崇〔註4〕，而《游戲報》於上海一紙風行之盛況〔註5〕，也進而成爲日後小報發行的模仿典型，繼之者無不爭相仿效。

　　儘管「彼時小報於社會別具一種勢力，妓院、戲園咸重視之，一字褒貶，幾若有華衮斧鉞之槪」〔註6〕，在娛樂市場中小報或許有舉足輕重的份量，但是在 1907 年《上海鄉土志》裡對於報刊的印象是：「報館之利益大矣哉！對於外交，可以賛助政府，對於政府，可以代表國民，且使豪強不敢逞志，官吏有所顧忌，即吾國立憲之基礎，報館亦與有功焉。上海報館最早者，莫如《申報》，創於同治間。」〔註7〕這裡所討論的即是報業的主流——大報，則以刊登時事新聞、發表對政治和時局的評論爲主要內容，這亦是新聞報業史上所指的一般意義上的報紙。相反的，「至於《游戲》、《采風》、《笑林》、《繁華》諸報，但足佐茶餘酒肆之談，不足廁於報界也」〔註8〕，將小報排除在報界之外，而小報向來在報業史中佔據的篇幅不僅不多，甚至是以負面評價居多，這是由於小報往往刊登一些冶遊豔事、奇聞笑譚，或是吟風弄月的詩詞，其筆墨多半滑稽誇大，內容較不涉及經國大事，感覺上除了令讀者莞爾之外，

〔註3〕 魏紹昌編：《李伯元研究資料》（上海：上海古籍出版社，1980 年），頁 10。

〔註4〕 魏紹昌編：《李伯元研究資料》，頁 12～13、18～19。

〔註5〕 根據《上海新聞志》所說：「（李伯元）創辦《游戲報》，是中國最早也是最著名的小報，『以詼諧之筆，寫游戲之文』，銷數在一二千份上下。又採用發佈『花榜』的辦法，以選票多少評定妓女的高下，因《游戲報》印有選票，被狎客大量購去，這幾天報紙可銷到萬份以上。」可見創辦之初《游戲報》每日銷量大約一、二千份，直到舉辦「花榜選舉」才使銷售量激增到一萬份左右。見賈樹枚主編：《上海新聞志》（上海：上海社會科學院出版社，2000 年），頁 675。

〔註6〕 胡祥翰著，吳健熙標點：《上海小志》（原 1930 年由上海傳經堂書店鉛印出版），（上海：上海古籍出版社，1989 年），卷四，頁 19。

〔註7〕 李維清編著，吳健熙標點：《上海鄉土志・第一百四十三課　報館》（原書於 1907 年在上海出版，著易堂印製）（上海：上海古籍出版社，1989 年），頁 105。

〔註8〕 李維清編著，吳健熙標點：《上海鄉土志・第一百四十三課　報館》，頁 105。

別無用處，因此儘管小報數量眾多，卻也給人難登大雅之堂的刻板印象。

　　然而，小報的盛行勢必是因其內容迎合了市民讀者的心理需求，才能擁有眾多的讀者群，若將小報放在當時的文化環境裡，不禁讓筆者重新思考小報所對應著一個什麼樣的文學社會？其所代表晚清上海的文化語境爲何？以及小報作爲一個媒體本身具有的現代性意義應如何詮釋？這些都是以往論者較少關注，而值得進一步深究的課題。因此，本論文擬就李伯元所主辦的《游戲報》、《世界繁華報》這兩份小報進行討論分析，其動機與目的如下：

　　李伯元以譴責小說《官場現形記》著名於世，因此常被後人視爲「譴責小說家」，然而李伯元的文學活動亦包括他的辦報生涯，綜觀其一生，其譴責小說極有可能是在《游戲報》的辦報過程中（即 1897 至 1901 三年左右的時間）鍛鍊筆墨、醞釀而成的，直到光緒二十九年（1903）才在《世界繁華報》連載第一部譴責小說《官場現形記》。換言之，李伯元初到上海謀生時，是因辦小報而揚名於世，後來才寫譴責小說的。因此，李伯元主編小報之重要性不容忽視，究竟其創辦《游戲報》立意爲何呢？或者李伯元使用了什麼方法讓他的小報得以成功？這都是筆者想要探究的問題。

　　口試期間，呂文翠老師曾指引筆者應關注晚清上海報刊每十年就會有一些值得留意的變化，像是《申報》在 1872 年發行，到了 1882 年《字林滬報》則試圖與《申報》的讀者區隔，開始連載《野叟曝言》小說，而 1893 年《新聞報》則以經濟新聞、商業新聞爲重點，於十九世紀九〇年代上海報壇形成「申、新、滬」三報鼎立的格局，而 1897 年的《游戲報》正是接續如此鼎立局面，卻又有其自身變化的一份報紙，如 1898 年《海上游戲圖說》的這段記錄：

> 《申報》美查洋行所售也。館主爲西人美查，秉筆則中華文士，始於壬申三月，按日出報一紙，每紙十文。京報及各省新聞、滬地各行告白，一一備載。水陸碼頭，風行甚廣，故遂有《字林滬報》、《新聞報》、《游戲報》、《蘇報》、《奇聞報》、《富強報》、《時務報》、《商務報》各館，次第舉行云。〔註9〕

〔註9〕滬上游戲主編：《海上游戲圖說》，清光緒二十四年（1898 年），上海石印巾箱本，卷三，頁 28。夏曉虹〈上海旅遊指南溯源〉曾表示滬上游戲主，疑爲李伯元，該書某些文章取材自《游戲報》，只是因未署名，尚難一一指認。該文收入氏著：《晚清上海片影》（上海：上海古籍出版社，2009 年），頁 13。而《海上游戲圖說》現藏於上海圖書館，特別感謝呂文翠老師提供此研究資料。

首先是簡要記錄《申報》的經營者、主筆者、發行概況、報紙內容等等，最重要的是後面那一段：「故遂有《字林滬報》、《新聞報》、《游戲報》、《蘇報》、《奇聞報》、《富強報》、《時務報》、《商務報》各館，次第舉行云」，從 1896 年《蘇報》、1896 年《時務報》兩份報紙的位置，可以推測所謂的「次第舉行」絕非是單指時間上的排序，而很可能是撰者對報紙重要性的認知排序，也就是《游戲報》足以和《申報》、《字林滬報》、《新聞報》之主流並列，甚至是上海報界歷史的延續，這是屬於一種地位上的繼承。再者，李伯元創辦《游戲報》對日後報刊的影響頗為深遠，掀起的不單是清末民初上海一連串的小報熱潮而已〔註10〕，連日據時期台灣著名的《三六九小報》（1930～1935）皆可說是它的遺緒〔註11〕。因此，筆者認為李伯元辦小報的價值不僅是開風氣之先的獨到眼光，更在近代報刊史上具有重要的關鍵意義，其中應有更多的論述空間。

　　儘管近幾年來小報研究逐漸獲得較多重視，但這些研究往往將眾多的上海小報視為一個群體，並以年代作為劃分，區分為不同時期而有不同特色，這樣的作法固然沒有什麼錯誤，但是很多小報一起研究容易忽略群體中也有個別差異；並且，研究的年代跨越較長，從晚清 1897 年延續到民國 1937 年，當中各時期的小報特色也不盡相同，若放在相同的位置進行討論，不僅無法顯示出單一小報的個性與其存在價值，就算得知了小報的內容也是模糊印象，而無法一窺全貌。〔註12〕就目前的學界而言，的確是缺乏對單一、有代表性的小報進行較為全面的專論。

　　報紙作為一個以營利為目的的大眾傳播媒介，對編報者來說，最重要的就是增加報紙的銷售量。在晚清與小報競爭的顯然並非是大報，因為二者的取向不盡相同，如同秦賢次曾指出的：「其時上海地方，承平日久，文士墨客

〔註10〕可參看洪煜：《近代上海小報與市民文化研究（1897～1937）》，頁 57～74。

〔註11〕1930 年 9 月 9 日，台南南社與春鶯吟社的成員創辦《三六九小報》，由趙雅福擔任編輯發行人。因為逢每月 3、6、9 日發行，每個月刊行 9 號，所以稱為三六九小報。1935 年 9 月 6 日，《三六九小報》停刊。發行五年間，共計 479 號。並且，江昆峰碩論《《三六九小報》之研究》對於近代小報也進行了回顧性的描述，考察了《三六九小報》與上海小報的源流傳承關係。詳見江昆峰：《《三六九小報》之研究》，台北：銘傳大學應用中國文學系碩士論文，2004 年。

〔註12〕像是洪煜：《近代上海小報與市民文化研究（1897～1937）》（上海：上海書店，2007 年），該書即採取此研究策略，因而很難避免這項缺點。

習於詩酒徵逐，因而此種別有天地的『小報』也就立住了腳跟，和『大報』分庭抗禮了」〔註 13〕。小報與大報各自有不同訴求、不同品味。並且，由於小報與大報的內容差異甚大，各自所接受的群眾不同，可以想見的是讀者閱報的目的也不同，閱讀小報主要是為了消閒、娛樂，這是在近代上海都市型態生活形成之後所造成的，也就是說，近代城市形成之後，市民有了較多的閒暇時間，對「消閒」也有了需要，而讀小報就是用來排遣時間。因此，筆者認為小報媒體所衍生現代性意義，應不同於以往的「趣味低級的軟性讀物」這樣簡單的評價，看似瑣屑、雜亂的小報內容，實則透露著一個新型報紙類型的出現，背後意義很可能是近代大眾消閒閱讀的開端。

並且，李伯元開創小報有幾個特色值得一提，例如：《游戲報》偏重以上海妓女為主要報導對象，亦是他首創以推選「花榜狀元」的小報，其企圖品鑑眾位上海名妓的舉動，更是喧騰於報界、文人圈，不少文人雅士紛紛參與了這場花榜選舉；而李伯元在 1901 年創辦的《世界繁華報》則反其道而行，雖同樣有妓女新聞，卻開始凸顯優伶的角色，由於李伯元精於戲劇研究〔註 14〕，他所開闢欄目「梨園要聞」，在當時的戲劇界頗有影響；還有李伯元在小報中也有許多介紹如何吃喝玩樂的文章，或是對於娛樂、消閒的評價與看法，這些晚清小報中出現的關於「娛樂」的評論與話題，顯然融入了市民的日常生活，不僅將娛樂、消閒的觀念重新解釋，並且將它們推向了市民階層。由上面三個特色，可以知道李伯元對報務的經營很注重「創新」，善於變化，不肯守舊，也重視讀者對消閒、娛樂的需求，這讓筆者認為他主辦的小報很具有「現代性」。雖然關於「現代性」（modernity）一義，眾說紛紜，但是筆者認同的「現代性」應具有著前無來者的創新特質，在時間上代表與傳統全然的決裂，例如現代報刊媒體在晚清的出現，是以前載體無法相提並論的，因為它具備傳播迅速、日新月異的特質，可以讓「秀才不出門，能知天下事」一語，真的能夠成為事實，這就是現代媒體的傳播力量；並且，李伯元務實地認識到當時的文化狀況及娛樂市場需求，發行兼具文藝、娛樂性質的小報，將通俗文藝、娛樂與新式媒體結合起來，加上其所採取現代性策略的創新與成功，這些正是筆者以及本文想要關注的「現代性」價值。

〔註 13〕秦賢次：〈中國報紙副刊的起源與發展〉，《文訊月刊》（21 期，1986 年），頁 43。

〔註 14〕詳見第二章。

此外，學者王德威曾針對晚清小說而提出「被壓抑的現代性」的說法，這是對五四以來所建立的文學史的反思，在晚清文學裡所見到的現代性，並未像五四以降的文人共同相信的，遵循著某種單一、無可規避的進化或革命圖式。相反的，晚清文學呈現的是一個多音複義的局面，擺盪於各種矛盾之間，如量化／質化、菁英理想／大眾趣味、古文／白話文、正統文類／邊緣文類、外來影響／本土傳統、啓蒙理念／頹廢欲望、暴露／偽裝、革新／守成、教化／娛樂……，其「眾聲喧嘩」之勢足以呼應當時那個充滿爆發力的時代〔註15〕。晚清，不應只拘泥於「感時憂國」的單一價值，早在十九世紀末上海的職業文人即藉由辦娛樂報紙、文學刊物、寫作新小說而譜出各種的可能，這是以往研究者所忽視的邊緣題材，卻是晚清文學中最彌足珍貴的「現代性」體現與實踐。

綜上所述，儘管李伯元開創《游戲報》、《世界繁華報》在小報史上具有重要地位，然而目前關於《游戲報》、《世界繁華報》實際的細部研究卻可說是付之闕如，因此筆者欲通過將《游戲報》、《世界繁華報》視爲一份獨立的報刊媒體，去觀察它如何贏得讀者的閱讀興趣，包括：報紙的內容趨向、報館經營的層面、採取的宣傳方法等等，還有配合晚清風尚的不同、上海重商的風潮等，試圖釐清晚清時期有關小報讀者、社會、新聞的各種相關層面的交互關係。

第二節　前人相關研究回顧

就筆者眼見所及，以往研究學者專論《游戲報》、《世界繁華報》相當少見，多半是在與報刊史、通俗文學史、新聞史等研究論著中談到一部分，如：（1）秦紹德：《上海近代報刊史論》〔註16〕，該書第六章即爲「十里洋場和小報」，對於小報的發端、鼎盛，以及演變的情況有所探討。（2）馬光仁：《上海新聞史（1850～1949）》〔註17〕，在第二章、第三章中皆有部分內容談及《游戲報》、《世界繁華報》等小報，分析精闢，對於筆者初步認識小報很有助益。

〔註15〕參見王德威著，宋偉杰譯：《被壓抑的現代性：晚清小說新論》（台北：麥田出版，2003年），頁36～43。
〔註16〕秦紹德：《上海近代報刊史論》，上海：復旦大學出版社，1993年。
〔註17〕馬光仁：《上海新聞史（1850～1949）》，上海市：復旦大學出版社，1996年。

（3）范伯群：《中國現代通俗文學史（插圖本）》〔註18〕，此書亦是對李伯元創辦小報的過程有較詳細、深入的探討，對筆者的論文思路頗有啓發。（4）葉中強：《從想像到現場——都市文化的社會生態研究》，第二章就曾對李伯元《游戲報》進行個案研究，將張園、《游戲報》與李伯元之間的關係做了有意義的聯繫。此外，近年來有針對全面上海小報的研究，例如：李楠《晚清、民國時期上海小報研究——一種綜合的文化文學考察（插圖本）》〔註19〕、孟兆臣《中國近代小報史》〔註20〕、洪煜：《近代上海小報與市民文化研究（1897～1937）》〔註21〕，這三本書皆是橫跨晚清、民國時期的小報史研究，相當有助於瞭解小報的歷時脈絡，爲筆者重要之參考資料。

其他的單篇論文則有：（1）張純〈《游戲報》——晚清小說研究資料大發現〉〔註22〕，此篇將《游戲報》上李伯元經營的藝文活動作一資料整理，並且是上海圖書館藏《游戲報》微卷所缺漏的部分，可說是一篇對瞭解社交活動的重要論文。（2）蔡佩芬〈想像的社群——《游戲報》中的晚清上海藝文活動〉〔註23〕，則是站在張純論文的基礎上，進而探討李伯元在《游戲報》組織的三個文藝社團：藝文社、書畫社、海上文社，作者認爲這三個文藝社團突破由來已久的文人社團結構，是首次藉助晚清新興傳播媒體「報刊」來進行活動，不論在傳遞消息或集會方法等方面都有所改變，並打破性別、地域的限制，甚至形成一種跨國界的新交流網絡。若要清楚知道李伯元的社交、藝文活動上兩篇論文已有些許的探討。（3）日本學者樽本照雄〈游戲主人選定「庚子蕊宮花選」〉〔註24〕，不只將「庚子蕊宮花選」一書完全收錄，亦加以介紹，對於瞭解李伯元花榜、花選活動很有幫助。（4）王學鈞〈李伯元的

〔註18〕 范伯群：《中國現代通俗文學史（插圖本）》，北京：北京大學出版社，2007年。

〔註19〕 李楠：《晚清、民國時期上海小報研究——一種綜合的文化文學考察（插圖本）》，北京：人民文學出版社，2006年。

〔註20〕 孟兆臣：《中國近代小報史》，北京：社會科學文獻出版社，2005年。

〔註21〕 洪煜：《近代上海小報與市民文化研究（1897～1937）》，上海：上海書店出版社，2007年。

〔註22〕 張純：〈《游戲報》——晚清小說研究資料大發現〉，《明清小說研究》第3期（2000年），頁214～231。

〔註23〕 蔡佩芬：〈想像的社群——《游戲報》中的晚清上海藝文活動〉，《中極學刊》（2007年12月），頁123～145。

〔註24〕 樽本照雄：〈游戲主人選定「庚子蕊宮花選」〉，《清末小說研究》第5號（1981年），頁502～512。

「豔榜三科」——佚文與傳記〉〔註25〕，該書是以陳無我《老上海三十年見聞錄》〔註26〕中的「豔榜三科」作爲基礎，對當年李伯元選出「花榜狀元」的經過作了一番詳實的考察，貢獻頗多。（5）邱彥儒〈紙上花榜——以晚清《游戲報》爲例〉〔註27〕，該篇論文是對《游戲報》的花榜作一初步研究，論及花榜、武榜、葉榜之選舉，亦談這些花榜活動與商業化策略下的結合。（6）范文馨〈中國新新聞先驅者李寶嘉之傳記與評論研究〉〔註28〕，此文主要認爲李伯元是 1960 年代美國新聞體——新新聞的先驅者，分析李伯元集新聞工作者、小說家及散文家於一身的寫作生涯，應屬比較文學之研究。（7）何宏玲《《世界繁華報》語境中的《官場現形記》寫作〉〔註29〕，雖然主要是探討《官場現形記》的題材特徵、作家的創作意圖，但同時也是重視《世界繁華報》的小報語境，對於《世界繁華報》的語言現象與諷刺感強烈的情況有部分之探析。

此外，小報報導的主體——晚清妓女之研究相當豐富，在此無法一一細數。但要特別指出西方漢學家賀蕭（Gail B. Hershatter）《危險的愉悅：二十世紀上海的娼妓問題與現代性》〔註30〕、安克強（Christian Henriot）《上海妓女：19～20 世紀中國的賣淫與性》〔註31〕這兩本書爲上海妓女作了較有系統而全

〔註25〕王學鈞：〈李伯元的「豔榜三科」——佚文與傳記〉，《明清小說研究》第 1 期（1998 年），頁 161～179。此外，陳無我《老上海三十年見聞錄》一書，於 1928 年出版，介紹該書的廣告中說：「書中有四大金剛爭妍鬥媚，兜馬車、逛張園、掀醋波、吃講茶的風流史；書中有南亭亭長選色徵歌，開花榜、評甲乙、考狀元、取葉榜的好文章。要知道上海三十年來社會中之花叢掌故、歌場軼事、社會奇聞、文壇怪史，本書無不詳載，真是洋洋大觀。」收羅的大都是清末《游戲報》等小報上登載過的這方面材料，很值得參考。參見魏紹昌編：《李伯元研究資料》（上海：上海古籍出版社，1980 年），頁 517～518。

〔註26〕陳無我：《老上海三十年見聞錄》，上海：上海書局，1997 年。

〔註27〕邱彥儒：〈紙上花榜——以晚清《游戲報》爲例〉，《畢業論文製作‧第九輯》（南投：暨南大學中國語文學系，2008 年），頁 1～16。

〔註28〕范文馨：〈中國新新聞先驅者李寶嘉之傳記與評論研究（A Biographical and Critical Study on Li Pao-chia: The Pioneer of New Journalism in China）〉，《空大人文學報》第 8 期（1999 年 6 月），頁 43～79。

〔註29〕何宏玲：〈《世界繁華報》語境中的《官場現形記》寫作〉，《現代中國‧第八輯》（北京：北京大學出版社，2007 年），頁 125～144。

〔註30〕賀蕭（Gail B. Hershatter）《危險的愉悅：二十世紀上海的娼妓問題與現代性》，南京：江蘇人民出版社，2003 年。

〔註31〕安克強（Christian Henriot）《上海妓女：19～20 世紀中國的賣淫與性》，上海：上海古籍出版社，2004 年。

面性的探討，然而，學者賀蕭、安克強二人仍是以妓女為主體的研究，上海
的小報只是其擷取的史料之一，而非主要深入探究的新聞媒體。而上海娛樂
事業方面，有學者葉凱蒂（Catherine Vance Yeh）教授〈晚清民初的娛樂小報
與新文化場域的建立〉〔註32〕一文，主要探討小報的類型、小報在中國公共
空間的建構中扮演的角色、小報對於世界的新認知的傳輸功能。論文勾勒出
娛樂小報從1897年創始到1920年的轉變軌跡，進而探討小報與新文化場域
之間的建構關係，並且處理的問題包括：文人形構出上海娛樂文化、提倡休
閒時間，改變了人們傳統的時間概念，傳輸了新的文化與社會價值，西方文
明進入了市民的瑣碎生活等等。這些研究學者對於晚清上海妓女、社會史、
文化史的考察與思考，為筆者開拓了嶄新的視野，獲益良多，是作為認識晚
清上海小報文化場域的基礎。

　　目前國內的碩士論文，多半針對李伯元的譴責小說進行研究，包括《文
明小史》、《官場現形記》、《活地獄》等一共有五本〔註33〕，或有以「李伯元
小說、報刊研究」為題者，但其內容依然著重在《繡像小說》及其譴責小說
研究，談及小報也只不過是隻字片語〔註34〕。而大陸方面的碩博論文，以李
伯元的譴責小說為專題研究者則更少見，多是以單篇之期刊論文呈現，並且

〔註32〕葉凱蒂（Catherine Vance Yeh），"Entertainment Press and Formation of a New
　　　　Kind of "Cultural Field": 1896～1920s"（晚清民初的娛樂小報與新文化場域的
　　　　建立），發表於「文化場域與教育視界──晚清──四〇年代國際學術研討
　　　　會」，台北：台大中文所，2002年11月。葉凱蒂教授另有〈文化記憶的負擔〉
　　　　一文談及晚清文人的歷史記憶，對思考李伯元的辦報心態頗有啓發，該文收
　　　　入陳平原、王德威、商偉編：《晚清與晚明：歷史傳承與文化創新》（武漢：
　　　　湖北教育出版社，2002年），頁53～64。
〔註33〕針對李伯元的譴責小說進行研究，包括《文明小史》、《官場現形記》、《活地
　　　　獄》等小說，共有五本碩士論文：（1）周宇嬉：《《文明小史》研究》，台北：
　　　　國立台灣大學中國文學研究所碩士論文，1984年。（2）符馨心：《李伯元及其
　　　　《文明小史》研究》，台北：輔仁大學中國文學研究所碩士論文，1990年。（3）
　　　　陳美玲：《李伯元《官場現形記》研究》，高雄：國立高雄師範中國文學研究
　　　　所碩士論文，1992年。（4）嚴雪櫻：《《官場現形記》與《二十年目睹之怪現
　　　　狀》比較研究》，台北：國立台灣師範大學國文系碩士論文，2002年。（5）陳
　　　　上琳：《李伯元《活地獄》研究》，桃園：銘傳大學應用中國文學系碩士論文，
　　　　2006年。
〔註34〕例如周明華：《李伯元小說、報刊研究》，台北：中國文化大學中國文學研究
　　　　所碩士論文，1990年。由於當時《游戲報》、《世界繁華報》的微卷資料尚難
　　　　取得，因此該論文未有較深入的探討。

也僅有兩本碩士論文以李伯元的報刊進行研究〔註 35〕。筆者所掌握有對李伯元《游戲報》、《世界繁華報》進行研究的學位論文，目前只有兩本，分別敘述如下：（1）周明華《李伯元小說、報刊研究》，雖有談及李伯元報刊受歡迎暢銷的刊物與原因，但因該篇論文寫作年代較早，當時台灣尚無充分資料，因而論文的著重點只是在《繡像小說》及其小說研究，而非《游戲報》、《世界繁華報》的小報研究。〔註 36〕（2）薛梅《迷失在「遊戲」與「道德」的糾纏中——李伯元論》〔註 37〕，該論文表示李伯元的編輯與創作中是以「遊戲」風格為主要關注點，指出《游戲報》中李伯元「遊戲」追求與消費性、娛樂性的結合，又從李伯元對道德的關注，說明他經歷了一個從關注「妓德」到關注「官德」，最後轉向關注「民德」的過程，但因消費性「遊戲」的介入，使得其道德探討始終呈現出一種雙重標準。關於此論文雖是以《游戲報》、《世界繁華報》為討論對象，但對小報作為一份現代性媒體的意識卻不夠強烈，以致未有較深入的思考。綜上所述，筆者認為以如此具有代表性的報紙媒體而言，實需要更多的研究者投入，為李伯元的小報研究重新尋找定位。

第三節　研究範圍與研究步驟、方法

　　本論文主要是探討李伯元主編的小報，即以《游戲報》、《世界繁華報》作為主要探討對象（時間大約從 1897 年至 1906 年左右），但李伯元於 1903 年曾任商務印書館《繡像小說》半月刊主編，該刊物登載過許多晚清重要小說，如：《文明小史》、《老殘遊記》、《鄰女語》等，在小說期刊史上佔有一席之地，這亦是筆者需要翻閱的材料之一。另一方面，《游戲報》雖為首創之小報，但絕非獨立存在、偶然而生的刊物，同時期報業的盛況更是不容忽視，像是《申報》在當時早已穩定發行，不僅擁有固定的讀者群，也是李伯元有意仿效的報體，因此，若要探討李伯元小報的開創價值則應放在當時整個報業的發展脈絡中來看，才能為小報重新尋找定位。並且，同為申報館發行的

〔註 35〕大陸方面跟李伯元報刊相關的碩士論文，有：（1）薛梅：《迷失在「遊戲」與「道德」的糾纏中——李伯元論》，上海：華東師範大學碩士論文，2006 年。（2）王珺子：《《繡像小說》研究》，江蘇：揚州大學碩士論文，2003 年。

〔註 36〕周明華：《李伯元小說、報刊研究》，台北：中國文化大學中國文學研究所碩士論文，1990 年。

〔註 37〕薛梅：《迷失在「遊戲」與「道德」的糾纏中——李伯元論》，上海：華東師範大學碩士論文，2006 年。

通俗刊物《點石齋畫報》（1884～1898）中，更有許多圖畫報導與妓女息息相
關，這些畫報的圖像較文字而言具有更強烈的視覺感，在當時的讀者圈頗爲
盛行，因此，筆者認爲該畫報所呈現的晚清圖像與思維應能作爲文本的輔助，
且是實際考察妓女生活的良好途徑與方法。

　　晚清小報的數量眾多而龐雜，僅據阿英《晚清文藝報刊述略》一書中提
到的就有三十二種不同的小報名稱〔註38〕，但若談及與李伯元創辦《游戲
報》、《世界繁華報》同屬晚清時期的，並現存可見、影響較大的晚清小報則
有四種，分別爲：高太痴《消閒報》（1897）；吳趼人、孫玉聲《采風報》（1898）；
吳趼人、李竿仙《寓言報》（1901）；孫玉聲《笑林報》（1901）。上述四種小
報皆於台灣即可看到報紙原貌，像是本論文要研究的《游戲報》、《世界繁華
報》就能在中研院近史所、政治大學、中正大學、暨南大學等圖書館可以找
到原館藏於上海圖書館的報紙微卷，爲筆者的研究提供了極大的助益，期能
藉由這些報刊材料來研究《游戲報》、《世界繁華報》的創新意義，或這兩份
報紙對其他上海小報的實際影響；並嘗試聚焦整個晚清小報的文化語境，進
而作爲本研究的佐證與立足點。

　　另外，陳平原於〈文學史視野中的「報刊研究」〉一文中，曾點出研究報
刊資料的侷限與困境，例如他指出：「任何報刊的風貌，都是經由編者、作者、
讀者的共同塑造，方才得以成形的。發刊詞、宣言、口號、廣告等，對於理
解辦報辦刊人的思路很有幫助；但若過份依賴這些資料，容易判斷失誤，過
高估計其文學或思想價值。並非當事人有意作僞，而是想得到的，不一定就
能做得到。」〔註39〕因此，筆者認爲不能單純地相信李伯元在小報上自述的
辦報理由，甚至開始反思李伯元的辦報理念是否眞的達到？還有貼近其內心
的、眞實的辦報目的、心路歷程爲何？然而，由於報刊研究材料的受限，仍
只能從最原始的小報資料去進行探討，這是因爲報紙材料保存不易，往往多
有缺漏，或是因年代久遠造成毀損，而有缺期、缺頁或無法辨識文字等問題，
而筆者僅能就現有資料進行研究與分析。因此，基本上在談《游戲報》、《世
界繁華報》時，二者是分開處理、分別討論的，像是《游戲報》雖從1897至
1901年，爲期三年左右，但是現存報紙較多，討論的內容也較多；《世界繁華

〔註38〕阿英：《晚清文藝報刊述略》，上海：古典文學出版社，1958年。
〔註39〕引自陳平原：〈文學史視野中的「報刊研究」〉，收入陳平原主編：《現代中國‧
　　　　第十一輯》（北京：北京大學出版社，2008年），頁165。

報》是 1901 年至 1906 年，將近五、六年時間，但殘缺嚴重，現存報紙很少，討論的篇幅自然也少，使得兩份小報的討論比例似乎有點懸殊，但這也是筆者無可避免的難題。〔註40〕

至於本論文的研究進行方式為先擬定論文的研究計畫，並規劃實際的研究步驟，如下：

（一）文本閱讀：大量閱讀相關的晚清小報文本作為旁證，並將描寫妓女小傳、報導或市民生活等相關內容，加以分析整理，試圖從瑣碎、片斷的新聞報導，歸納成有系統的線索。

（二）資料的蒐集、分析與歸納：蒐集整理前人已討論的相關著作、論文，例如：新聞史、報刊史、上海通史、近代文學史等著作，補充相關背景知識，並掌握學術界對於此議題的研究現況。

（三）實際撰寫論文：整理、歸納材料，建立個人資料檔案，並草擬綱要；安排各章節的寫作進度，並調整論文大綱內容，最後確定完整的章節次序。

（四）論文的修改：陸續發表相關論文，並修正、補充研究論述，由此完成論文的初稿。

研究方法上，本論文先採「文本分析」之方式，將研究範圍的報紙、畫報、小說等文本，作詳細的閱讀與記錄。其次，採取「多視角」的分析策略，從上海城市與文學、報務經營、花榜選舉、西洋娛樂等不同角度來詮釋李伯元辦報的創新意義，並以「跨領域」之角度切入探討的研究主題，期能從文學、傳播學、物質文化史等面向來進行分析。最後，則是「歸納」論述成果，提出研究的論點及特殊之處。

第四節　論文架構

李伯元以寫作譴責小說在晚清小說史佔有一席之地，因而後人較少關注到其創辦的《游戲報》、《世界繁華報》等小報，或有提及也是將它們視為研究妓女生活的史料，尚未有全面性地探討。因此，筆者欲以李伯元主編極具代表性的兩份小報——《游戲報》、《世界繁華報》來進行細部研究，期能透

〔註40〕詳見附錄一：「《游戲報》的現存報紙日期」、附錄二：「《世界繁華報》的現存報紙日期」。

過其文字去解析晚清時期有關小報讀者、社會、新聞的各種相關層面，並試圖在論述過程中不忘重視晚清特有的現代性氛圍。

關於本論文的章節安排是採用「由外而內，再由內而外」的論述架構。首先筆者認為若要瞭解小報產生的時代背景勢必要從上海城市與文學入手，而李伯元對於報紙的看法及其報務經營，是建構小報上「閱讀空間」的主要因素，確實是需要釐清的首要問題；接著進入報紙的重點「花榜選舉」，這是刺激小報銷售量的重要賣點，亦是導致其他小報紛紛仿效辦報的主因；而小報上的娛樂與日常生活報導則是貼近市民生活的趣味，這些新聞內容所呈現的求新求變，正符合小報本身「遣詞必新」的特色，並且這也是李伯元善於經營報務、極具商業眼光的一種展現，它回應的是李伯元也需要不斷地吸取娛樂場中的養分，尋找新的題材，更依賴著持續蓬勃發展的上海娛樂事業，才讓小報得以生存，具有吸引讀者的高度可看性。

本論文第一章為緒論，主要是先說明筆者的研究動機與目的，並略述前人相關研究概況，以及本論文進行討論的研究範圍與研究方法，還有論文章節的安排等內容，以做為論文研究之展開基礎。

第二章，主要是談論小報誕生的背景因素。首先以李伯元的生平與創辦小報有關的部分進行探討，並說明該小報獨創的三個特色和大開花榜之舉等；接著說明晚清時代背景、租界環境，以及當時新型文化人的從事報刊行業的情形，並由此介紹小報群體的產生，其中針對上海小報的現象作一討論、舉例；最後則是談到狎邪小說、譴責小說與小報之間的關係，以及小報反映了小說文學作品的一些面向。而當時小報上所解釋的消閒、娛樂觀念，不僅推動了上海娛樂事業的發展，亦能看出當時已逐漸興起以「報紙」為消閒閱讀的現象。

第三章，主要是談李伯元的辦報理念。而李伯元曾於該報中自述其辦報理念，是要「假游戲之說，以隱寓勸懲」，經由筆者考察發現，李伯元也認同該報要以介紹娛樂事物為目的之說法，可以說是李伯元的另一種推動娛樂事業的辦報理念，那麼究竟李伯元最初想辦的是一份怎樣的報紙？若說《游戲報》中有兩種辦報理念，李伯元又如何具體地實踐他的辦報理念？對《游戲報》的讀者來說，他們怎樣理解或接受李伯元的辦報理念呢？筆者將以李伯元的兩種辦報理念為考察線索，期能通過相關論說來分析其辦報原意，並討論李伯元對於報館業務的實際經營，例如：小報的出版機制、印刷、行銷手法等等，由此探究李伯元辦小報的心路歷程及其隱含的商業性目的。

　　第四章，主要以花榜、上海妓女爲討論核心。筆者認爲《游戲報》中的上海名妓可以成爲一種時尚的符號，並且是由文人所建構出來的，該小報鉅細靡遺的述說著妓女的生活起居，成爲可供大眾消費、消遣的新聞題材，若再與「花榜選舉」結合，它所產生的影響是公眾而全面的，那麼其背後隱藏的商業意識、閱讀需求該如何進行詮釋？晚清的青樓文化又如何走向大眾娛樂、消費市場？本章將以李伯元的《游戲報》爲考察核心，擬先討論花榜運作的實質內涵，以及帶來的效益與商機，期能通過花榜選舉的過程，瞭解一個新型態媒體的公信力建立，並探討文人筆下的上海妓女報導，試圖呈現妓女在報紙公共空間的面貌，及其隱含的權力關係。

　　第五章，是以小報中充斥的西洋新奇事物爲討論核心。《游戲報》、《世界繁華報》中有許多西方新奇事物的新聞報導、廣告，可以說是第一手的珍貴史料，對探討晚清中西文化的交融與上海文化語境，具有無可取代的典型意義。本章節雖以「娛樂」、「日常生活」爲題，然而著重點在於西方事物的移入所造成的娛樂方式的改變，特別是對《游戲報》的讀者來說，這些娛樂新聞在當時的文化場域中，不只是扮演著提供消閒、娛樂信息的角色，更是認識西方世界的窗口，有著傳輸新知的功能，可視爲一種另類的文化啓蒙。

　　最後，第六章則是總結前文，先將前面各章討論的內容作一回顧，並接著敘述本論文的貢獻，作爲第一本專論，具有哪些階段性意義；還有敘述本論文仍有哪些缺點，或是不足之處，有待日後研究者繼續研究、探討。

第二章 《游戲報》、《世界繁華報》中的晚清文學與上海城市

追溯晚清時期小報的源頭，應首推李伯元（1867～1906）於1897年所創辦的《游戲報》，這是李伯元主辦兼主筆的一份娛樂小報，該報以妓女、優伶為報導對象，主要刊登捧妓評優的新聞、文章，或是一些冶遊豔事、奇聞笑譚，以及吟風弄月的詩詞。根據阿英的說法，《游戲報》創刊於光緒二十三年五月二十五日（1897年6月24日），終刊期不詳，大約發行至宣統二年（1910）終，約五千號。初期由《指南報》代售，第一百號後設館址於上海四馬路惠福里。其版面大體首列一文，接下來就連排趣味性的新聞，末附詩詞、雜著。日約五千字，排成兩方形版，反面廣告，共四版。篇首一文，間有佳作，大都出自李伯元和其好友茂苑惜秋生（歐陽鉅源）諸人手筆〔註1〕。直到1901年他把《游戲報》售給他人〔註2〕，另辦《世界繁華報》，雖然那時上海已有好幾種小報專記妓女的起居、嫖客的消息、戲館的角色等事，但《世界繁華報》仍在那些小報之中居於領先，文筆與風趣都稱得上第一流〔註3〕。

並且，《游戲報》作為一份娛樂報紙，除了以消遣趣味的文字為主要內容，

〔註1〕 參見阿英：〈《游戲報》〉，收入氏著：《晚清文藝報刊述略》（上海市：古典文學出版社，1958年），頁58。

〔註2〕 根據《上海新聞志》所說：「光緒二十七年（1901年）李寶嘉厭惡各報仿效《游戲報》，遂將該報出售，為上海海派畫家俞禮所有，由茂苑惜秋生（歐陽鉅源）接編，報紙質量明顯不如以前。」見賈樹枚主編：《上海新聞志》（上海：上海社會科學院出版社，2000年），頁144。

〔註3〕 參見胡適：〈李伯元傳〉，收入魏紹昌編：《李伯元研究資料》（上海：上海古籍出版社，1980年），頁20。

其中刊登的告白（廣告）亦多與娛樂事業有關，市民想要知道的娛樂信息皆可在該報中得知，具有娛樂指南的實際作用，因此《游戲報》所展現的是一種與大報、政論性報刊不同的新型報紙，而這樣嶄新的報紙類型，其實也代表著新的消閒閱讀文化的產生，當讀者在閱讀社會間發生的各種趣味事件、娛樂新聞，藉此消磨大半天的時光，等同於提供讀者日常生活的消遣，此時小報可說是一項消閒文化商品。當《游戲報》揭開了小報的第一頁，此後就有許多的仿效者也開始辦小報，當時上海灘上小報風行，茶館烟寮，書場妓院，街頭巷尾，到處都有消遣性的小報售賣，根據統計至少在辛亥革命（1911）前，上海就出版過40種左右的小報，儘管壽命短的只出版一、二年，旋起旋落，發刊期並不長，但出了十幾年的小報也有好幾種〔註4〕。也就是說，每天上海租界裡會有數十份的娛樂小報同時出版，由此形成了娛樂小報群體，亦是「海派小報」的第一個發展高潮〔註5〕，而這樣的情況想必會造成一股消閒閱讀的風氣。

此外，熊月之認為晚清以來上海地區崛起了一個「新型文化人群體」，而這群文化人比起傳統士大夫，他們的共同的特點是：有較新的知識結構，主要是有較好的西學素養，不像傳統士大夫那樣，除了詩云子曰、孔孟程朱之外，對天體地球、五洲萬國、聲光化電一無所知，在價值觀念、人生觀方面，不再把傳統的重義輕利視為不可動搖的準則，也不再把讀書做官視為實現人生價值的唯一取向，而往往憑藉新的知識，服務於新式的報館、書局、學校、圖書館、博物館等文化機構，從而實現自己的人生價值〔註6〕。而孕育出這批新型文化人的場域，正是19世紀末的上海租界，當時有許多文人皆來上海找尋謀生之道，因為上海租界可以提供較穩定的生活，以及給予他們更多的就業機會〔註7〕，此外這些新型文化人又被人們稱為「洋場才子」，而本論文探

〔註4〕 秦紹德曾提到「據祝均宙〈上海小報〉一文統計，清末小報有40多種」云云，詳見氏著：《上海近代報刊史論》（上海：復旦大學出版社，1993年），頁141、195、196；亦可參考胡道靜：《上海新聞事業之中的發展》，收於《民國叢書》（上海：上海書店，1990年），頁59～60。

〔註5〕 參見馬光仁：《上海新聞史（1850～1949）》（上海市：復旦大學出版社，1996年），頁147～148。

〔註6〕 參見熊月之：〈略論晚清上海新型文化人的產生與匯聚〉，《近代史研究》（第4期，1997年），頁257。

〔註7〕 張敏：〈晚清上海租界文人職業生活（1843～1900）〉，收入馬長林主編：《租界裡的上海》（上海：上海社會科學院出版社，2003年），頁61。

討的對象李伯元亦是來上海謀職的文人之一，因此不僅這批新型文化人的出現值得注意，上海租界這個地域的特殊性亦應有討論的必要。

由於李伯元另闢蹊徑，自行創辦小報，被譽為「小報界之鼻祖」〔註8〕，具有關鍵性的意義，因此本文將先從李伯元為何會選擇到上海辦小報開始談起，以及略述編輯小報與其生活之關係，並且說明李伯元創辦的娛樂小報之特色；接著討論晚清報刊文人、上海租界的特殊背景，藉此作為後面幾章論述的基礎，並介紹當時其他小報追隨者的概況；最後，則是討論娛樂小報與晚清文學的關係，小報主要是狎邪小說、譴責小說兩大類的傳播媒介〔註9〕，並探討娛樂小報對消閒、娛樂的觀念重新解釋，若再從讀者的角度出發，閱報本身就是一種消閒活動，因為讀者可以從閱讀小報的過程中排遣一天的時光，由眾多娛樂小報的盛行可以看出小報群體對於近代消閒閱讀市場的影響力應不容忽視。

第一節 李伯元主辦小報的過程及其開創性意義

李伯元創辦《游戲報》的成功，勢必有承襲前人辦報的一些經驗，其〈記本報開創以來情形〉曾云：「游戲主人手創此報，七閱月於茲矣。幸獲一紙風行，中外稱頌。一時朋輩咸為主人慶，以為《申》、《新》各報開創伊始，無若是易也」〔註10〕，要獨自創辦一份的新的報紙是困難的，特別是在三大報《申報》（1872）、《字林滬報》（1882）、《新聞報》（1893）皆已有固定讀者群，想要吸引讀者注意想必要有些與眾不同之處，於是李伯元選擇以創辦趣味性

〔註8〕 孫玉聲於《退醒廬筆記》（1925）云：「南亭亭長李伯元，毘陵人，小報界之鼻祖也。為文典贍風華，得雋字訣。而最工遊戲筆墨，如滑稽談、打油詩之類，則得鬆字訣。……當其橐筆遊滬時，滬上報館，祇《申報》、《新聞報》、《字林滬報》等，寥寥三四家。李乃獨闢蹊徑，創《游戲報》於大新街之惠秀里。風氣所趨，各小報紛紛蔚起，李顧而樂之。」見氏著：《退醒廬筆記》下卷（台北縣永和鎮：文海出版社，1972年），頁133。

〔註9〕 王德威曾說：「晚清最重要的文類——小說——的發行，多經由四種媒介：報紙、遊戲小報、小說雜誌與成書。……在標榜『遊戲』及『消閒』的風月小報上，小說也覓得一席之地。」可見小報是傳布晚清小說的重要媒介之一，特別是狎邪小說與譴責小說這兩類小說。參見王德威著，宋偉杰譯：《被壓抑的現代性：晚清小說新論》（台北：麥田出版，2003年），頁16～17。

〔註10〕〈記本報開創以來情形〉，《游戲報》，1898年1月16日，第207號。《游戲報》中是以西曆（陽曆）、陰曆並刊，本文引用日期皆以西曆為準，由於《游戲報》本身沒有特別標明版次，故只標明第幾號，以下作注不另說明。

十足的小報，成功地打入上海報界市場，但是李伯元並不以此自滿，他曾表示：「昔吾聞西人美查君之創《申報》也，其時中國閱報之風未啓，美查君艱難辛苦，百折不回。迄今報館紛開，人知購閱，皆君之所貽也」〔註11〕，不僅對《申報》的開創者英國商人美查（E. Major）感到佩服不已，也認爲《游戲報》的風行是因《申報》已開啓了近代中國閱報之風氣，才能夠如此順利地貼近讀者的閱報心理。

由於《申報》是上海歷時最久、影響最大的報紙，其曾採取兩項措施亦對日後李伯元所創辦的小報影響極大：一、是對言論的重視：《申報》每期刊有論說一篇，置於首頁。這是一項重要的突破，它改變了以前報紙忽視言論的傳統，而將論說一欄置於頭版，表明對這一體裁的高度重視。此後，言論放在頭版頭條，成爲所有中文新報的共同傳統，逐漸形成了新聞界所通稱的「報頭」、「報首首論」，或「首論」〔註12〕。二、注意刊載文藝作品，使文藝成爲報紙必備的一欄，例如《申報》創刊時的〈本館條例〉即明確告示：「如有騷人韻士，有願以短什長篇惠教者，如天下各名區竹枝詞，及長歌紀事之類，概不取值。」〔註13〕提供文人吟詩作賦、唱和酬答的機會，雖然其位置通常放在論說、新聞的最後面，地位並不特別重要，但是相較於更早之前的宗教報刊和商業報刊的文藝缺乏情況已大有進展，可以說《申報》中的首論、新聞、文藝和廣告四要素組成了中國近代報紙模式〔註14〕。

並且，《申報》開始公告說要廣徵詩詞作品，並在該報上刊載許多竹枝詞，以及文人間的往返唱和之作，引起讀者的迴響，短短幾年之間，這類不取稿酬、只求發表的來稿日益增多，報紙的版面已經容納不下，爲此申報館還特地出版了《瀛寰瑣記》、《四溟瑣記》、《寰宇瑣記》等好容納讀者的投稿，而這三瑣記均爲文學月刊，自1872年11月問世，先後承接，延續至1876年，是上海最早的文學刊物〔註15〕。這種情況，可說是日後小報和報紙副刊的產生基礎，或者也可以說，大報上詩詞小品一類的文字，已隱含著小報和報紙

〔註11〕〈記本報開創以來情形〉，《游戲報》，1898年1月16日，第207號。
〔註12〕程麗紅：《清代報人研究》（北京：社會科學文獻出版社，2008年4月），頁128。
〔註13〕〈本館條例〉，《申報》，1872年4月30日。
〔註14〕方漢奇：《中國新聞事業通史》（北京市：中國人民大學，1992年），頁324～325。
〔註15〕熊月之：《上海通史》第六卷，頁40。

副刊的影子〔註 16〕。而承接前人辦報經驗的李伯元，其本身的生命歷程如何
與報刊產生關連呢？下文將繼續討論。

一、報務的展開

　　李伯元一生創辦及主編過《指南報》、《游戲報》、《世界繁華報》、《繡像
小說》等重要報刊，是什麼原因促使李伯元走上報刊之路呢？或許應從其早
期的生活經歷去探討。李伯元（1867～1906），名寶嘉，字伯元，別號南亭
亭長，筆名游戲主人、謳歌變俗人、二春居士等，江蘇武進人。李伯元生於
官宦之家，他祖父、父親、伯父都是科第出身，在地方身居要職，其堂弟曾
說：

　　　　其家庭上自祖父輩，下及兄弟姪輩俱以科第顯，外官則從牧令以至

　　　　監司；京官則或居樞要，或登清秘。〔註 17〕

而胡適、包天笑說李伯元出身於佐雜班子出身，可能不是實情〔註 18〕，李伯
元出生於山東，三歲喪父，由堂伯李念之（山東道員、東昌府知府）撫養，
從小接受嚴格的私塾教育，伯父與生母對他督教極嚴。在這種環境下，李伯
元學業精進，擅制藝、詩賦，能書畫，工詞曲，精篆刻，亦對金石、音韻、
考據學頗有研究。並在少年時期就考取了鄉試第一名秀才，但後來科場失意，
始終未能考中舉人。1892 年，堂伯從山東辭官回到老家，李伯元一家也一同
返回故鄉。此時，老家的祖宅已在戰亂中毀壞，兩年後，伯父去世，家道從
此中落。〔註 19〕

　　1894 年中日甲午戰爭爆發，中國於戰事的全面挫敗，舉國震驚，並且讓
李伯元面對國事的衰敗更深感有志難伸，加上自己科舉不第、一事無成的情

〔註 16〕參見秦紹德：《上海近代報刊史論》，頁 135。

〔註 17〕李錫奇：〈李伯元生平事蹟大略〉，原載《雨花》月刊第四期（1957 年 4 月出
　　　　版），見魏紹昌編：《李伯元研究資料》，頁 29。

〔註 18〕胡適：「有人說，李寶嘉的家裡有人做過佐雜小官。這話我們沒有證據，不敢
　　　　輕信。但讀過《官場現形記》的人總都覺得這書寫大官都不自然，寫佐雜小
　　　　官卻都有聲有色。」（原為《官場現形記》序，胡適此序於 1927 年作於上海）；
　　　　包天笑：「李伯元是前清一個佐雜班子出身，因此認得許多小官僚，加著他善
　　　　於交際，《官場現形記》的材料，都從這裏來的吧。」（原載《小說月報》第
　　　　19 期，1942 年 4 月出版），見魏紹昌編：《李伯元研究資料》，頁 94、28。

〔註 19〕見魏紹昌編：《李伯元研究資料》，頁 3～5。並且李伯元詳細的家世背景亦可
　　　　參考戴博元：〈李伯元家世考〉，《清末小說》第 15 號，1992 年 12 月。

況，因而決定到上海謀職，希望藉此喚醒民眾，「因思報紙為民喉舌，借以發聲振聵，教易生效」〔註20〕，在此之前亦曾與其伯父商量辦報的可能性：認為「國家瓜分之禍迫在眉睫，非大聲疾呼，不能促使全國上下覺悟」，並且想要喚起群眾，必須以報紙為宣傳利器，「報紙要吸引群眾興趣，則非用游戲一類軟性文字不可，否則不易見效」〔註21〕，而這樣的說法亦曾出現在《游戲報》的〈論游戲報之本意〉〔註22〕中。而當時的上海已發展成東南沿海的一個繁華大都市，各地方人士五方雜處，市景熱鬧非凡，商店、茶樓、戲園、妓館，鱗次櫛比，呈現出十里洋場的中西風景，尤其這裡中外報社林立，消息靈通，像是《申報》、《字林滬報》、《新聞報》、《強學報》、《字林西報》、《文匯報》等等，新興的報刊行業十分發達。〔註23〕

　　1896年李伯元決定前往到上海謀生，受聘《文匯西報》館創辦《指南報》，擔任主筆，是其辦報生涯的開端，該報為日刊，報式仿當時的《申報》，其〈謹獻報忱〉一文可以看出《指南報》的辦報思想：

> 本館瞻雲志切，獻曝情欣，能無拜手颺言，獻一得雛蕘之頌，⋯⋯
> 蓋西人懼民隱之不聞，特設報館，啓君蔽，洽民情，原作富強之根
> 本。今行於我國，報君恩，聯上下，豈獨吾輩之生涯？況申江為南
> 北居中之要地，指顧備覺通靈。主人乃熟諳體例之西商，指點更徵
> 美備，故不惜指引，創為指南報館。〔註24〕

這裡說的「啓君蔽，洽民情」，要作富強的根本基礎，基本上是屬於大報的功用，而《指南報》的體例亦是學習自西商，「指點更徵美備」，認識到報紙可以「報君恩，聯上下」，溝通朝野、民間的想法而創辦的，並且《指南報》的

〔註20〕李錫奇：〈李伯元生平事蹟大略〉，見魏紹昌編：《李伯元研究資料》，頁30。

〔註21〕李錫奇說：「伯元在鄉時曾與吾父、兄討論此種主張，還一起商量過辦報方法。後來他在上海編小報寫小說，確乎始終如一地體現了這種主張，未背初衷。」；澄碧〈小說家李伯元〉：「李錫奇先生還記得光緒二十三年（1896）伯元同他父親蓉生酌計的情景：『那時伯元三十歲光景，他向我父親談起打算到上海去辦報，並想從游戲入手，以便於接近民眾。⋯⋯』」（原載《常州日報》，1957年7月18日），見魏紹昌編：《李伯元研究資料》，頁37、40。

〔註22〕〈論游戲報之本意〉，《游戲報》，1897年8月25日，第63號。

〔註23〕參見祝均宙：〈李伯元與《指南報》〉，《圖書館雜誌（雙月刊）》（1990年第5期），頁55。

〔註24〕原載《指南報》，1896年6月6日，第1號。引自薛正興主編：《李伯元全集（五）》（南京：江蘇古籍出版社，1997），頁26。

辦報宗旨有六，分別是：「採萬國之精彩」、「增朝廷之聞見」、「擴官場之耳目」、「開商民之利路」、「寄寰海之文墨」、「寓斯民之風化」〔註25〕，由此看來《指南報》是以正面傳播新聞爲主的報紙，應與當時流行的大報類型十分相同。所以，有人說《指南報》是晚清小報的始祖，應該不是事實，而李伯元一個剛到上海的辦報生手，踩著前人的腳印，仿照已出版的報紙來辦報，似乎是合乎情理的。〔註26〕然而，當時的報業市場已經由《申報》、《字林滬報》、《新聞報》三大報所佔據，新出刊的《指南報》很難擠進市場，因此李伯元也曾對《指南報》進行改革，嘗試增添閭閻趣事之類的社會新聞以吸引讀者，但是礙於《指南報》既定的報紙品格，同時又由於此報實爲受聘，不容主筆人完全恣意地嘗試改動，於是李伯元決定在業餘另外試辦一報，由指南報館代爲銷售，而這就是後來的《游戲報》。〔註27〕

　　《游戲報》的選材，是以妓女、優伶的新聞爲主要內容，兼雜一些趣聞軼事、娛樂消息，而這似乎與李伯元所過的生活有關，如鄭逸梅的紀錄：

　　伯元一日戲與某互易服御，徜徉於市，既而同上酒家樓買醉，醺然挾某入娼門，某不從，伯元固強之，途人見之笑，某大窘，乃託故遁去。而伯元竟黃冠狎妓，其狂放有非斗方名士所得而及也。〔註28〕

在當時冶遊生活被視爲文人間的雅事，但呼朋引類、三五成群地同往青樓勾欄訪豔多少還是會受到外界的批評〔註29〕，然而李伯元卻不顧他人眼光在大街上狎妓，也稱得上是狂放之舉。又或是他在寫《官場現形記》期間，就住在南京路附近的勞合路（現六合路），那裡是雉妓的大本營，他在大門上貼著一副梅紅箋的春聯：「老驥伏櫪，流鶯比鄰」，上一句可見他的滿腹牢騷，下

〔註25〕詳見薛正興主編：《李伯元全集（五）》，頁26。

〔註26〕見秦紹德《上海近代報刊史論》，頁136～137。該書還舉例說：「以1896年10月8日的《指南報》第125號爲例，這期報紙載論說一篇，題爲〈海防撮要論〉，新聞有38條，標題有『京華瑣聞』、『相節晉京』、『大星忽殞』、『俄日新交』、『滬西道聽』、『淞北街談』等。這顯然不同於後來出現的文藝小報。」

〔註27〕馬光仁：《上海新聞史（1850～1949）》，頁148～149。並且祝均宙曾提到：「（李伯元）他仍主持《指南報》的同時，又創辦了《游戲報》。從現存資料看，兩報同時發行的相疊時間至少有三個多月。」見祝均宙：〈李伯元與《指南報》〉，頁56～57。

〔註28〕鄭逸梅〈南亭亭長〉（原載鄭逸梅《孤芳集》中，益新書局1932年8月出版），見魏紹昌編：《李伯元研究資料》，頁22。

〔註29〕葉中強：《從想像到現場——都市文化的社會生態研究》（上海：學林出版社，2005年），頁130。

一句卻又風趣得很。〔註 30〕由此也能發現李伯元很可能是花界常客，其對風月之事瞭如指掌也是有跡可尋的。並且，李伯元也經常流連上海名園，像是張園即是一例：

> 靜安寺路有味蒓園者，以明曠開豁勝，水木之間，構屋數楹，榜之曰安塏第，長夏市茶，盧仝陸羽輩麇集焉。伯元亦常據座品茗，幾於無日不至。園主張某，素慕伯元為士林聞人，來輒敬禮之，並囑役者弗取茶資。伯元與諸文友揮麈清談，興致飆發，茶客因是無不知伯元其人，有執贄而稱弟子，卒纍至十餘人之多。伯元遂有「借得味蒓園一角，居然桃李作門牆」，蓋紀實也。〔註 31〕

文中提到的「味蒓園」，又稱「張園」，它是晚清上海最大的中西合璧式的綜合性大眾休閒娛樂場所，也是當時上海唯一一家向全體市民免費開放的大型花園，當時上海各種議事、演說、跳舞、宴樂等會，都經常在此舉行。而李伯元幾乎天天前往張園，其小報的取材亦多由張園而來，可以說李伯元的日常生活、辦報生涯和文學活動，多與張園有著密切的關係，例如：在《游戲報》創辦初期即每逢禮拜日在張園送閱報紙，試圖擴大其讀者群〔註 32〕；又或是在張園為「四大金剛」命名一事，亦在《游戲報》上喧騰一時〔註 33〕，還有發佈一些關於張園的娛樂訊息，可見張園的功用對李伯元來說，不只是消閒、社交的場所，也是其辦報的重要信息、資料的來源地〔註 34〕。

前文曾提到李伯元精於制藝、詩賦，能書畫，工詞曲，精篆刻，亦對金石、音韻、考據學頗有研究，可見其才藝之多之廣，而這一點也展現在他的小報上：

> 伯元多才多藝，詩詞歌曲，音樂美術，無不精通。……他對唱曲之咬字發音，素有研究，報上有〈論海上名校書歌曲〉、〈論歌唱須知

〔註 30〕見魏紹昌編：《李伯元研究資料》，頁 23。

〔註 31〕鄭逸梅〈南亭亭長〉，見魏紹昌編：《李伯元研究資料》，頁 22。包天笑亦曾說：「我的第一次見到李伯元，好像在張園安愷第吧，那時在座還有張園的主人張叔和。歐陽介紹時，只告訴我是游戲報館主人。我那時年紀也不過二十二、三歲，尚未寫過小說。……此種報專載花事，並無別種新聞，故當時在張園中所見的花界中人，無一不認識李伯元。」可見李伯元經常在張園活動，因而無人不識其大名，見魏紹昌編：《李伯元研究資料》，頁 27。

〔註 32〕詳見第三章。

〔註 33〕詳見第四章。

〔註 34〕葉中強：《從想像到現場——都市文化的社會生態研究》，頁 122～124。

反切〉等作。對樂器之使用，有〈琵琶説〉、〈聽小如意彈琵琶因而
考論之〉、〈品簫〉（在常州時吾曾親聆其吹笛）等作。又編〈風月空〉、
〈酸酸酸〉短劇兩齣，所用曲牌，均依套塡製，可譜入工尺，非深
明此道者，決不能強作解人也。〔註35〕

上面提到的文章多半登於《游戲報》的首版論説上，其所寫的關於音韻、樂
理的論説，以及其創作的短篇劇作，絕非隨意杜撰，而是眞材實料。到了《世
界繁華報》，則有「梨園要聞」（又稱菊部要誌）的專欄：「如遇新戲新角，本
館信息最靈。海上名伶記、觀劇閒評，以上三項，輪流記載。」〔註36〕針對
上海演出的梨園劇作進行評論，或是對演員表演的優劣加以評論，其中有名
的孫菊仙，即是受到李伯元的極大讚賞，兩人成爲莫逆之交〔註37〕。由於當
時小報都把注意力集中妓界，《世界繁華報》反而逆向操作，而成爲較認眞地
注重戲劇評論的報紙，以至又引起了上海其他小報的紛紛效仿，同時推動了
報業與戲劇的發展〔註38〕，如孫寶瑄所説：「伯淵（按：應爲「元」）自創《繁
華報》，銷售頗廣。上海雜報林立，然皆詳於北里掌故，於菊部則從略焉。伯
淵於《繁華報》中首列菊部記事及叢談，意在提倡風氣焉。」〔註39〕

　　此外，李伯元在上海的社交活動十分熱絡，這也有助於他的小報事業，
例如 1904 年左右於上海瓜豆園拍攝的照片，與李伯元合照的其餘十八位人
士，「都是當時上海有『身價』的著名紳商。從這次聚會的留影，足見李伯元
交友之廣，並可以看到他社會活動的又一方面」〔註 40〕，或是《蘇報》上的

〔註35〕李錫奇：〈李伯元生平事蹟大略〉，見魏紹昌編：《李伯元研究資料》，頁37～
　　　　38。
〔註36〕〈新出《世界繁華報》章程〉，見薛正興主編：《李伯元全集（五）》，頁43～
　　　　45。
〔註37〕孫菊仙（1841～1931），天津人，爲京劇鬚生名演員。有記載説：「當李伯元
　　　　主任《繁華》時，與菊仙最莫逆，聞伯元病篤，菊仙爲之食不甘味，寢不安
　　　　席，日三四次床前探問。及彌留之際，執手相視，淚如湧泉，半日忍痛曰：『君
　　　　放心，吾自有調度。』言未畢，而慟已失聲，隨哭隨向靴頁内取出銀票三千
　　　　元，置席上，繼又忍哭顫聲曰：『以千元作君身後之喪葬，以二千元作君家之
　　　　撫養。』言罷更痛哭不止。死後又親爲其經理喪事，送其靈柩及眷屬返里，
　　　　無不事事如禮。至於彼等親族，則不過弔喪喫飯而已。」見魏紹昌編：《李伯
　　　　元研究資料》，頁8。
〔註38〕馬光仁：《上海新聞史（1850～1949）》，頁216。
〔註39〕孫寶瑄：《忘山廬日記》（上海：上海古籍出版社，1983年），頁364。
〔註40〕劉文昭：〈李伯元瓜豆園雅集〉，見魏紹昌編：《李伯元研究資料》，頁59～63。

〈春酒言歡〉一則：「昨爲游戲報館主人李伯元假座一品香番菜館宴請春酒之期，在座者爲日本朝日報館主人西村君，新聞報館主人斐禮思君，本館大寫石野氏亦躬逢其盛。」〔註41〕更可以看出李伯元與上海其他的報界人士關係良好，像是新聞報館、蘇報報館的負責人，甚至還有日本的朝日報館主人，都是其座上嘉賓。後來，李伯元整日忙於報務與應酬之事，已有不勝應付之感，因此不得不暫時拒絕來訪客人，其刊登的告白說：「本館事務殷繁，諸友寵召，未能一一趨陪，或荷惠臨，有稽答拜，甚以爲歉。特此登報，以展謝忱。再如承諸君枉顧，除禮拜六、禮拜日外，餘日請以四點鐘後、五點鐘前，餘時鮮暇。」〔註42〕平時只有下午的四點到五點有空訪客，其他則少有空暇時間，多半是專心處理繁雜的辦報事務。

李伯元在 1897 年 6 月 24 日創辦《游戲報》，獲得極大的成功，引起一陣辦小報的熱潮，又於 1901 年 4 月 7 日又創辦《世界繁華報》，同樣對上海小報界造成轟動，再次成爲其他小報的模仿對象。《世界繁華報》仍以妓女、優伶爲報導對象，但是更多了「諷林」、「時事嬉談」等欄目，對於官場文化進行更直接的批判，這是因爲創辦《世界繁華報》之前的 1900 年，發生了庚子事變，導致八國聯軍入侵北京，讓慈禧太后和光緒皇帝在不得已的情況下狼狽地逃往西安避難，震撼了全中國，而這個事件亦被李伯元以彈詞的方式寫成《庚子國變彈詞》，將拳匪鬧事的情形重新演說一遍，其自述寫作動機說：「其事近而可稽，人人不至忘記；又編爲七言俚句，庶大眾易於明白，婦孺一覽便知。無非叫他們安不忘危，痛定思痛的意思」〔註43〕，也就是要民眾記取庚子拳亂喪權辱國的慘痛教訓，而這部彈詞作品也是最先在《世界繁華報》上連載的，該小報日後還有連載李伯元的名作《官場現形記》，或是好友吳趼人的《糊塗世界》，而這些諷刺小說的刊載都表示《世界繁華報》已經和《游戲報》的著重點不同，它的諷刺性更爲強烈，也更加勇於批判朝政，並且這些連載的小說也受到讀者的熱烈喜愛，引起諷刺、譴責小說的創作風潮，由此《世界繁華報》也成爲當時上海最有名的小報〔註44〕，遙遙領先其他上海小報。在他辦小報有成的期間，約於 1901 年，朝廷開經濟特科，其「嘗被

〔註41〕〈春酒言歡〉，《蘇報》新聞，載 1898 年 2 月 5 日，第 576 號。見魏紹昌編：《李伯元研究資料》，頁 64。
〔註42〕〈游戲主人告白〉，《游戲報》，1899 年 3 月 19 日，第 619 號。
〔註43〕見魏紹昌編：《李伯元研究資料》，頁 263～264。
〔註44〕陳伯熙編著：《上海軼事大觀》（上海：上海書店，2000 年），頁 276。

薦應經濟特科，不赴；又曾爲顯著者所劾，亦不懼，抨擊時政如故，時以爲高」〔註45〕，由於李伯元辭不應召，時人以爲高尚，都稱呼他「徵君」〔註46〕。

　　1903 年又出任商務印書館《繡像小說》半月刊主編，該刊發表李伯元的著作有《文明小史》、《活地獄》、《醒世緣彈詞》、《經國美談新戲》等。後來李伯元死於 1906 年 3 月 14 日，時年四十，他患的是慢性肺結核症〔註47〕，應是長期積勞成疾，在李伯元死後，其所創辦的《世界繁華報》則交由辦報助手歐陽鉅源繼續接任〔註48〕，有種說法是：「這時歐陽鉅源想侵占報館財產，幸有伯元生前好友、名藝人孫菊仙主持正義，調停了事」〔註49〕，在友人孫菊仙的調停之下，《世界繁華報》的財產應該沒有被歐陽鉅源侵占，只是由他繼續主筆。從此上海小報「祇有游戲、笑林、繁華三家支撐最久」〔註50〕，

〔註45〕魏如晦（即阿英）：〈李伯元〉（原載於《小說月報》第 12 期，1914 年 10 月出版），見魏紹昌編：《李伯元研究資料》，頁 24。

〔註46〕澄碧〈小說家李伯元〉，見魏紹昌編：《李伯元研究資料》，頁 40。
另外，魏紹昌曾說：「薦李伯元者爲湘鄉曾慕濤侍郎（曾國荃之孫），但爲御史周少樸所彈劾，疏中指控伯元『文字輕佻，接近優伶』。」但是李伯元本身就無意求官，因此「文字輕佻，接近優伶」的批評未能損害到李伯元，見魏紹昌編：《李伯元研究資料》，頁 9。

〔註47〕見魏紹昌編：《李伯元研究資料》，頁 117。

〔註48〕歐陽鉅源曾在 1899 年 1 月 12 日《游戲報》，第 569 號，發表〈上游戲主人小詩四章聊博一粲〉，報上署名「惜秋生呈稿」，估計此時惜秋生（歐陽鉅源）剛從蘇州到上海，向《游戲報》投稿，不久被李伯元看中，聘進報館，成爲他辦報刊寫文章最得力的助手了。見魏紹昌編：《李伯元研究資料》，頁 49。
另外，包天笑與歐陽鉅源有過「同時進學」的淵源，可參看魏紹昌編：《李伯元研究資料》，頁 27～28、495～496。

〔註49〕澄碧〈小說家李伯元〉，見魏紹昌編：《李伯元研究資料》，頁 40。李錫奇也說：「伯元既歿，一切善後，頗費安排。所辦《繁華報》，係獨立經營。自家既無人主持，勢須速即招人承接。……不意伯元所聘報館助手歐陽鉅源，恃其在館有年，熟悉內外情形，竟意圖把持侵占，以爲外人無從接洽。……孫菊仙慨然允諾，由其出具請帖，約百十人集某西餐館，俱當時上海社會知名且與伯元相交有素者，並有上海會審公堂的讞員（即法官）關炯之，歐陽鉅源亦被邀同列席。孫於說明伯元身後情形後，即提出報紙或停或招人承接的問題。與會者一致主張續辦，但礙於歐陽鉅源之面，願承頂者不肯有所表示。孫即說明願先墊款承頂，並當面請託歐陽鉅源繼續主持編務，歐陽只得應允。」並且此段文字可看出李伯元不但是一個辦報能手，而且是一位社會活動家，與社會各界人士均有交往。當其去世時，「約百十人集某西餐館，俱當時上海社會知名且與伯元相交有素者」，即是其生前「交遊甚廣」及其個人影響力的見證。見魏紹昌編：《李伯元研究資料》，頁 33。

〔註50〕引自胡道靜：《上海新聞事業之中的發展》，頁 59～60。

像是《游戲報》、《繁華報》皆延續到 1910 年才停止，由孫玉聲辦的《笑林報》
則到 1911 年，最終因辛亥革命（1911）的巨變而暫時終止上海小報的出刊。

關於小報的資本、規模、報館人員數量等等現存資料並不多，只能從一
些記錄中發掘一二，例如：繁華報館設在上海西藏北路億鑫里〔註51〕，一幢
幾間屋的中式樓房，編寫、印報、食宿都在一起。報紙主要由李伯元一人編
撰，有個助手叫歐陽鉅源，另有一個「包打聽」（記者）。報紙銷路很廣，但
因開銷太大，欠了不少債〔註52〕，因此，李伯元在經濟上也是很窘迫，有記
載說：「某歲，伯元大窘困，除夕，索逋者接踵而至，伯元則與友踽匿小樓，
飲酒聯句達旦，成律詩三十首，題之爲《避債吟》，一時傳誦焉」〔註53〕，或
是在病重時曾經受過孫菊仙的資助，還有臨死之前曾受到吳趼人的資助〔註
54〕。而《游戲報》雖沒有直接資料可說明它的資金來源，但可根據一些相關
資料作一推斷，像是《游戲報》是李伯元自己集作者編輯、發行於一身，又
可以將《游戲報》所有家什賣掉，換取資金來創辦新的小報。從這裡我們可
以推斷李伯元創辦的小報是獨資的。〔註55〕並且，由於小報館資本小、規模
小，報館館址也是因陋就簡，爲了節省開支，很多小報館址都設在主辦人自
己家中，使得樓下是印刷廠，而樓上則是居所，還會有「樓下印刷機聲音很
大，只隔一層板壁，所以睡了也不怎麼安寧」〔註56〕的情況發生。

二、兩小報的開創價值

據秦紹德指出《游戲報》奠定了小報的三大特色〔註57〕，其一是以「諷喻
人世」爲其報刊宗旨：李伯元曾說《游戲報》命名爲「游戲」，並非專意遊戲
文字，而是爲了諷刺朝政，啓發人們覺悟，如〈論游戲報之本意〉一文所說：

〔註51〕《世界繁華報》刊頭寫著：「本館開在上海英大馬路億鑫里」，見《世界繁華
　　　　報》，1901 年 6 月 24 日，第 79 號。
〔註52〕澄碧〈小說家李伯元〉，見魏紹昌編：《李伯元研究資料》，頁 40。
〔註53〕鄭逸梅〈南亭亭長〉，見魏紹昌編：《李伯元研究資料》，頁 22。
〔註54〕關於孫菊仙、吳趼人資助李伯元之事，可詳見魏紹昌編：《李伯元研究資料》，
　　　　頁 7～8。
〔註55〕洪煜：《近代上海小報與市民文化研究（1897～1937）》（上海：上海書店出版
　　　　社，2007 年），頁 99。
〔註56〕澄碧〈小說家李伯元〉，見魏紹昌編：《李伯元研究資料》，頁 41。
〔註57〕《游戲報》奠定了小報三大特色的敘述，皆是參考秦紹德：《上海近代報刊史
　　　　論》（上海：復旦大學出版社，1993 年）一書，頁 137～141，以下不另作註。

> 《游戲報》之命名，仿自泰西，豈眞好爲游戲哉？蓋不得已之深意存焉者也。慨夫當今之世，國日貧矣，民日疲矣，世風日下而商務日亟矣。有心世道者，方且汲汲顧景之不暇，尙何有桓舞酣歌，樂爲故事而不自覺乎？然使執途人而告知曰：朝政如是，國事如是，是猶聚暗聾跛僻之流，強之爲經濟文章之務，人必笑其迂而譏其背矣。故不得不假游戲之說，以隱寓勸懲，亦覺世之一道也。〔註58〕

李伯元首先聲明《游戲報》的命名模仿自於泰西，並且強調有「不得已之深意存焉」，這是因爲當時國事衰敗、民生窮困，然而「世風日下而商務日亟」，上海的商業、娛樂業卻意外的發達，在這「桓舞酣歌」的場景下，若要這些未覺醒之人從事「經濟文章之務」，必會落得譏諷、自討沒趣的結果，因此李伯元採取了「假游戲之說，以隱寓勸懲」的策略與方法，要讓世人從閱讀「遊戲文章」中覺醒，應重新尋回失去的良善之心，才不至於「無端操戈相向」，再次遭受到「外侮之侵陵」〔註59〕。由此可見李伯元創辦《游戲報》是有其自身想到達到的目標，即是在報紙中「隱寓勸懲」進而使世人覺醒。而以遊戲之筆諷諭人世，這不僅要有駕馭文字的能力，而且要有對於社會的深刻觀察，像是邱菽園就曾評論李伯元的文字風格：「李伯元明經，駢文專家，又復兼長小品雜著，嬉笑怒罵，振聵發聾，得游戲之三昧。……錦繡肝腸，珠玉咳唾，此才正非易易。」〔註60〕對於其執筆功力可說是讚譽有加。

其二是《游戲報》以消遣趣味爲主要的內容，大致可分爲三類：一、奇事軼聞，如〈好潔奇聞〉、〈嗜奇笑柄〉、〈生魂改嫁〉、〈故妓多情〉等，它的來源並無嚴格的新聞要求，有的來自社會新聞，有的來自街談巷議，有的純屬傳說臆想，其撰寫的原則只有一個，就是奇異而有趣味。二、知識小品，所謂「知識」也與娛樂消遣有關，這類的文章不乏佳作，文字也很講究，可供人玩賞，如〈戒指〉、〈識玉〉、〈品簫〉等文章皆需有一定程度的文藝素養才能寫出來，應是出自李伯元手筆。三、遊樂指南，這完全是爲了租界裡的

〔註58〕 〈論游戲報之本意〉，《游戲報》，1897 年 8 月 25 日，第 63 號。
〔註59〕 〈論游戲報之本意〉亦說：「洞房曲室一養患之所也，鈿車寶馬一瘝蹶之象也。而且機製愈出而愈奇，心思日巧而日拙，以及五方之所雜處，九流之所叢萃，詭僞變詐之事無日無之，主人言論及此，竊竊以爲隱憂，始有此《游戲報》之舉。」文後又說：「人心傾巧，世道反乖，同類之人，無端操戈相向，宜其外侮之侵陵。」可見李伯元認爲人心機巧、世道日壞，上海追求奢靡、流連於物質享受，不思覺醒振作，正是中國日益衰敗，受西方侵略的因素。
〔註60〕 見魏紹昌編：《李伯元研究資料》，頁 51。

喜愛吃喝嫖賭的遊玩者所服務的，像是《游戲報》曾完整地刊登過〈上海英界茶坊表〉、〈上海英界烟間表〉，並派訪事者將租界裡高級妓女的姓氏居里逐一抄錄，其〈本報按日排印海上羣芳姓氏里居表告白〉說道：本報「特飭訪事人將上海所有長三書寓，各校書姓氏里居逐一抄錄齊全，排列爲表」，由於篇幅有限，因而逐日登載在報紙上，並且註明某弄第幾家字樣，十分詳細，「至於調頭搬場更隨時更正此佈」，當妓女搬離居處也都立即更正，好讓尋芳客能夠按圖索驥。〔註61〕此外，《游戲報》上還有一種遊樂記述，像是〈天華茶園觀外洋戲法歸述所見〉一文，記錄的是外國馬戲團演出的實況；〈滬濱秋賽記〉則是西人賽馬的實況報導，這類記事有點類似通訊，又像特寫，文字自由輕鬆，和新聞報導最爲接近。

其三是創造了晚清小報的編排方式：《游戲報》的編排實際上仍受到大報影響，像是首版必有一篇論說，接著放新聞數條，附以文人詩詞，最後才刊載廣告的模式，其實跟《申報》相去不遠，但是其中亦有《游戲報》的獨特特色，像在〈本館重印丁酉、戊戌兩年全分游戲報啓〉即對其報紙體例有所介紹：

> 本報自丁酉創始閱時三載，以滑稽之筆寫游戲之文，遣詞必新，命題皆偶，上自列邦政治，下逮閭閻瑣聞，以及□□新談、花叢逸事，或仿傳奇之例，或翻演義之文，以及逋臣墨客之題吟、海東歐西之著作，□□臺之新詠，無□不臻撫選樓之遺規，有體皆備，他若書札楹聯之製、燈謎酒令之編，莫不搜採無遺，網羅羣有……○附例四則一□□每日論說一首，新聞八則，附錄詩詞雜著，此次重印，一仍其舊，並不刪除。……〔註62〕

此時《游戲報》已發行三年之久，在受到讀者的要求再版的情況，李伯元決定重新印製成書籍出版，裡面提到《游戲報》的內容是包羅萬象的，包括列邦政治、閭閻瑣聞、花叢逸事等等，還有文人墨客的詩詞雜文、海東歐西之著作，其他的「書札楹聯之製、燈謎酒令之編」亦因具有趣味性而編選入報；而報紙編排的方式，李伯元也是有意而爲之的，自述說「每日論說一首，新

〔註61〕〈本報按日排印海上羣芳姓氏里居表告白〉，《游戲報》，1897 年 8 月 12 日，第 50 號。

〔註62〕〈本館重印丁酉、戊戌兩年全分游戲報啓〉，《游戲報》，1899 年 4 月 29 日，第 660 號。

聞八則，附錄詩詞雜著」，也就是他首創「一論八消息，標題四對仗」的模式，即每日報紙至少有一篇較長篇幅的首論和八則簡短的新聞，八則簡短新聞的標題要兩兩相對，而成爲四組對聯，其選擇刊出的新聞著重趣味性，就連敍述手法也要是「遣詞必新，命題皆偶」，讓讀者亦能在讀報中感到新鮮。〔註63〕並且，由於標題要對偶，就必須照標題的需要，將相近的內容編排在一起，這同當時一般報紙按時間順序編排新聞是完全不一樣的。《游戲報》是由標題決定編排順序，而標題中的對偶也需要編者頗費心思，好讓這些對偶的標題產生趣味性，這也是吸引讀者想要閱讀的原因之一。此後的小報模仿者，無不跟隨《游戲報》的「一論八消息，標題四對仗」模式進行編排，也是這個原因讓《游戲報》能被後世稱爲小報的始祖。

　　李伯元在1901年創辦的《世界繁華報》又是另一個小報編排方式的改變，其有廣告在1902年6月8日的天津《大公報》上刊登，即可得知該小報內容：

> 本報首列評林、諷林兩門，或詩或詞，義取諷諫。次本館論說、藝文志。次翻譯新聞、最新電報、滑稽列傳、時事嬉談、野史、地理志、利園日記、鼓吹錄、海上看花記、北里志、侍兒小名錄、食貨志、群芳譜等名目。附以《庚子國變彈詞》，刻已編至第二十五回兩宮到西安時事。殿以文苑、雜組、來函雜登，五花八門諸體悉備，洵稱報界中之特色。〔註64〕

首先由這則廣告可以發現《世界繁華報》大致可以分成四個主要內容，一是「評林、諷林兩門」的諷刺詩詞，二是眾多不同種類的專欄，三是《庚子國變彈詞》，四是「來函雜登」（即讀者來函），其噱頭在於「五花八門諸體悉備」，可以說是報界中的一大特色。然而，這樣分欄目的作法，並非是《世界繁華報》的首創，而是仿自《中外日報》，但是由李伯元最先引進小報的版面，此次《世界繁華報》的版面編排打破了論說與新聞與詩文雜登在一起的習慣，而分欄目的最大好處是可以節省讀者眼力，也就是使版面清楚簡潔，讓讀者

〔註63〕馬光仁主編：《上海新聞史（1850～1949）》，頁152～153。
　　　　如1899年4月1日，第632號的篇目：〈論鴇婦作惡〉、〈上古異聞〉、〈中華大局〉、〈公堂懲淫餘誌〉、〈妓院還債新談〉、〈忘帶便章〉、〈預愁漂賬〉、〈能騎赤兔〉、〈不醉烏龜〉，即是「一論八消息，標題四對仗」的模式。

〔註64〕〈上海《世界繁華報》告白〉，原載天津《大公報》，1902年6月8日，第2號。見薛正興主編：《李伯元全集（五）》（南京：江蘇古籍出版社，1997），頁150。

更加容易閱讀。而《世界繁華報》的綱目清楚、包羅豐富的版面模式〔註65〕，之後又再次被其他小報模仿，也開始跟進改版，由此可見，李伯元在小報界中的影響力應是不容小覷。

在《游戲報》的〈論游戲報之本意〉一文曾提到：「或托諸寓言，或涉諸諷詠，無非欲喚醒痴愚，破除煩惱，意取其淺，言取其俚，使農工商賈、婦人豎子皆得而觀之」〔註66〕，可見《游戲報》使用的語言文字是意淺俚俗，目的是讓各個不同的市民階層都能閱讀，一方面是藉此來達到「隱寓勸懲」的辦報觀，使世人覺醒，另一方面則是要擴大閱讀群眾，增加報紙的閱讀率。但是後來李伯元發現仍有一些讀者無法閱讀小報上的文言敘述，因而每天專出兩條白話新聞：

> 外國人說的話，與他書上說的話，都是一樣的句子。所以外國人認
> 得字，會說話，就會看書。……本館天天出報，原要人人都買著看，
> 無奈文理淺的人，他仍舊是看不明白，所以本館從今以後要將白話
> 演出新聞兩條，無論中國事情，總要發人心思，於人有益。〔註67〕

基本上，《游戲報》的文字運用上雖多數文言，但也夾雜俗語和地方語（吳語），用語自由不拘謹，多半講求淺顯易懂，也知道「蓋能購閱報紙者，其人必稍知文墨也」〔註68〕，能夠前來買報紙的人想必是稍識文字之人，因此，李伯元說游戲報館每天出報，就是要讓人人都買來看，這樣的說法確實是事實，然而還是有讀者看不明白，為了使更多市民讀者可以閱報，因而用白話來撰寫新聞，雖然其述說的理由是為了「發人心思，於人有益」，仍是以「隱寓勸懲」為主，但在讓更多讀者養成閱報習慣的過程中，卻又正是形成消閒閱讀風氣的重要開端。

除了上述的《游戲報》奠定了小報的三大特色，其實李伯元還有在該小

〔註65〕馬光仁主編：《上海新聞史（1850～1949）》，頁216。

〔註66〕〈論游戲報之本意〉，《游戲報》，1897年8月25日，第63號。

〔註67〕〈用白話寫新聞演義〉，《游戲報》，1898年1月28日。轉引自秦紹德：《上海近代報刊史論》，頁140。另外，晚清知識份子體會出要救圖存亡，必須讓新思想普遍深入民眾，而知識要普及化，表達媒介（報刊）則必須具有淺顯易懂的通俗性格，於是捨棄艱澀的傳統古文，開始出現眾多白話報紙，這些白話報更屬五四白話運動的先驅。參見李瑞騰：〈第七章　晚清白話文運動的意義〉，收入氏著：《晚清文學思想論》（台北：漢光文化事業股份有限公司，1992年），頁180～196。

〔註68〕〈鄭重送照〉，《游戲報》，1898年9月30日，第457號。

報上大開花榜的事蹟，也是小報上的創舉，它對於報紙的銷售有實際的幫助，也對妓女的生意有所影響，「評花榜是上海花界一大盛事，這種活動對那些狹冶成性的風流騷客來說，是非常有刺激性的。上海三千粉黛也躍躍欲試，因為一旦榜上有名，便立刻身價百倍，上海各家報刊雜誌都登其大幅玉照，勾欄門前也會車水馬龍，戶限為穿」〔註69〕，而《游戲報》就是最早在報紙上刊登妓女小照的一份小報，在當時喧騰一時，讀者爭相購閱，每日的銷售量更是激增到一萬份以上。范伯群在《中國現代通俗文學史》一書曾說：「（花榜）其實開風氣之先的並非是李伯元。文廷式與王韜等曾『非正式』搞過兩次。但是《申報》不敢公開報導。現在呢，大報不敢登的，小報敢登。因此，李伯元就算是海上第一次開明昭著的花榜了。」〔註70〕並且《游戲報》所舉辦的花榜很有口碑，「被評林譽為是『上海自有報紙以來，由報館所舉辦的最成功的社會活動』」〔註71〕，還有張春帆（漱六山房）《九尾龜》的第一百八十三回中還將《游戲報》選的花榜狀元作了一番評論：

> 那班曲院中的老輩人物，除了胡寶玉之外，還有什麼前四金剛、中
> 四金剛、後四金剛的名目。前四金剛是陸蘭芬、金小寶等四個，……
> 都是那一班小報館裏頭的主筆提倡出來的。又有什麼蕊珠仙榜、十

〔註69〕樂正：《近代上海人社會心態（1860～1910）》（上海：上海人民出版社，1991年），頁126。

〔註70〕范伯群：《中國現代通俗文學史（插圖本）》（北京：北京大學出版社，2007年），頁60。事實上在《游戲報》之前舉辦的花榜，數量不少，不只是范伯群所說的兩次，然而多半是在文人詩文集中呈現，如：「在王韜《海陬冶遊附錄》、鄒弢的《春江燈市錄》、畢以諤《海上群芳譜》中提的花品花榜，大致可以歸納如下：光緒年間免癡道人（即金纘）摘紅雪詞〈題二十四花品圖〉首開其端，後有畫眉樓主的〈續花品〉：其後公之放所定光緒丁丑（1877年）書仙花榜（28人），後又有曼陀羅館主的〈滬北詞史金釵冊〉仿《紅樓夢》正冊副冊又副冊之例、吳興紉秋居士亦循此例用《紅樓夢》人名「以比近時名妹」：梅花香裏聽琴客有〈滬北名花十詠〉、西泠夢翠生有〈海上名花十友詞〉、茗上蘆林生有〈花筵十詠〉、光緒庚辰（1880年）春季花榜、庚辰花榜特科：光緒辛巳（1881年）春季花榜，秋季花榜：光緒壬午（1882年）春鏡中花史（何桂笙）所定「花朝豔榜」、秋季免癡道人定〈二十四鬠花品〉：光緒癸未（1883年）秋季桱湖漁郎〈春江二十四鬠榜〉，癡情醉眼生所定冬季花榜：光緒戊子（1888年）夏季花榜：光緒己丑（1889年）書寓花榜，曲中花榜……等。」參見呂文翠：〈城市記憶與在地意識——談晚清上海冶遊文學〉，收入樊善標、危令敦、黃念欣編：《墨痕深處：文學·歷史·記憶論集》（香港：牛津大學，2008年），頁23～34。

〔註71〕見范伯群：《中國現代通俗文學史（插圖本）》，頁60。

二花神等種種色色的許多名目，在下做書的一時也實在寫他不盡。
但是以前那班報館的開花榜，雖然未免有些阿私所好的弊病，卻究
竟還有幾分公道。即如南亭亭長選拔花榜狀元，有了色藝，還要考
證他的資格；有資格，還要察看他的品行。直要色藝、資格、品行，
件件當行，樁樁出色，方可以把他置諸榜首，獨冠群芳。所以那個
時候的花榜狀元，倒著著實實的有些聲價。〔註72〕

小說中提到上海妓女的名聲「都是那一班小報館裏頭的主筆提倡出來的」，其
實正是由李伯元開啓風潮的，像是爲林黛玉、陸蘭芳、金小寶、張書玉等四
人命名爲四大金剛，還有「慈珠仙榜、十二花神」也都是《游戲報》上眞的
曾經舉辦過的活動。並且，最開始李伯元舉辦花榜是較有公信力的，必須依
照妓女的色藝、資格、品行等一一品評，才能將她「置諸榜首，獨冠群芳」，
但是到了後來小報相繼模仿，花榜選舉日益氾濫，妓女賄賂報館之事也層出
不窮，導致「伯元死後，各小報拾其唾餘，一再舉行，然賄賂公行，幾如市
場買賣，不知清議爲何物，甚至每年舉行春、秋二次花榜，幾無價值之可言
矣」〔註73〕，後期花榜選舉出來的妓女品行色藝皆愈趨低下，弊端百出，徒
惹人詬病。

第二節　報刊文人所推動的娛樂報紙

　　娛樂小報的產生是在上海租界裡，而上海在當時正是處於新聞中心和輿
論中心的地位，特別是上海租界（尤指公共租界）是英美法三國共同殖民，
在上海的土地上出現了一種奇特的現象，作爲主權國家的中國，無法在租界
裡行使行政權、立法權和司法權，而殖民者卻可以在租界裡實行政治統治。

〔註72〕張春帆（漱六山房）：《九尾龜》第183回（台北市：博遠出版，1987年），頁
　　　1147。第183回還接著說：「到了後來，就漸漸的鬧得大不是起來。那一班沒
　　　有廉恥的小報主筆，本來是窮得淌屎囊無一錢的，當了個小報主筆，薪水不
　　　過一二十塊錢，至多的也不過三十塊錢，那裏夠他們的揮霍？到了那窮到無
　　　可如何之際，便異想天開的開起花榜來，揀那有了幾個錢的倌人，叫個旁人
　　　去和他打話，情願把他拔作狀元，只要他三百塊錢，或者二百塊錢。那狀元
　　　以下的探花、榜眼、傳臚等名次來得低些，價目也來得賤些，漸漸的遞減下
　　　去，甚而至於十塊、五塊錢的賄賂都收下來，胡亂給他取個二甲的進士，或
　　　者三甲的進士。」可見後來妓女爲了登上花榜，而賄賂小報館的情況十分普
　　　遍。

〔註73〕引自陳伯熙編著：《上海軼事大觀》，頁269。

上海租界實質上是一大片殖民地包圍之中的殖民地，是冒險家的「國中之國」。因此，許多報刊可以在上海穩定地出版，還跟租界開放一定程度的「新聞自由」有關，租界當局對於新聞出版業的控制，是按照西方的新聞自由觀念行事的。〔註74〕像是姚公鶴《上海報紙小史》即說：

> 上海報紙發達之原因，已全出外人之賜。而況其最大原因，則以托足租界之故，始得免嬰國內政治上之暴力。然則吾人而苟以上海報紙自豪於全國者，其亦可愧甚也。〔註75〕

在租界特殊環境的保護之下，因此上海小報可以針對朝廷、官場等時事加以批判，而不用遭到查禁的命運，並且小報文人能夠以「嬉笑怒罵皆成文章」模式構建一個有別於官方主流文化的「市民文化公共空間」。這種文化空間及其文體風格形成，是小報這一傳播媒介在政治權威之下邊緣化的選擇，是以邊緣化為中心對抗社會權威的調侃，幾乎創立了「言者無罪」的傳統。〔註76〕並且，晚清上海一市三治（包括華界、公共租界、法租界），彼此間既存在著政治控制、文化管理方面的縫隙，也為不同文化的共處、交流、融合提供了良好的環境，特別是西方人將歐美的物質文明、生活方式、價值觀念引進上海，更讓上海成為中西文化交流的衝擊地，而這一點也呈現在晚清的娛樂小報上面。

此外，在文化或文學傳統方面，上海原本只是個海濱的小村落，直到五口通商後其商業地位才被確立，後來因甲午戰爭、戊戌維新之後，人心轉向新學，採西學、開民智主張成為社會思潮之後，上海在文化上的功能和影響才急遽地顯赫起來，成為晚清中國新文化運動的一大中心，〔註77〕同時上海也是近代中國的報刊重鎮。但是，這並沒有動搖上海經濟因素在城市功能中的主導地位，經濟繁榮仍是上海發展的最主要動力，在人們的印象中，上海仍是一個通商口岸，一個經商的地方。〔註78〕也就是說，開埠之後，上海成為不折不扣的移民社會兼商業城市，由華洋分處到華洋雜居的過程，更需要買辦、商人才能與洋人進行貿易上的合作，商人的地位由此提高了，而原本傳統社會中最活躍的文人、仕紳階層反而逐趨式微。〔註79〕於是，在晚清上

〔註74〕秦紹德：《上海近代報刊史論》，頁156〜157。

〔註75〕轉引自洪煜：《近代上海小報與市民文化研究（1897〜1937）》，頁40。

〔註76〕參見洪煜：《近代上海小報與市民文化研究（1897〜1937）》，頁12。

〔註77〕樂正：《近代上海人社會心態（1860〜1910）》，頁43〜44。

〔註78〕樂正：《近代上海人社會心態（1860〜1910）》，頁43〜44。

〔註79〕熊月之：〈上海租界與文化融合〉，收入馬長林主編：《租界裡的上海》（上海：上海社會科學院出版社，2003年），頁51。

海，以通商為主要功能的大城市，商人成為都市社會中的主角位置，是一個典型的商業化社會環境，生活在這種特定環境中的上海人，其社會心態的模式不能不染上濃重的近代重商主義的色彩，也不能不帶有明顯的商人氣息。〔註 80〕

　　1850 至 1860 年代中期，華洋雜居格局形成不到十年，上海已經成為名震江南的繁華勝地，當時以華人為主體的租界居民，對於娛樂的要求大為茲長，像是 1867 年 9 月，英租界的體育場竣工，既是健身場地，也提供了賽馬經營場所；在 1864 年，公共娛樂場所已有鴉片館、茶館、妓院、戲園、酒店等，尤以馬路為發展空間的娛樂消費區，也帶動租界地價的上揚。並且，租界裡最具現代化的設備，就是煤氣和路燈，它改變了上海人的作息習慣和對時間的感覺，入夜成為消遣娛樂、做生意的好時光，在當時晚清的上海租界享有「不夜城」的美名，「滬遊」成為江南文人筆記最時髦的新話題，足見上海租界裡娛樂事業相當繁榮，可說是近代城市娛樂消費的搖籃。〔註 81〕因此，上海娛樂小報的產生是在上海娛樂事業已有一定規模的情況下才出現的，加上前面提及的新聞言論自由、上海的商業意識、報紙發展至成熟階段，也都影響著上海娛樂小報發展與生存；其他的印刷紙張的選擇、報館的印刷條件、資本的籌措、出資者的經營等等，也對娛樂小報產生的條件有了某種程度的影響，然而，筆者認為主筆人的編撰才是真正影響上海小報的關鍵，畢竟小報上的文字是出自這批報刊文人之手，他們所提倡的消閒、娛樂觀念，也有助於後人更認識小報的娛樂、消遣本質。以下將略述報刊文人的地位轉變，接著探討小報文人在娛樂小報中提倡的消閒精神。

一、報刊文人地位的轉變

　　1853 年至 1864 年太平天國在上海周圍的江、浙、皖地區與清軍頻繁作戰，驅使這一地區的大批文化人湧入上海，1900 年北方戰亂，上海一帶實行東南互保，基本上無戰事發生，又驅使北方一批知識份子進入上海〔註 82〕，而戰後至 1900 年的三十多年，不斷湧入上海的各地文人逐漸集合成一個具有一定

〔註80〕 樂正：《近代上海人社會心態（1860～1910）》，頁 48。
〔註81〕 羅蘇文：〈晚清公共租界的公共娛樂區〉，收入氏著《近代上海都市社會與生活》（北京：中華書局，2006 年），頁 81～83。
〔註82〕 熊月之：〈略論晚清上海新型文化人的產生與匯聚〉，頁 269。

規模的職業群體，同時也構成爲上海文人的主體，就以分佈在出版、報刊、教育等文化事業的文人來看〔註 83〕，熊月之曾有一個大概的統計：戊戌變法時期（1898），上海至少集結了 1200 名新型文化人，到 1903 年增加到 3000人，1909 年增加到 4000 人。〔註 84〕這個數據顯示，上海是一個發展快速的文化市場，這群在上海謀生的新型文化人，也多以編輯、翻譯、校對、教師、畫家、作家等，作爲他們的職業，而這些依靠文化市場的職業文人，其收入主要是稿酬，原本傳統文人恥於賣文爲生，認爲寫文章賣錢是流於低俗、充滿銅臭的作法，但是隨著《申報》、《新聞報》、《點石齋畫報》都對於雇員從事採訪、寫作、編輯等工作給予稿酬，到了 90 年代時，稿酬制度已經逐漸爲人所接受，報刊文人收取稿酬也成爲理所當然之事。〔註 85〕

並且，葉凱蒂在〈晚清上海四個文人的生活方式〉一文中，討論晚清上海王韜、陳季同、曾樸和金松岑四個文人的生活，她認爲晚清上海是多重矛盾的組合體，是中國唯一能夠允許一個人從傳統的生活方式過渡到近代的公共場所，因爲它提供給他們活動的餘地和機會。它爲中國知識份子提供了一個獨特的、奇異的、中西同在的場所與機會。這個環境吸引、養育和支持著一種新的過渡人物，即城市裡的新型知識份子階層。〔註 86〕這些新型文化人亦有從事報刊工作的文化人，然而他們的身份地位在一開始並不太高，甚至被說成是落魄文人：

> 彼時朝野清平，海隅無事。政界中人咸雍揄揚，潤色鴻業，爲博取富貴功名之計，對於報紙既不尊崇，亦不忌嫉。而全國社會優秀分子，大都醉心科舉，無人肯從事於新聞事業，唯落拓文人，疏狂學子，或借報紙以抒發其抑鬱無聊之意興。〔註 87〕

〔註 83〕張敏：〈晚清上海租界文人職業生活（1843～1900）〉，收入馬長林主編：《租界裡的上海》，頁 61。

〔註 84〕熊月之：〈略論晚清上海新型文化人的產生與匯聚〉，頁 257～258。

〔註 85〕張敏：〈晚清上海租界文人職業生活（1843～1900）〉，收入馬長林主編：《租界裡的上海》，頁 65～66。

〔註 86〕葉凱蒂（Catherine Vance Yeh）："The Life-style of Four Wenren in Late Qing Shanghai", Harvard Journal of Asiatic Studies, 12, 1997.：參考張敏：〈晚清上海租界文人職業生活（1843～1900）〉，收入馬長林主編：《租界裡的上海》，頁 69。

〔註 87〕雷瑨〈申報館之過去狀況〉，收入申報館編：《最近之五十年》（台北縣永和市：文海出版社，2001 年），頁 27。

當時文人皆以求取科舉功名爲光宗耀祖之事，幾乎沒有文人想從事新聞事業，因此「對於報紙既不尊崇，亦不忌嫉」，也就是說社會上優秀的人才很可能都進了朝廷當官，而考不上科舉的落拓文人、疏狂學子，只能在報紙上寫寫文章，抒發不得志的鬱悶心情，像是胡道靜《上海新聞事業之中的發展》也解釋說：「但在那封建文化和現代文化接觸的當兒，新聞事業尙是一種新興的職業，那時自然沒有專門的新聞學者，於是記者的職業，都是由文人去做，而當時優秀一點文人都去投奔科舉之路，所以賸下來肯當報館記者的，不過是佯狂之士或者是落拓文人罷了。」〔註88〕正因爲新聞事業在那時還是新興的職業，因此社會上對報刊文人並不特別看重，甚至有輕視之語，而這種誤解的存在其實也來自於當時人們不瞭解報紙媒體的意義。最早西方報紙引進中國社會時，中國人對報紙的認識不深，家中的父老長輩也有以「不閱報紙」來限制自家子弟，而報紙的銷路，除了要靠專人長年分送訂閱的各家之外，剩餘的報紙則必須挨門分送各家商店，但是商家未必歡迎，甚至有嚴屬斥責的情況，而分送報紙的人也只能唯唯諾諾地承受屈辱，等到月終結帳，還要多方善言乞取報資，能得到多少金額也不論，幾乎像是在沿街求乞。〔註89〕這種批評報紙的聲浪，也有來自於晚清名臣左宗棠，在姚公鶴《上海閒話》曾有這段紀錄：

> 然文襄聞有反對者，即大怒不止，故其與友人書，有「江浙無賴文人，以報館爲末路」之語。其輕視報界爲何如！惟當時並不以左之詆斥爲非者，蓋社會普通心理，認報紙爲朝報之變相，發行報紙爲賣朝報之一類（賣朝報爲塘驛雜役之專業……所傳消息亦不可盡信，故社會輕之，今鄉僻尚有此等人）。故每一報社之主筆、訪員，均爲不名譽之職業，不僅官場仇視之，即社會亦以搬弄是非輕薄之，宜文襄之因事大肆其譏評也。〔註90〕

文襄（即左宗棠）在新疆，由胡雪巖介紹向洋商借款一千二百萬，但是遭到

〔註88〕引自胡道靜：《上海新聞事業之中的發展》，收於《民國叢書》（上海：上海書店，1990年），頁5。

〔註89〕姚公鶴《上海閒話》說道：「若彼時則無有也，而社會間又不知報紙爲何物，父老且有以不閱報紙爲子弟勖者。……而本埠則必雇有專人，於分送長年定閱各家者外，且有屬聲色以餉之者。而此分送之人，則唯唯承受惟謹。及屆月終，復多方以善言乞取報資，多少即亦不論，幾與沿門求乞無異。」見氏著：《上海閒話》（上海：上海古籍出版社，1989年），頁127。

〔註90〕姚公鶴：《上海閒話》，頁128。

上海報紙的反對，因而大怒不止，說出「江浙無賴文人，以報館爲末路」的話語，但是當時人們並不認爲左宗棠在詆毀報紙，這是因爲當時社會心理也覺得報紙的消息不可盡信，對於報社的主筆、採訪新聞之人視爲是不名譽的職業，對於報紙的刻板印象就是只懂得搬弄是非，製造輿論引起社會的不安，因此「其日之報館主筆，不僅社會上認爲不名譽，即該主筆亦不敢以此自鳴於世」〔註91〕，主筆多採用各種不同的筆名在報紙上發表文章，雖說筆名、別號這是文人雅士的一種習慣，但是報刊文人在當時不受重視確是實情，或許其以筆名發表文章跟報人的社會地位有若干關係。

　　這種情況在甲午之戰（1894）以後有了轉變，「甲午以後，爲吾國社會知有報紙之始，然乙未台灣之役，適當《新聞報》創辦之第三年，夜壺陣、大紙炮之戰事新聞，絡繹不絕於紙，而社會之信用乃以此大增」〔註92〕，由於新聞報紙能夠即時提供戰事的最新情況，因而逐漸贏得社會人士的信任感。接著甲午之戰慘敗，由於中國向來自居是天朝大國，卻被一個向來不曾被放在眼裡的日本打得一敗塗地，而馬關條約的簽署更是讓清廷割讓台灣、澎湖列島給日本，其他西方各國亦是虎視眈眈，空前的國難、瓜分的危機引起許多維新志士決意提倡變法維新，並且開始自辦報刊，以宣傳「維新啓蒙」思想爲報紙的主要內容，最具代表性的是 1896 年創辦的《時務報》，並且成爲當時維新報紙的藍本。而不久後的戊戌維新（1898），則是成爲上海報紙大放光芒的時期：「其時康南海、梁新會以《時務報》提倡社會，社會之風尚既轉，而日報亦因之生色，……前此賤視新聞業因而設種種限制之慣習，復悉數革除。各報社內部受營業上之競爭，外部受社會間之督促，於是新聞業遂卓然成海上之新事業」〔註93〕，由於康有爲、梁啓超、黃遵憲、汪康年等人在上海出版維新報刊《時務報》，執筆者皆是名譽炳然之人士，之後還受到光緒皇帝的重用，雖然百日維新政變最後得到失敗的下場，但是從事新聞事業已爲世人所知，並且樂於接受：「往者文人學子所不屑問津之主筆、訪事，至是亦美其名曰新聞記者、曰特約通信員，主之者既殷殷延聘，受之者亦唯唯不辭」〔註94〕，由此可知新聞報紙在社會上的地位陡然變易，連帶報刊文人也被尊

〔註91〕 姚公鶴：《上海閒話》，頁 131。
〔註92〕 姚公鶴：《上海閒話》，頁 129。
〔註93〕 姚公鶴：《上海閒話》，頁 131～132。
〔註94〕 姚公鶴：《上海閒話》，頁 132。

稱爲「新聞記者」，採訪新聞之人也稱作「特約通信員」，備受社會敬仰、矚目，比起之前的冷淡待遇可以說是天壤之別。

不過上述情形是主要是針對大報、維新報刊的執筆者來做討論，1897 年開始由李伯元首創的小報文人則少有相關文獻加以紀錄，可能是在當時小報仍是屬於報刊文人業餘性質的「遊戲之作」，不見得是他們唯一的工作，如同范伯群所說：「大報的名譽在戊戌以後有了轉機，可是小報是不在其內的。小報仍是賤業，因此在報上不可能刊登主筆、主編的大名，也就可以理解了」〔註95〕，在當時小報被視爲「小道」，尚不足登上大雅之堂。

然而，大部分的小報主筆者皆與大報有一定的淵源關係，像是李伯元最初到上海主筆《指南報》時，就曾得到倉山舊主袁祖志（1827〜1900）的支持〔註96〕，袁祖志是袁枚之孫，曾任《新聞報》主筆，當時在上海報界輩份頗高，名氣也響亮，後來《游戲報》大開花榜，其揭榜之序、花榜題詞也由袁祖志撰寫，可見二人交情不淺〔註97〕。並且，李伯元也曾在《游戲報》上表達對王韜（1828〜1897）的仰慕之情，如〈萬家春大餐思往哲〉即是追憶王韜所寫的一則軼事〔註98〕，或是其他文人寫詩文緬懷這位對近代文學、思想影響深遠的哲人〔註99〕，還有王韜流連花界與妓女打賭的有趣故事〔註

〔註95〕 范伯群：《中國現代通俗文學史（插圖本）》，頁 55。

〔註96〕 范伯群說：「在辦《指南報》時，李伯元曾得有力者的支持，此人就是倉山舊主袁翔甫。……」，詳見氏著：《中國現代通俗文學史（插圖本）》，頁 48。

〔註97〕 〈倉山舊主撰春江丁酉年夏季花榜序〉、〈花榜題詞〉，詳見陳無我：《老上海三十年見聞錄》（上海：上海書局，1997 年），頁 204〜206。

〔註98〕 〈萬家春大餐思往哲〉：「天南遯叟王紫詮先生未逝世時常存洋一百元，在萬家春番菜館□□友大餐，並召名妓校書數人□酒微歌，頗極一時之盛，先生□言行，年七十，每遇名花，輒滿腹□索思量，所以快論之諸一心巴結，極意奉承，□惟恐□□憎我爲老□□也。昨在萬家春有友述先生之言如此，然則頭□齒豁者，苟無先生之口才，尚其不入花叢爲□。」（見《游戲報》，1897 年 9 月 26 日，第 95 號。）

〔註99〕 李舲仙〈哭輓天南遯叟二律用倉山舊主韻 錄請 游戲主人政刊〉：「弢園小築未經年，一夕音容隔九泉。生有異才偏遁世，死多善果定歸天。衣冠寫意今名士，詩酒陶情古哲賢。策馬紅欄橋畔過，不堪涕淚洒漣漣。十年滬上聚萍蹤，景略才雄世罕逢。月地呼觴清漏永，花天擊鼓綺懷濃。文章兩漢追司馬，王佐千秋失臥龍。願展輞川圖一幅，風流大雅溯眞容。」（見《游戲報》，1897 年 9 月 27 日，第 96 號。）

〔註100〕 〈大度能容王慧娥飽餐番菜〉：「大興里王慧娥校書昔爲天南遯叟所賞，……一日叟在萬家春大餐，招與共飲，高朋滿座，所點之菜每客不過五色，獨校書倍之，訝其大量，校書曰：『不但此也，居恆大餐，非闌干數不足果腹。』

100〕，這些新聞都表示李伯元對於王韜這位報界前輩的敬重之意。而由《字林滬報》的主編高太痴所辦的《消閒報》，原本是《字林滬報》的附張，等於是大報的附屬品，之後接替高太痴成為《消閒報》主筆的是綺琴軒主徐馥蓀，他也是李伯元的好友，經常寫詩文於小報上發表〔註101〕。1901年《笑林報》創辦時，孫玉聲已主持《新聞報》編務，辦《笑林報》純作業餘消遣，一些不適合在《新聞報》發表的稿件，常由該報刊登〔註102〕。以及李伯元經常與維新人士、上海名流彼此交往通信〔註103〕，由此或許可以推測小報文人的地位即使不高，但是也未必很低下，因為能與主流大報、維新人士等人來往，在社會上應該還是具有一定的影響力。

此外，李伯元亦對上海其他報刊文人寫過辭年詩一首相贈：

申江報館列如雲，主筆名流各不群。燒燭夜深還檢點，一年論說與新聞。右賀各報館也。滬上報館林立，諸君子皆槃槃大才，夙深仰慕。本館得追驥尾，何幸如之。（其三）〔註104〕

該詩說道當時上海報館已頗為興盛，「主筆名流各不群」，白天採訪新聞，而撰寫新聞、排印報紙多半在半夜，一年到頭就是與論說、新聞為伍，相當地忙碌，並且還說「滬上報館林立，諸君子皆槃槃大才」，十分仰慕上海的報刊主筆者，而《游戲報》可以追隨其步伐，真是榮幸的一件事情，可見李伯元對報界人士的評價甚高。同為小報主筆兼大報主筆的孫玉聲即與李伯元過從甚密，其自

叟疑其誇曰：『明日當觀卿朵頤，如不能，罰以金谷酒數。』校書領之。翌午，叟安排諸肴，故點牛排、洋牌、豬排、火腿蛋三湯三點，並蝦仁飯蛋炒飯等均滯重易飽之品。校書屆期果至，但見舒皓腕、啓香唇，隨烹隨食，隨食隨盡，十二味大餐如風捲殘雲，頃刻立罄，……叟曰：『恐其勉強，須待三日無疾病，方算贏得東道也。』校書又笑諾之。越日往訪，依然無恙，叟至是只得踐約云。」（見《游戲報》，1897年12月12日，第172號。）

〔註101〕〈曼聲徐引張書玉能唱南詞〉有「吾友綺琴軒主獨賞之」一句（見《游戲報》，1897年12月12日，第172號。）；並且，徐馥蓀還是王韜的入門弟子，〈對花贈句〉：「綺琴軒主為天南遯叟之高弟子也，丰姿俊雅，才思風流……」云云。（見《游戲報》，1897年11月5日，第135號。）

〔註102〕參見賈樹枚主編：《上海新聞志》，頁147。

〔註103〕李伯元曾與汪康年、邱菽園、文廷式等人來往，詳見王學鈞：〈李伯元年譜〉，收入薛正興主編：《李伯元全集（五）》，頁29～30、145～146。另外，《李伯元研究資料》中亦有收錄李伯元的尺牘七封，其中一封即爲〈致汪穰卿〉（汪穰卿，即汪康年），見魏紹昌編：《李伯元研究資料》，頁45。

〔註104〕原載《游戲報》，1898年1月17日，第208號。見薛正興主編：《李伯元全集（五）》，頁3。

述：「蓋當時余戲創《笑林報》於迎春坊口，與惠秀里望衡對宇，故得朝夕過從，彼此為文字上之切磋，往來甚密也」〔註105〕，小報文人的來往也是常有之事，那時晚上的笑林報館，就是報刊文人們的聚會場所，「至於晚間會友，則九、十點鐘後，吳趼人、周病駕、高太痴、李伯元、沈習之、俞達夫、劉子儀、夏蘭生君等諸友，無不飄然而來」〔註106〕，其中提到的吳趼人、周病駕、高太痴、李伯元、俞達夫等人皆曾擔任小報主筆，或是在小報上發表文章，彼此之間互通訊息、交往頻繁，而這也有助於報刊文人群體的形成。

二、上海的娛樂小報群體的出現

　　許多研究中國新聞史、報刊史的學者對於小報的定義、特色皆已有其界定，如戈公振《中國報學史》所說：「與大報副張頡頏者有小報，以其篇幅小故名。其上焉者，亦自有其精彩，未可以其小而忽之也。……其優點乃在於能記大報所不記，能言大報所不言，以流利與滑稽之筆，寫可奇可喜之事，當然使讀者易獲興趣。」〔註107〕簡單來說，小報就是一種篇幅小、刊載趣味性消遣性內容（包括新聞、軼事、隨筆小品、文藝小說等）為主的報紙〔註108〕；而其產生的時代背景，則是在「遜清末葉，其時朝政不綱，國勢凌夷，秉政者昏憒無知，一味以箝制輿論為能事。薄負時譽之士，既不能暢論政治，上達中樞，又不甘噤若寒蟬，無所宣洩，於是借酒澆愁，寄情聲色，趨向於浪漫頹廢之途，一時《笑林報》、《采風錄》、《繁華報》、《游戲報》等之刊行，是即最初之小報也」〔註109〕，由此可知從 1896 到 1911 年的十幾年中，即晚清上海報刊極度蓬勃發展的時期，那時政論性報刊急遽增多，維新派、革命派報刊蜂湧而起，在這股浪潮下，竟意外出現另一種娛樂報紙來吸引讀者們的目光，所謂的「借酒澆愁，寄情聲色，趨向於浪漫頹廢之途」，其實就是符合文人、市民讀者在上海娛樂場中所需要的消遣趣味。

〔註105〕引自孫玉聲：《退醒廬筆記》下卷，頁 134。
〔註106〕孫玉聲〈報海前塵錄・笑林報館之回憶〉，《新夜報》，1934 年 6 月 25 日，轉引自孟兆臣：《中國近代小報史》，（北京：社會科學文獻出版社，2005 年），頁 13～14。
〔註107〕戈公振：《中國報學史》，收於《民國叢書》（上海：上海書店，1990 年），頁 262。
〔註108〕秦紹德：《上海近代報刊史論》，頁 134。
〔註109〕趙君豪：《中國近代之報業》，收於《民國叢書》（上海：上海書店，1990 年），頁 158。

　　事實上，上海在報界原本是沒有「小報」的體例，只是因「和對開紙的大報相對」，是屬於四開紙的小報，紙張上比起大報約小了一半左右，加上「內容專載逸聞瑣事與小品文」，而被稱作「小報」。〔註110〕在秦紹德《上海近代報刊史論》一書裡曾說：「文字上出現『小報』，目前可查到的，最早的是姚公鶴 1917 年寫的《上海報紙小史》。姚公鶴在這篇敘述上海報紙簡史的文章中沒有論及小報，但他在「附志」中特地作了說明，他說：『本篇爲記述上海華文各日報歷史，故各西報、各華文小報（戲報、花叢報，普通名之曰『小報』）、星期報、月報、季報、年報、不定期之專門藝術報不與焉。』」〔註111〕但是事實上，「小報」一詞出現的時間點應更往前推去，在 1902 年吳趼人寫的文章中即說：

> 上海有所謂小報者，如《游戲報》、《采風報》、《繁華報》、《消閒報》、
> 《笑林報》、《奇新報》、《寓言報》等是也。吳趼人初襄《消閒報》，
> 繼辦《采風報》，又辦《奇新報》，辛丑九月又辦《寓言報》，至壬寅
> 二月辭寓言主人而歸，閉門謝客，瞑然僵臥。回思五六年中，主持
> 各小報筆政，實爲我進步之大阻力；五六年光陰遂虛擲於此。吳趼
> 人哭。（悔之晚矣，焉能不哭。）〔註112〕

可見至少在 1902 年，上海的小報群體就已經出現，而小報很可能也在當時成爲習慣用語，雖然吳趼人還要解釋說「上海有所謂小報者」云云，但是在上海租界裡每日皆有幾十份的小報發刊，可說是頗爲流行的一種報紙，上海人沒有道理完全不瞭解，應是解釋給內地的人士聽的，而吳趼人後面所舉例的小報：「如《游戲報》、《采風報》、《繁華報》、《消閒報》、《笑林報》、《奇新報》、《寓言報》等是也」，也可以發現文人確實將「小報」視爲另一種新的報紙型態，能夠清楚地分辨小報與大報、政論性報刊的風格很不相同。

　　《游戲報》中的〈本館遷居四馬路說〉一文，有對於該小報造成熱烈風行的原因，加以解釋：

> 故凡有節義廉明，關於世道人心者，皆亟錄唯恐不及，文人墨士知
> 我用心之所□□□同聲嘆賞，即販夫豎子日執一紙，既可助其閒話，

〔註110〕上海通社編輯：《上海研究資料》（上海市：上海書店，1992 年），頁 386。
〔註111〕秦紹德：《上海近代報刊史論》，頁 134。並且，李楠：《晚清、民國時期上海小報研究——一種綜合的文化文學考察（插圖本）》（北京：人民文學出版社，2006 年，頁 20），也同樣引用秦紹德說法。
〔註112〕魏紹昌編：《吳趼人研究資料》（上海：上海古籍出版社，1980 年），頁 270。

亦得見人世間狡獪伎倆如鏡照象，形莫可隱匿，此報之所以風行也。
〔註113〕

由於最先接觸到報紙的讀者想必會是文人，因為有多餘的金錢可以購買報紙，閱讀文字也是毫無阻礙，這當然是李伯元極力爭取的讀者對象，並且若能得到文人圈的認同，報紙的銷路才有進一步向其他市民讀者擴大的可能。那麼有什麼理由可以讓市民讀者想要閱讀該報呢？除了可以隱寓勸懲，也就是「得見人世間狡獪伎倆如鏡照象，形莫可隱匿」，藉由報紙上的時事、社會新聞來諷刺、警醒人心，還有文中所說的：「即販夫豎子日執一紙，既可助其閑話」表示就算是一般市民閱讀《游戲報》，亦能從中得到消閑的樂趣，因為該報中充斥各式各樣的娛樂新聞，供讀者排遣時光、增長見聞，如此看來，《游戲報》有很大的一部份內容就是為了提供讀者消閑、消遣的，因而具有濃厚的娛樂性質。

當《游戲報》開小報風氣之先，並贏得讀者的認同感後，不久即有眾多小報仿效者追隨《游戲報》的模式出刊，在阿英《晚清文藝報刊述略》中所提到的小報就有《笑報》、《消閑報》、《采風報》、《趣報》、《通俗報》、《笑林報》、《寓言報》、《春江花月報》、《及時行樂報》、《方言報》、《飛報》、《支那小報》、《花天日報》、《花世界》、《捷影報》、《娛閒日報》等等〔註114〕，其中影響較大的有五種：（1）1897年11月高太痴主編《消閑報》；（2）1898年7月創刊，孫玉聲、俞達夫主編的《采風報》；（3）1901年3月創刊，李竽仙主編的《寓言報》；（4）孫玉聲再次創辦，1901年3月創刊的《笑林報》；（5）繼《游戲報》之後，李伯元於1901年4月再次創辦的《世界繁華報》等。並且，這一個上海小報群體有濃厚的商業氣息，如樂正所說：「這些報紙商業氣味很濃，文筆花俏，取材媚俗，多為花場采風，深閨獵豔之作」〔註115〕，可見娛樂小報群體出現的正是因為「有利可圖」，它們懂得迎合讀者的閱讀需要，提倡享樂主義，同樣地在小報上進行消閑、娛樂等論述的建構，並以供人消閑取樂為目的。

就以《消閑報》來說，它為大報《字林滬報》所附送，可說是中國最早的文藝副刊，然而其內容、樣式則是與《游戲報》有異曲同工之妙：

〔註113〕〈本館遷居四馬路說〉，《游戲報》，1897年10月2日，第101號。
〔註114〕阿英：《晚清文藝報刊述略》（上海市：古典文學出版社，1958年）。
〔註115〕樂正：《近代上海人社會心態（1860～1910）》（上海：上海人民出版社，1991年），頁145。

> 首列駢散文一篇，其後新聞若干則，標題俱用對偶，所載上自國政，
> 下及民情，以至白社青談，青樓麗迹，無一不備。要皆希奇開笑，
> 艷冶娛情。殿以詩詞小品。蓋名曰消閒，真可以遣愁、排悶、醒睡、
> 除煩也。〔註116〕

版式同樣是首列論說一篇，中間有幾條新聞，標題均需對偶，最後是文人的
詩詞作品；而內容則是「上自國政，下及民情」，與《游戲報》的「上自列邦
政治，下逮閭閻瑣聞」大致相同，而所謂的「民情」自然包括笑譚趣聞、青
樓豔事等，目的是希望藉此博讀者一笑，特別是報紙命名為「消閒」二字，
看重的是幫助讀者「遣愁、排悶、醒睡、除煩」，甚至因為《消閒報》是大報
的附送品，沒有報界體例的沈重包袱，它對於消閒、逸樂的論述可以發揮的
空間更大了，如〈滬報附送消閒報說〉一文所說：

> 蓋今日者，報紙盛行，體例不一。除滬報等素按西國規條辦理外，
> 自餘有因小見大者，亦有以莊雜諧者，語必新奇，事多幽渺，……
> 雖與報館規條難期盡合，亦未始不可以資陶冶而寓懲，故自並行不
> 悖，遞邅相傳，此固報館之支流，而亦文人之樂事也。……若滬報
> 則堂皇正大，體例素嚴，自不可以此等游戲筆墨概雜其間。然以余
> 輩撥冗之暇，出其餘緒，館中又復不惜工資，逐日排印，添此消閒
> 報，立意雖不外乎因小見大，以莊雜諧，而別開生面，自成一家。
> 乃隨滬報附送，俾閱報諸君，購一得二，既足以知中外時事，又可
> 藉以資美談而暢懷抱。〔註117〕

所謂的「因小見大者，亦有以莊雜諧者，語必新奇，事多幽渺」，指的正是《游
戲報》的「隱寓勸懲」辦報觀，文中雖然認為這些遊戲之文並不符合大報體
例，但是「未始不可以資陶冶而寓懲」，稱得是「報館之支流」，而文人閒暇
之餘也樂於從事撰寫，只是礙於《字林滬報》仍舊是大報的體例，「自不可以
此等游戲筆墨概雜其間」，可見主筆者有意識到大報與小報二者的性質是很不
相同，甚至也認為推崇消閒、娛樂之事，並非是大報可以做的事情，因此決
定採用附送小報的辦法來發刊，如此一來就沒有體例的妨礙，甚至讀者能夠
「購一得二」，在大報中可以得知中外時事，又能從小報中的趣聞瑣談，得到
消遣解悶的作用，對讀者來說是十分划算的事情。

〔註116〕〈滬報附送消閒報啟〉，《消閒報》，1897年11月25日，第2號。
〔註117〕〈滬報附送消閒報說〉，《消閒報》，1897年11月24日，創刊號。

　　稍晚創辦的《采風報》則是依循《游戲報》隱寓勸懲的辦報觀點，卻又不忘倡導消閒趣味的模式：

> ……此報有奇說異論，笑語諧談，又有新書烘托，石印工緻，引以爲消閒之助，列附其末，雖非石室蘭臺之祕，稗官野史亦足以寓意勸懲異日也。酒後茶餘，挑燈批閱，默悟綺夢之幻，俯察世故之異，所以娛目警心，足以擅筆墨之奇，信可觀也。〔註118〕

由此可見，《采風報》有「奇說異論，笑語諧談」等各種新聞趣談，目的是爲了提供讀者「消閒之助」，並且這些奇聞軼事、冶遊之談也足以「寓意勸懲」，因此在茶餘飯後閱讀《采風報》的好處是能「娛目警心」，既可以得到消閒、娛樂之趣，又能瞭解世事險惡，警醒人心，眞是一舉兩得。又如李伯元於 1901年創辦的《世界繁華報》，報紙上雖然連載了其諷刺時事的《庚子國變彈詞》、《官場現形記》等小說，但同時希望讀者來函是提供趣味爲主：

> 本館凡遇外□投函無不照錄，故凡新開占舖以及□才之士，因本報而得聲名四播者甚眾，推及觀劇看花、各種荐函亦莫非代人增長聲譽，間作笑謔，亦足以□睡遣悶，惟事涉挾□猥褻者不登，此佈。
> 〔註119〕

讀者投書的好處，不但可以「得聲名四播者甚眾」、「莫非代人增長聲譽」，也就是報紙媒體的廣告宣傳效果，讓信息更容易傳布於街頭巷尾，此外還可以「間作笑謔，亦足以□睡遣悶」，增添報紙內容的消遣、消閒趣味，如此注重小報的趣味性，其原因正是要符合市民讀者的閱讀興趣，以便刺激報紙的銷售量，文末李伯元還特別聲明對於事涉猥褻、揭人隱私的惡意黑函也不予刊登，可見消閒趣味的認定是必須經過主筆者把關的，才不至於有「誨淫誨盜之譏」〔註120〕。

　　此外，在娛樂小報群體中亦有專門記錄妓女在豔事爲主的，所謂的「隱寓勸懲」則完全被排除在外，如 1897 年 9 月創辦的《笑報》，內容側重花事，完全是談論捧妓玩妓的文字，如其自述：「詳抄賭譜，間錄嫖經，紙張翻新，事件零星，愁悶消除，勝浮大白」云云，正是爲了讀者消愁解悶而來；同是

〔註118〕〈采風報序　仿蘭亭集序〉《采風報》1898 年 7 月 12 日，第 3 號。

〔註119〕〈投函有益　本館告白〉，《世界繁華報》，1901 年 6 月 24 日，第 79 號。

〔註120〕後人評論小報的缺點時，有「惟往往道聽途說，描寫逾分，即不免誨淫誨盜之譏。若夫攻訐隱私，以尖刻爲能，風斯下矣」等批評，見戈公振：《中國報學史》，頁 262～263。

1897 年的《青樓報》則是《海上奇聞報》（德人鼐普主辦）的附送品，從報名來看，可推知是一種專載「花事」的「妓報」〔註121〕；1905 年 7 月出版的《娛閑日報》，其命名「娛閑」，更是因「娛閑於美人顏色，名士文章」的意義而來，所以文字的重心也多談妓院趣事，或是吟風弄月之事。〔註122〕還有曾任《蘇報》主筆的鄒弢，其於 1898 年 5 月創辦的《趣報》，更是完全講求趣味而出版的小報，其發刊詞曾云：「天不趣，則失其為清；地不趣，則失其為靈；人不趣，則失其為雅」，原來「趣」就是合乎人情、合乎天理的，而人之趣又分好幾種：「善飲者得酒之趣，善遊者得遊之趣，善賞者得鶯花風月之趣，善食者得蔬果魚肉之趣，即今之善嫖者，亦各得書寓、長三、么二、野雞之趣」，這些玩樂之趣皆可成為「雅事」，特別是「趣」必須聽其自然，「以趣之所在，天地不可奪，鬼神不能移，文兄師保不能挽回而化導」，就連天地鬼神都不可奪走，何況是道德教化可以化解呢？〔註123〕因此，該小報上所刊登的娛樂新聞也就被主筆者合理化了，在眾多小報的倡導之下，消閑的趣味已經逐漸為讀者所接受。

那麼娛樂小報群體彼此間的關係又是如何呢？基本上這些撰寫小報新聞的主筆者，是彼此互通聲氣、常有往來的，如創辦《笑林報》的孫玉聲回憶說道：

> 余創《笑林報》，為克期促成小說及晚間會友起見，……至於晚間會友，則九、十點鐘後，吳趼人、周病鴛、高太痴、李伯元、沈習之、俞達夫、劉子儀、夏蘭生君等諸友，無不飄然而來。每夕高朋滿座，興至則酌酒賦詩，彈絲品竹（館中備有樂器），各隨所好，不啻一同文俱樂部，惟不叉麻雀，以免賭博恐傷友誼。〔註124〕

由此可見，小報文人是彼此熟識的，並且關係相當密切，白天撰稿寫新聞，

〔註121〕馬光仁：《上海新聞史（1850～1949）》，頁 155。

〔註122〕參見阿英：《晚清文藝報刊述略》，頁 85。

〔註123〕《上海近代報刊史論》一書說：「於是，《趣報》完全以趣味為中心，為讀者提供尋歡作樂的方便。什麼『友蘭軒之陳膏，廣誠信之老土』；什麼『三油樓油雞，浦五房滷鴨』；什麼『徐琴仙之琵琶，賽金花之京調』；什麼『外虹口之寶攤，新馬路之局賭』全上了報紙。」云云。轉引自秦紹德《上海近代報刊史論》，頁 142。

〔註124〕孫玉聲〈報海前塵錄・笑林報館之回憶〉，《新夜報》，1934 年 6 月 25 日，轉引自孟兆臣：《中國近代小報史》，（北京：社會科學文獻出版社，2005 年），頁 13～14。

晚上就到笑林報館齊聚一堂,可說是小報文人專屬的俱樂部。並且,在報紙上也會互相刊登對方的報館名稱,例如:《游戲報》上曾登〈新開趣報館〉的廣告,等於是在爲《趣報》做宣傳〔註125〕;又或者是《采風報》上爲《奇新報》首日開館所撰寫的新聞報導〔註126〕;還有創刊於1902年6月的《支那小報》,其內容體式,完全模仿《游戲》、《繁華》二報,就曾以兩闋〈西江月〉詞,巧妙地將報紙內容與小報館名稱結合在一起〔註127〕,達到了同時宣傳的效果,眞是別具心裁的作法。如此看來,這些晚清的娛樂小報群體未必完全是互相競爭的,而是在共同地推廣他們心中的消閒價值,讓消閒、娛樂成爲一項合理的論述。

第三節　晚清小報與上海城市、文學的相互輝映

　　孟兆臣在《中國近代小報史》一書中表示:「小報在中國近代通俗文學發展中扮演了重要的角色,它除了發表作品外,還承擔聯絡作者和文化經營等多方面的工作,小報是中國近代通俗文學的主陣地和主營通俗文學的文化實體。」〔註128〕並在書中附錄〈小報小說目錄〉將上海小報有附送、連載的小說作一整理,從該表中可以看出小報與小說,甚至是與小說家之間的關係十分密切,而這之中不只是文人的創作的小說,也還包括翻譯小說:

> 本館昨承昌言報惠貽巴黎茶花女遺事一書,按是書爲西國著名小說家所撰,筆致超特、情節變幻堪與西廂、紅樓夢等書媲美,閱之非獨豁人心目,且可藉徵西國俗,誠小說中出色當行之作也。另附新

〔註125〕〈新開趣報館〉:「本館開設四馬路中和里,廣採花叢艷說、菊部新聲,以及趣語新聞,並登各號招牌貨物,茲定於十一日出報後附新編斷腸碑小說,如有新聞寄來自當酌酬,惟信力本館不給。」(見《游戲報》,1898年6月29日,第363號。)

〔註126〕〈日報新開〉:「昨日爲奇新報館出報之第一日,午後假座桂仙茶園,綵觴宴客,一時馬龍車水勝友雲來聆雅奏於伶筵飫嘉珍於異饌,誠不可多得之舉也。敝館同人預承折束相招,適有他事,未獲躬陪末座,歉何如之,謹誌數言,藉鳴謝悃。」(《采風報》,1901年3月11日,第7號。)

〔註127〕〈西江月〉詞云:「本報命名《支那》,《寓言》即是前因。且將論說主《奇新》,《時事》、《采風》有信。記取《笑林》中事,兼爲《游戲》中人。《繁華世界》幻疑眞,《花月春江》吟興。」見阿英:《晚清文藝報刊述略》,頁81~82。

〔註128〕引自孟兆臣:《中國近代小報史》,頁13。關於〈小報小說目錄〉可看該書,頁262~266。

> 譯包探案、長生術二種，計共兩冊，批閱一過爲誌數語，以告購是
> 書者。〔註129〕

這是《游戲報》上登的一則短文，主要是向贈書者致謝，但在文中卻有替《巴黎茶花女遺事》宣傳之意，說此書「筆致超特、情節變幻」，甚至能與《西廂記》、《紅樓夢》等書媲美，而讀者讀了此書除了悅人心目，也能瞭解西方的習俗，兼具消遣性、知識性的功能，眞是推崇備至。末云有另外兩本《新譯包探案》、《長生術》，等看過之後再「爲誌數語」，一方面是感謝對方贈書，另一方面也是企圖促使讀者去購閱小說。而這些小說廣告在《游戲報》、《世界繁華報》上是算常見的，但多半是廣告、宣傳而已，小報的出現眞正影響的很可能是狎邪小說、譴責小說兩大類小說，以下將略述其要。

一、狎邪小說與譴責小說的傳播媒介

　　《游戲報》曾有免費附送小說《海天鴻雪記》，不取分文的廣告：「今日隨報附送《海天鴻雪記》不取分文」〔註130〕，而報上除了有一連串的《海天鴻雪記》廣告，李伯元也曾親自寫〈海天鴻雪記序〉於報上發表：

> 又歷年所十丈軟紅中，風月之勝，交遊之盛，選色徵歌之廣，又爲
> 他邦所不逮，而余以□夢浮生渺焉，迹年來所見所聞，日新月異，
> □眷是邦盛衰之感，輒結鬱勃於懷而不能自己，欲爲一家言，或托
> 之稗官野史，摹寫酣歌恆舞之，大凡魑魅鬼蜮之殊狀，補游戲報所
> 未備者，則又以時事迫我以憂傷，舍游戲報之寓言，至不欲與管城
> 子爲緣，然余心固未嘗一日忘也。……嗟乎！以兒女無聊之恨，銷
> 英雄絕世之才，居士亦傷心人別有懷抱哉。己亥季夏游戲主人序。
> 〔註131〕

序中提到上海的「風月之勝，交遊之盛，選色徵歌之廣」是他處所不及的，而長久生活在風月歡場中，更有浮生若夢的感觸，加上當時國家面臨巨變，「盛衰之感，輒結鬱勃於懷而不能自己」，身爲一介文人也無法有任何助益，因而抑鬱難安，仍將「魑魅鬼蜮之殊狀」用《游戲報》寓言的方式描寫批判，然而這似乎仍無法完全地表達其「時事迫我以憂傷」的情境，正巧二春居士給了李

〔註129〕〈贈書誌謝〉，《游戲報》，1899年6月4日，第696號。
〔註130〕《游戲報》，1899年7月28日，750號。
〔註131〕〈海天鴻雪記序〉，《游戲報》，1899年7月29日，751號。

伯元《海天鴻雪記》〔註132〕，因而李伯元爲其寫序，並逐日附送。末云「以兒女無聊之恨，銷英雄絕世之才」，藉由寫妓女、狎客的一些歡場事蹟來表達其心中的不滿，似乎暗指《海天鴻雪記》背後仍有深遠的意涵留待讀者去發現。然而，《海天鴻雪記》或許眞有作者要強調的「警世」深意，但對當時讀者來說，不啻爲一本上海娛樂指南，在該小說中的場景不是發生在妓院、煙館、書樓、戲園，就是上海張園、愚園等名園勝地；書中人物可以三不五時打茶圍，或是乘坐馬車兜圈子，去一品香吃大菜，還能閱讀時下流行的《花叢日報》（按：小說中虛構的娛樂小報），或是去觀看西洋馬戲，可見李伯元十分重視小說中人物喜愛「消遣」的特性。還有研究者認爲「可以說李伯元對流行頗有眼光。在他的另外一本小說《海天鴻雪記》，他似乎時常以精準描寫男女人物如何打扮爲樂」〔註133〕，確實在該小說中對於人物的穿著寫得很講究：

> 君牧等揀了頭等座位四把椅子坐了，君牧先拿眼鏡周圍巡視了一
> 轉，那些士女裡頭，認得的卻沒有幾個。那時看客來的還絡繹不絕。
> 忽然眼睛底下一亮，只見兩個麗人款步前來。前面一個翠羽明璫，
> 戴著金絲邊淺黑色玻璃眼鏡。君牧、又春都認得是高湘蘭；後面一
> 個，還是妙齡，穿著湖色金槍紗鑲元色外國紗夾襖，曳著長裙，頭
> 上首飾戴得不多，卻珠光寶氣，甚是眩目，跟著高湘蘭走到對面椅
> 位坐下。〔註134〕

〔註132〕二春居士極可能就是李伯元的另一筆名。雖然《海天鴻雪記》的發表和出版
均署名二春居士編，南亭亭長加評，並且〈海天鴻雪記按期出售〉告白亦說：
「是書爲浙中二春居士所著，居士曾爲滬上寓公，迫中年絲竹哀樂傷神，回
首前塵，勝遊如夢，於是追憶墮歡，以吳語潤色成書。生花妙筆，令閱者恍
歷歡場，徵歌選舞。原書僅成半部，本館以重賞乞得，并函致居士足成之。」
（見《游戲報》，1899 年 7 月 21 日，第 743 號。）廣告表示二春居士爲浙中
人士，然而李伯元卻是江蘇武進人，因而學界有《海天鴻雪記》非李伯元所
作之看法，如祝均宙〈李伯元重要佚文新發現──證實《海天鴻雪記》非李
之作〉（刊於《中華文學史料》，1990 年 6 月出版）。不過二春居士仍極可能
就是李伯元的筆名，因李伯元既是小說家，又是報館主人，寫序和登廣告皆
假托爲二春居士所作，不用游戲主人的第一人稱也是合理之事。參見魏紹昌：
〈《海天鴻雪記》的作者問題〉，收入《晚清四大小說家》（台北：臺灣商務印
書館，1993 年），頁 49～56。

〔註133〕曾佩琳（Paola Zamperini），余芳珍、詹怡娜譯：〈完美圖像──晚清小說中
的攝影、慾望與都市現代性〉，收於李孝悌：《中國的城市生活》（台北市：聯
經出版，2005 年），頁 470。

〔註134〕李伯元：《海天鴻雪記》第 15 回，收入薛正興主編：《李伯元全集（三）》（南
京：江蘇古籍出版社，1997），頁 86。

這是第十五回〈看馬戲闊少惹情魔　吹牛皮阿姨弄花巧〉的一段描寫，後一位說她戴金絲邊黑色玻璃眼鏡，穿外國紗夾襖的女生，正是闊少君牧後來中意的對象——「沈家里格小小姐」，在此回小說就是藉由描寫馬戲演得詭奇變幻，而說君牧無心看馬戲，整個心思都在那小小姐身上，而小小姐的打扮、馬戲的變幻都以西洋事物為主的寫法，正與小報上崇尚報導西洋事物的情況相符，加上裡面介紹的娛樂活動不外乎小報上天天登載的那一些，更可見小報與附送的小說《海天鴻雪記》關係是彼此呼應的。

就連小說主旨也跟小報有些聯繫，在《海天鴻雪記》第一回裡，即對上海做了貼切的形容：

> 上海一埠，自從通商以來，世界繁華，日新月盛，北自楊樹浦，南至十六鋪，沿著黃浦江，岸上的煤氣燈、電燈，夜間望去，竟是一條火龍一般。福州路一帶，曲院勾欄鱗次櫛比，一到夜來，酒肉薰天，笙歌匝地。凡是到了這個地方，覺得世界上最要緊的事情，無有過於徵逐者。正是說不盡的標新炫異，醉紙迷金。那紅粉青衫，傾心遊目，更覺相喻無言，解人難索。〔註135〕

上海從開埠通商以來，工商業日益繁華興盛，加上最新引進的西人文化、科技，如煤氣燈、電燈更讓上海成為不折不扣的不夜城，而福州路一帶是妓館的聚集地，「曲院勾欄鱗次櫛比」，夜夜笙歌，讓來此地遊人莫不陷入了一迷思，「覺得世界上最要緊的事情，無有過於徵逐者」，歌酒徵逐成為人生一大樂事，正是「說不盡的標新炫異，醉紙迷金」，在大街上狎妓冶遊亦被視為豔事，這正是當時上海冶遊者風流性格的展現。在《游戲報》上亦記錄著一個身懷抱負的青年，來上海後而迷失溫柔鄉的事情：

> 江右某公子素講維新之學，每與人談即時局頗有以天下為己任之概，今年以事至滬，本擬小作勾留，即行旋里，後緣晤見棋盤街長仙堂花小寶校書，不覺大為賞識，遂日夕詣其妝閣，與之結露水緣，漸至兒女情長，英雄氣短，有此間樂不思蜀之意。然友人輩皆知公子不能久留，或詢其何日戒途，公子答言下一禮拜，及逾數日後又問之，公子又答言下一禮拜，問者笑曰：「憶足下來此猶是楊柳青時，

〔註135〕李伯元：《海天鴻雪記》第 1 回，收入薛正興主編：《李伯元全集（三）》，頁 1。

今已枇杷黃候，以每月四禮拜計之，不知此月之內，尚有幾禮拜耶？」

公子默然無以應。〔註136〕

某年輕公子平日講求維新之學，且每與人談論時局就有「以天下為己任之
概」，看似其所做所為應與那些喜愛吃花酒的玩袴子弟不同，然而到了上海「晤
見棋盤街長仙堂花小寶校書」，結識了上海妓女，從此「與之結露水緣，漸至
兒女情長，英雄氣短」，大有樂不思蜀之意，友人詢問何時離開上海，卻遲遲
拖延，最後只能「默然無以應」，這則新聞記錄了當時初到上海這個繁華世界，
而最終很可能就此陷落的下場。

晚清上海竹枝詞之多，光結集成書的就有十多種，並且竹枝詞以反映上
海市民生活和都市風貌為主要題材，通俗易懂，朗朗上口，成為一種較風行
的市民文學形式。〔註137〕而在小報上也有竹枝詞的刊載，反映是上海的花花
世界，例如白雲詞人作的〈海上黃鶯兒詞〉就說上海的繁華生活猶如春夢一
場：「說不盡的窮愁潦倒，看得破的富貴繁華。這個上海地方，人人快樂，個
個嬉游，依我看來，好比春婆一夢」，而在這紙醉金迷的上海城市打滾，真正
的體悟是：「風月好留連，有銀錢，便是仙。幾多闊少時時變，今朝一天，明
朝一天，花花世界何須戀」〔註138〕，原來歡場中有錢的是闊少，而妓女也是
貪戀金錢，無怪這花花世界無須留戀；另一首〈海上青樓黃鶯兒詞〉亦是如
此：「切莫太沈迷，看銀錢，似土泥。萬金慾海填無底，不識東西，不辨高低，
阿誰畢竟稱知己。悟禪機，空空色色，一霎夢醒時」〔註139〕，有錢的公子經
常是揮霍無度，不把錢當錢看，目中無人，不管誰都來稱朋友、知己，巴結
恭維不斷，但是一旦身上沒有半毛錢，就發現人盡散去，冷暖人間，剎時才
醒悟世間一切繁華皆是空。這種反覆提醒的妓女無情、歡場如夢的基調，其
實與狎邪小說最終主旨是一樣的，只是在這些不停描述歡場繁華的過程中，
讀者早已被吸引，而忘卻繁華過後的悽慘下場，與其說是提醒讀者注意歡場
的陷阱，倒不如說像是介紹海上繁華的迷人之處。〔註140〕

孫玉聲以創辦《笑林報》著名於世，當時也不止一個小報附送他的《海

〔註136〕〈每月四禮拜〉《游戲報》，1899 年 5 月 23 日，第 684 號。

〔註137〕樂正：《近代上海人社會心態（1860～1910）》，頁 141。

〔註138〕〈海上黃鶯兒詞〉，《游戲報》，1897 年 8 月 22 日，第 60 號。

〔註139〕〈海上青樓黃鶯兒詞〉，《游戲報》，1897 年 8 月 27 日，第 65 號。

〔註140〕〈海上黃鶯兒詞〉、〈海上青樓黃鶯兒詞〉前面還有幾首是介紹上海繁華，最
後的警醒之語只是稍提醒而已。由於篇幅有限，暫不詳引。

上繁華夢》、《仙俠五花劍》等小說，其以「附張」的方式附送一頁，上面還有明清小說的常見的人物圖象模式，立即引起讀者搶購，在當時是廣受歡迎的一本狎邪小說，風行一時。儘管現在《海上繁華夢》所得到的文學評價遠不及韓邦慶的《海上花列傳》，但是該書亦另有物質文化研究的價值，也就是「活化石」的特殊意義，這恐怕也是孫玉聲當時始料未及的。〔註 141〕像是學者范伯群就指出：

> 在第 3 回「款嘉賓一品香開筵」中，身在上海最著名的西餐館吃「大菜」，口中順便介紹上海的各種西餐館，恐怕是上海當時的西餐館「一覽表」了，在美食文化中一種時尚（或稱崇洋）氣氛已經在上層社會中流行。而第 22 回的一張長長的照相價目表和第 23 回的一張「洋涇濱」外國家俱發票是不應該出現在小說這樣的文藝作品中的，這純粹是流水帳，可是孫玉聲卻「抄」得如此「地道」，以致今天會有人拿來作爲研究參考資料。至於跑馬之類的洋賭博、影戲等的洋娛樂和張園那種帶有洋味的公共場所，在作品中也頻頻出現。〔註 142〕

一般而言，小說是刪去枝微末節的，然而，《海上繁華夢》卻將一品香的菜單、照相的價目表、外國家具發票等等一一寫進小說，而且與當時的實際的價錢幾乎一模一樣，相當具有參考價值，而這些西洋事物的鉅細靡遺的描寫，似乎也可看出當時人們的「崇洋」心態，至少對西方事物已經有很高的接受度。就如照相館來說，有一回寫屠少霞與妓女阿珍一起去拍照，但當他們出發前往照相館時，她不滿意屠少霞選擇寶記，阿珍較想去大馬街上的致眞樓，因爲在那兒人們可以穿戲園的戲服拍照。屠少霞答應了她的請求，當他們到那兒時還得排隊，因爲當時已經有另外一對正在拍照中。等待時，屠少霞接下價格表閱讀，而阿珍則是目錄，他決定價錢等級，她決定照片形式及穿著服

〔註 141〕詳見范伯群：《中國現代通俗文學史（插圖本）》，頁 29。

〔註 142〕引自范伯群：《中國現代通俗文學史（插圖本）》，頁 29。《海上繁華夢》第三回：「話那一品香番菜館，乃四馬路上最有名的，上上下下，共有三十餘號客房。四人坐了樓上第三十二號房間，侍者送上菜單點菜。幼安點的是鮑魚雞絲湯、炸板魚、冬菇鴨、法豬排，少牧點的是蝦仁湯、禾花雀、火腿蛋、芥辣雞飯，子靖點的是元蛤湯、腌鱖魚、鐵排雞、香蕉夾餅，戟三自己點的是洋蔥汁牛肉湯、腓利牛排、紅煨山雞、蝦仁粉餃，另外更點了一道點心，是西米布丁。侍者又問用什麼酒，子靖道：『喝酒的人不多，別的酒太覺利害，開一瓶香檳、一瓶啤酒夠了。』侍者答應，自去料理，依著個人所點菜單，挨次做上菜來。」見海上漱石生（孫玉聲）：《海上繁華夢》第三回（上海：上海古籍出版社，1991 年），頁 24。

裝。目錄本顯然是廣告，展示了上海最著名的妓女，諸如林黛玉、陸蘭芬、金小寶、張書玉。而當他們做好決定，已經輪到他們擺姿勢照相，這總共花費了 21 塊洋錢，相當不便宜。〔註143〕由此可以發現，《海上繁華夢》的描寫十分的詳細，幾近於流水帳的寫法令讀者感覺猶如「娛樂指南」，告訴讀者去拍照可能會遇到什麼情況，又會看到哪些妓女目錄，這種細節化似乎不該大量出現於文學小說中，會降低文學作品的流暢度，但是另一方面，卻也給後人瞭解晚清上海社會較爲眞實的情況，也是很珍貴的歷史資料。范伯群還認爲《海上繁華夢》有對上海小報品評的情況：

> 孫玉聲是海上報界、包括小報界舉足輕重的人物，他的小說旣展覽海上吃、喝、嫖、賭的生活實況，又偏重於提及市民所鍾愛的小報。《笑林報》、《采風報》、《消閒報》、《游戲報》、《世界繁華報》、《支那小報》都進入了他的小說，讀者可以領略它們的功能，其中還有他的評價。如書中人物要去看戲，就找《笑林報》看它的戲目廣告。要看評選曲榜狀元，就看《游戲報》，小說還認爲《游戲報》評得很公允。當時除曲榜外，《游戲報》還評「花榜」評選後還印了兩本《淞濱群芳錄》……，在孫玉聲的小說中將它改爲《海上群芳譜》，在小說中將這本群芳譜整整抄了 8 頁，對這些評上的狀元、榜眼、探花等妓女，先冠於「花名」，然後是「傳曰」，是傳記和有關她們的品貌風采，然後是「詩曰」，都是騷人墨客寄贈的捧場詩詞，所謂「積成卷軸」，「以公同好」。〔註144〕

由此可知，《海上繁華夢》已不像《海天鴻雪記》去寫個虛擬的《花叢日報》，而是更加寫實的，包括上海有名的小報都被一一搜羅，寫入小說，像是讀者要看戲，就必須找《笑林報》的戲目廣告，因爲可能裡面的戲目比較詳細；要知道誰是曲榜狀元就該去看《游戲報》，因爲它選拔曲榜妓女很是公道，又像是《游戲報》上的花榜也頗有看頭，讓孫玉聲把小報上的《淞濱群芳錄》抄寫成八頁的《海上群芳譜》，上面的妓女又有「花名」、「傳曰」，還有文人騷客寫給她們捧場的詩詞作品，毫無疑問的，這是小報的提倡，也是捧妓的一種，無怪乎會受到後人批評這簡直是「嫖界指南」。

〔註143〕曾佩琳（Paola Zamperini），余芳珍、詹怡娜譯：〈完美圖像——晚清小說中的攝影、慾望與都市現代性〉，收於李孝悌：《中國的城市生活》，頁 462。

〔註144〕范伯群：《中國現代通俗文學史（插圖本）》，頁 31。

　　而《游戲報》、《消閒報》、《笑林報》等小報上附的詩詞作品，由於多半是捧妓之作，也受到不少批評：

> 內地日報諸家牘後，恆載詩詞，大抵遊客來稿，昔人目爲江湖詩者
> 也。經年所載，何啻恆河沙數。要之，半文聲價，一日流傳，自起
> 自滅耳。近日上海更夥爲《消閒》、《游戲》等報，報必有詩，詩必
> 累牘，泛收廣錄。黃口偷吻，青樓畫眉，皆可浪居風雅之號，而詩
> 道於是愈不可問。然其中豈無一二宿儒遺草，無力自行，通人篇章，
> 流傳於外時見爲搜羅所及，明載報端者？徒以體例未安，遂覺爲一
> 邱之貉，玉石無分耳。讀者遇此等處，須分別觀之。〔註145〕

《游戲報》的版面多是首版必有一篇論說，接著放新聞八條，附以文人詩詞，最後才刊載廣告的模式，而其中的詩詞多與「青樓畫眉」有關，文人自居風雅之號，但卻被人批評爲「詩道於是愈不可問」，大部分是無足可觀，此文還認爲裡面即使有佳作，也是少數之作，還需要讀者分辨好壞。其實報上附有詩詞之事，大報已有，如吳趼人《二十年目睹之怪現狀》第八回提到：

> 順手取過一疊新聞紙來。這是上海寄來的。上海此時，只有兩種新
> 聞紙；一種是《申報》，一種是《字林滬報》。……看到後幅，卻刊
> 上許多詞章。這詞章之中，豔體詩又占了一大半，再看那署的款，
> 卻都是連篇累牘，猶如徽號一般的別號；而且還要連表字姓名一起
> 寫上去，竟有二十多個字一個名字的。再看那詞章，卻又沒有甚麼
> 驚人之句；而且豔體詩當中，還有許多輕薄句子，如詠繡鞋有句云，
> 「者番看得渾眞切，胡蝶當頭茉莉邊」，又書所見云，「料來不少芸
> 香氣，可惜狂生在上風」之類。不知他怎麼都選在報紙上面。據我
> 看來，這等要算是誨淫之作呢。〔註146〕

這是小說中人物的心理，認爲大報上怎麼刊登了豔體詩詞，署名又是「連篇累牘」，而裡面的詩詞沒有什麼驚人之句，倒是輕薄句子不少，可見就當時傳統觀念來看仍被視爲「誨淫之作」，難登大雅之堂，而這種看法也是當時的一種聲音。若聯繫到《游戲報》創始之初，李伯元曾說該報亦受到不少人士批

〔註145〕引文爲邱煒萲《五百石洞天揮麈》卷七所云，轉引自阿英：《晚清文藝報刊述
　　　　略》，頁65。

〔註146〕吳趼人：《二十年目睹之怪現狀》第8回（台北市：博遠出版，1987年），頁
　　　　68～69。

評，就可以知道這些批評的理由很可能就是將《游戲報》視為「誨淫之作」，敗壞社會風氣的報紙。

除了上述的小報與狎邪小說有密切關係，事實上《游戲報》為了「隱寓勸懲」也寫了不少諷刺官場的文章，到了 1901 年《世界繁華報》又連載諷刺、譴責小說《庚子國變彈詞》、《官場現形記》等，可說是為小報由「附送小說」發展到刊登「連載小說」的重要開端，以前是採取每天附送一頁的「活頁」方式，但像是《庚子國變彈詞》、《官場現形記》等彈詞、小說都有專門的欄目來進行連載，凸顯了小說的重要性，而這也與晚清時期小說地位逐漸提升有關。1898 年梁啟超寫下了〈譯印政治小說序〉〔註147〕，是在晚清最早呼籲文學革新的文字，不過筆者認為李伯元在小報上連載小說並不見得就是追隨梁啟超的想法，或許比較符合實情的應是因李伯元之前實際去辦《游戲報》的三年之中，而體會出來的寫作經驗，瞭解讀者是很喜愛閱讀這些揭露官場黑暗的作品。像是阿英於《晚清文藝報刊述略》即表示雖然小報幾乎每一種都是談風月、說勾欄，但「若果不談這些『風月』、『勾欄』，這些小報在當時就不會存在了，就失卻物質基礎了。這正說明了這類小報，是半殖民地都市生活，和封建地主生活結合起所孕育的，具有特徵的報紙，也正反映了當時半殖民地的買辦階級、洋場才子、都會市民和官僚地主一些沒落的生活形態。這些報紙，是起了推波助瀾的作用的」，也就是說，「這些小報，同時也揭露了當時的社會黑暗，抨擊了買辦、官僚以及帝國主義，奠定晚清譴責小說發展的基礎」〔註148〕，阿英對於小報的看法顯然是站在寫實社會主義的看法，認為小報若有價值，也是因其揭露了官場的黑暗面，是諷刺小說的發展基礎。

晚清賣官鬻爵的現象或許早已在官場中見怪不怪，但是對讀者而言是很有吸引力的，加上李伯元善用戲謔的手法來說故事，如同王德威說的這些小說具有一種「喧囂諷謔、嬉笑怒罵的風格」：

> 只要與宋明和清初的小說相較，我們便可發現晚清「譴責」小說最具突破性之處，並不在於作者對社會現狀的口誅筆伐，而在於隨著強烈諷刺目的而衍生的鬧劇模式。〔註149〕

〔註147〕陳平原、夏曉虹編：《二十世紀中國小說理論資料（第一卷）》（北京：北京大學出版社，1997 年），頁 37～38。
〔註148〕引自阿英：《晚清文藝報刊述略》，頁 50～51。
〔註149〕王德威：〈「譴責」以外的喧囂——試探晚清小說的鬧劇意義〉，收入氏著：《想像中國的方法》（北京市：生活·讀書·新知三聯書店，1998 年），頁 71。

「譴責小說」一詞其實出自魯迅《中國小說史略》所云：「雖命意在於匡世，似與諷刺小說同倫，而辭氣浮露，筆無藏鋒，甚且過甚其辭，以合時人嗜好，則其度量技術之相去亦遠矣，故別謂之譴責小說。」〔註150〕可見李伯元對於社會怪現象的口誅筆伐，確實有「以合時人嗜好」的意圖，由於「時正庚子，政令倒行，海內失望，多欲索禍患之由，責其罪人以自快」〔註151〕，晚清朝廷的腐敗無能，加上西方勢力的入侵，國家的命運危在旦夕，小說中誇張或捏造駭人聽聞的官場黑幕正是當時讀者最感興趣的話題，因為可以藉由嬉笑怒罵來發洩心中的不平與不安，而這種強烈的鬧劇精神正是最初由《游戲報》逐漸地發展而來的。〔註152〕

二、對消閒、娛樂觀念的解釋與推動

《游戲報》上曾說上海的青樓妓院是多不勝數的，足以令眾多冶遊者在上海流連忘返：

> ……誠以妓館之應酬周到，几榻精潔，有端好之婢僕聽其驅使，有清雅之烟茗供其消遣，則甚適溺之忘歸，紈袴之子朝夕徵逐無一事，其逸樂之趣固無論矣。即如奔走衣食之徒，遠棄鄉里，睽隔妻子，謀得一業，勤劬不已，間亦出其薪工之所獲，以取樂於歌樓舞榭間，揚揚自得，雖十年不歸，而未嘗動思家懷者，往往有之。〔註153〕

文中提到上海妓院應酬周到、布置精潔，「有端好之婢僕聽其驅使，有清雅之烟茗供其消遣」，幫助遊人排遣煩悶、打發時間，不知不覺地讓人「適溺之忘歸」，而那些無所事事的紈袴子弟整日地徵逐歌酒，其逸樂之趣正樂無窮；就算是出外謀生的人來到上海，在謀得工作之餘，也不忘將「其薪工之所獲，以取樂於歌樓舞榭間」，即使是十年不歸故里，而未曾想過家中妻子的人也大有人在，可見上海這個紙醉金迷的城市誘惑力十足。接著該文進一步論述夜晚遊樂的正當性：

> 人生百年，勞逸參半，有勞無逸則生趣絕，有逸無勞則心志放。滬上商家各業友侶日中辦事，每於夜間偕一二知己，徜徉於福州路，

〔註150〕魯迅：《中國小說史略》（上海：上海古籍出版社，2006年），頁187。
〔註151〕魯迅：《中國小說史略》，頁187。
〔註152〕詳見第三章。
〔註153〕〈滬上妓館有關商務說〉，《游戲報》，1899年1月7日，第556號。

管簫迭奏之場，自舒其氣，所以勞逸相等，而生趣獨得也。〔註154〕

人生在世不過百年而已，工作與逸樂應該是各自均分的，因爲「有勞無逸則生趣絕，有逸無勞則心志放」，只是一味的工作而不去享樂是斷絕生活的樂趣，但是若只沈溺逸樂之中而不從事工作，則是放縱自己的表現，也不是好事一件。因此，最好的處事態度是在白天辛勤地工作，「滬上商家各業友侶日中辦事」，而「每於夜間偕一二知己，徜徉於福州路」，到了晚上則與友人相約去福州路（即四馬路）流連風月場，耳聽「管簫迭奏」，自然就能放鬆心情，這正是「勞逸相等，而生趣獨得」的道理。由此可以發現娛樂小報有提倡消閒觀念的意圖，使讀者認知到消閒是有意義的事，並且是勞逸均分，十分地合情合理，在晚上從事娛樂活動絕對不是件浪費錢的舉動，而是生活中不可或缺的一部份。

另外，本論文雖以李伯元的小報爲研究對象，但是同時期的小報亦有濃厚的娛樂氛圍，因此以下將以《消閒報》、《采風報》的內容互爲印證。作爲《字林滬報》的附贈報紙——《消閒報》，只比《游戲報》晚五個月出刊，卻有意識地以「消閒」作爲報紙的命名，更在專門的論說中直接地去詮釋「消閒」的意義，如在《消閒報》第二號的報紙裡，就有〈釋消閒報命名之義〉一文：

> 閒者，勞之對也。王事賢勞，簿書鞅掌，使無養息以節之，似背於愛惜精神之理，故古人有「十旬休暇」之說。今之西人，休息之期，則以七日一來復，而晨昏歇息之時，亦有定候。既歇息，則閒矣，既閒，則當有消閒之法矣。一篇入目，笑口既開，雖非調攝精力之方，要亦可爲遣悶排愁之助也，此可爲當道諸公消閒者也。〔註155〕

消閒是勞動工作的另一面，在工作之後若無休息的時間來養足精神，「似背於愛惜精神之理」，因此中國就有「十旬休暇」的說法，也就是工作十天，會有一天休息，但是沒有特別精確的時間，說是十天後的哪一天；到了西人來華後，提出「七日一休息」的說法，開始有了「禮拜天」的制度。並且，既然有一天不用工作，那麼那一天就是空閒的，「既閒，則當有消閒之法矣」，休息之餘，亦應有休息的方法來打發時間，這就是「消閒」的由來；接著進一步說道，《消閒報》上的趣味新聞足以博君一笑，雖非調攝精力的良藥，卻是

〔註154〕〈滬上妓館有關商務說〉，《游戲報》，1899 年 1 月 7 日，第 556 號。
〔註155〕〈釋消閒報命名之義〉，《消閒報》，1897 年 11 月 25 日，第 2 號。

幫助讀者「遣悶排愁」的好方法。如此看來，「消閒」是中國自古以來就有的，只是後來被西人定為常規，固定星期天不用工作，而在不用從事勞動工作的時候，就可以讀《消閒報》來打發一天的時間。〔註156〕

　　並且，當上海的娛樂小報將消閒、娛樂視為合理之事，那麼小報上每日出現的妓女新聞、戲園廣告等娛樂信息也就有了正當性，甚至小報還有鼓吹人們從事娛樂的意圖，如〈上海英界茶坊表〉：「商埠之建，以滬濱為首區；游踪所憩，以英界為總匯，爰舉各茶館之知名者，都計若干家，臚列於後」〔註157〕，將上海英租界中的茶館羅列成表，讓讀者知道有哪些地方可以遊憩；或是〈上海英界烟間表〉提到上海煙館服務周到，「不特有癮者趨之若鶩，即無嗜好之人，觀此一榻橫陳，青燈有味，消磨歲月，呼吸烟霞，亦謂於此間得少佳趣焉」〔註158〕，就算是沒有煙癮的人，光看到他人在榻上抽鴉片煙來消磨歲月，也是別有樂趣；或是刊登讀者山陰蓬萊舊樵〈海上青樓黃鶯兒詞〉中所云：「游興一時誇，並嬌娃，坐馬車，偎紅倚翠乘良夜。滿目繁華，滿耳諠譁，御風足算人間快。怕回家，花天酒地，便是好生涯。（其五）」〔註159〕，呈現的不僅是海上繁華的娛樂氛圍，還有及時行樂的處世態度。又如〈名園逭暑〉更是直接邀請讀者前往張園、愚園遊玩：

> 時當炎夏，暑氣薰蒸，居人多以夜游為樂，以故張園內每夜施放中外燄火，近復添有法國新到影戲在海天深處，……益以留聲機器戲、電光影戲，外加各種燄火，至張、愚兩園帽兒戲則仍每日下午開演，愚園并添有名角多人，□於念五晚起亦放各種新巧燄火。本館疊承各園主束邀往觀，祇以操觚鮮暇，終未能一一遍往，爲憾爰綴數言，爲游人告名園逭暑，樂事賞心，切莫辜負此良辰美景也。〔註160〕

〔註156〕民初鴛鴦蝴蝶派的《禮拜六》小說週刊，亦有相同的論述：「或問子爲小說週刊，何以不名禮拜一、禮拜二、禮拜三、禮拜四、禮拜五，而必曰禮拜六也？余曰：禮拜一、禮拜二、禮拜三、禮拜四、禮拜五，人皆從事於職業，惟禮拜六與禮拜日，乃得休暇而讀小說也。」關於這些消閒論述，亦可參看葉凱蒂（Catherine Vance Yeh），"Entertainment Press and Formation of a New Kind of "Cultural Field": 1896～1920s"（晚清民初的娛樂小報與新文化場域的建立），發表於「文化場域與教育視界——晚清——四〇年代國際學術研討會」（台北：台大中文所，2002 年 11 月），頁 1～16。

〔註157〕〈上海英界茶坊表〉，《游戲報》，1897 年 8 月 11 日，第 49 號。

〔註158〕〈上海英界烟間表〉，《游戲報》，1897 年 8 月 14 日，第 52 號。

〔註159〕〈海上青樓黃鶯兒詞〉，《游戲報》，1897 年 8 月 27 日，第 65 號。

〔註160〕〈名園逭暑〉，《游戲報》，1898 年 7 月 11 日，第 375 號。

夏天天氣相當炎熱，於是上海人多以夜遊爲樂，欲藉此納涼消暑氣，特別是當時有張園、愚園等公共園林向市民開放，並且晚上園內有新奇的表演帶給觀眾娛樂，如法國新到影戲（電影）、留聲機器戲、各式燄火、戲曲表演等等，都是當時十分受歡迎的節目。而李伯元雖受邀前往，但是因報館事務繁忙，「終未能一一遍往」，因此在小報上勸告讀者「名園迲暑，樂事賞心，切莫辜負此良辰美景也」，希望讀者亦能到張園一遊，以免辜負良辰美景。幾乎是在同一個時間點《采風報》亦有這類新聞的宣傳，如〈園林好〉一則提到徐園亦是上海的著名園林之一，其「一花一木佈置得宜」，是文人雅士的聚集地，又有名勝供遊人遊賞，由於時值炎夏，因此夜晚有電光影戲、中西戲法等表演，「一時紅男綠女相率往觀」，高朋滿座，讓園林生色不少〔註161〕，其雖未明說希望讀者前往遊玩，但是宣傳的效果想必已經達到。而如果沒有多餘的錢去消遣娛樂，小報上也提供其他辦法，例如晚上若無可消遣之事，不妨到書場像是天樂窩、富貴樓等處，「向煙堂內徘徊却立」，遇有熟人則可以「擾彼鴉片烟」，若無熟人可立於書臺之側，既可以勾引妓女，又能「極視聽之娛」，最重要的是「不費半文，便宜孰甚」。〔註162〕雖然此則短文是爲「滑頭」所寫，但是可以想見晚上到娛樂場中尋覓樂子，已成爲各色人等最喜愛的消遣、娛樂方式，而這正是娛樂小報對「消閒」重新詮釋、演繹的結果。

　　如前文所述，娛樂小報在報導這些娛樂新聞的同時，其實就已扮演了實際推動娛樂事業的角色，因爲透過報紙將訊息的重新編輯，讓娛樂信息更容易傳布於讀者之間，當讀者有消閒時間的時候，或許就能想到這些娛樂訊息，

〔註161〕　〈園林好〉：「滬北雙清別墅，俗名徐園，雖基址不甚寬，而一花一木佈置得宜，有鴻印軒十二樓、又一邨等諸勝。近日主人以時當炎夏，遊客較多，因於晚間在十□樓開演留生電光影戲，並倩步瀛散人搬演中西戲法，一時紅男綠女相率往觀，鬢影衣□，座客常滿，殊足爲園林生色焉。」（見《采風報》，1898 年 7 月 12 日，第 3 號。）

〔註162〕　〈滑頭必讀　再續稿〉：「每夜無可消遣宜至各書場，如天樂窩、富貴樓等處，向煙堂內徘徊却立，有熟人則擾彼鴉片烟，無熟人可立於書臺之側，既可吊膀子，又可極視聽之娛，不費半文，便宜孰甚。」（見《世界繁華報》，1901年 10 月 7 日，第 184 號。）所謂的「吊膀子」（或作吊膀子）就是勾引婦女之事，爲上海俗語。出處是舊上海某個流氓看上了一位大戶人家的小姐，每天對著她的窗戶勾引，小姐上當，於是流氓每天晚上爬窗進入小姐閨房中幽會。爬窗的時候，當然要將膀子吊上去，所以同伴戲稱他每晚的幽會爲「吊膀子」。參見汪仲賢撰文，許曉霞繪圖：《上海俗語圖說》（上海：上海書店，1999 年），頁 75～76。

進而前往該地從事娛樂活動、排遣一天的時間，因而對娛樂事業的推動應有著不容小覷的助益。那麼究竟讀者如何從事娛樂呢？或者對於娛樂、消閒的看法又是如何？關於這點或許可以從小報上的描寫看出端倪，就以上海的娛樂方式，「無非挾妓坐馬車看戲，擺酒吃大菜為正務」，冶遊者莫不以徵逐歡場、揮金如土為樂事，某日《游戲報》主筆者撿到一信，內容讀來相當有趣：

> ……讀之殊令人噴飯，其書云：「蒙借驢車一輛，邀得隔壁之王老三，
> 同叫孫家弄之妙妓，馳騁於四六馬路，奔走如飛，路旁之雙馬，俱
> 追奔不及，閣下此驢真賽如赤兔馬也。隨後到丹桂茶園坐起碼板位，
> 一領梨園歌舞之妙，看完後又馳往榮昌酒店，大炒田螺，開懷痛飲，
> 今日之樂誠生平不可多得，然樂則樂矣。歸來後，通盤一算，囊中
> 又飛去青□三百餘翼，開銷如此，未免太奢華耳，茲將驢車奉還，
> 乞查收不悮。」〔註163〕

原來寫信的人向對方借得驢車一輛，邀請隔壁友人一同召妓，「馳騁於四六馬路」，在當時挾妓乘馬車是相當流行、時髦之事，並稱讚對方的驢子猶如赤兔馬一般，「奔走如飛，路旁之雙馬，俱追奔不及」，縱使是騎驢子也能享受馳騁之樂；接著又到上海著名的丹桂茶園，觀賞戲曲歌舞之妙，還到榮昌酒店「大炒田螺，開懷痛飲」，真可說是生平不可多得之樂事，然而如此享樂的代價卻是高昂的，經過計算後覺得太過奢侈，開銷甚大，因而將驢車奉還給對方。由此看來，寫這封信的人平常並沒有從事娛樂的習慣，亦無閒錢的條件去大肆花費，卻也想盡辦法地去嘗試上海人所追求的娛樂方式。或許對小報的市民讀者來說，《游戲報》的特殊魅力就在於此，當讀者閱讀小報上的娛樂新聞時，就如同親身體驗了那些娛樂活動一般，這些趨新追奇的報導是很能打動讀者渴望嘗鮮的心。

另一則〈味蒓園佳肴嘗遍〉則是外地人來到上海追求娛樂的例子，文中提到：「海上之有味蒓園久已，膾炙人口，月前有浙西某富翁來此，屢見各報紙稱說該園風景，知係行樂之所，不勝歆慕」，於是某富翁乘馬車打算往張園一遊，但是馬夫剛好不知道「味蒓園」，而將他誤載到某酒館名為味純園的地方，「翁下車入內，遍呼肴酒，恣意大啖而出，次日又往詣之，是者數日」，等到某一天「有人過訪詢翁」，詢問他「邇來作何消遣」，經過查證後才發現

這是一場誤會，其所去的地方根本不是張園，因而感到悵然若失。〔註164〕由此可以發現，小報上的報導確實發揮產生了其媒體傳播的力量，使張園的名氣更為響亮，令外地遊人「不勝歆慕」，亟欲一覽風光。並且，上海城市裡空閒的時間似乎真的變多了，像是每天下午四點鐘過後，就有一群人「乘馬車至靜安寺、張園、愚園閒遊，並繞道黃浦灘、四馬路，復折至大馬路跑馬場、寶善街」，而這樣繞來繞去地閒逛，其實並無一事，純粹就是一種閒遊、兜風之類活動〔註165〕，雖然看似什麼事情都不做，但是從事休閒、娛樂的本身即包含了生活樂趣，消閒其實也是一種價值。

在晚清每日都有報紙出刊，讀者藉由閱讀報紙來掌握世界上發生的大小事，確實地讓「秀才不出門，能知天下事」之語成為可能，如《采風報》中的〈釋諺〉所說：「若近世則此二語，不啻為日報而發，譬如出資數文，日購報章一紙，留心察看，近事則本地風光，遠事則九州萬國，無不臚列其間，而其人遂不必遠出諮詢，已知當世一切，非不出門而能知天下事」〔註166〕，可見當時人們閱讀大報的人就是要知道時事，「出資數文，日購報章一紙」，買報的花費雖不太高，就能立即知道各地間發生的大事，而大報也以傳布信息為其重要功能之一。由於當時的一般讀者鮮少將自己的閱報心得記錄下來，但依然能從小說中的人物心理去做一番推測，如《文明小史》就描寫了一些閱報情形：

> （做書的人）記得又一年，正是夏天午飯纔罷，隨手拿過一張新聞紙，開了北窗，躺在一張竹椅上看那新聞紙消遣。雖然赤日當空，流金鑠石，全不覺半點歊熱，也忘記是甚麼時候了。〔註167〕

> 姚拔貢從前來信，常說開發民智，全在看報，又把上海出的什麼日報、旬報、月報，附了幾種下來。兄弟三個見所未見，即可曉得外面的事故，又可藉此消遣，一天到夜，足足有兩三個時辰用在報上，

〔註164〕〈味蒓園佳肴嘗遍〉，《游戲報》，1899 年 5 月 15 日，第 676 號。

〔註165〕〈釋諺〉，《采風報》，1898 年 7 月 25 日，第 16 號。此為「無事三十里」一言作詮釋：「既無事安至步行三十里之遙，乃不意今則竟有其人焉。試觀每日四點鐘後，有乘馬車至靜安寺、張園、愚園閒遊，並繞道黃浦灘、四馬路，復折至大馬路跑馬場、寶善街，其人實無一事，而往來跋涉，何止二、三十之多，是故古人此諺若為若輩而設，倘令質之若輩，恐亦啞然失笑也。」

〔註166〕〈釋諺〉，《采風報》，1898 年 7 月 25 日，第 16 號。

〔註167〕李伯元：《文明小史》楔子（台北市：博遠出版，1987 年），頁 1。

真比閒書看得還有滋味，至於正經書史，更不消說了。〔註168〕

首先經由這兩段引文基本上可以確定李伯元也認同閱報可以消磨、排遣時光，並且雖然引文中提到的「新聞紙」、「上海出的什麼日報、旬報、月報」云云，不一定指的是小報，但是讀者閱讀報紙來排遣時光的精神應是很相同的，例如在炎熱的天氣下讀讀報紙，就完全不覺得酷熱，或是讀報能知世上發生的大事，還可以提供消遣，「真比閒書看得還有滋味」，也就是說，當時上海的各式報紙已經培養了一批閱報讀者，而當李伯元創辦小報，引起小報風潮，一天之中會有十幾份小報同時出版，正是宣告近代消閒閱讀風氣的萌芽，或許創始之初仍有批評者，但是從《游戲報》將近萬分的銷售量、小報上的讀者投書，以及延續十年之久的發刊期，則也能推斷當時小報受讀者歡迎的程度。

如上所述，讀者是會受到娛樂小報的宣傳而對於消閒、娛樂的想法產生改變，進而想要去從事娛樂活動，可見小報媒體的傳布影響力應是不容小覷；而讀者在閱讀小報的同時亦能從中獲得消閒閱讀的樂趣，光是讀小報就能排遣一天的時光；再加上本論文第三章中所討論的讀者投書，就不難看出小報的開山鼻祖李伯元創辦的《游戲報》、《世界繁華報》在當時一紙風行的銷售盛況，以及當時一般市民讀者對於消閒閱讀的渴求與需要。

〔註168〕李伯元：《文明小史》第 14 回，頁 114。

第三章 《游戲報》、《世界繁華報》中的辦報理念與閱讀空間[註1]

　　上海自 1843 年開埠以來，逐漸成爲十九世紀末中國最大的工商業城市，亦是當時聯絡中外信息最靈通、傳布各地新聞最廣泛的城市，這是因爲當時上海出現了報紙這項新興媒體，從西人引進報紙的「外報創始時期」[註2]，到上海出現第一份中文報紙《上海新報》（1861），以及後來最具代表性的中文商業性報紙《申報》（1872），其創刊發行意味著上海新聞史已由發軔期邁向成熟的階段，並且《申報》緊貼上海社會的需求與變化，在市民中的影響極爲廣泛，有著舉足輕重的地位。上海報業亦在 1880、90 年代進入了發展的成熟時期，當時有所謂「申、新、滬」三報鼎立的局面出現，即《申報》與《字林滬報》（1882）、《新聞報》（1893），三大報佔據了上海報紙的基本市場[註3]。而在甲午戰爭（1894）後，空前的國難危機刺激了救亡運動的高漲，許多維新人士開始自辦報刊，以維新啓蒙爲其主要內容，最具代表性的是 1896 年創辦的《時務報》，並且成爲當時維新報紙的藍本。

〔註 1〕 本章初稿曾發表於「物之戀：明清物質文化學術研討會」（南投：國立暨南國際大學中文系與歷史系合辦，2009 年 5 月 2 日），該文爲〈醒世與玩世之間——論李伯元《游戲報》〉，惟論文內容不涉及《世界繁華報》。

〔註 2〕 戈公振《中國報學史》曾云：「我國現代報紙之產生，均出自外人之手。」正說明了中國近代報業最早是由外國人所創辦，中國在開口通商後西人開始辦報，起初是面向外國僑民的外文報紙，不久之後也有外國傳教士爲了向中國人宣傳基督教而創辦的中文報紙。見氏著：《中國報學史》（上海：上海書店，1990 年），頁 67。

〔註 3〕 方漢奇主編：《中國新聞事業通史》（北京市：中國人民大學，1992 年），頁 330～335。

　　然而，在這股充斥時事政論、啓蒙教育的維新報刊浪潮中，另外出現了消閒、娛樂性質頗高的小報，展現一種與大報不同的新型報紙。1897 年，李伯元（1867～1906）創辦《游戲報》，該報以妓女、優伶爲報導對象，主要刊登捧妓評優的新聞、文章，或是一些冶遊豔事、奇聞笑譚，以及吟風弄月的詩詞。值得注意的是，根據李伯元自述其創辦《游戲報》立意是要「假游戲之說，以隱寓勸懲」〔註4〕，即藉著辦小報來諷刺時政，而其採取的遊戲筆墨、詼諧手法正是爲了吸引更多讀者注意，以使世人覺醒朝政國事之黑暗。此外，筆者發現李伯元似乎也認同該報要以介紹娛樂事物爲目的之說法：「本報以游戲命名，故每屆跑馬採訪極詳」〔註5〕，可以說是李伯元的另一種辦報理念，那麼究竟李伯元最初想辦的是一份怎樣的報紙？而李伯元又是如何宣傳《游戲報》的報紙理念，進而達到吸引讀者效果，是本文關注的重點之一。

　　並且，小報的產生除了與大報的成熟、維新報刊的潮流有關外，也與近代上海報界中零星出現的一些文學刊物有一定程度的淵源關係。在早期上海申報館除了每日出版《申報》外，還出版了《瀛寰瑣記》、《四溟瑣記》、《寰宇瑣記》，這三瑣記均爲文學月刊，自 1872 年 11 月問世，先後承接，延至 1876 年，是上海最早的文學刊物〔註6〕。它主要是刊登大量文人雅士的一些茶餘酒後的消閒詩詞文章，間有遊記、翻譯小說，也發表天文、地理等知識小品和時事散文。至 1892 年就有專載小說的《海上奇書》，是屬於韓邦慶個人自辦的文學期刊，由申報館代售，刊載其撰寫之吳語小說《海上花列傳》，內容是以上海這個「現代大都會」爲背景，描寫上海妓女生活與嫖客狎妓生活的長篇小說，特別是韓邦慶利用新聞傳媒（申報館）爲他代印代售作品，用一種「現代化的運作方式」從中取得應有之報酬〔註7〕。上述幾種文學刊物，說明了小報上所登載文學作品、妓女新聞其實並非偶然而生，而是李伯元承接前人辦文學刊物的經驗，以及上海娛樂業日益蓬勃，因應娛樂市場的需求而創辦的。從《海上奇書》的發行方式就充滿了現代性氣息，這讓筆者注意到李伯元創辦小報的成功，是否也與小報的出版機制、印刷、行銷手法有關？甚

〔註4〕　〈論游戲報之本意〉，《游戲報》，1897 年 8 月 25 日，第 63 號。
〔註5〕　〈賽新聞〉，《游戲報》，1899 年 5 月 5 日，第 666 號。
〔註6〕　熊月之：《上海通史》第六卷，頁 40。
〔註7〕　參見范伯群：《中國現代通俗文學史（插圖本）》（北京：北京大學出版社，2007 年），頁 15。

至這些看似技術層面的事務，其實亦與李伯元的辦報理念、辦報目的彼此呼應著，關於這點本文將有所討論。

許多研究中國新聞史、報刊史的學者對於小報的定義、特色皆已有其界定〔註8〕，近年來研究者也針對後人如何評論小報加以介紹〔註9〕，然而筆者更想探究的是：被譽爲「小報界之鼻祖」〔註10〕的李伯元最初想辦的是一份怎樣的報紙？其辦報理念爲何？又如何具體地實踐他的辦報理念？其預設的讀者是誰？對《游戲報》的讀者來說，他們怎樣看待李伯元的辦報理念呢？他們又如何理解或接受報刊內容？此外，就「醒世」、「玩世」的論述而言，文人一方面痛斥上海是罪惡的淵藪，卻又無不沈浸在這繁華的、新奇的、東西交融的上海城市之中，矛盾的情緒又該從何角度去看待？並且，李伯元於1901年又售出游戲報館，自行改辦《世界繁華報》，該報與仍以妓女、優

〔註8〕 限於篇幅，以下只舉列幾個代表性學者的論述：（1）戈公振《中國報學史》：「與大報副張頡頑者有小報，以其篇幅小故名。其上焉者，亦自有其精彩，未可以其小而忽之也。戊戌以後，《笑林報》、《世界繁華報》等，踵《時務報》等而起，文辭斐茂，爲士夫所樂稱。」（收於《民國叢書》，上海：上海書店，1990年，頁262）；（2）趙君豪《中國近代之報業》：「中國之有小報，據考證所得，當在遜清末葉，其時朝政不綱，國勢凌夷，秉政者昏憒無知，一味以箝制輿論爲能事。薄負時譽之士，既不能暢論政治，上達中樞，又不甘喋若寒蟬，無所宣洩，於是借酒澆愁，寄情聲色，趨向於浪漫頹廢之途，一時《笑林報》、《采風錄》、《繁華報》、《游戲報》等之刊行，是即最初之小報也。」（收於《民國叢書》，上海：上海書店，1990年，頁158）；（3）胡道靜《上海新聞事業之中的發展》：「所謂小報，是說它的篇幅小，內容『專載瑣聞碎事，而無國內外重要電訊紀載』之類的報紙。」（收於《民國叢書》，上海：上海書店，1990年，頁59）；（4）秦紹德《上海近代報刊史論》：「小報是一類篇幅小、刊載趣味性消遣性內容（包括新聞、軼事、隨筆小品、文藝小說等）爲主的報紙。」（上海：復旦大學出版社，1993年，頁134）；（5）馬光仁《上海新聞史（1850～1949）》說晚清的娛樂報紙有三項特點：「一、它是新聞紙，以傳播新聞信息及其評介爲主要任務，雖然所報導的不一定是當時的重大時事；二、比一般報紙較重視消息的有趣味或消息表述的趣味性……；三、篇首評論絕少書卷氣的說教，常有文藝佳構。」（上海：復旦大學出版社，1996年，頁147～148。）以上幾位學者都是站在新聞史的角度回顧小報的歷史，或是爲小報群體下界定，然而《游戲報》本身的創辦歷程少有談及，因此《游戲報》尚有進一步深入研究的可能。

〔註9〕 這類的小報研究可見李楠：《晚清、民國時期上海小報研究——一種綜合的文化文學考察（插圖本）》（北京：人民文學出版社，2006年），頁17～22；洪煜：《近代上海小報與市民文化研究（1897～1937）》（上海：上海書店出版社，2007年），頁13～17。

〔註10〕 孫玉聲：《退醒廬筆記》下卷（台北縣永和鎮：文海出版社，1972年），頁133。

伶為報導對象，但是變更了報紙的編排方式，多了「諷林」、「時事嬉談」等時事欄目，對於官場文化進行更直接的批判，例如連載他自己創作的《官場現形記》、《庚子國變彈詞》，以及好友吳趼人的《糊塗世界》等諷刺小說，究竟其另關刊物的構想、意圖為何呢？這些疑惑正是筆者想要進一步探究的動機。

　　本章擬先考察李伯元《游戲報》中的兩種辦報理念，以及其本身對待報紙、新聞的態度；接著進一步討論這兩種辦報理念呈現在哪些新聞之中，其具體實現又為何，而這是否能夠有效地吸引讀者購報、閱報；然後則是透過《游戲報》的出版、印刷、販賣等線索，再次印證李伯元的辦報理念，及發掘其辦報目的、辦報的感受，並且討論讀者們如何去回應李伯元的辦報理念，即讀者在《游戲報》上是抱持何種態度或評價。而第四節則是討論從《游戲報》到《世界繁華報》，兩個小報之間，李伯元對於報紙編輯、經營方式的轉變。最後要說明的是，本章以「辦報理念」與「閱讀空間」為題，其實二者是彼此呼應的，因李伯元所營造的閱讀空間、訴諸的讀者群眾，正是來自於他的辦報理念，關於這點本章亦將有所論述。

第一節　李伯元對於新興媒體「報紙」的看法

　　晚清小說家吳趼人曾為李伯元作傳，說其：「創為《游戲報》，為我國報界闢一別裁，踵起而笑顰者，無慮十數家，均望塵不及也。」〔註11〕可見該小報當時風靡上海之盛況，「為我國報界闢一別裁」正說明了這樣的報紙類型是前所未見的，也意識到了它與大報、政論性報刊的不同，並且成為日後其他小報發行者的模仿典型。那麼，李伯元最初想創辦的究竟是一份怎樣的報紙呢？如同學者范伯群所提出的重要問題：

> 《游戲報》被稱為「小報始祖」，什麼是「小報」？有關報界的研究者都為它下過定義，但我們想先探究一下，在當時，在李伯元的心目中，他想辦怎樣一份報紙，這應該是「小報」這一別裁的最原始構想。〔註12〕

〔註11〕吳趼人〈李伯元傳〉（原載1906年11月《月月小說》第一年第三號），見魏紹昌編：《李伯元研究資料》（上海：上海古籍出版社，1980年），頁10。
〔註12〕范伯群：《中國現代通俗文學史（插圖本）》，頁50。

關於此一問題，李伯元在《游戲報》的論說中曾數次表明其辦報意圖，並將
這些論說放置在報紙首頁，相當於當天報紙的頭條新聞〔註13〕，有其不可忽
視的重要性，以下就先針對李伯元《游戲報》中的兩種辦報理念進行探討，
並藉此瞭解李伯元對於新興媒體「報紙」的一些看法。

一、「隱寓勸懲」的辦報理念

　　在《游戲報》的首版論說裡，李伯元很清楚地表達了他的辦報理念，如
〈論游戲報之本意〉雖非於第一號出刊，但亦具有發刊詞的功能，揭示了該
報的創刊宗旨：

> 《游戲報》之命名，仿自泰西，豈眞好爲游戲哉？蓋不得已之深意
> 存焉者也。慨夫當今之世，國日貧矣，民日疲矣，世風日下而商務
> 日亟矣。有心世道者，方且汲汲顧景之不暇，尚何有桓舞酣歌，樂
> 爲故事而不自覺乎？然使執途人而告知曰：朝政如是，國事如是，
> 是猶聚暗聾跛僻之流，強之爲經濟文章之務，人必笑其迂而譏其背
> 矣。故不得不假游戲之說，以隱寓勸懲，亦覺世之一道也。〔註14〕

李伯元首先聲明《游戲報》的命名模仿自於泰西，並且強調有「不得已之
深意存焉」，這是因爲當時國事衰敗、民生窮困，然而「世風日下而商務日
亟」，上海的商業、娛樂業卻意外的發達，在這「桓舞酣歌」的場景下，若
要這些未覺醒之人從事「經濟文章之務」，必會落得譏諷、自討沒趣的結果，
因此李伯元採取了「假游戲之說，以隱寓勸懲」的策略與方法，要讓世人
從閱讀「遊戲文章」中覺醒，應重新尋回失去的良善之心，才不至於「無
端操戈相向」，再次遭受到「外侮之侵陵」〔註15〕。由此可見李伯元創辦《游

〔註13〕《申報》在上海是最有影響力的第一大報，其採取一些措施對日後報紙影響
　　　　極大，如對言論的重視，即《申報》每期刊有論說一篇，置於首頁。這是一
　　　　項重要的突破，它改變了以前報紙忽視言論的傳統，而將論說一欄置於頭版，
　　　　表明對這一體裁的高度重視。《游戲報》也繼承了這項傳統。
〔註14〕〈論游戲報之本意〉，《游戲報》，1897年8月25日，第63號。
〔註15〕〈論游戲報之本意〉亦說：「洞房曲室一養患之所也，鈿車寶馬一瘻蹶之象也。
　　　　而且機製愈出而愈奇，心思日巧而日拙，以及五方之所雜處，九流之所叢萃，
　　　　詭僞變詐之事無日無之，主人言論及此，竊竊以爲隱憂，始有此《游戲報》
　　　　之舉。」文後又說：「人心傾巧，世道反乖，同類之人，無端操戈相向，宜其
　　　　外侮之侵陵。」可見李伯元認爲人心機巧、世道日壞，上海追求奢靡、流連
　　　　於物質享受，不思覺醒振作，正是中國日益衰敗，受西方侵略的因素。

戲報》是有其自身想到達的目標，即是在報紙中「隱寓勸懲」進而使世人覺醒。

並且，李伯元自述的隱寓勸懲辦報理念，經常在《游戲報》上重複出現，甚至有意欲凸顯、刻意解釋的情況存在，如〈本館遷居四馬路說〉：

> 本館以游戲命名，昉自泰西，而所記之事，總不外此數者。因遷居來此，庶幾見聞漸廣，生意益開，訪事者既可隨時通知，即購報者亦復稱便。本館之開設於此，實爲最宜。或有問於主人曰：「近來《游戲報》風行中外，而所紀者並無朝政國是，不過嬉游之事、笑傲之談，一何令人愛觀若是也？」主人曰：「子知其一，不知其二。本館之特創此舉，原非專爲游戲，實欲以小觀大，借事寓言，爲喚醒癡愚起見，或涉諸諷詠，或託以勸懲，俱存深意於其間……。」〔註16〕

這是李伯元將報館遷往四馬路而寫的文章，四馬路是上海最繁華之地，如文中所云：「中國通商各埠之熱鬧，以上海爲最，上海極繁華之區，以四馬路爲最」〔註17〕，因此，報館的地址設於四馬路，可知《游戲報》已佔盡地利，不僅「見聞漸廣，生意益開」，在傳遞訊息上也更加迅速，訪事者（即採訪新聞的人）可以隨時告知新聞，讀者若想要購報也十分便捷。接著，談到由於《游戲報》所記之事多爲「嬉游之事、笑傲之談」，與當時同樣盛行的維新報刊風格大不相同，因此有人以此質問李伯元「何令人愛觀若是也」，而李伯元則再次說明《游戲報》的創辦「原非專爲游戲」，而是「實欲以小觀大，借事寓言，爲喚醒癡愚起見」，可以採取「或涉諸諷詠，或託以勸懲」等手段來喚醒世人，儘管《游戲報》中有許多不涉及朝政國是、難登大雅之堂的遊戲文章，但皆有其深意存在於間。另一篇〈論本報之不合時宜〉，亦爲《游戲報》的辦報理念加以解釋、辯駁：

> 本館命名游戲，不混淆黑白，不議論是非，語涉詼諧，意存懲勸。所有刊登新聞，或從訪事抄來，或係友人寄至，有聞必錄，報紙之例也。然本館執筆人，心存忠孝，凡遇事之隱而未彰者，則必諱其

〔註16〕〈本館遷居四馬路說〉，《游戲報》，1897 年 10 月 2 日，第 101 號。
〔註17〕同前註。另，1883 年已有「英界爲滬上之勝，而四馬路又爲英界之勝」之語，見葛元煦等：《滬遊雜記‧淞南夢影錄‧滬遊夢影》（上海：上海古籍出版社，1989 年），頁 156；四馬路的繁華盛況亦可參見孟悅著，李廣益、孟悅譯：〈繁華作爲歷史：狂歡與急進的上海 1830～1910〉一文，收入楊念群主編：《新史學》第 1 卷（北京：中華書局，2007 年），頁 275～289。

> 姓名，冀其悛改。或有他人事涉挾嫌，概屏不錄。至於論說仍冠首，
> 文章寓言，比事居多，乃文人游戲之作，並不必確有所指。……本
> 館亦深望天下之人，閱及本報者，有則改之，無則加勉。〔註18〕

首先表明《游戲報》雖名「游戲」，卻不胡亂地混淆是非黑白，所刊載的新聞皆有所本，「或從訪事抄來，或係友人寄至」，在報導中亦不會任意揭人隱私，實因「有聞必錄，報紙之例也」，若遇到難以公開之事，「則必諱其姓名」，為當事人保留些許的隱私空間，並且也希望對方能夠悔改。此外，「或有他人事涉挾嫌，概屏不錄。至於論說仍冠首，文章寓言，比事居多，乃文人游戲之作，並不必確有所指」云云，除了可知李伯元有意表明該報的公正性、客觀性外，也暗示在這些「意存懲勸」的報導新聞中雖有被諷刺之人，但並非專指哪些特定對象；接著李伯元又再度陳述其「隱寓勸懲」辦報理念：

> 本館以文字玩世，實借以醒世。詼諧向出摹繪極態，自知殊失乎圓
> 轉之道，謂之不合時宜可也。……閱吾報者千萬人，吾不能以一二
> 人之疑忌而改弦易轍，以重違千萬人之望也。諺曰：「做一日和尚撞
> 一日鐘」，吾亦行吾素而已。知我罪我，所不敢計也。

這項聲明透露出時人應對《游戲報》有所批評，而且很可能是因李伯元的諷刺性新聞或文章得罪了某些官場人士，然而李伯元堅持「以文字玩世，實借以醒世」的立場，決意不能因少數人的不滿、疑忌，而輕易地變更其辦報立意，那句「吾亦行吾素而已」看似簡單，實則包含著李伯元身為一介報人的使命感，不計為人責罵之罪名，仍堅守其諷刺勸懲的信念。

　　大約在《游戲報》創辦半年之後，在報務方面逐漸步上軌道，這時李伯元寫了一篇論說回顧其辦報歷程，其中亦針對遭人批評的事件作了敘述：

> ……特是所望於我同人者，報紙一出，實千萬人之屬觀，毋以新聞
> 之無關重輕而敷衍了事，毋以告白之獲資微薄而校對稍疏，堅守初
> 心，宏茲茂譽。……語至此，客或謂主人曰：「貴報為當世所重若此，
> 猶不免人之嫉忌詆誚，何也？」則應之曰：「當我報之初行也，彼詆
> 我者亦嘗以文字屬刊。……特是本報輕世肆志，舉當世奸惡之徒，
> 未免形容盡致，以是招忌於人，誠所難免。然本報實寓意勸懲，要
> 不能不舉一樁事取一種人以供其發揮，而肆其議論。以天下之大，

> 人民之眾，事類之煩，其有與吾論相脗合者，即因而生忌，究之余
> 心無他，久亦當為人所諒也。」〔註19〕

由「堅守初心，宏茲茂譽」一句，可以發現李伯元對於報紙這項新興傳播媒
體確實是慎重對待，他深知「報紙一出，實千萬人之屬觀」，媒體的傳播力量
相當驚人，豈可隨意地敷衍了事，或是疏於校對文字〔註20〕。因此，在李伯
元的堅持下《游戲報》報館維持了極佳的聲譽，其回憶當時報紙發行之初，
因「舉當世奸惡之徒，未免形容盡致，以是招忌於人，誠所難免」，並且低姿
態的解釋說：「本報實寓意勸懲，要不能不舉一樁事、取一種人以供其發揮，
而肆其議論」，既然要寓意勸懲，很難不去舉某事、某人為例子加以議論諷刺，
若有脗合之處實是純屬巧合，希望為人所體諒。而這份創辦《游戲報》的初
衷，以及委婉諷刺的態度在兩年後仍是如此，如〈論本報多寓言〉談到：

> 嗚呼！世變之亟至今日而至矣。士君子躬逢斯厄，不得和聲鳴盛以
> 黼黻我，昇平退而發典籍，思撰著又不敢自附於古作者之林，於是
> 以嬉笑怒罵之辭，備興觀勸懲之旨，莊諧齊語，半屬寓言。作如是
> 觀，不無足取。此本報所由作也。……顧或謂：「中西報紙通行已久，
> 顧其命意要旨，參稽掌故、考證風俗，所見所聞精所抉擇，以上備
> 朝政之採納，下維世道之變遷。……揆厥命名，其細已甚，獨惜為
> 是報者以槃槃之才，不思其大者、遠者，而僅戔戔於此，毋乃傎乎！」
> 〔註21〕

晚清是世變的時代，特別是甲午戰爭後，深感國勢日危，有志之士莫不以救

〔註19〕 〈記本報開創以來情形〉，《游戲報》，1898 年 1 月 16 日，第 207 號。見薛正
興主編：《李伯元全集（五）》，頁 29～30。筆者認為《游戲報》創辦初期即寫
了不少諷刺官場的文章，如：〈馬二先生傳〉1897 年 8 月 14 日，第 52 號、〈大
人說〉（1897 年 8 月 20 日，第 58 號）、〈代理大老官〉（1897 年 8 月 28 日，
第 66 號）、〈三不舉人〉（1897 年 9 月 20 日，第 89 號）、〈老爺王八蛋糊裏糊
塗〉（1897 年 11 月 9 日，第 139 號）、〈官場笑話〉（1897 年 11 月 18 日，第
148 號）等，不勝枚舉，所謂的「奸惡之徒」很可能就是這些虛有其表的官場
大人。

〔註20〕 〈更正芳名〉：「廿二日（陰曆）本報登語燕新巢一則，所志顧蘭蓀校書為手
民悞作蓮生，合行更正。」（《游戲報》，1898 年 10 月 11 日，第 468 號）；〈校
正牙訛〉：「昨日本報報首所標日期二十六日，六字忘未更換，仍作二十五日，
禮拜、號碼亦都未改易。雖排字人之錯誤，亦校讐者之過也。」（《游戲報》，
1899 年 4 月 7 日，第 638 號），可見即使校對不精確，李伯元也勇於更正。

〔註21〕 〈論本報多寓言〉，《游戲報》，1899 年 7 月 14 日，第 736 號。

國爲念，李伯元面對此國家現狀內心是感慨而痛心的，但是他不採取宣傳啓蒙教育、維新思想的路線，而是「以嬉笑怒罵之辭，備興觀勸懲之旨，莊諧齊語，半屬寓言」，藉由諷刺、寓言的方法來喚醒社會；並且，對當時的人們而言，報紙最重要的功能應該是「參稽掌故、考證風俗，所見所聞精所抉擇，以上備朝政之採納，下維世道之變遷」，如同大報《申報》、《新聞報》一般，然而李伯元卻反其道而行，「不思其大者、遠者，而僅戔戔於此」，只是寫專些無關國政大事的妓女、優伶新聞，以及上海一些閒談趣事，豈不顛覆了當時報紙的定義？關於這點李伯元則回應說：

> 本館主人聞是言，喟然歎曰：「天地穹廬，任人偶憩。功名事業，泡影駒光。吾豈不思，胸有千秋，以宏編鉅製爲來者告？特時事迫我以憂傷，每欲下筆，輒俯仰唏噓而不知所云，吾又何心而高談讜論耶？」孔子曰：「法語之言能無入乎？巽與之言，能無說乎？」本報紀述，寓言也，亦巽言也。又本館主人抑鬱無聊之慨，迫而出此者也，知我罪我所不計焉。

由此可見，李伯元平時對於時事是有所關注的，甚至到了「迫我以憂傷，每欲下筆，輒俯仰唏噓而不知所云」的地步，身爲一介書生的他難道也只能高談闊論，空談一些不切實際的新式章程、辦法奏疏？或許《游戲報》的種種「不合時宜」，就是李伯元內心世界的反映，因有「抑鬱無聊之慨，迫而出此者也」，在《游戲報》中的「隱寓諷刺之言」就是所謂的「巽言」（即恭敬委婉的言辭），冀望透過這些委婉的諷諫達到勸懲醒世的作用。如同秦紹德所指出的：「如果說，維新報刊是救國的吶喊的話，那末，小報就是憂國的呻吟」〔註22〕，李伯元的隱寓勸懲辦報理念正反映著當時的時代背景，而在該報中也處處可見這份諷刺精神，行文的語氣雖不像維新報刊那麼激進、強烈地要去直接啓迪民智，但是也有針砭時事的意涵存在其間。

二、推動娛樂事業的辦報理念

　　如上所述，《游戲報》是因隱寓勸懲辦報理念而產生的這件事，是李伯元再三表白、多次論述的，在此國難當頭、維新風潮之中，李伯元似乎必須爲該報尋覓一個有正當性的辦報理由，否則很容易遭人批評、質疑。然而，筆

〔註22〕秦紹德：《上海近代報刊史論》（上海：復旦大學出版社，1993 年），頁 135。

者認爲李伯元亦有推動娛樂事業的辦報理念，在《游戲報》的眾多娛樂新聞中，隱而不顯，只能從一些隻字片語、蛛絲馬跡去發現李伯元對「報紙」這項新興傳播媒體的看法，如〈誌華倫孛而司托邀觀馬戲因縱論中外戲劇盛衰之故〉一文：

> ……報紙者萬事之先容也，告白者萬物之媒妁也。夫人之操一技、習一藝者，非以求名，即以求利，名之所在，利即隨之，乃同一技也。……其他一草一木、一名一物，一經品題，莫不聲價十倍，自有千秋，此月旦之權所以能□人物之命，無論何藝莫不藉以表彰，而報紙則尤任月旦之責也。……然到埠之始，即柬邀報館主筆晨夕往觀，以期報紙爲之先容，告白爲之媒妁，於是一橋表揚通國皆知，競相娛目，爭先恐後，名望既隆，生涯遂盛，苟非西人之明於事理，諳於物情，深知愛力不可不引，報紙之足以引人愛力也。〔註23〕

該文中論述了中西戲劇的盛衰乃因華人戲館不善宣傳，而西人懂得運用報紙媒體廣爲登載廣告，由此贏得了觀眾的認同與支持。特別是，由「報紙者萬事之先容也，告白者萬物之媒妁也」二句，可知李伯元的辦報觀念是：報紙是將新事物介紹給讀者的載體，而廣告則是傳播新事物的媒介。並且，報紙肩負「月旦品評」的重要責任，若能得到主筆者的認同即能「聲價十倍」，像是西人就明白即使是最新潮的馬戲表演，也需要靠報紙的宣傳與廣告才能讓更多人來觀賞，進而達到「競相娛目，爭先恐後」的效果，若成爲最當紅、流行的話題，自然吸引前往觀賞馬戲的人就越多，因此「深知愛力不可不引」，從來不忘邀請上海娛樂小報的主編兼主筆者李伯元前往觀看，希望能藉由報紙來「引人愛力」。

並且在19世紀90年代末，上海的娛樂事業已經發展到一個鼎盛的階段，在《游戲報》中的娛樂新聞也是五花八門、中西紛呈，相當多元化、生活化的，例如：有愚園、張園施放煙火的新聞在此發佈，還有相關的馬戲新聞、影戲新聞、番菜館新聞、腳踏車新聞、跑馬新聞、書場新聞、妓女新聞、戲園新聞等等不勝枚舉，皆需要有報紙媒體來傳遞娛樂消息，正如同李伯元所說的：

〔註23〕〈誌華倫孛而司托邀觀馬戲因縱論中外戲劇盛衰之故〉，《游戲報》，1899年4月16日，第647號。

> 中國通商各埠之熱鬧，以上海爲最，上海極繁華之區，以四馬路爲
> 最，其中之茶榭、烟寮、書場、戲館林立如雲，……曲室洞房，康
> 衢大道，電燈、自來火照耀幾同白晝，車如流水，馬如游龍，男女
> 往來絡繹似織，入其中者，目迷五色，意醉魂銷，雖有萬恨千愁亦
> 潛消于□□□，而莫知所之。一夕所費不知幾千百萬，眞一中國絕
> 大游戲之場也。〔註24〕

上海租界裡商業興盛而繁榮，在這裡極度繁華，「茶榭、烟寮、書場、戲館林立如雲」，既能滿足物質消費的需要，又充滿著各式的娛樂可供遊玩，「電燈、自來火照耀幾同白晝」，晚上就是最好的消遣、娛樂時間，可以去冶遊、觀劇、聽書，亦能看西式煙火、馬戲、影戲，眞正是一個「中國絕大游戲之場」。筆者認爲這裡的「游戲之場」，即意謂娛樂場所，正呼應著《游戲報》命名之由來。而李伯元創辦的《游戲報》能夠在晚清風靡一時，亦是因爲其以趣味、娛樂爲中心的內容，完全適應了十里洋場市民精神文化生活的需要，是和以享樂爲中心的市民物質生活相對應的，因此有著廣泛的社會基礎〔註25〕，由此得以受到讀者們的熱烈喜愛。

　　值得注意的是，《游戲報》在登載上海娛樂新聞的同時，亦實際扮演了推動娛樂事業的角色，但該報中對於「消閒」、「娛樂」等觀念卻沒有專篇詮釋和演繹的文章〔註26〕。關於這一點，筆者認爲亦可以從《游戲報》的命名作爲探討的起點，例如1899年的上海春賽第三誌：

> 本報以游戲命名，故每屆跑馬採訪極詳，雖足餍閱者之目，而自
> 主人視之則悉係照例之事，故今日惟將最要者節錄一二則，餘皆
> 置之不錄也。蓋擇之貴精，正不必以多爲貴耳，特標其目曰賽新
> 聞。〔註27〕

〔註24〕　〈本館遷居四馬路說〉，《游戲報》，1897年10月2日，第101號。

〔註25〕　秦紹德：《上海近代報刊史論》，頁139。

〔註26〕　《消閒報》（1897）在第二號報裡，有〈釋消閒報命名之義〉一文：「閒者，勞之對也。王事鞅掌，簿書鞅掌，使無養息以節之，似背於愛惜精神之理，故古人有『十旬休暇』之說。今之西人，休息之期，則以七日一來復，而晨昏歇息之時，亦有定候。既歇息，則閒矣，既閒，則當有消閒之法矣。一篇入目，笑口旣開，雖非調攝精力之方，要亦可爲遣悶排愁之助也。」可見當時已有消閒觀念是合理的論述，娛樂遣悶的風氣已然形成。見阿英：《晚清文藝報刊述略》（上海市：古典文學出版社，1958年），頁66。

〔註27〕　〈賽新聞〉，《游戲報》，1899年5月5日，第666號。

自 1850 年始，西人每年春秋兩季在跑馬廳舉行大賽，吸引了大量中外男女前
往觀看，看賽馬成為上海人的一項新的盛大娛樂活動〔註 28〕。並且，在賽馬
會即將展開前會有數十天的廣告，直到賽馬當天也有相關的報導，西人賽馬
會通常會舉行三天，此則新聞就是這一系列賽馬相關報導的最後一則，標題
為「賽新聞」。由此可知李伯元很清楚他的辦報理念：「本報以游戲命名，故
每屆跑馬採訪極詳」，就是要將上海的娛樂盛事加以報導、介紹給讀者知道，
以滿足讀者的好奇心理；加上李伯元所說的「中國絕大游戲之場」的概念，
可以推測李伯元對於「消閒」、「娛樂」的看法，實際上就是反映在他辦的報
紙當中：即在娛樂場中傳遞各種娛樂消息，換句話說，人們是需要娛樂來排
遣生活的，也因此娛樂報紙才能得以生存。因此，《游戲報》的本意除了李伯
元所要強調的諷刺寓意，本質仍是提供一種娛樂消遣，以輕鬆、趣味為其新
聞導向。

在前文所提及的〈本館遷居四馬路說〉、〈記本報開創以來情形〉、〈論本
報多寓言〉三篇論說中，皆有人反問李伯元關於《游戲報》的種種疑問，這
未必是真有讀者做此詢問，而很可能是文章中常見的「主客問答體」，透過虛
擬杜撰、自問自答之語，來表露作者一片真正的心跡。這麼一來，其中亦能
推測出李伯元對於新興媒體「報紙」的幾種看法：一、以遊戲筆墨，隱寓勸
懲觀：「朝政如是，國事如是，是猶聚暗聾跛僻之流，強之為經濟文章之務，
人必笑其迂而譏其背矣。故不得不假游戲之說，以隱寓勸懲，亦覺世之一道
也。」；二、推動娛樂事業觀：「報紙者萬事之先容也，告白者萬物之媒妁也。……
而報紙則尤任月旦之責也。」、「本報以游戲命名，故每屆跑馬採訪極詳，雖
足饜閱者之目，而自主人視之則悉係照例之事」；三、刊登時事新聞、發表對
政治和時局的評論：「中西報紙通行已久，顧其命意要旨，參稽掌故、考證風
俗，所見所聞精所抉擇，以上備朝政之採納，下維世道之變遷」，而李伯元選
擇了前面兩種作為《游戲報》最主要的辦報觀點，關於這點在《游戲報》的
新聞報導中即可印證。下文將繼續討論。

〔註 28〕關於晚清時期上海租界裡的賽馬活動，可參看熊月之：《上海通史》第六卷，
　　　　頁 580～586；夏曉虹：〈晚清上海賽馬軼話〉，《尋根》雜誌（2001 年第 5 期），
　　　　頁 94～102。

第二節 《游戲報》中兩種辦報理念的具體實現

　　在瞭解李伯元的兩種辦報理念及其對「報紙」媒體的看法後，那麼試問李伯元對待新聞事業的態度又是如何呢？據李伯元自述應該是秉持公正客觀的原則，「雖係詼諧，仍必事事核實」，遇到報導錯誤也會加以更正，「惟恐不足取信於人」，注重新聞的真實性與事件的可信度〔註29〕；在報導上也「不混淆黑白，不議論是非」，新聞皆有其消息來源，非憑空杜撰而來，雖然有聞必錄，卻不任意揭人隱私〔註30〕；並且，儘管只是遣詞造句亦要反覆推敲，「一字之推敲，稍有未協，心即不能釋然」，面對新聞、告白皆是抱持著謹慎的態度〔註31〕，甚至後來還因報館事務過於繁忙，一度謝絕友人來訪：

> 本館事務殷繁，諸友寵召，未能一一趨陪，或荷惠臨，有稽答拜，甚以為歉。特此登報，以展謝忱。再如承諸君枉顧，除禮拜六、禮拜日外，餘日請以四點鐘後、五點鐘前，餘時鮮暇。反恐　簡褻　特此謹告。〔註32〕

由此可見李伯元對於小報事業的看重，幾乎是全心全意的經營，平時只有下午的四點到五點有空訪客，其他則少有空暇時間。再者，若從報刊的編輯觀點來看，「一個具理想色彩的刊物，從立刊宗旨的確定到內容的整體規畫、編

〔註29〕 〈論游戲報之本意〉：「自創行以來，頗蒙閱者許可，購閱日多，況本報所輯新聞，雖係詼諧，仍必事事核實，偶有傳聞異詞，次日必為更正，兢兢焉惟恐不足取信於人。」（《游戲報》，1897年8月25日，第63號。）；魏紹昌編《李伯元研究資料》：「常州李伯元明經（寶嘉），戊戌以後，嘗遺菽園書曰：海內外日報諸家，足以令人服善者，惟天津《國聞報》為最，次則新嘉坡之《天南新報》，為其首持公論，力任開化，不隨世運為轉移，不窺禍福而趨避也；此外香港《華字日報》，亦堪引為同論云云。」（上海：上海古籍出版社，1980年，頁52）可見李伯元對一般報紙亦是主張「首持公論，力任開化」，注重公正客觀的評論。

〔註30〕 〈論本報之不合時宜〉：「本館命名游戲，不混淆黑白，不議論是非，語涉詼諧，意存懲勸。所有刊登新聞，或從訪事抄來，或係友人寄至，有聞必錄，報紙之例也。然本館執筆人，心存忠孝，凡遇事之隱而未彰者，則必諱其姓名，冀其悛改。或有他人事涉挾嫌，概屏不錄。」（《游戲報》，1897年11月19日，第149號。）

〔註31〕 〈記本報開創以來情形〉：「然只辭之斟酌，一字之推敲，稍有未協，心即不能釋然，蓋數月以來如一日也。夫綢繆之密，擘畫之繁，皆鄙人份內事，誠不足為外人道。特是所望於我同人者，報紙一出，實千萬人之屬觀，毋以新聞之無關重輕而敷衍了事，毋以告白之獲資微薄而校對稍疏，堅守初心，宏茲茂譽。」（《游戲報》，1898年1月16日，第207號。）

〔註32〕 〈游戲主人告白〉，《游戲報》，1899年3月19日，第619號。

輯實務的進行等等，都可以見到媒體主張的發揮與理想的實踐」〔註33〕，因此筆者認爲李伯元的辦報理念並非只是紙上空談，想必亦有其實現、實踐之道，也就是說，既然李伯元有自述其辦報理念——隱寓勸懲觀，以及筆者的另一檢視考察——推動娛樂事業觀，可以發現李伯元確實有兩種辦報理念，那麼其辦報理念又如何具體呈現在《游戲報》中呢？

一、諷刺官場、科舉的新聞

李伯元說要「隱寓勸懲」，在晚清眼見所及弊端最多的地方莫過於官場、科舉之類，因而針對官場時事加以諷刺，例如對於朝廷實施的洋務運動〔註34〕，就曾加以調侃說：「近來中國尚洋務，其實識洋務者能有幾人，而吸食洋煙之人則日新月盛，想亦洋務之一道也」〔註35〕，所謂的「洋務」，竟淪落到「吸食洋煙」之務，不僅徒具形式、毫無意義，其層次之低下也令人莞爾，不無誇張之處。當時於洋務運動其間，朝廷上下皆講求博採西學之切於時務者，以救空疏迂謬之弊，於是在晚清「時務」一詞成爲最熱門的話題：

> ……有人言曰：「如今爛八股無用了，須多買時務書，帶至場中獵襲一二，方可中式。」某生急急走至棋盤街著易堂書坊，欲買時務文府。書賈曰：「無此書名。」某生攘臂而呼曰：「見在考試專重時務，若大書坊豈無時務書乎？」書賈曰：「有一以格致課藝匯海。」取出觀之，某生仔細觀一二頁掩卷曰：「並無文章，何得謂之文府。」書

〔註33〕 李瑞騰教授認爲：「一個具理想色彩的刊物，從立刊宗旨的確定到内容的整體規畫、編輯實務的進行等等，都可以見到媒體主張的發揮與理想的實踐；但對於讀者來說，主要是從編輯人的說話（發刊詞、編輯室報告、編輯案語等）、編輯動作（作家的邀約與作品的選用、大小標題的擬訂、圖片說明等）來觀察。」又說：「編輯人的說話以諸種方式呈現，包括媒體立場的宣告、當期的編輯室報告、讀者的投書與公開的回信、稿約與祝賀、說明等啟示。」雖然晚清的報紙尚無明顯的「編輯動作」，但是「編輯人的說話」則可以從《游戲報》的發刊詞、論說、案語、告白等來進行考察。見氏著：〈後期文季研究——文學媒體編輯觀察之考察〉，收入中國古典文學研究會主編：《文學與傳播的關係》（台北市：台灣學生書局，1995 年），頁 229、235。

〔註34〕 1860 年（咸豐 10 年底開始）至 1894 年，清朝政府内的洋務派在全國各地掀起了「師夷之長技以制夷」的改良運動。洋務運動行之三十餘年，甲午一役敗於日本，有識之士深知不可徒著眼於船堅炮利，而應進行全面改革，故有戊戌維新之出現。

〔註35〕 〈沖洋〉，《游戲報》，1897 年 8 月 28 日，第 66 號。

> 賈又取新出西政叢書新輯、西學富強叢書等與之觀看,皆不洽意,
> 掉頭而去,曰:「竟無時務文府,倘入場後,出得時務題目,令我如
> 何交卷,真急煞人也。」大有愁窘之狀。〔註36〕

這一則新聞雖沒有直接批判此科舉士子的愚昧迂腐,但將這批窮途末路的讀
書人之短視近利、不學無術,極盡能事地刻畫描繪出來,光是單看書名有無
「時務」二字,卻不知「格致課藝匯海、新出西政叢書新輯、西學富強叢書」
等書名就是倡導西學新知的書籍,在這裡看不到科舉士子對「西學」這個字
眼的敏銳度,所謂的「家家言時務,人人談西學」,充其量不過是維新份子的
理想,在這些眼中只有功名利祿的讀書人眼裡,很可能是已見時務,卻不識
時務,其「愁窘之狀」莫過於此。

　　當甲午戰敗(1894),列強紛紛在華劃分勢力範圍,有識之士目睹國運危
在旦夕,咸思振作,光緒皇帝更欲發憤圖強,決意任用維新人士實行改革,
於1898年(戊戌年)間下詔變法,其中一項便是廢八股,改試策論,設經濟
特科,興辦學校。這對已經實行數百年科舉制度來說,無疑是給寒窗苦讀的
科舉士子一大打擊:

> ……近奉廢時文之旨,諸生星散。甲則悵悵然,頓如喪家之狗。昨
> 有友人述其哭時文詩云:「薄海欽明詔,余生膽轉寒。可憐八股廢,
> 頓覺一心酸。昔日依爲命,今朝別亦難。且夫悲已矣,投筆起長歎。」
> 使泅溪老人而在讀之,當啞然失笑也。〔註37〕

上則新聞是廢八股文之後的士人寫照,其中說某甲悵然所失,有如喪家之狗,
接著又說友人作哭時文詩,將其無奈徬徨之情表露無遺,「可憐八股廢,頓覺
一心酸。昔日依爲命,今朝別亦難」,科場制度陋習的遽改,確實讓士人們無
所適從。由於廢八股,改試策論的頒佈,直接影響了當時士人的利益與前途,
以致於讀書人不得不作些改變:

> 自朝廷廢八股爲策論,又有經濟特科之設,一時各士子無不研究有
> 用之書、經世之學。昨有友自吳中來詢其近日士習何如?客曰:「不
> 過如泰西照相片子耳。」詰其故,客曰:「手足雖全,不能行動;五

〔註36〕 所謂的文府:「書坊每逢大比之年,百計圖利,搜取時文,不擇美惡,萃於一
　　　　處名曰『大題文府』,又曰『三萬選』、『十萬選』之類,士子應試而全賴夾帶
　　　　者,奉之若寶,今則數見不鮮而購者亦少矣。」〈時務文府〉,《游戲報》,1897
　　　　年8月28日,第66號。
〔註37〕 〈慟哭時文〉,《游戲報》,1898年9月16日,第443號。

官具備，不能笑言。所謂徒有其表，不過案頭多擺列幾部經濟書，

為書賈作生活而已。」以是言經濟，究何濟之有？〔註38〕

這則新聞極具諷刺意味，儘管「一時各士子無不研究有用之書、經世之學」，
卻有如「泰西照相片子」，也就是說「手足雖全，不能行動；五官具備，不能
笑言」猶如西洋照片一般，純粹是徒有其表，沒有實質內涵，「不過案頭多擺
列幾部經濟書，為書賈作生活而已」，書桌上擺設的「經濟之書」只是充場面，
讓書商賺取生活費而已。

　　到了1898年10月9日、11月1日，慈禧太后發佈諭令，中止維新變法
中對於科舉制度的改革，眾多守舊的科舉士子無不欣喜若望：

有一老學究素以時文名家，其門下生徒如雲，自去年有停止科舉之
說，門下冷落，幾致無人過問，後經　皇太后下旨復科舉……前日
為學究開館之期，堂前香係供至聖先師之位，其右供　皇太后萬歲
萬萬歲之位，眾生徒怪之，以為向無此例，學究乃宣言曰：「如無　皇
太后我輩安得聚首一堂乎？所以供之者，不忘本也。」生徒皆唯唯。

〔註39〕

由這段描述看來，朝廷廢科舉的舉動確實深深地影響著讀書人，從「門下生
徒如雲」變成「門下冷落，幾致無人過問」顯然是兩種極端的對比，難怪老
學究要將皇太后視為再生父母，如同他所說的「如無皇太后我輩安得聚首一
堂乎？」，將皇太后供奉於堂上，自然是出於感激、奉承之心。而李伯元看到
老學究將慈禧太后與孔子並列的怪現象，雖然沒有直接進行批判，但是從他
描寫老學究用「不忘本也」這個冠冕堂皇的理由來掩飾依附權貴的態度，以
及「生徒皆唯唯」一句更能發現這些毫無主見的門下生徒，只能依照朝廷的
命令行事，跟隨迂腐的學究學習八股文，裡面暗藏的諷刺意味就不言而喻了。

　　由上述這些諷刺新聞可以發現李伯元仍是站在趣味的角度去寫，讓讀者
讀來很有趣味，至少不像大報、政論性報刊那樣使用正經嚴肅、乾燥枯寂的
口吻，雖然《游戲報》仍有刊登時事新聞、發表對政治和時局的評論，但基
本上仍是重視其趣味性，太嚴肅的態度在《游戲報》上是少見的，例如以遊
戲筆法寫〈斯文變相〉〔註40〕、〈胡監生中經魁冒名搶替〉〔註41〕、〈論官場

〔註38〕　〈經濟不濟〉，《游戲報》，1898年9月25日，第452號。
〔註39〕　〈不忘本也〉，《游戲報》，1899年3月14日，第614號。
〔註40〕　〈斯文變相〉，《游戲報》，1897年9月23日，第92號。

惡習〉〔註42〕、〈縣試曲〉〔註43〕等等文章不勝枚舉，而這些都是反映當時讀書人與官場科舉的一個側影。

二、娛樂兼諷刺性質的新聞

正如前曾提及的《游戲報》中有眾多娛樂新聞，然而這些娛樂新聞中除了有實際推動娛樂事業的功能外，另一方面李伯元仍不忘呈現其「隱寓勸懲」的辦報理念，對李伯元來說這兩種辦報理念或許不是互相衝突的，而是能共同呈現於一則新聞或論說之中的。例如〈觀華倫孛而司托馬戲記〉：

> 人之所以異於禽獸者，以其智也。智則能爲人所不能爲之事，出其新奇，以爭勝於天地。……兩君馬戲之奇巧百出，本報已爲之縷縷細述，固不必贅言矣。然其馬之馴熟能知數，而兼能演種種劇者，不過竭數年教畜之力也，但獸性頑笨，不能隅反。……人之性靈，非獸比也。其遇事隅反，善於變計，必不與獸類也。而不意中國之人自王公以下，始則習於科舉帖括之學，繼則習於冠裳拜跪之儀，雖至土地割裂，時局日非，而人者仍復守其前日之學之儀，而不知變革，猶獸之教以跪則跪，教以舞則舞焉。烏乎，邊壤之割也，廬墓之墟也，奴僕之辱也，袞袞者夢於朝，熙熙者夢於野，支那四萬萬人蠢蠢笨知他日將求如演劇之馬伏於牢而養於圈焉，且不可得也。可悲哉！可悲哉！〔註44〕

一開始說明「兩君馬戲之奇巧百出，本報已爲之縷縷細述」，指在馬戲於上海演出的這段時間，《游戲報》常有相關的演出新聞刊登，將表演內容一一詳述，但此時李伯元似乎有感而發，眼見馬戲團的動物被訓練得很聰明，「熟能知數，而兼能演種種劇者」，儘管如此始終沒有「人之性靈」，人的聰明在於「遇事隅反，善於變計」，懂得舉一反三、善於變通，但想不到中國人因學習「科舉帖括之學」、「冠裳拜跪之儀」，反而變得不知變革，如同動物一般隨人擺舞，這讓李伯元想起當前國事的衰敗，世人猶在夢中，不知覺醒變革，因而感嘆萬千。另一則〈香水說〉亦是採取這種論述手法，先是介紹西洋香水的由來，最後結合國事現況加以抒發議論：

〔註41〕〈胡監生中經魁冒名搶替〉，《游戲報》，1897 年 11 月 10 日，第 140 號。
〔註42〕〈論官場惡習〉，《游戲報》，1899 年 3 月 12 日，第 612 號。
〔註43〕〈縣試曲〉，《游戲報》，1899 年 3 月 18 日，第 618 號。
〔註44〕〈觀華倫孛而司托馬戲記〉，《游戲報》，1899 年 4 月 9 日，第 640 號。

……考之泰西產香之地亦屬寥寥，其所製香水亦取材於南洋。……
近十年來，閨閣名姝教坊妙選香奩潤色，視爲奇珍，用以襲衣□□，
和粉凝脂，桂馥蘭芬，蕩人心魄，其牌子最上者每瓶自數金以至十
金不等，致香水一項幾幾乎亦爲進口貨之一大宗也。……嗟乎！香
水一微物耳，而西人取精用宏，製煉出奇，流入中國，竟可爲□利
之一□，以草木而易我金，□□亦隱窺我中國人之嗜好，而爲此奇
巧以相投也。滬上一隅，繁華匝地，其歲需無益之費不知凡幾，要
皆以中國因有之利，而爲外人所攘奪，我中國四萬萬人且暝暝聲色
中，絕無飲水而思源者，此財之所以窮，而民之所以困也。〔註45〕

香料多產於南洋，而由西人製成香水，香水屬於洋貨，價格不斐，因此多爲
「閨閣名姝教坊妙選香奩潤色」所用，香水被視爲珍奇之物，最上等的香水
自數金到數十金不等，由於利潤豐厚，香水亦是進口貨的大宗之一。李伯元
也不得不稱讚西人的商業眼光，香水看似一個小東西，卻能「以草木而易我
金」，經過煉製成爲昂貴的奢侈品，賣給中國人就能賺取高額利潤。上海的商
業繁華，「其歲需無益之費不知凡幾」，都是屬於中國人的利益卻都被西人奪
走，而中國人尚在「暝暝聲色」，毫無覺醒，這就是「此財之所以窮，而民之
所以困也」的真正原因。

此外，前文提過的西人賽馬活動，李伯元也曾發表過他的看法：

泰西寓滬紳商，春秋佳日於泥城外有賽馬之舉，定例三日，各奏鰲
控之長，以奪得頭標爲快。中西人士之往觀者，結襟聯裳，應接不
暇。……富商貴宦以及青樓妙選往往包僱行家馬車，馳騁於十丈軟
紅中，車龍馬水，樂此不疲，顧價之貴，一車每天自五、六元，以
迄十餘元不等。……統計賽馬三天，華人之馬車費，動以萬計。……
或謂西人之賽馬於及時行樂中，寓不忘武備之意，況一鞭逐電競奪
錦標，正合君子無所爭氣象，是賽馬之舉在西人自有命意。……倘
華人早知戮實發憤而爲雄，何至積弱不振至如是哉，何尤於觀賽馬，
余聆其言，竟而有感於中也。沘筆而爲之說，且爲之轉一解曰：「西
人賽馬，華人賽錢。」〔註46〕

西人每年有春秋兩季賽馬的活動，吸引了大量中外男女前往觀看，特別是看

〔註45〕〈香水說〉，《游戲報》，1899 年 8 月 20 日，第 773 號。
〔註46〕〈賽馬說〉，《游戲報》，1899 年 5 月 1 日，第 662 號。

賽馬往往是乘馬車前往，「富商貴宦以及青樓妙選往往包僱行家馬車」，而雇用馬車的費用頗為昂貴，「統計賽馬三天，華人之馬車費，動以萬計」，使得賽馬活動成為眾多官宦士商、上海妓女展現財富、爭奇鬥豔的場面。李伯元認為「西人之賽馬於及時行樂中，寓不忘武備之意」，可說是鍛鍊身體、不忘武備，何況「一鞭逐電競奪錦標，正合君子無所爭氣象」，有西人自身的傳統與意義，但是對於中國人來說，觀賽馬不過是純粹看熱鬧，既不能鍛鍊體魄，也沒有活動的主旨意義，由「西人賽馬，華人賽錢」一句，能看出李伯元認為中國人觀賽馬不過是浪費錢的舉動。這似乎也有隱寓勸懲的含意在其中，「倘華人早知戢戢發憤而為雄，何至積弱不振至如是哉」，正是因為中國人不知奮發圖強，而有積弱不振的下場。如此一來，是否李伯元堅決反對中國人去看賽馬呢？似乎也不是如此，像是該報上仍有〈偶爾賽馬〉一則新聞：

> 昨午跑馬場忽有賽馬之舉，鐘鳴兩下，但見賽馬各西人乘坐駿馬，由跑馬廳而出，俄而紅旗一展，預賽各西人莫不著鞭爭先騁一時之豪興，馳驅於十里圍場，維時作壁上觀者，亦莫不齊聲喝采，迨至日薄崦□，始各興盡而返，洵春日之快事也。〔註47〕

由此文來看，李伯元不僅將西人賽馬的過程描寫出來，並且對於「作壁上觀者，亦莫不齊聲喝采」，也無太多責備之意，甚至文末還說去觀賽馬實為「春日之快事」，豈不是在鼓勵讀者不妨也前往去觀西人賽馬？此外，李伯元亦曾有一系列的賽馬報導，連續紀錄三天的賽事，又如〈天公做美〉說：「滬俗相傳每逢西人賽馬日，天必晴朗，前日雲低如幕，細雨廉纖，居人方共惴惴以不克出游為慮，詎昨大放晴曦，纖塵不起，故游客興高采烈。」〔註48〕天氣轉晴也會替游人感到高興，又或是讓賽馬廣告刊登於《游戲報》上〔註49〕，並且像是馬戲、香水等各種洋商廣告也是能刊登於該報中，可以說李伯元的這兩種辦報理念並不是互相衝突矛盾的，筆者認為這是因為在辦報理念之外，仍有個李伯元必須辦報的現實目的，也就是藉由辦報來維持生計，他不得不接受這些西人商業廣告的刊登，甚至是樂於接受的，這一點可由《游戲報》的商業意識相當濃厚來推論，下文將有更詳細的探討。

〔註47〕　〈偶爾賽馬〉，《游戲報》，1899年3月5日，第605號。
〔註48〕　〈西歷一千八百九十九年上海春賽第一誌〉，《游戲報》，1899年5月3日，第664號。
〔註49〕　〈請看大跑馬〉，《游戲報》，1899年5月1日，第662號。

三、娛樂指南性質的新聞及廣告

上海妓女為數眾多,《游戲報》基本上是以報導妓女、優伶為主的報紙,如同陳伯熙所說是為捧妓捧角而來〔註50〕,「評花品葉」除了是文人的附庸風雅,實際上也跟商業營利有關,因此《游戲報》中也不時介紹有妓女的居處位置,在描述時也常以「某里某妓」聯繫起來,好讓尋芳客能找到妓女居所:

> 本報特飭訪事人將上海所有長三書寓,各校書姓氏里居逐一抄錄齊全,排列為表,因限於篇幅,分日載在報端,并註明某弄第幾家字樣,甚為詳細,庶重來崔護前度,劉郎人面,仍逢仙緣易續未始冶遊之助也。至於調頭搬場更隨時更正此佈。〔註51〕

要將上海所有長三、書寓中各校書的姓名居處抄錄齊全,分日載於報紙上,可見上海妓女的人數眾多,也經常調頭搬場〔註52〕,這里居表對尋芳客來說這應該是必備的尋芳指南,確實有其銷售市場,並且這對當時的妓業來說無疑是一種推動,由此也能看出李伯元辦報的商業眼光。就目前留存下的《游戲報》在第54號、第55號兩日上都有「本報後幅附刊海上羣芳姓字里居表」這幾個字,〔註53〕然而此表已缺,無法看到全貌,但依然能推想要製作「海上羣芳姓字里居表」的舉動,應該是可以促進《游戲報》的銷售量。

此外,還有每日在報紙上刊登當晚要搬演的戲目,像是著名的丹桂茶園、天仙茶園、桂仙茶園等都在《游戲報》刊登廣告,提供讀者關於戲園的演出情況,包括劇目、名角(主演人)等等〔註54〕,這是中國傳統戲曲的娛樂。

〔註50〕 陳伯熙說:「上海初未有小報,自申左夢畹生,高窗寒食生暨現在希社社長高太痴等評花品葉,倉山舊主鼓吹西部,於是始有小報。」所謂「評花品葉」就是針對妓女、優伶寫些捧妓捧角的文章。參見氏編著:《上海軼事大觀》(上海:上海書店,2000年),頁276。

〔註51〕 〈本報按日排印海上羣芳姓氏里居表告白〉,《游戲報》,1897年8月12日,第50號。

〔註52〕 〈陸蘭芬告白〉:「蘭芬原住兆貴里,端節後歇夏,遷居三馬路尾,東面數去第四家,西面數去第三家便是,乞各位大少駕臨,不勝盼禱。」(《游戲報》,1898年7月11日,第375號。)這類「調頭搬場」告白在《游戲報》上不勝枚舉,有時由妓女自行刊登告白,有時是報紙幫妓女宣布。

〔註53〕 見《游戲報》,1897年8月16日,第54號;1897年8月17日,第55號。

〔註54〕 〈觀劇須知〉一則云:「各梨園既不抄送戲目登報,觀劇者咸稱不便,故本館特飭訪事人按日照牌抄錄,茲將今晚戲目擇錄於後。」(《游戲報》,1900年2月5日,第930號),之後幾天都有《游戲報》所抄錄的當日劇目,可見其劇目提供讀者訊息確有實際的功用。

此外，尚有〈上海英界茶坊表〉〔註55〕、〈上海英界烟間表〉〔註56〕等為品茶者、吸鴉片煙者所提供的娛樂指南，不只可以發現上海的娛樂事業已經發展到一個鼎盛的階段，需要有報紙來傳遞娛樂消息，另一方面，這些娛樂指南亦具有廣告的功能，推動著上海的娛樂事業。

再者，廣告一直是報紙重要的收入來源，對《游戲報》來說亦是如此，並且隨著《游戲報》的銷售增加，而有告白增價的情形〔註57〕，或是有人冒名收取，讓李伯元登告白澄清〔註58〕，或者是吸引更多商家願意來《游戲報》登告白〔註59〕，又如寫〈辭年詩十二首〉當中就有一首要贈給上海商家，詩云：「洋商大賈互爭雄，闤闠交通萬寶充。共說今年真利市，開筵除夕各分紅。」又說：「右賀生意也。本報承各寶號刊登告白，互有往來，理宜致賀。」〔註60〕由此可見《游戲報》與上海商家互利共榮的關係，而這些事件都說明了李伯元對於廣告的重視。到了《游戲報》創辦了二年之後，由於廣告過多，因此還必須添印「附張」來刊登廣告：

> ……祇以報紙正幅尚窄，各埠新聞雅什，餉遺良多，而本埠告白雲屯，深恐罣一漏萬，有辜時望，准於本月本日為始，添印附張，廣為刊載，鉅細靡遺。諒有諸君子所樂觀厥成也。……報務則必日益講求，報價則暫不加取。〔註61〕

本館承諸仕商惠顧告白雲屯，因正張不能盡登，已於昨日為始，加印附張一頁，不取分文。今日又增添輪船名出口進口日期，及銀洋

〔註55〕　〈上海英界茶坊表〉，《游戲報》，1897 年 8 月 11 日，第 49 號。
〔註56〕　〈上海英界烟間表〉，《游戲報》，1897 年 8 月 14 日，第 52 號。
〔註57〕　〈告白刊例〉：「論後每字每日取錢一文，先以五十字起碼，多則以十字遞加，□行告白以二百字起碼，論前加兩倍收值，木戳照算。」（《游戲報》，1897 年 8 月 5 日，第 43 號。）〈告白增價〉：「本報自今日始，後幅告白每日每字二文，論前加倍，長年面議□白。」（《游戲報》，1897 年 9 月 22 日，第 91 號。）
〔註58〕　〈聲名冒收〉：「本報告白費向憑帳房寫條收取，茲有前在本報訪事之華玉仲□至各店冒收情形，殊屬可惡，除一面追究外，為特登報聲明，望各寶號切勿受其愚弄，憑本報帳房圖記收條付賬為□此佈。」（《游戲報》，1897 年 9 月 2 日，第 71 號。）
〔註59〕　〈告白須知〉：「……今特自十月為始，將紙張放大，雖成本較重，並不增加分文，以便人樂於□□，庶不負各寶號殷殷垂顧之意……。」（《游戲報》，1897 年 10 月 15 日，第 114 號。）
〔註60〕　薛正興主編：《李伯元全集（五）》，頁 4。
〔註61〕　〈本報添印附張緣起〉，《游戲報》，1899 年 6 月 8 日，第 700 號。

行情，以備諸君子便於稽考，嗣後復當精益求精，冀副雅意，特此
佈達，惟希均察。〔註62〕

報紙的篇幅有限，若減少新聞就沒有可看性，因此新聞不能減少，而在廣告
日益增加的情形下，若要賺取更多登廣告費用，只能另想「添印附張」的辦
法，如此一來，就不會排擠到新聞的基本版面，而廣告商也能在《游戲報》
上登廣告，讀者也樂於購買，由於是「報價則暫不加取」、「加印附張一頁，
不取分文」，加量不加價，可說是符合了辦報者、商家們各自的需求，讀者也
更容易接受這些廣告訊息，達到了雙贏的局面。

第三節　《游戲報》的報務及其與讀者的互動

　　承上所述，李伯元曾再三地自述他的辦報理由，但是更貼近其內心的、
眞實的辦報目的、心路歷程爲何？或許從《游戲報》的報館經營方式，以及
其他技術層面的事務，可以推測出李伯元創辦小報的眞正目的。並且，筆者
認爲該報與讀者之間的互動關係，更能看出李伯元創辦《游戲報》的心路歷
程。

一、報館業務的經營

　　李伯元創辦《游戲報》的成功，可以從李伯元不斷回顧他的辦報歷程說
起，他不僅有很清楚的出版機制、印刷、行銷手法，並且具有切實的執行力，
而這些技術層面的事務正是其辦報理念之外的另一種落實與呈現。如〈記本
報開創以來情形〉：

　　游戲主人手創此報，七閱月於茲矣。幸獲一紙風行，中外稱頌。一
　　時朋輩咸爲主人慶，以爲《申》、《新》各報開創伊始，無若是易也。
　　主人沉吟良久，逡巡而對曰：「同人之所喜，正鄙人之所懼，惟以
　　《申》、《新》各報創始如此其難，余用是兢兢也。」……昔吾聞西
　　人美查君之創《申報》也，其時中國閱報之風未啓，美查君艱難辛
　　苦，百折不回。迨今報館紛開，人知購閱，皆君之所貽也。厥後斐
　　禮思君創設《新聞報》，聲譽蚤起，後先媲美。〔註63〕

─────────────

〔註62〕〈本館增添附張告白〉，《游戲報》，1899 年 6 月 9 日，第 701 號。
〔註63〕〈記本報開創以來情形〉，《游戲報》，1898 年 1 月 16 日，第 207 號。

由此可見要獨自創辦一份新的報紙是困難的，特別是在兩大報《申報》、《新聞報》已經有固定讀者群，要再吸引讀者注意並不簡單，因此李伯元創辦內容偏向趣味性的娛樂小報，儘管「一紙風行，中外稱頌」，李伯元也不沾沾自喜，反而感到兢兢業業、不敢鬆懈，並向美查及其創辦的《申報》致謝，若不是《申報》已經有報紙的固定模式，且開啓了近代中國閱報之風氣，《游戲報》也不可能憑空而生，更別提會受到眾多讀者的喜愛，因此，李伯元對於《申報》的開風氣之先向來是尊重而推崇的〔註 64〕。然而，更值得注意的是《申報》屬於一份商業營利性質的報紙，美查辦報的最初目的就是爲了賺錢，而這一點即是李伯元隱而未宣的辦報目的，例如之前提到李伯元要添印廣告附張，美其名是爲了商家著想，但事實上即要商業謀利，爲了賺取更多報酬；還有他要自行印刷報紙，以降低成本：

> 其先刷印用本國紙，未免劣薄；又以規線草創，鉛槧未備，聚珍檢字，攢版排印，率借手於人，因陋就簡，容或難免。嗣幾改用洋紙，字裡行間較易醒目。今復不惜重資，購置機器字模全副，選用良工熟手，以司其事，庶可矩獲從心，範圍就我。雖日易數稿，手拓萬本，何遽不暇給也。然非敢謂結撰已精，可與世爭一日之短長，亦聊免於草率而已。〔註 65〕

李伯元對於《游戲報》的用心即可在此看出，從用劣薄的本國紙改用較有質感的洋紙，以及從讓別家印刷廠排印，到自行購買機器字模全副，挑選有經驗的工人從事印刷工作，讓報紙的排面字型更加醒目美觀，而這不僅使《游戲報》較爲精美，且降低請別人印刷的成本，亦另有其附加價值，即代客印刷的業務：

> 本館自備二三四五號全副鉛字，筆畫清楚，代客排印各種書籍仿單，校對精詳，紙墨佳妙。又專代客定買印字機器、銅模鉛字，及東西

〔註 64〕　〈本報添印附張緣起〉：「本報自丁酉五月創設以迄於今，亦越二稔矣。其始事之心，不過以西國報例有游戲一種，而吾國中風氣寖開，各家日報、旬報、月報接踵而興，炳炳璘璘，未嘗不一新耳目，……主人結習，未忘雅好游藝，爰以餘力創爲是報。莊諧間作，美刺寓焉；若風（諷）若嘲，觀感又寓焉。……本埠商務中天下，闤闠之間，殷阜日眾。其消息盈虛，率有得之報紙者。故其閱報較之士夫尤嗜。」（《游戲報》，1899 年 6 月 8 日，第 700 號。）即表示中國閱報風氣開始興盛，自己才會創辦《游戲報》。

〔註 65〕　〈本報添印附張緣起〉，《游戲報》，1899 年 6 月 8 日，第 700 號。

洋各種機器，賜顧者即請移玉至本館帳房面議，價則格外克己，此佈。〔註66〕

《游戲報》若只是單純像李伯元所說要隱寓勸懲，那麼根本不用從事「代客排印各種書籍仿單」、「代客定買印字機器、銅模鉛字，及東西洋各種機器」等額外業務，可見李伯元極具商業意識，而這份想要賺錢、營利的辦報目的，當然不能堂而皇之的說出口。此外，《游戲報》的內容可以隨讀者需要而稍做更改，可見李伯元十分瞭解讀者的閱報需求：

> 本報仿自泰西命名游戲，風行海內六月於茲，竊幸疆宇乂安，閒暇無事，用是賦物言志，比□□辭，藉以抒性靈而寫懷抱。乃今海陬告警宵旰焦勞，凡我臣民同懷義憤，本館亦不得不略更舊例，以示變通。除將逐日路透電音摘譯登報外，復在北京及南北洋各要臨添請訪事，遇有緊要事務，隨時電告譯登報首，竊援春秋直書之例，仍嚴處士橫議之防，當亦□海諸君所爭先快睹也。特此佈知維希公鑒。〔註67〕

既然《游戲報》命名「游戲」，似乎與國家時政無關，只是藉報紙來「抒性靈而寫懷抱」，但是 1897 年，德國侵佔膠州灣，次年強行租借隸屬膠州（現青島市南地區），開闢為軍港和商港，引起了中國人的強烈反彈，「凡我臣民同懷義憤」，連專載娛樂新聞的《游戲報》上也經常出現〈佔膠餘聞〉、〈警電迭來〉、〈膠事續志〉、〈德人邀挾〉等一連串的時事電報，提供讀者掌握最新的訊息。因此，可以發現《游戲報》還是相當重視讀者的閱讀需求，而非只是單純的抒發性靈、寫寫懷抱，這跟傳統文人寫文章以求自娛的心境已經很不相同，願意跟隨讀者市場而變動，使得《游戲報》已具有一個商品的實質內涵，而其他模仿《游戲報》所創的小報也是因為「有利可圖」才加入行列的，由此在晚清形成了一股興辦小報風潮。

特別是，《游戲報》曾經重新排版印成書籍發行，這對報紙來說十分罕見，因為報紙通常是具有時效性的，然而《游戲報》卻能再次出版發行，可見其受讀者歡迎的程度：

〔註66〕〈代辦鉛字鉛板機器專印各種書籍仿單〉，《游戲報》，1899 年 6 月 19 日，第711 號。

〔註67〕〈本報論前增添逐日路透電音及時事要電告白〉，《游戲報》，1897 年 12 月 1日，第 161 號。

> ……惟本報隨售隨罄，無積存□齊全者，祇有本館自留之一分，於
> 是同人爭相慫恿重付手民，詳加校讐，出而問世。每月分訂兩冊，
> 計自丁酉五月迄戊戌臘月，共分訂四十冊，僅本年六月印釘齊全，
> 仍絡續隨出隨售，以慰薄海先覩爲快之意。……○附例四則一本報
> 每日論說一首、新聞八則，附錄詩詞雜著，此次重印一仍其舊，并
> 不刪除。一凡常登本報之各寶號告白及本館創辦書畫社題名，每冊
> 之後，仍爲一律附刊。……〔註68〕

「本報隨售隨罄」指《游戲報》銷量很好，向來都是賣光的，只有游戲報館
自留一份，李伯元得知許多讀者想要收藏創辦以來的所有《游戲報》，在朋友
的相勸之下，因而「詳加校讐，出而問世」，分成四十冊出版。由其中的附例
可以發現李伯元對於《游戲報》採用的版面是「每日論說一首、新聞八則，
附錄詩詞雜著」，而這樣的形式也讓日後的其他小報競相仿效；並且，「凡常
登本報之各寶號告白及本館創辦書畫社題名，每冊之後，仍爲一律附刊」，而
這一點就耐人尋味，報紙出書應該是屬於收藏性質，枝微末節應該有所剪裁，
然而每冊之後居然還將廣告一併附刊，或許是保留了報紙的完整性，但依然
有爲商家宣傳、討好商家的意味隱藏其間。

　　如上所述，就小報來說，廣告收入是其主要經費來源，也就是說，小報
的營利賺錢主要是靠廣告收入，所以李伯元除了出售報紙，擴大銷售量外，
還要盡可能想辦法降低成本，並同時提升廣告效果，以吸引更多的廣告商。
一般來說，銷量愈大，營利愈高，而小報的定價、市場與廣告費用收取的多
寡，則關係到小報是否賺錢的直接利益。

二、以讀者爲訴求對象

　　此外，就讀者對象來說，一開始的〈論游戲報之本意〉即談到：「或托諸
寓言，或涉諸諷詠，無非欲喚醒痴愚，破除煩惱，意取其淺，言取其俚，使
農工商賈、婦人豎子皆得而觀之」〔註69〕，可見《游戲報》使用的語言文字
是意淺俚俗，目的是讓各個不同的市民階層都能閱讀，藉此來達到其所說的
「隱寓勸懲」的辦報理念。又〈本館遷居四馬路說〉：

〔註68〕　〈本館重印丁酉、戊戌兩年全分游戲報啓〉，《游戲報》，1899 年 4 月 29 日，
　　　　　第 660 號。
〔註69〕　〈論游戲報之本意〉，《游戲報》，1897 年 8 月 25 日，第 63 號。

故凡有節義廉明，關於世道人心者，皆亟錄唯恐不及，文人墨士知
我用心之所□□□同聲嘆賞，即販夫豎子日執一紙，既可助其閒話，
亦得見人世間狡獪伎倆如鏡照象，形莫可隱匿，此報之所以風行也。
〔註70〕

最先接觸到報紙的讀者想必會是文人，因為有多餘的金錢可以購買報紙，閱
讀文字也是毫無阻礙，若能得到文人圈的認同，報紙的銷路才有機會進一步
向其他市民擴大，而從這一段文字亦能發現《游戲報》的兩種辦報理念，「故
凡有節義廉明，關於世道人心者，皆亟錄唯恐不及」、「得見人世間狡獪伎倆
如鏡照象，形莫可隱匿」是指隱寓勸懲，藉由社會時事來諷刺、警醒人心；「即
販夫豎子日執一紙，既可助其閒話」指就算是一般市民閱讀《游戲報》，亦能
從中得到消閒的樂趣，因為該報中充斥各式各樣的娛樂新聞，供讀者排遣時
光、增長見聞，如李伯元述說《游戲報》的簡介：

> 本報自丁酉創始閱時三載，以滑稽之筆寫游戲之文，遣詞必新，命
> 題皆偶，上逮列邦政治，下逮閭閻瑣聞，以及□□新談、花叢逸事，
> 或仿傳奇之例，或翻演義之文，以及逋臣墨客之題吟、海東歐西之
> 著作，□□臺之新詠，無□不臻撫選樓之遺規，有體皆備，他若書
> 札楹聯之製、燈謎酒令之編，莫不搜採無遺，網羅羣有，宜風宜雅，
> 亦勸亦懲，豈徒師莊叟之寓言、續齊諧之新志而已哉。〔註71〕

《游戲報》的文字趨向是「以滑稽之筆寫游戲之文」，標題格式是「遣詞必新，
命題皆偶」，內容包括列邦政治、閭閻瑣聞、花叢逸事等等，以及文人墨客的
詩詞雜文、海東歐西之著作，其他的「書札楹聯之製、燈謎酒令之編」亦是
因具有趣味性而編選入報，再次可見其讀者有文人，亦應有一般市民，《游戲
報》是居於雅俗之間的，除了「宜風宜雅，亦勸亦懲」，其實還包含「亦雅亦
俗」。而這也跟《游戲報》的行銷手法有關：

> 本報自創行以來頗蒙 閱者許可，購閱日多，本埠張園內□派有專
> 售本報之人，嗣因遊客多不攜帶零錢，以致購閱不便，今本主人特
> 自今日為始，每逢禮拜日添印數百紙，於下午四、五點鐘時，遣人
> 持往該園送閱，茶餘酒後，適性陶情，冀與諸君子結文字緣，有欲

〔註70〕〈本館遷居四馬路說〉，《游戲報》，1897 年 10 月 2 日，第 101 號。
〔註71〕〈本館重印丁酉、戊戌兩年全分游戲報啟〉，《游戲報》，1899 年 4 月 29 日，
第 660 號。

　　先睹爲快者，尚其坐象皮車、泡蓋椀茶，至該園靜候也可。〔註72〕
這則告白約在《游戲報》創刊後的三個月左右出現，一連登了好幾天。李伯
元原本就有在張園販售報紙，但是「因遊客多不携帶零錢，以致購閱不便」，
因此日後「每逢禮拜日添印數百紙，於下午四、五點鐘時，遣人持往該園送
閱」，打算每逢禮拜日在張園送閱報紙。有趣的是，張園是晚清上海最大的中
西合璧式的綜合性大眾休閒娛樂場所，也是當時上海唯一一家向全體市民免
費開放的大型花園〔註73〕，「與當時專爲西人闢設的外灘公園、虹口公園、法
國公園、兆豐公園，以及受文人、豪客、妓女等少數階層青睞的徐園、愚園
等園林相比，張園的大眾性特徵和公共性程度無疑是最高的：政客商人在此
集會交易，文人墨客在此雅集品題，普通市民在此喝茶遊藝，外埠遊客在此
賞花觀景，青樓女子在此高張豔幟，小報記者在此窺豔獵奇，三教九流、五
行八作均可出入其間。」〔註74〕如同《游戲報》的辦報助手歐陽鉅源（茂苑
惜秋生）在《新上海傳奇・觀賽》的這段描寫：

　　　　（合白）你們來看，這裏已是張園了。【步蟾宮】一霎時，忽迷南北
　　　　向，行行綠樹襯紅牆。原來是張園一座在中央，堆積了許多車輛。（合
　　　　白）我們一同進去。【前腔】安塏第中人氣漲；士農喧雜夾工商。耳
　　　　聽得跑堂收盤響叮噹，只說是各宜體諒。〔註75〕

可見張園人氣旺盛，「士農喧雜夾工商」，各個階層都在此進行娛樂活動，如
果說愚園、徐園等園林象徵著文人學士的交往空間，是一種雅的化身，那麼
張園則是士農工商彼此混雜、彼此交往的場所，是「雅」與「俗」交匯的載
體〔註76〕。因此，李伯元從報紙的內容到送閱報紙的地點有著重要的關連性：
「人則士農工賈，強弱老幼，遠人逋客，匪徒奸宄，娼優下賤之儔，旁及神

〔註72〕〈本館每逢禮拜日在張園送閱報紙〉，《游戲報》，1897 年 9 月 2 日，第 71 號。
〔註73〕上海張園，是中國清朝末年上海最大的市民公共活動場所，被譽爲「近代中
　　　　國第一公共空間」。據《上海研究資料續集》說張園：「起先爲西人格農所築，
　　　　後爲無錫張叔和購得，始改稱味蓴園，又稱張園。因不收遊資，裙屐往來，
　　　　因此竟無虛日。……後來，又建築洋樓，彷彿中國的型式，取名『安塏第』，
　　　　內有茶點，以餉遊人。凡一桌一椅，無不依照西式。當時上海各種議事、演
　　　　說、跳舞、宴樂等會，都假地於此舉行。」見上海通社：《上海研究資料續集》
　　　　（上海市：上海書店，1992 年），頁 570。
〔註74〕葉中強：《從想像到現場——都市文化的社會生態研究》（上海：學林出版社，
　　　　2005 年），頁 49～50。
〔註75〕見魏紹昌編：《李伯元研究資料》（上海：上海古籍出版社，1980 年），頁 511。
〔註76〕參見葉中強：《從想像到現場——都市文化的社會生態研究》，頁 121。

仙鬼怪之事，莫不描摩盡致，寓意勸懲。無義不搜，有體皆備⋯⋯」〔註77〕，可以發現《游戲報》所營造的閱讀空間、訴諸的讀者群眾，與廣納各個不同遊客階層的張園具有高度的雷同之處。

值得注意的是，李伯元在告白中使用的文字，卻是「遣人持往該園送閱，茶餘酒後，適性陶情」，並不提他的隱寓勸懲觀，反而較符合消閒、娛樂的概念，另一則告白亦是如此：

> 本報每逢禮拜日遣人赴張園送閱報紙，久荷閱者欣賞，上禮拜日適際陰雨，游客無多，今日天氣清和，寶馬香車，游人□□，用特循照囊例，飭人持報送觀即希均鑒是幸。〔註78〕

文中說「閱者欣賞」，閱者想必是指來張園遊玩的人，在禮拜日不用從事工作，到張園尋覓娛樂，順便閱讀《游戲報》，排遣一日時光，從頭到尾就是消閒活動，這正符合李伯元的推動娛樂事業的辦報理念。另外，也可以看出李伯元的商業頭腦，在張園送閱報紙是宣傳剛發行不久的《游戲報》的最佳策略，而這一點則是辦報理念之外所呈現的營利賺錢的辦報目的。

三、讀者的投書與回應

《游戲報》在晚清受到眾多讀者們的喜愛，根據日本內藤湖南於 1899 年 9 月至 11 月間到中國旅行，記錄了當時上海報紙的情況：《申報》的日發行量約在七千分左右，《新聞報》、《中外日報》是二千至三千份，《滬報》是一千份左右，《蘇報》更少，唯有《游戲報》的發行量在萬份以上。〔註79〕另外，《游戲報》還曾藉由「花榜選舉」為上海名妓排名次因而銷售量大增，在〈游戲主人擬舉行遴芳會議〉一文中即云：「或告游戲主人曰：聞貴報花榜揭曉之日，就本埠一隅而論，初出五千紙，日未午即售罄，而購閱者尚紛至沓來，不得已重付手民排印，又出三千餘紙，計共八千有奇。」〔註80〕；或者在大

〔註77〕此段引文是李伯元說明《游戲報》的內容，見魏紹昌編：《李伯元研究資料》，頁 450。

〔註78〕〈今日禮拜日在張園送閱報紙仍循囊例〉，《游戲報》，1897 年 9 月 26 日，第 95 號。

〔註79〕內藤湖南：〈燕山楚水〉，收入《內藤湖南全集》第 2 卷。參見樽本照雄：〈游戲主人選定「庚子蕊宮花選」〉（收入《清末小說研究》第 5 號，1981 年），頁 505。

〔註80〕見陳無我：《老上海三十年見聞錄》（上海：上海書局，1997 年），頁 214。

馬路上搶奪《游戲報》的報導：「本報雖命名游戲，實隱寓勸懲，嬉笑皆成文章，以故文人學士、商販婦孺無不爭相購閱，乃觀於昨日大馬路搶報一事，可以見本報之風行矣。」〔註81〕除了可見該報的熱烈程度，亦能由「文人學士、商販婦孺無不爭相購閱」來推知李伯元心中預設的讀者對象，有中上層的文人，亦有一般市民，並且確實達到了他原本所設想的讀者群，又如〈論本報多寓言〉提到：

> 本報自丁酉五月創始，迄今再更寒暑矣。一紙風行，承海內士夫殷殷推許。上自搢紳，下逮閭閻，以及日東歐美諸邦，遐方殊俗，靡不爭相購致，且時有佳章雅什，千里馳書，有匪本館所不逮。〔註82〕

可見《游戲報》的風行是「上自搢紳，下逮閭閻」，無論各種階級身份的人都喜歡閱讀，甚至吸引了日本、歐西的讀者〔註83〕，亦時常有讀者投書給游戲報館，而李伯元也不吝刊登，也經常回應讀者的投書或是意見：

> 本主人學植疏淺，見聞孤陋，承諸君子不吝珠玉，時錫佳章，第以限於篇幅，不能隨到隨登，割愛殊多，良深抱歉，茲將日來所積來稿，撮其大凡備登如右。〔註84〕

> 本館報紙風行各埠，辱承諸君子不棄陋，時以書函佳章見教，班香宋豔，樂旨□詞，各臻其妙，浣誦之下，感佩難宣。本主人以筆墨事繁，未能一一隨時裁答，且因報紙窄小，不克□□，然諸君雅意甚殷，何敢深負，因特一一節錄其要，悉載報端，俾諸君見之，不至疑□□有浮沈之處，且可稍原本主人疏懶之愆也。如不吝珠玉，尚乞時時有以教我，幸甚幸甚，耑此佈覆，惟希公鑒。〔註85〕

〔註81〕 〈搶報〉，《游戲報》，1897年11月15日，第145號。

〔註82〕 〈論本報多寓言〉，《游戲報》，1899年7月14日，第736號。

〔註83〕 《游戲報》一開始只在中國販售，後來在1898年6月左右的外埠售報處才出現了「日本東京朝日新聞館」（見《游戲報》，1898年6月29日，第363號。）另，日本來青散人（永井禾原）由東京回滬，李伯元與友人們一同宴飲餞別於天香閣，有一段文字提到：「並指諸校書謂游戲主人曰：『花國新聞，水天閒話，公實為斯國主盟，豔福可羨可妒。東京文學士多喜讀公報，花月社主筆大江敬香尤心折，願以所著《花香月影》易《游戲報》。』」可見《游戲報》在日本的傳播確實有一些影響。見薛正興主編：《李伯元全集（五）》，頁47～48。

〔註84〕 〈來稿撮要〉，《游戲報》，1897年9月22日，第91號。

〔註85〕 〈來書總覆〉，《游戲報》，1897年11月8日，第138號。

> 諸位訪事友台覽，本館雖命名游戲，實隱寓勸懲，近來報紙風行，
> 各埠訪友寄來新聞多不勝刊，每有語涉穢褻，有傷大雅，不堪登錄
> 者，茲特布告各友以後勿再寄來，是爲至要，惟希公鑒。〔註86〕

前兩則表示李伯元對讀者來書的重視，「限於篇幅，不能隨到隨登，割愛殊多，良深抱歉」、「諸君雅意甚殷，何敢深負」，李伯元面對讀者是平等的態度，語氣甚至有過謙的樣子，與當時講求開導民眾的維新啓蒙報紙很不相同，然而另一方面也能看出李伯元掌握媒體、身爲主編的最高權力，可以決定哪些文章可以登、哪些文章則是被拒絕，如第三則引文所說：「每有語涉穢褻，有傷大雅，不堪登錄者，特布告各友以後勿再寄來」，可見李伯元對於讀者來函是有挑選過的，摒棄一些不堪入目的文章。筆者認爲當時能夠投書的讀者多半是文人，他們對《游戲報》是很能認同的：

> 暮雨蕭蕭，旅窗岑寂，夢夢子閉門獨坐，以《游戲報》全冊爲下酒
> 物，一讀一擊節，讀至佳處則浮一大白不覺，醺醺過醉，和衣而睡，
> 驀有一人推之而起曰：「今日江南放榜，非特人間各士子探聽消息，
> 即天上諸神亦須稽錄姓氏，桂宮不遠盍往觀之。」夢夢子遽睜眼而
> 視……。〔註87〕

讀者夢夢子是一個科舉不第的文人，這種讀書人在晚清多不勝數，然而奇特的是他「以《游戲報》全冊爲下酒物，一讀一擊節」，由此消磨了大半天的時光，甚至成爲他夢境的開端，可見《游戲報》中這些寄寓情懷的遊戲文章在不遇文人心中的地位，願意當作排遣平日寂寥的文章，而這樣的不遇心情李伯元亦是心有戚戚焉，同樣有感於心：

> 日前與綠綺琴軒主剪燈清話，述及夢境，並出稿見示，亟爲刊登報
> 端，因思塵世事昏昏懵懵，何一非夢幻泡影，我輩邀遊海上評花問
> 柳，亦不過逢場作戲等，諸過眼雲烟耳。但半面之識亦有前因斯編
> 也。謂綠綺琴軒主託諸子虛也，可謂實有其理亦無不可，呵呵。游
> 戲主人附識。〔註88〕

〈紀夢〉一文是讀者綠綺生來稿，而這段引文則是李伯元（游戲主人）對於

〔註86〕〈布告訪友〉，《游戲報》，1897 年 10 月 26 日，第 125 號。

〔註87〕〈江南放榜日夢遊大羅天記〉，《游戲報》，1897 年 10 月 18 日，第 117 號。該文提到的夢境是：夢夢子瞭解到玩袴子弟目不識丁，卻因買通關節考上科舉，因而感嘆孔方兄當道，爲自己無緣登上龍門而悲泣。

〔註88〕〈紀夢〉，《游戲報》，1897 年 11 月 16 日，第 146 號。

該文的回應，可說是一種「編者案語」〔註89〕，這些案語的用意，一方面當然是文章重點的突出，另一方面也表達了編者自身對於該文的想法：李伯元說自己「因思塵世事昏昏懵懵，何一非夢幻泡影，我輩遨遊海上評花問柳，亦不過逢場作戲等，諸過眼雲烟耳」，意指世事轉眼成空，猶如夢幻泡影一般，其所寫的報導妓女文章不過是遊戲之作，寄遇情懷罷了。如同李伯元曾說的：「主人之游戲三昧，亦玩世而已」〔註90〕，意思是《游戲報》雖然有隱寓勸懲之意，但真正的妙處、蘊奧所在則是文人「玩世」的精神，也就是於夢未醒的狀態：「有識者嘗論上海塵囂之地，一味虛華其終日之昏沈□花天酒□者……如夢幻泡影，請向四馬路觀之」〔註91〕，面對海上繁華的歌酒徵逐一夢，是在醒世與玩世之間游移擺盪。

此外，還有一位讀者雲水洗眼人亦將《游戲報》視為遣愁之作：

> 游戲主人閣下：孟秋之月，記偕北上，道出滬江，時主人適有大開花榜之舉，以騷壇之主宰，作風月之品評，僕心焉慕之。……自抵京華，淹滯累月，寓齋寥寂，無計遣愁，惟日手貴報一編，藉以袪睡魔而消白日。每見都中士大夫借得貴報一睹，互相傳觀，寶貴無似，以視昔之睹貴洛陽、價重雞林者，悉以逾焉。〔註92〕

此文為雲水洗眼人來稿，提到自己雖北上京師，但依然心繫上海花榜，「寓齋寥寂，無計遣愁」，在京師的日子是平淡而無聊的，「惟日手貴報一編，藉以袪睡魔而消白日」，只有讀到《游戲報》才覺得興致盎然，可以消磨大半天的時光，連北京的其他讀者也爭相傳閱，一時洛陽紙貴，受到極大的歡迎。而另一篇金粟山人〈詠《游戲報》〉更可見到李伯元的辦報想法受到讀者的認同：

> ……天地六合為一家，人生百歲同過客。行樂及時夜未央，酒食游

〔註89〕 李瑞騰教授說：「『編者案語』通常是媒體編輯人針對個別篇章的背景說明或旨意提要，和宣告式文章、編輯室報告相互呼應，整體表達媒體的編輯觀點。」見氏著：〈後期文季研究——文學媒體編輯觀察之考察〉，收入中國古典文學研究會主編：《文學與傳播的關係》，頁236。

〔註90〕 〈論游戲報之本意〉，《游戲報》，1897年8月25日，第63號。此外，在陳無我《老上海三十年見聞錄》（上海：上海書局，1997年，頁211）中有〈花榜揭曉之跋〉最後署名「丁酉七夕游戲主人序於海上三昧齋」一句，可知李伯元稱其居所為「海上三昧齋」，似乎「游戲」、「三昧」二詞的聯繫對李伯元來說似乎別具意義，筆者認為寓意其中的即其玩世之感。

〔註91〕 〈本館遷居四馬路說〉，《游戲報》，1897年10月2日，第101號。

〔註92〕 〈致遊戲主人論林黛玉書〉，《游戲報》，1897年11月22日，第152號。

戲相徵逐。方言諺俗足編記，游戲之報從而設。不妨日作游戲文，
黜陟理亂那堪說。……轉令白璧誚微瑕，豈必深藏諱莫惜。主人寓
言托游戲，作如是觀乃爲達。日千百報羞雷同，徒使災梨費紙筆。
我爲游戲發詠吟，長言不足又嘆息。〔註93〕

人生短暫，不如及時行樂於遊戲、徵逐之中，這是「游戲之報從而設」的原
因之一，「不妨日作游戲文」，提供娛樂新聞、遊戲文章供人閱讀消閒正是《游
戲報》的價值所在，更重要的是「豈必深藏諱莫惜」、「主人寓言托游戲」，看
似趣味性的新聞中卻另有寓意深藏，使金粟山人不得不稱讚「日千百報羞雷
同，徒使災梨費紙筆」，其他的報紙哪比得上《游戲報》呢？並且在〈詠《游
戲報》〉後另有一段文字，有位筆名橫山舊主的讀者表示同樣感受：「游戲報
創辦迄今幾三閱寒暑矣，主人借嬉笑怒罵之文，發憂世嫉俗之意，軯結鬱露，
而不能自己者，蓋亦傷心人別有懷抱。」同樣表達了對李伯元隱寓勸懲辦報
理念的認同立場。有趣的是，「從媒體活動的整體結構來看，讀者投書是閱聽
人向媒體的一種回饋，是檢驗傳播效果的項目之一，對於讀者來說，他之所
以投書，可能是自發的，也可能是被誘發的，甚至於可能是編輯技術性的企
畫；對於媒體來說，它可能造成干擾，也可能是一種激勵。」〔註94〕在此無
法知道讀者的回應出自自發，或是誘發的，但是可以確定的是讀者投書是李
伯元與讀者溝通的橋樑，也可以說是文人間的彼此激勵，亦隱含了當時晚清
上海眾多不遇文人的集體情懷。

　　綜上所述，在李伯元的辦報理念之外，可發現：一、李伯元創辦的《游
戲報》擁有濃厚的商業營利色彩，其出版、印刷、銷售皆具有商業眼光，此
時的報紙可說是一份文化商品，提供讀者日常生活的消遣；二、從讀者的回
應能察覺讀者接受與認同李伯元的兩種辦報理念，而李伯元重視讀者回應〔註

〔註93〕〈詠游戲報〉，《游戲報》，1899年8月28日，第781號。
〔註94〕李瑞騰：〈後期文季研究——文學媒體編輯觀察之考察〉，收入中國古典文學
　　　　研究會主編：《文學與傳播的關係》，頁235。當然讀者投書未必全是讚美之詞，
　　　　海外寄憤生所寫的〈責報館主筆〉一文，即是因慈禧下令查禁各省報館而作，
　　　　內容主要是指責報館主筆者隨意批評時政。（《游戲報》，見1898年10月14
　　　　日，第471號。）
〔註95〕李伯元曾作〈辭年詩十二首〉其中有一詩說道：「海內詞壇倚馬才，千行珠玉
　　　　寄將來。華函錦字常懷袖，尤盼芳春驛使梅。」又云：「右謝諸名人以詩文相
　　　　投贈也。尤望不棄菲才，常以片紙匡余不逮爲幸。」特地向讀者的來函與投
　　　　書表達謝意。見薛正興主編：《李伯元全集（五）》，頁4。

95〕，以讀者需求爲考量的態度，正是因爲要維持報紙生存的商業目的，只是這個辦報目的不便公開坦白說明；三、身爲文人的李伯元用寄寓情懷的說法，在繁華如夢的上海格外打動文人不願面對現實的心理，雖貶抑上海爲罪惡之淵藪，卻也無可奈何、無處可去，寧願在風月場中遊戲人間，而在《游戲報》上書寫委婉諷刺的文章正是文人唯一可以堅持下去的「積極作爲」。

第四節 《世界繁華報》中創新的經營策略

　　李伯元在 1897 年 6 月 24 日創辦《游戲報》，引起一陣辦小報的熱潮，於 1901 年 4 月 7 日又創辦《世界繁華報》，同樣對上海小報界造成轟動，再次成爲其他小報的模仿對象。關於《世界繁華報》的特色有三：第一、報紙的版面開始分欄目，並且注重專欄的內容創新；第二、在小報上設立讀者投函用紙，重視讀者的回應與投書；第三、在報紙上刊登時事新聞，並連載諷刺、譴責小說，並且刊登許多小說廣告。以下將針對這三項特點進行分析。

一、版面首次出現欄目

　　熊月之曾指出「繁華」二字是上海最常出現的兩個字〔註96〕，的確從《游戲報》延續到《世界繁華報》，李伯元依然懂得貼近社會的現況，對於報紙的命名想必亦有其深意，如果說上海是一個偌大的遊戲場，那麼「繁華」就是形容上海遊戲場的最佳形容詞，所謂的「世界」指的很可能不是五大洲、三大洋的世界，而是十九世紀末的上海正充斥各種不同的異國文化，兼又川流熙攘、商業熱絡，經濟活動格外繁榮的情形，在當時上海可說是「世界繁華」的小型縮影，筆者認爲當時人們皆簡稱《世界繁華報》爲「繁華報」，正意味著「繁華」二字才是代表上海及其小報的眞正精神。

　　《世界繁華報》曾有廣告在 1902 年 6 月 8 日的天津《大公報》上刊登，即可得知報紙內容：

> 本報首列評林、諷林兩門，或詩或詞，義取諷諫。次本館論說、藝文志。次翻譯新聞、最新電報、滑稽列傳、時事嬉談、野史、地理志、利園日記、鼓吹錄、海上看花記、北里志、侍兒小名錄、食貨志、群芳譜等名目。附以《庚子國變彈詞》，刻已編至第二十五回兩

〔註96〕 熊月之：〈歷史上的上海形象散論〉，《史林》（1996 年第 3 期），頁 143～144。

宮到西安時事。殿以文苑、雜俎、來函雜登，五花八門諸體悉備，
洵稱報界中之特色。〔註97〕

首先由這則廣告可以發現《世界繁華報》大致可以分成四個主要內容，一是
「評林、諷林兩門」的諷刺詩詞，二是眾多不同種類的專欄，三是《庚子國
變彈詞》，四是「來函雜登」（即讀者來函），其噱頭在於「五花八門諸體悉備」，
可以說是報界中的一大特色。然而，這樣分欄目的作法，並非是《世界繁華
報》的首創，而是仿自《中外日報》，根據張乙廬的說法：「（李伯元）復創立
《世界繁華報》，體裁仿《中外日報》。（時名《時務報》，爲汪穰卿先生主筆，
後爲法捕房封禁，改《中外》。）」〔註98〕原來李伯元《世界繁華報》的版面
樣式竟仿效戊戌變法時維新人士辦的重要報刊。在當時汪康年（即汪穰卿）
爲了躲避禁令，因而把《時務報》改名爲《中外日報》，這份報紙版面首次採
用直長式，「報紙分爲三層，俾閱者節省目力，句逗加點，以清眉目」，並且
此次改版打破了論說與新聞與詩文雜登在一起的習慣，好讓讀者容易閱讀，
分成「論說、電報、國內外新聞和本埠新聞，和文藝諸欄。各報仿而效之，
編制始見改良」，此舉可說是揭開了報紙版面改革的序幕〔註99〕。而李伯元則
有獨到的眼光，是率先在小報界中改版的小報，突破其在《游戲報》中所創
「一論八消息，標題四對仗」的模式，而變成綱目清楚、包羅豐富的《世界
繁華報》分欄模式〔註100〕，之後的其他小報也開始跟進，模仿其改版〔註101〕。

〔註97〕〈上海《世界繁華報》告白〉，原載天津《大公報》，1902 年 6 月 8 日，第 2
　　　　號。見薛正興主編：《李伯元全集（五）》，頁 150。

〔註98〕引自張乙廬〈李伯元逸事〉（原載 1923 年 1 月 26 日《小說月報》第 54 號），
　　　　見魏紹昌：《李伯元研究資料》，頁 10。

〔註99〕參見謝慶立：《中國早期報紙副刊編輯形態的演變》（北京：學苑出版社，2008
　　　　年），頁 27。

〔註100〕馬光仁主編：《上海新聞史（1850～1949）》，頁 216。李伯元在《游戲報》首
　　　　創「一論八消息，標題四對仗」的模式，即每日報紙至少有一篇較長篇幅的
　　　　首論和八則簡短的新聞，八則簡短新聞的標題要兩兩相對，而成爲四組對聯。
　　　　例如：1899 年 4 月 1 日，第 632 號的篇目：〈論鴇婦作惡〉、〈上古異聞〉、〈中
　　　　華大局〉、〈公堂懲淫餘誌〉、〈妓院還債新談〉、〈忘帶便章〉、〈預愁漂賬〉、〈能
　　　　騎赤兔〉、〈不醉烏龜〉，即是「一論八消息，標題四對仗」的模式。

〔註101〕馬光仁《上海新聞史（1850～1949）》說：在《世界繁華報》問世以前的小報
　　　　都採用「一論八消息」的模式，《世界繁華報》之後問世的，則多半採用以諷
　　　　刺詩爲引子的分欄編輯（即《世界繁華報》的模式），而一些原來採用「一論
　　　　八消息」的模式的小報，也都先後改版用《世界繁華報》模式。在小報的編
　　　　務演進方面，《世界繁華報》起了路標性的作用。參見馬光仁主編：《上海新
　　　　聞史（1850～1949）》，頁 216～217。

　　並且，〈新出《世界繁華報》章程〉中亦對小報中的欄目內容有更詳細的說明：

一、商藝投標格：凡人有一藝之長，或新開店號，恐無人知，可購本報一張，自將節略填入此格內，裁下封寄本館，次日登報，大眾皆知。

二、觀劇品評格：諸君觀劇，如有賞識，或別有評論，不妨填入此格，封寄本館，次日登報。

三、看花荐格：本館選舉後四金剛，又特開花榜，或爲情人賞識，欲爲揄揚，均請填明此格內寄交本館，次日登報。

四、引子、評林、諷林：或詩或詞不拘一格，或譏彈時事，或諷刺世人，俚言俗語湊集成文，聊博閱者一粲。

五、本館論說：各體咸備，不拘一格。

六、時事嘻談、滑稽新語、最新電報、翻譯新聞、緊要新聞：每項新聞數則，另有子目，靡不生面別開，引人發噱。間有寓意，識者自知。

七、花國要聞：專載花叢緊要新聞、花叢掌故，如新訂設官大考各章程、香國綸音、授職考試，均以官樣文章出之。另有海上看花記、侍兒小名錄等名目，隨時改易，不能悉載。

八、梨園要聞：如遇新戲新角，本館信息最靈。海上名伶記、觀劇閒評，以上三項，輪流記載。

九、書場顧曲、茶樓茗戰、酒樓題壁、游園新聞、烟室清談、番菜館食譜、花果時價。

　　以上九項輪流登報。〔註102〕

這則雖說是章程，但其實就是一種廣告宣傳，凸顯出《世界繁華報》的內容五花八門、花樣翻新，除了《游戲報》已有的妓女、優伶新聞，即「看花荐格」、「花國要聞」、「觀劇品評格」、「梨園要聞」，以及頭條論說「本館論說」，其他則還有眾多的新聞、趣聞、笑譚，就連番菜館的食譜、花果時價等生活

────────────

〔註102〕〈新出《世界繁華報》章程〉，見薛正興主編：《李伯元全集（五）》，頁43～45。

層面的事務也都登上小報，並說明「以上九項輪流登報」，即是要藉由不斷變化報紙內容來吸引讀者購報、閱報。而下面則繼續列出其他項目：

> 十、么鳳清聲、山梁寄興：專記么二、雉妓之事。

> 十一、租界行名錄。

> 十二、海上群芳姓字、里居錄與行名錄：分雙、單日輪流登報。

> 十三、來函照登：仍分商藝投標、觀劇品評、看花荐格等數門，而殿以山梁荐函。

> 十四、梨園日報：本日日夜戲目，某人演某戲，分載甚詳。

> 十五、藝苑雜刊：詩詞雜著得暇即登。

> 十六、花叢告白：頗多可笑之處，山梁花榜荐函、商號告白。

> 本報花樣翻新，不名一格，逐日更換，層出不窮，茲特舉大略以告同人。另有本館自撰小說等類，名目繁多，得暇即錄，並此附聞。
> 〔註103〕

仔細來看，這些項目雖看似「花樣翻新，不名一格」，卻不脫主要的妓女、優伶兩大類新聞，可見其性質仍是在專記妓女起居，嫖客生活，戲館京角等等，同樣是後代評論者所稱的「花報」〔註104〕。然而，它最後則刻意點出「另有本館自撰小說等類，名目繁多，得暇即錄，並此附聞」，表示將會在小報上連載小說，而小說的內容則顯現出《游戲報》與《世界繁華報》的最大不同，即《世界繁華報》上所刊登、連載的小說是屬於諷刺時政的譴責小說，但《游戲報》的附張上贈送的一頁小說則是無關時政的傳統小說──《鳳雙飛》，如此看來，《世界繁華報》的內容增添了更多現實層面的意義，不僅更加貼近市民的心聲，亦符合時代潮流的需要。

〔註103〕見薛正興主編：《李伯元全集（五）》，頁43～45。

〔註104〕胡道靜《上海新聞事業之中的發展》：「……同時繼起者，有寓言、時新、獨立便覽、奇新、海上文社、暢言、趣聞、娛閒、通俗、時聞、花月、陽秋等報，都是旋起旋仆，為日無多，祇有游戲、笑林、繁華三家支撐最久。在此時期中的小報均按日發行，『性質大致都為專記妓女起居，嫖客生活，戲館京角等等』，所以這是上海小報的『花報』時代。」見氏著《上海新聞事業之中的發展》：（上海：復旦大學出版社，1993年），頁59～60。

二、設立讀者投函用紙

　　李伯元的《世界繁華報》十分注重與讀者之間的互動，可以說是李伯元刻意經營的，首先他在報紙上廣徵各式荐函：

> 凡商藝投標、觀劇品評、看花荐格、曲榜荐函，均載入此格內裁下封寄本館，次日登報。此紙祇能寫一事，併寫不錄。此紙隔日不用。

〔註105〕

也就是在《世界繁華報》上設一方格，說明讀者可以將自己想要推薦的商家字號、戲曲劇評、妓女色藝、崑曲小調等等內容寫入此紙方格，寄到繁華報館，隔天就能登載於報中，並且「此紙祇能寫一事，併寫不錄」，格中有附註日期，隔日便不能再使用。這樣的作法勢必將與讀者產生更多的互動，進而引起讀者的閱報興趣，增加報紙的銷售量。並且，李伯元是站在讀者立場去解釋投函的用意，欲藉此吸引讀者來信：

> 本館凡遇外□投函無不照錄，故凡新開占鋪以及□才之士，因本報而得聲名四播者甚眾，推及觀劇看花、各種荐函亦莫非代人增長聲譽，間作笑譴，亦足以□睡遣悶，惟事涉挾□猥褻者不登，此佈。

〔註106〕

由此段文字可知投函好處有二，一是「得聲名四播者甚眾」、「莫非代人增長聲譽」，即報紙媒體的廣告宣傳效果，讓信息更容易傳布於街頭巷尾；二是「間作笑譴，亦足以□睡遣悶」，則是延續《游戲報》所開創的消閒趣味性質，希望能引起更多讀者的閱報興趣，但無論李伯元如何站在讀者立場去詮釋「投函」，最重要卻未明說的，還是要增加自己報紙的聲譽，以便刺激報紙的銷售量。

　　此外，在《世界繁華報》中亦有首創徵文選輯成書一事，其〈新編上海無雙譜章程〉云：

> 本館仿無雙譜例而推廣之，輯爲《上海無雙譜》一書，無論爲官爲商，爲士爲民，或開闢一事，或獨有專長，一律收錄，茲酌擬章程列後：一現在官宦中有能開創一事爲民利賴者入選。一商統工藝而言，上自洋行公司、銀行票據，下迄肩挑叫賣之流，或興一利，或精一藝者入選。一士有工中外古今各項學問，雕蟲小技但精一藝者

〔註105〕〈本館投函用紙〉，《世界繁華報》，1901年6月24日，第79號。
〔註106〕〈投函有益　本館告白〉，《世界繁華報》，1901年6月24日，第79號。

入選。一各項人民，上自官商紳富，下逮倡優隸卒，容止作爲有一
異於人者入選。一以上各項均徵收荐函，無論入選與否，自明日起
一例次第刊入報端，以一個月爲期，截止後逐加評騭，以定去留，
然後分門分類，編輯成書，流傳久遠。〔註107〕

可見《上海無雙譜》的內容包羅萬象，對象可以是士農工商，也不分大事、
小事皆可刊登，因其書名以「無雙譜」爲號召，勢必要「或開闢一事，或獨
有專長」，也就是要有特殊、獨到之處才可刊登，而讀者來函的舉薦有時則結
合時政，極具諷刺之能事，卻也反映了晚清中國的窘困處境，以下列出幾例：

○中國外侮日甚賠款之鉅，亙古罕聞，甲午一役，棄台灣償鉅款，已
覺難支。庚子之變，乘輿播遷，翠華西幸，償款之鉅，多至九百五
十兆兩，實爲開闢至今，地球上未聞之事。日本人荐。〔註108〕

○中國創設海軍，所費何啻千萬，中東一役，一敗塗地，可入無雙譜。
達觀子荐。〔註109〕

此二則皆是以甲午戰爭爲背景，第一則述說中國長久以來積弱不振，連連戰
敗，到了庚子事變，賠款之鉅額竟至九百五十兆兩之多，實爲「地球上未聞
之事」，推薦人竟署名「日本人荐」，雖不知其眞假，但若是眞由一位日本人
推薦此事，那確是一大諷刺，毫不光彩；第二則表示中國創設北洋艦隊，花
用的軍費何止千萬，卻在甲午之戰一敗塗地，幾乎是全軍覆沒，也稱得上是
舉世無雙了。其實這兩則來函，是《世界繁華報》中諷刺、批判最爲明顯的
部分，其他有「評林、諷林兩門」的諷刺詩詞，暗喻朝政時局，或是連載時
事小說《官場現形記》、《庚子國變彈詞》，皆可以發現到了《世界繁華報》時
期，李伯元所主張的「隱寓勸懲」辦報理念已經隨著晚清時局的變化，而變
得越來越明顯、敢言，報紙的內容也愈具有強烈的諷刺性。

三、在小報上連載諷刺、譴責小說

阿英於《晚清文藝報刊述略》曾表示雖然小報幾乎每一種都是談風月、
說勾欄，但「若果不談這些『風月』、『勾欄』，這些小報在當時就不會存在
了，就失卻物質基礎了。這正說明了這類小報，是半殖民地都市生活，和

〔註107〕〈新編上海無雙譜章程〉，《世界繁華報》，1901 年 12 月 5 日，第 243 號。
〔註108〕〈上海無雙譜　來函五誌〉，《世界繁華報》，1901 年 12 月 10 日，第 248 號。
〔註109〕〈上海無雙譜　來函七誌〉，《世界繁華報》，1901 年 12 月 12 日，第 250 號。

封建地主生活結合起所孕育的，具有特徵的報紙，也正反映了當時半殖民地的買辦階級、洋場才子、都會市民和官僚地主一些沒落的生活形態。這些報紙，是起了推波助瀾的作用的」，也就是說，「這些小報，同時也揭露了當時的社會黑暗，抨擊了買辦、官僚以及帝國主義，奠定晚清譴責小說發展的基礎」〔註110〕，阿英對於小報的看法顯然是站在寫實社會主義的立場，認爲小報若有價值，也是因其揭露了官場的黑暗面，是諷刺小說的發展基礎。

　　然而，除了小報能夠展現豐富的社會層面，進而加以批判、諷刺外，就報紙與小說的關係而言，李伯元首創在小報上連載小說亦受到讚許的評價，如馬光仁所說：「《世界繁華報》在創作現實題材小說方面的活動比梁啓超在日本辦《新小說》還要早，而《官場現形記》則開創了以文藝形式批判官場的風氣，同樣功不可沒」〔註111〕；另外，范伯群則表示：「過去的小報也贈送文藝作品，但採取每天附送一頁（活頁）的方式，不算是報紙本身的一個欄目。從《世界繁華報》開始，將《官場現形記》作爲報紙的連載小說，由附送小說發展到了刊登連載小說，這是一個很重要的開端」〔註112〕，可見《世界繁華報》與小說的緊密關係，事實上，在該報上亦經常刊登李伯元的小說廣告，或是《繡像小說》等小說刊物的廣告，如：

> 此編專述官場奇奇之醜狀，爲世界種種人勿可勿讀之書，有志爲官者急宜購覽，眞升官秘鑰也。……分售處望平街新聞報館　啓文社四馬路開明書店　棋盤街商務印書館　江左書林　大新街游戲報館笑林報館。〔註113〕

> 庚子變局此書敘述獨詳，初版出後，上自宮禁，下啓海內，紛紛函購，久經告罄，茲已再版。仍釘六本價洋一元二角，批價從廉，本館出售。〔註114〕

> 本□添有憂患餘生新著《鄰女語》、《商界第一偉人》，蓬園新著《負

〔註110〕引自阿英：《晚清文藝報刊述略》，頁50～51。

〔註111〕馬光仁主編：《上海新聞史（1850～1949）》，頁216。

〔註112〕范伯群：《中國現代通俗文學史（插圖本）》，頁59。

〔註113〕〈南亭新著官場現形記　每部洋一元本館出售〉，《世界繁華報》，1903年10月22日，第904號。

〔註114〕〈再版庚子變國彈詞〉，《世界繁華報》，1903年10月22日，第904號。

暴閒談》共三種，或演述時事，或傳寫古人，精心結撰，殊為生色，
妙文共賞，閱者諒有同情也。〔註115〕

讀官場現形記者　看　看　看：昨日吳門游俠子來函，以本館新出
官場現形記一書，窮形盡相，獎許過情，著者原意頗冀閱者匡其不
逮，不敢望譽言之日至也。惟游俠子窮三日之力，將此書條分縷晰、
抉擇無遺，大可以便讀者，爰為照錄左方。〔註116〕

以上四則皆是 1903 年 10 月 22 日一天之中所刊登的小說廣告，以及讀者所撰
寫的推薦書評，並且當天還有連載《官場現形記》的小說，這一連串的小說
刊登與宣傳廣告，再次認識到《世界繁華報》正是最初讓諷刺時事的譴責小
說大為風行的主要媒介，在新小說的傳布與流行上具有不容忽視的影響力。
像是同為盛行小報的《笑林報》上，亦有刊登徵《官場現形記》書評的啓事：

古人著書，稿至三四易五六易而成。此著乃初脫稿耳，閱者倘為糾
謬繩愆，或以箇中醜狀詳細臚示著者，擬似投函齊後，評定甲乙。
第一名贈本書五十部，二名贈三十部，三名贈二十部，以下酌贈。
如欲現洋，即照批價付值。本埠一月為限，外埠兩月，函交繁華報
館。著者附志。〔註117〕

這則徵文啓事看來十分有創意，希望讀者在看完《官場現形記》後，能寫些
心得或意見，最好能糾正作者的錯誤，前三名各贈《官場現形記》五十、三
十、二十部不等，如果不想收到贈書，也能照書價折成現金，如此一來，作
者與讀者間的互動將更加熱烈而頻繁，而且是藉由小報這個媒體才能廣為周
知，順利地進行此次徵文活動。雖然這則啓事在《笑林報》上出現，但從最
後的「著者附志」一句，可知應由李伯元所刊登，並且來函須交到繁華報館，
或許在《世界繁華報》也有這則徵文啓事。

又如胡適〈十七年之回顧〉一文中，也曾經回憶說《世界繁華報》上有
刊登過李伯元的小說：

戊戌以後，雜誌裏時時有譯著的小說出現。專提倡小說的雜誌，也

〔註115〕〈商務印書館　繡像小說　第七回已出〉，《世界繁華報》，1903 年 10 月 22
日，第 904 號。
〔註116〕〈特別來函〉，《世界繁華報》，1903 年 10 月 22 日，第 904 號。
〔註117〕原刊《笑林報》第 1171 號，1904 年 6 月 23 日。轉引自魏紹昌編：《李伯元
研究資料》，頁 119。

有了幾種。例如《新小說》及《繡像小說》（商務）。日報之中，只
有《繁華報》（一種「花報」）逐日登載李伯元的小說。那些大報，
好像還不屑做這種事情。（這一點我不敢斷定，我那時年紀太小了，
看的報又不多，不知《時報》以前的「大報」有沒有登新小說的。）
那時的幾個大報，大概都是很乾燥枯寂的，他們至多不過能做一兩
篇合於古文義法的長篇論說罷了。〔註118〕

可見在當時大報的敘述多半乾燥枯寂的，論說較多是「做一兩篇合於古文
法的長篇論說罷了」，相反的小報上則是充滿趣味、娛樂性的文字。並且，小
報相當懂得重視讀者的閱讀樂趣，例如：在《世界繁華報》上連載《官場現
形記》能夠廣受讀者歡迎，正是因為李伯元抓住讀者對朝政的不滿心理，而
其如此洞悉讀者心理、掌握閱讀市場的原因，想必是先前創辦《游戲報》的
那三年之中所累積的社會經驗，對李伯元起了作用與幫助；再加上李伯元自
身善於創新，不斷變化報紙內容，才能由此奠定了《世界繁華報》在眾多小
報群中的領先地位，在李伯元主編《世界繁華報》的六年之中正是晚清小報
的鼎盛時代〔註119〕，而李伯元正是這股興辦小報潮流的先驅者。

〔註118〕 胡適〈十七年之回顧〉，轉引自戈公振：《中國報學史》，頁 145～146。
〔註119〕 陳伯熙《上海軼事大觀》說道：「三十年前即有一種所謂小報者，專紀風月，
　　　　 為名士之消遣品，篇幅約占今之日報四分之一，後以《繁華報》為最有名，
　　　　 自是小報常有十種左右。」（陳伯熙編著：《上海軼事大觀》，頁 267）；孫玉
　　　　 聲說：「又設《繁華報》，作《官場現形記》說部，刊諸報端，購閱者踵相接，
　　　　 是為小報界極盛時代。」（魏紹昌編：《李伯元研究資料》，頁 18），皆可看出
　　　　 《世界繁華報》在小報界中的地位，相當受到後人的推崇。

第四章 《游戲報》、《世界繁華報》中的花榜與「妓女」報導 [註1]

在上海尚未開埠之時，上海不過是個海濱彈丸小邑，而這個處於海濱的小村落自 1843 年開埠以來，隨著各種經濟貿易活動的日益盛行，以及工商業的蓬勃發展，到了十九世紀末上海即已具備了近代都市的雛形與規模。並且，在晚清上海租界裡，妓業也是相當繁盛，如同王書奴《中國娼妓史》一書中說：「上海青樓之盛，甲於天下。十里洋場，釵光鬢影，幾如過江之鯽。每逢國家有變故，而海上北里繁盛，益倍於前。貴遊豪客之徵逐於烟花場中，肩摩轂擊。一歲所費金，殆難數計。」[註2] 可以想見當時遊人縱情聲色、徵逐歌場的繁華景象，而這些上海的歌樓酒館不僅是文人墨客藉以消磨閒暇的聲色歡場，也是這些文人賴以構造文學文本的經驗世界 [註3]，甚至還有「狎邪小說」的專門分類 [註4]，可見冶遊文學在晚清確實是反映社會文化的一個重要面象。

〔註 1〕 本章第一節、第二節之初稿曾發表於「第四屆有鳳初鳴——漢學多元化領域之探索」(台北：東吳大學中文系等合辦，2009 年 5 月 26 日)，該文為〈消遣與消費——《游戲報》中的花榜與「妓女」報導〉；本章第三節則收入《繼承與超越：國立中央大學文學院研究生第一屆人文中央論壇論文集》(桃園縣中壢市：中央大學文學院，2009 年，頁 177～200)，該文為〈李伯元《游戲報》中的妓女書寫〉，惟兩篇論文內容均不涉及《世界繁華報》。

〔註 2〕 引自王書奴：《中國娼妓史》(上海市：上海書店，1992 年)，頁 296。

〔註 3〕 葉中強：《從想像到現場——都市文化的社會生態研究》(上海：學林出版社，2005 年)，頁 138～144。

〔註 4〕 清代描寫妓院的小說數量眾多，如魏子安的《花月痕》、韓邦慶的《海上花列傳》、孫玉聲的《海上繁華夢》、張春帆的《九尾龜》、李伯元的《海天鴻雪記》等等，魯迅《中國小說史略》即專闢一章〈清之狎邪小說〉，詳見魯迅：《中國小說史略》(上海：上海古籍出版社，2006 年)，頁 168～177。

　　並且，這股狎邪、冶遊熱潮也蔓延到了「報紙」這項新興的傳播媒體身上，創刊於 1897 年的《游戲報》，是李伯元（1867～1906）主辦兼主筆的一份娛樂小報，該小報以妓女、優伶爲報導對象，主要刊登捧妓評優的新聞、文章，或是一些冶遊豔事、奇聞笑譚，以及吟風弄月的詩詞。特別是，李伯元首創在報紙上推選「花榜狀元」，以此做爲噱頭、賣點，其企圖品鑑眾位上海妓女的活動，更是喧騰於報界、文人圈，不少文人雅士紛紛參與了這場花榜選舉。關於如何選出「花榜狀元」的問題已有學者進行討論〔註5〕，筆者更想瞭解的是那麼花榜選舉實際的效益是什麼呢？在晚清極度重視商業的社會氛圍〔註6〕，「花榜」很可能不單純只是「好事文人，賣弄風情，博美人一笑而已」〔註7〕的舉動，其背後隱含的商業意識，正是本文關注的重點之一。

　　學者葉凱蒂（Catherine Vance Yeh）認爲晚清的上海妓女能夠掌握租界的政經優勢，是形塑當時娛樂文化的重要環節，從這個角度來看，上海妓女在晚清的娛樂業中十分地活躍。並且，上海妓業之所以能夠成功的重要原因在於能夠把傳統文化與新上海商業文化結合一起，而上海妓女的活躍則在於她們勇於更新，接受新事物〔註8〕。的確，上海妓女是最先體驗現代西方生活方式和價值觀的社會群體之一，可說是晚清時期最時髦的女性，她們不僅是電燈和自來水的最早使用者，亦是公共園林、洋行百貨、番菜館的常客，她們的相片最早進入了照相館的櫥窗，甚至是報紙上的專欄，而將妓女小影刊登報端的創舉正是發生在《游戲報》上〔註9〕。

〔註 5〕詳見王學鈞：〈李伯元的「豔榜三科」──佚文與傳記〉，《明清小說研究》（第1 期，1998 年），頁 161～179。

〔註 6〕樂正指出：「晚清的上海是一個以通商爲主要功能，以商人爲主角的都市社會實體，是一個典型的商業化社會環境。生活在這種特定環境中的上海人，其社會心態的模式不能不染上濃重的近代重商主義的色彩，也不能不帶有明顯的商人氣息。」見氏著：《近代上海人社會心態（1860～1910）》（上海：上海人民出版社，1991 年），頁 48。

〔註 7〕王書奴：《中國娼妓史》，頁 312。

〔註 8〕葉凱蒂（Catherine Vance Yeh）：〈上海：「世界遊戲場」──晚清妓女生意經〉，收入張仲禮：《中國近代城市企業・社會・空間》（上海：上海社會科學院出版社，1998 年），頁 308～311。

〔註 9〕呂文翠〈城市記憶與在地意識──談晚清上海冶遊文學〉一文指出：自從申報館發行了以圖像爲主體的《點石齋畫報》（1884～1898），結合圖像與當前時事，迅速成爲最爲暢銷的通俗刊物，並促使大量以圖像爲主的通俗讀物紛紛出現，如：《申江勝景圖》（1884）、《申江名勝圖說》（1884）、《海上繁華圖》（1884）、《申江時下勝景圖說》（1894）等。此外，還有大量以「名妓」爲主

　　於是在《游戲報》中的上海名妓可以成為一種時尚，並且是由文人所建構出來的，妓女的居所、搬遷、遊樂、裝扮、行動等等瑣碎事件，一一由文人鉅細靡遺的述說著，成為可供大眾消費、消遣的新聞題材。若再與「花榜選舉」結合，它所產生的影響是公眾而全面的，藉由娛樂小報來推動上海妓業，進而到帶動整個上海的娛樂事業，相對的也促進了《游戲報》的銷售量，建立該報在上海報界、娛樂圈的份量與地位。因此，筆者想探究的是：創始之初，李伯元是如何踏出成功的第一步，即如何藉由花榜選舉，建立出《游戲報》身為媒體的影響力？另一方面，《游戲報》中執筆者將妓女新聞塑造成當時時尚與消費的一種符號，從極端的角度來看，娛樂小報本身就是一項商品，是提供人們茶餘飯後的消遣品，而妓女的一舉一動是可以包裝、美化，然後進行販賣，那麼媒體／文人是怎樣報導或是書寫妓女呢？彼此之間的關係牽涉濃厚的商業利益，真正的得利者是誰？而讀者又站在哪一種位置來看待這些訊息呢？

　　本章擬先介紹花榜的選舉方式，並討論花榜運作的實質內涵，即會帶來哪些效益、商機，接著探討李伯元如何藉由花榜來增加報紙及其個人的聲譽，由此發掘媒體和輿論對妓女所造成的影響，並延續到《世界繁華報》的花榜活動。然後會討論《游戲報》中妓女小傳的書寫，做為建構妓女形象的直接證據；接著討論相關妓女的報導新聞，從不同方向來瞭解文人的寫作策略；最後透過妓女所展現的不同形象、面貌去發掘文人的書寫心態，期能透過《游戲報》中的妓女報導或書寫，試圖呈現妓女在報紙公共空間的面貌。

第一節　花榜選舉──商機與利益的來源

　　在《游戲報》創辦不久之時，李伯元就被讚譽為「海上以騷壇之盟主，

題的「上海青樓」寫真圖記或筆記更如雨後春筍：像是《春江花史》、《上海品艷百花圖》、《海上花天酒地傳》、《海上群芳譜》（四者皆於 1884 年出版）、《淞濱華影》（1887）、《海上青樓圖記》（1894）、《海上游戲圖說》（1898）等等。（參見氏著：〈城市記憶與在地意識──談晚清上海冶遊文學〉，收入樊善標、危令敦、黃念欣編：《墨痕深處：文學・歷史・記憶論集》，香港：牛津大學，2008 年，頁 22。）而這些寫真圖記的賣點則是登有上海妓女的圖像，皆由畫工細細描繪，令讀者得以一窺芳容。可見在《游戲報》發行的前二十年，冶遊的圖像或敘事皆是文人書寫的重要一環，而妓女照片的刊登更是經由長期醞釀而產生的作法。

領香國之羣英」﹝註 10﹞，這是因爲他在小報上首次舉辦「花榜」的活動相當成功，不僅引起文人墨客、上海妓女的極大注意，同時也吸引了一般市民讀者好奇的目光。而所謂的「花榜」選舉主要對象是針對高級妓女而言，也就是長三、書寓﹝註 11﹞，其選舉方式是憑藉「荐函」多寡而定，即文人、讀者寫詩詞歌詠妓女的色藝品行的推薦信，具有濃厚的品鑑色彩。以下將先針對花榜的過程作一討論，接著再分析花榜所帶來的效益與商機。

一、花榜狀元的遊戲規則

辦報之初，李伯元即在《游戲報》上登告白，說要「每年出花榜四次」，廣徵「投函保荐」﹝註 12﹞，但實際上 1897 至 1901 年之間，總共只舉辦了三次花榜﹝註 13﹞，在這段期間還有武榜、葉榜等活動，可說是李伯元別出心裁之舉，被後人統稱爲「豔科三榜」。此篇告白的刊登立即引起讀者紛紛來函回應，署名雙清室主的讀者即認爲開花榜之舉是滬上不可缺少的風流韻事：

> ……主人開選勝之場，亦謂綺羅盈前、笙歌聒耳，滬上繁華，不可無此一舉以助諸君子之雅興。……而況荐牘紛披，壓案盈尺，眩其貌皆羞花閉月，稱其才皆詠絮簪花，人人不作第二人想。嗚呼！吾竊爲主人幸，吾又主人慮矣。齋居無事，席地僵臥，黃梁一枕，清風徐來，與游戲主人三日不面矣，不知花榜之事現已如何？書此遣悶，並以遺主人。﹝註 14﹞

﹝註 10﹞〈春江花榜弁言〉，《游戲報》，1897 年 8 月 17 日，第 55 號。

﹝註 11﹞在二十世紀初年，上海租界華人的女性人口中約有 12.5% 是娼妓。並且，妓女中也有高低貴賤之分，如書寓、長三等都在妓女行業中擁有較高地位，她們可以公然出現社交場合，成爲時髦的先導（另有低級妓女諸如花煙間妓女、釘棚妓女、野雞等，其地位較低）。參見馬陵合：〈流民與上海租界社會〉，收入汪暉、余國良編：《上海：城市、社會與文化》（香港：中文大學出版社，1998 年），頁 51。

﹝註 12﹞〈游戲主人告白〉云：「本報每年出花榜四次，本年夏季准在六月出榜。諸君選色徵歌，如有所遇，投函保荐，將生平事實、姓氏里居詳細開明，以便秉公選取。游戲主人謹啓。」見陳無我：《老上海三十年見聞錄》（上海：上海書局，1997 年），頁 193。

﹝註 13﹞邱菽園說《游戲報》：「丁酉、戊戌、庚子，疊開三次花榜，騷屑閒情，別深懷抱……」云云。見魏紹昌編：《李伯元研究資料》（上海：上海古籍出版社，1980 年），頁 51。

﹝註 14﹞〈雙清室主聞游戲主人將開花榜感言〉，見陳無我：《老上海三十年見聞錄》，頁 196。

並在文末對李伯元選擇花榜狀元的過程感到憂心，「荐牘紛披，壓案盈尺」，要在眾多荐函中分辨好壞、真假並非易事，而且「眩其貌皆羞花閉月，稱其才皆詠絮簪花，人人不作第二人想」，既然將妓女寫入荐函必定大加讚揚，可能會有溢美之詞的現象，或是作誇大不實的形容，因此雙清室主一方面為花榜之舉感到興奮，卻又擔心最終的結果是否能盡如人意，甚至特地寫信詢問李伯元現今花榜的進展。如此關心花榜的讀者甚多，亦有想要有列出更嚴苛條件規則的讀者，例如讀者糾花侍者來函說：「日讀貴報，知主人有大開花榜之舉，平章風月，管領煙花，傳韻事於申江，播美談於歇浦，欣羨悉加」，對花榜之事也是讚譽有加，「惟是荐牘紛批，反致胸無把握，爰不揣僭越」，依然對由李伯元一人決定妓女的先後順序很是不安，於是「竊代訂花榜格三條」，希望自己也能幫助李伯元拔取真才，其訂立規則如下：

> 計開花榜格三條：一、尚品：不隨俗，不傲物；二、徵色：修短得中，穠纖合度；三、角藝：通翰墨，善應酬，妙詼諧，曉音律，解詞曲，能飲酒。游戲主人按，以上三格就其所長而言之，來書尚有四不妍、五忌、六不取三條，定例極為謹嚴。惟是人才難得，後起寥寥，游戲主人不忍過於苛求，爰即將此三條刪去，以廣登進之途而安諸詞史之心云。〔註15〕

李伯元則對此表達了自身的想法，認為尚品、徵色、角藝等三條規則是妓女所必備之事，但是糾花侍者尚有「四不妍、五忌、六不取三條」，被李伯元認為過於嚴苛，意思是現在的上海妓女「人才難得，後起寥寥」，若還有這些條件限制，能夠參加花榜選舉的妓女恐怕不多。

另外，還有署名嗜奇生的讀者表示：「丁酉六月，游戲主人將有大開花榜之舉，僕以為不開榜則已，若開榜則非多列名目不可」，因為滬上妓女實在多不勝數，而且各有特色，讓嗜奇生想出了還能開文榜、武榜、博學鴻詞榜、孝廉方正榜、恩貢榜、拔貢榜、副貢榜、歲貢榜、優貢榜、避榜、麒麟榜，名目之多、收羅之廣令人嘖嘖稱奇〔註16〕，末了還說：「似此分門別類，搜括

〔註15〕〈糾花侍者之花榜格〉，見陳無我：《老上海三十年見聞錄》，頁196～197。
〔註16〕〈嗜奇生之花榜奇議〉中所云的花榜名目：「……今為主人策，宜仿朝廷設科之意，多列名目，其平正通達者為文榜，如鄉、會、殿試考試，取中者為正途出身；其色平常而雅擅歌曲者為武榜（京師梨園榜本分文武），其通翰墨妙吐屬者當設博學鴻詞榜，其狷介自持、不諧時俗者當設孝廉方正榜；他如恩客留連、心有專注者當設恩貢榜；野雞超遷、大姐出身者當列拔貢榜，曾已

無遺，各盡其長，毫無遺憾，未始非分謗息議之一訣耳」，原來這些名目的產生仍然是為了平息花榜的爭議。由此可見，文人們對於李伯元的大開花榜之舉頗為認同，卻擔心李伯元只憑一人之力很可能無法服眾，因而不斷地表達自身對花榜應該如何選取妓女的意見。而在花榜的進行過程中亦有妓女主動請人關說，卻是表示自己不願被列入花榜中，原因是「羞與姘戲子、馬夫者為伍」，針對這個獨特的現象，李伯元則表示：「此次花榜，色藝自不容偏尚，品節亦當與表彰，屆時秉筆者自有權衡，自有位置，決不負若人之苦衷。其他挾嫌之見、無稽之言，亦不能逃鑒察也」〔註17〕，一方面說明瞭解該妓女的心願，其名次將有所權衡，另一方面則強調自己懂得辨別那些挾怨報復或無聊不實的流言，可見花榜的爭議一直都存在，然而，事實上這些討論的刊登也確實炒熱了選舉氣氛，並且《游戲報》上還有陸續登載文人們的荐書，如海昌太憨生、茗雪散人、浙東銅琶鐵板漢、綺春居士、夢雲館主、花歡熹齋主人等等文人的荐書〔註18〕，都可以見到當時文人們品評妓女的熱烈程度。

讀者們不僅是對花榜的選法相當關注，對《游戲報》上的妓女荐函的先後排序也很有意見，甚至還有美國人（名為雅脫）來信抗議：「閱貴報後幅所載各校書芳名，醜者多列前茅，美者反置後列，甚不公允，何以顛倒如此？」〔註19〕，認為妓女排名的先後很不公平，可見該小報舉辦花榜的舉動，已經成功地吸引了其他不同的讀者群。而在眾人臆測花榜已揭曉的情形之下〔註20〕，李伯元也不得不出來澄清此事：

> 嫁人出理舊業者當列副貢榜，芳年已邁、徐娘漸老者當列歲貢榜，喜姘優伶兼好馬夫相幫者當列優貢榜。猶不止此也，凡為主人所素賞，以及評花諸君子之相交，恐涉嫌疑，不當與諸名花並列，則為避榜；其被人指摘，劣迹昭著者，當隨時標明革出，則為麒麟榜。……」，名目之多、之廣不愧稱為奇議，見陳無我：《老上海三十年見聞錄》，頁197～198。

〔註17〕〈金寶仙不願登榜〉，見陳無我：《老上海三十年見聞錄》，頁202～203。後來花榜揭曉金寶仙得第二甲第二名，批語為「金寶仙，鼎豐里：亭亭物表，皎皎霞外，風韻獨絕，格調雙清。」見陳無我：《老上海三十年見聞錄》，頁207。

〔註18〕這些荐書的內容可詳見〈荐書一斑〉，陳無我：《老上海三十年見聞錄》，頁199～202。

〔註19〕〈美國人雅脫致游戲主人書〉：「游戲主人鑒：閱貴報後幅所載各校書芳名，醜者多列前茅，美者反置後列，甚不公允，何以顛倒如此？故致書閣下，祈秉公更改重刊為盼。僕美國人，寄跡申江，並無行業，如蒙賜覆，祈交工部書信局轉交可也。雅脫啟。」，見陳無我：《老上海三十年見聞錄》，頁203。

〔註20〕〈花榜揭曉訛言〉：「連日本報後幅登有各校書芳名一則，茲據張園訪事人來述，謂見此報者僉謂花榜已定，某人占先、某人落後，議論蜂起，謠諑繁興。

本報後幅所載各校書芳名，但憑荐信隨時登記，優劣既未定評，先
後自無成見，閱報者僉謂花榜已出，不免謠諑紛紜。且各姓氏之前
標明「將出花榜」字樣，願諸君取將字之義尋繹之，自不致於誤會
也。再本主人原擬日內將花榜揭曉，因佳卷美不勝披，恐有遺珠之
憾，不得不一再考求，故特展緩數日。合併聲名，惟希雅察。游戲
主人啓。〔註21〕

說明報紙上妓女名字的先後順序是「憑荐信隨時登記」，並沒有孰優孰劣的區
分，亦無自身的成見在其中，但讀者皆說花榜已出，實在只是謠言，爲了避
免誤會特地登此告白，並且因爲來信眾多，「佳卷美不勝披，恐有遺珠之憾」，
原本說要在夏季六月出榜將有所延期，可見單就李伯元一人之力，既要審閱、
整理這些荐書，又要處理報館事務，是需要花費不少時間、精神，以致於花
榜有所延遲。幸好在不久之後，李伯元即發佈〈花榜揭曉頒佈〉告白，其中
說道：「環肥燕瘦，較量本自需時；盧後王前，位置惟虞失當。茲者針穿乞巧，
記織登科，鵲橋暗渡於良宵，虎榜即懸於此日。」〔註22〕原來是要在七夕乞
巧那天才會頒佈花榜，這裡不過是預告，可說是十足的吊讀者胃口，引人懸
念。果然在當天揭曉的時刻，有機會入榜的妓女是十分緊張的，「各校書如聽
榜士子，中心忐忑，坐立不安」，甚至還「密遣急足奔走探問」，看來妓女之
間對花榜的頭銜也是相當看重〔註23〕。

或謂某某品格卑污，不當列名慈榜；某某年紀幼稚，不當拔置前茅。噫！自
此一端，已可見閱者之忽略矣。本報原以各校書荐信限於篇幅，不能全登，
故逐日選錄一函，餘則概將芳名排列後幅，使閱者知某某已登荐牘，某某無
人揄揚。名次先後，隨筆載記，本無成見於其間。……」不僅美國人雅脫誤
以爲花榜已出，其他讀者亦是如此，因此謠言、批評不斷出現，使李伯元不
得不再三登報澄清，見陳無我：《老上海三十年見聞錄》，頁203。
〔註21〕〈游戲主人聲明〉，見陳無我：《老上海三十年見聞錄》，頁204。
〔註22〕〈花榜揭曉預布〉：「書披鶯荐，怪夏榜之遲開；宴啓鹿鳴，喜秋風之早屆。
環肥燕瘦，較量本自需時；盧後王前，位置惟虞失當。茲者針穿乞巧，記織
登科，鵲橋暗渡於良宵，虎榜即懸於此日。值雙星之佳會，看千佛之名經。
泥金報而姓氏皆香，淡墨書而聲價頓倍。敢詡紅紅翠翠，盡坐春風；免致燕
燕鶯鶯，望穿秋水。爰修小啓，俾眾周知。游戲主人啓。」見陳無我：《老
上海三十年見聞錄》，頁204。
〔註23〕〈狀元誤報〉：「光緒丁酉年花榜揭曉之日，各校書如聽榜士子，中心忐忑，
坐立不安，密遣急足奔走探問。聞新定狀元名曰四寶，於是先報至普慶王四
寶家，繼報至尚仁里金四寶家，又報至百花里底洪四寶家及清河里之左四寶
家。之四人者，驟聞此信，皆吐氣揚眉，自鳴得意。正在倉皇之際，忽報紙

　　首次的丁酉花榜共選出一甲三人，以張四寶爲狀元、金小寶爲榜眼、祝如椿爲探花，二甲三十人，以蔡新寶爲首，三甲一百零七人，以金麗卿爲首，全部是一百四十人，由此可知花榜景況之盛，但是猶不免有所遺漏，爲此李伯元則請求讀者的諒解：

> 夫以申江之大、人材之眾，而所取錄者僅此區區百數十人，不特無
> 以饜眾望，且並無以服人心。……茲榜所錄，始憑荐書，繼採輿論，
> 所謂出乎其類、拔乎其萃者，雖不能全，竊幸十得七八焉。惟是掛
> 一漏十，所不能免，即所取錄，亦豈無濫竽者廁乎其中？是則由於
> 見聞之礙與鑒別之疏，滄海珠遺，抱憾奚極，閱者原其心而諒之，
> 此則余之所深望也。丁酉七夕游戲主人序於海上三昧齋。〔註24〕

該榜所錄主要是「始憑荐書，繼採輿論」，花榜的選舉結果不單是依據荐函的數量，也有一部份要參考輿論，採納眾人的意見。並且李伯元認爲入花榜者大部分已有一定水準，「出乎其類、拔乎其萃者，雖不能全，竊幸十得七八焉」，但因「見聞之礙與鑒別之疏」，稍有遺珠之憾是在所難免，冀望此次花榜能得到讀者的認同。另一則〈不愧明通榜之稱〉爲李伯元表示自己對花榜結果的滿意，倘若惹人非議，那麼則會回應說：「人人有相好，人人自以爲狀元，其實狀元只有一人，詎能盡如人意？誹謗之來，理所應有，余不屑與眼光如豆者爭瓦缶之鳴也。」〔註25〕看來李伯元對於花榜依然有其自身的看法，深知每個人的眼光不同，絕對無法盡如人意，因此也不屑理會其他人的批評。

二、花榜狀元的商機無限

　　讀者蒲郎曾稱讚《游戲報》筆墨的諧謔風趣，是其報紙盛行的原因：「游戲報之設也，六月於茲矣，閱者喜其謔詞，動聽妙語解頤，故日售萬餘紙，風行數千里」〔註26〕，但除此之外還要歸功於花榜的舉行，如〈游戲主人擬

飛至，狀頭第一人乃西薈芳張四寶也。……」，真正的花榜狀元只能有一位，而其決定權在於舉辦此選舉的《游戲報》，此段描寫不僅可看出花榜狀元頭銜爲妓女們所重視，更由那句「忽報紙飛至」發現《游戲報》確實有著傳播訊息的效應，對花榜選舉的活動起了極大的作用。見陳無我：《老上海三十年見聞錄》，頁43。

〔註24〕　〈花榜跋〉，見陳無我：《老上海三十年見聞錄》，頁211。
〔註25〕　〈不愧明通榜之稱〉，見陳無我：《老上海三十年見聞錄》，頁211。
〔註26〕　〈瓦老爺說〉，《游戲報》，1897年11月26日，第156號。

舉行遴芳會議〉一文所說：「聞貴報花榜揭曉之日，就本埠一隅而論，初出五千紙，日未午即售罄，而購閱者尚紛至沓來，不得已重付手民排印，又出三千餘紙，計共八千有奇」，花榜揭曉當天，《游戲報》雖已排印五千份，卻未到中午即銷售一空，在讀者的要求之下，又重新排印三千多份，一日之間銷售量大增爲八千份報紙，這在當時已經是很驚人的銷售佳績，並且接著說「三日以來，而購者仍絡繹不絕，亦可見人之重視此榜矣」〔註27〕，花榜的熱潮正在持續延燒，於是李伯元也發現了花榜的商機是值得再經營的：

> 自本報創行特開花榜之議，即大登告白於報首，謂本屆花榜係仿泰西保荐民主之例，以投函多寡爲定。甲第之高下，名次之前後，皆視此爲衡，本主人不參一毫私意焉。……今特援仿此例，俟本主人館務稍暇，集同志數十輩，約期聚會，將業經登榜尚未寓目之各校書逐一校閱，遴選數十人，較其色藝，分別等第，庶在前者不致幸邀，而在後者或免屈抑焉。〔註28〕

花榜選舉是「仿泰西保荐民主之例，以投函多寡爲定」，這正是花榜商機的重要來源，在尚未有民主制度的晚清上海，可以用投票的方式選出心目中的理想妓女，是件新潮又時髦的事情，而李伯元也強調選舉的公正性，名次的前後排列絕對「不參一毫私意」，接著表明將舉辦「遴芳會」的意圖，也就是在花榜中「將群花依次校閱，即於一百四十人中遴選數十人，另編名次」〔註29〕，類似於科舉制度中的「欽點翰林」，也就是要重新校閱眾位妓女再另編名次，雖然其解釋是爲了讓「前者不致幸邀，而在後者或免屈抑」，讓花榜能夠更爲公平、公正，但實質上亦是另一種花榜型態。此外，李伯元也爲入花榜者徵選妓女小傳：「本屆花榜早經選定，蒙諸君子賜以序言題詠，漸已成帙，茲擬集爲一知名曰《春江花史》，然須仿照海上羣芳譜，舊例每人列一小傳，惟望青衫韻客、白袷才人各舉所編錄其梗概，函送本報，集纂成書」〔註30〕，欲

〔註27〕 此外，花榜亦有其自身的功用，因荐函中必須將妓女的姓名、居所寫出來，「積日累月，荐牘紛投，姓名之下，必加考語，或係詩詞，或贈聯句」，花榜也是以「某妓某里」的形式出現，可以提供給尋芳客按圖索驥，如〈花榜題詞〉所云：「博得尋花人一笑，按圖從此易探求」，對於冶遊風月之人是很有幫助的。〈花榜題詞〉可詳見陳無我：《老上海三十年見聞錄》，頁205～206。

〔註28〕 〈游戲主人擬舉行遴芳會議〉，見陳無我：《老上海三十年見聞錄》，頁214。

〔註29〕 〈擬舉行遴芳會告白〉，見陳無我：《老上海三十年見聞錄》，頁214～215。

〔註30〕 〈徵刻名花小傳〉，《游戲報》，1897年9月7日，第76號。

將妓女的題詠、小傳集結成書，該書名爲《春江花史》，可說是花榜之外的副產品，並且此書收錄的對象不限於花榜內的妓女：

> 今擬纂輯《春江花史》一書，除已評定甲乙不復更動外，特再登告白，凡榜中校書以及榜外漏敘之人，倘有粗解琴棋、略工書畫，以及妙通音律、擅長歌曲者，仍望閱報諸君速賜函薦，靜候品評，一技片長，無不甄錄。雖主人愛才若渴，不事苛求，然語戒虛証，事必核實，倘有不實立登報章，特此布聞，惟希公鑒。〔註31〕

原本已經說不理會花榜外遺漏的妓女，在這裡似乎也開始變得重視了，「凡榜中校書以及榜外漏敘之人」，就算只是「粗解琴棋、略工書畫」，也希望能夠得到讀者的推薦，「一技片長，無不甄錄」，如此雖擴大了最初的花榜規模，卻降低了妓女的入選標準，雖然李伯元說這是因其「愛才若渴，不事苛求」，但背後應有利益可圖，即再次製造花榜及其《春江花史》一書的話題性，引發讀者購閱的動機。

當然「豔科三榜」足以令《游戲報》成爲熱賣的報紙，同時也讓登榜的妓女聲價十倍，門庭若市，例如：「小林寶珠既負一時重名，又應南亭亭長曲榜首選，雙聲讀曲，十索名題，如珠者，庶幾綢繆贈答，將皆載勝之瑤觴，宛轉音聲，可入彩鸞之唐韻矣」〔註32〕，小林寶珠即是武榜的狀元，經由《游戲報》更加廣爲人知，甚至有讀者要求設置小林寶珠的武榜專利，以免他人仿冒〔註33〕。然而，對於花榜妓女而言，獲得名聲然後找到歸宿從良亦是另一個選擇，「花榜之舉，前茅若張四寶、金寶仙、謝寶瑢、秦薇雲輩，多破壁飛去，於此足見主人衡鑒之公，品題之重矣」〔註34〕，看來李伯元的品題亦是讓她們順利脫籍從良的原因之一，而在〈本館重開花榜啓〉也提到：「是時張四寶早已適人；榜中前十名如蔡心寶、謝寶蓉等六、七人均先後適人」〔註35〕，既然狀元及其他幾位妓女都已嫁人，那麼重開花榜之事更顯得理所當然，

〔註31〕 〈游戲主人告白〉，《游戲報》，1897 年 9 月 19 日，第 88 號。

〔註32〕 龐樹柏《紅脂識小錄》，見魏紹昌編：《李伯元研究資料》，頁 522。

〔註33〕 〈應請專刊〉：「西例凡有人自出心裁，製造一物，呈請　國家試驗的係便益民生之事……本屆又預武榜狀元之選，則此外凡與同名者均應勒令改名，不得仿冒招牌，俾小林寶珠得專受其利益，亦仿摹西法之一端。」（《游戲報》，1898 年 10 月 14 日，第 471 號。）

〔註34〕 〈致遊戲主人論林黛玉書〉，《游戲報》，1897 年 11 月 22 日，第 152 號。

〔註35〕 〈本館重開花榜啓〉，《游戲報》，1898 年 7 月 16 日，第 380 號。

基本上第二次的戊戌花榜是比照前一次丁酉花榜方式舉行，其特殊之處在於直接將妓女小影刊登在報紙上的創舉。

中國第一家照相館約於 1852 年由西人於上海福州路開設，並且迅速地被其他人仿效，在當時照相小影是追求時髦的消費物品，對妓女來說亦是提供紀念物給情人的好方法〔註36〕，如〈眞容帶去〉一則說：「近來照相館日新月盛，而海上尤多，其生意之所以暢旺者，全賴妓女每晤一客，必照一相，迎新送舊，一年不知照凡幾也」〔註37〕，看來照相館的生意興隆即是因妓女的光顧，而這似乎也是一個契機，在戊戌花榜舉辦之後，李伯元即發佈〈本館隨報附送花榜前列各名花拍照告白〉：

> 本館本年所定花榜，自從上月揭曉後，風行一紙，芳譽久馳四方，閱報諸君爭思一觀其顏色，兹□承耀華照像號主人代將本屆花榜前列□名花小影，每人拍印一萬張，約於中秋日起，黏諸本報分日附送。〔註38〕

可見戊戌花榜讓《游戲報》更爲風行暢銷，而讀者們皆「爭思一觀其顏色」，想見入榜者的容顏，因而出了一些主意，例如：「有謂仿西報畫圖之例，將各名花小影刊諸簡端者，有謂宜摹畫成圖石印附送者，月餘以來，新得來函不下百數十誦」〔註39〕，但是又覺得「繪圖摹印，斷不能神采如生」，因此李伯元決定與耀華照相館合作，將花榜中排名於前列的妓女「每人拍印一萬張」，在當時第一大報《申報》的日售量也不過萬餘張，而《游戲報》此舉不免太過自信，因此有事先預定的作法：「俾閱報諸君咸得一觀其芳顏，豈不甚善，惟思雖拍印萬紙猶恐遲購不及，……先期於十二三四日來館預定者，每大錢一百文念文，給予收條，代留報一分」，可說是事先試探妓女小影的買氣。到了刊登妓女照片的重要日子，報紙上的告白、論說、新聞皆跟小照相關，如〈鄭重送照〉的新聞：

> 游戲主人既出花榜，又將首列四人倩耀華照像號逐一爲之拍照，隨

〔註36〕 曾佩琳（Paola Zamperini），余芳珍、詹怡娜譯：〈完美圖像——晚清小說中的攝影、慾望與都市現代性〉，收於李孝悌：《中國的城市生活》（台北市：聯經出版，2005 年），頁 451～475；另可參看熊月之：《上海通史》第六卷（上海市：上海人民出版社，1999 年），頁 416～417。

〔註37〕 〈眞容帶去〉，《游戲報》，1897 年 8 月 22 日，第 60 號。

〔註38〕 〈本館隨報附送花榜前列各名花拍照告白〉，《游戲報》，1898 年 9 月 25 日，第 452 號。

〔註39〕 〈預定附送拍照四日定價啓〉，《游戲報》，1898 年 9 月 27 日，第 454 號。

報附出，以冀有目共賞，查該照相號定價每照三張，起碼取洋一元，
今每照拍印一萬，僅每張加價廿餘文，……故非購閱本報之人，此
照概不另行售給，蓋能購閱報紙者，其人必稍知文墨也。且小照必
待黏貼報上始行出門，尤不應隨處墮落，主人惜花之心，蓋無微不
至焉。〔註40〕

所謂「首列四人」指狀元林絳雪、榜眼花麗娟、探花沈二寶、傳臚謝倩雲，
並且說明在照相館拍照並不便宜，「定價每照三張，起碼取洋一元」，而今日
附送照片只加收二十餘文，因此這妓女小照必須要與報紙一同販售的，「故
非購閱本報之人，此照概不另行售給」，李伯元的解釋是說既然知道《游戲
報》有附送小影必定稍知文墨，況且黏貼妓女小影在報紙上，才不會「隨處
墮落」，是其一片護花心意〔註41〕。然而，其主要目的仍是增加讀者購買報
紙的意願，果然在不斷報導、宣傳之下，有妓女小影的報紙又造成熱賣：「昨
日本報未至午牌業已售罄，而購者尚紛紛不絕，特囑耀華照像號仍照前式小
照連夜又拍印數千張，隨今日報附出以副眾望，一切仍照昨例。」〔註42〕在
首次刊登當天一萬多份的《游戲報》不到中午前已賣光，「而購者尚紛紛不
絕」，依然有許多讀者前來購報，為此還必須連夜拍印數千張，與次日的報
紙一同附送，於是該次的妓女小照專欄平均一位妓女可登三天，一共連續登
載照片十二天，若以每日萬份報紙估計，數量之龐大可謂是盛況空前，絕無
僅有。

　　如上所述，李伯元開花榜的舉動促進了報紙銷售量的增加，不僅是尋芳
客的冶遊指南，另一方面也讓花榜妓女藉此招攬更多生意；在妓女小照刊登
的同時，亦是照相館廣為宣傳的好時機，如《游戲報》上即有「小影為耀華
主人手拍」等字樣，可以推想該耀華照相館應該也達到其所要的宣傳效果，
於是報館與照相館皆各自得利；而對文人讀者來說，品評妓女是其風雅韻事，

〔註40〕 〈鄭重送照〉，《游戲報》，1898年9月30日，第457號。
〔註41〕 當時在報上刊登照片的技術尚未成熟，於是妓女照片是直接用人工的方式黏
　　　　在報上的，不免有些疏漏。〈本報定期附出名花小影因報紙過多黏貼不及望向
　　　　售報人索購告白〉：「本報定期附出名花小影原擬黏貼報端，祇以本館出報過
　　　　多，連夜黏貼不及……」（《游戲報》，1898年10月1日，第458號。）；〈收
　　　　換昨日報紙〉：「昨日報紙本館刻欲收回未貼小照者二百張，當各換給本日報
　　　　紙一張，其有黏貼痕者不要，額滿停收，此布。」（《游戲報》，1898年10月
　　　　1日，第458號。）
〔註42〕 〈今日仍附出花榜狀元小照〉，《游戲報》，1898年10月1日，第458號。

親見妓女小影「精神畢現，栩栩欲生」〔註43〕，更將之視爲不可多得之珍物。

三、《世界繁華報》花榜的花樣翻新

　　1901 年 4 月，李伯元另外創辦的《世界繁華報》，主要以變換各種不同的專欄爲主要的廣告噱頭，如〈新出《世界繁華報》章程〉所云：「本報花樣翻新，不名一格，逐日更換，層出不窮，茲特舉大略以告同人」，而花榜荐函、妓女新聞只是報紙中一、兩個重點專欄：

> 三、看花荐格：本館選舉後四金剛，又特開花榜，或爲情人賞識，
> 　　欲爲揄揚，均請填明此格内寄交本館，次日登報。

> 七、花國要聞：專載花叢緊要新聞、花叢掌故，如新訂設官大考各
> 　　章程、香國綸音、授職考試，均以官樣文章出之。另有海上看
> 　　花記、侍兒小名錄等名目，隨時改易，不能悉載。〔註44〕

所謂的「看花荐格」即是李伯元在報紙上廣徵各式荐函的活動：「凡商藝投標觀劇品評　看花荐格　曲榜荐函　均載入此格内裁下封寄本館，次日登報。此紙祇能寫一事，併寫不錄。此紙隔日不用。」〔註45〕也就是在《世界繁華

〔註43〕〈淞濱百艷圖詠書後〉：「近見春江花月社有《淞濱百艷圖詠》之刻，其間選列之人類皆艷幟高張，芳譽遠播，特以西法縮成小影，精神畢現，栩栩欲生，羅列羣芳萃爲一冊，將滬上之千百名花，而嚴其採擇，以供海内詩詞之樂、杯酒之歡，一室之中展卷而視，鶯鶯燕燕如親握手、如逢覿面，豈非花叢之嘉話、芳閣之珍帙耶！其間或僅蒙一盼，或曾邀芳澤，或路隔千里，或事經數載，既有違睽之患，自切流連之慕，按圖則心往，對影則神馳，固屬千古不可得之珍物，而亦爲數千載後涉迹章臺、品月評花者之談資也。」（《游戲報》，1899 年 3 月 5 日，第 605 號。）

〔註44〕〈新出《世界繁華報》章程〉：「一、商藝投標格。二、觀劇品評格。三、看花荐格。四、引子、評林、諷林。五、本館論説。六、時事嘻談、滑稽新語、最新電報、翻譯新聞、緊要新聞。七、花國要聞。八、梨園要聞。九、書場顧曲、茶樓茗戰、酒樓題壁、游園新聞、烟室清談、番菜館食譜、花果時價。以上九項輪流登報。」另外，還有「十、么鳳清聲、山梁寄興。十一、租界行名錄。十二、海上群芳姓字、里居錄與行名錄。十三、來函照登。十四、梨園日報。十五、藝苑雜刊。十六、花叢告白。」等等。（原載《同文消閑報》，1901 年 4 月 16 日。），引自薛正興主編：《李伯元全集（五）》（南京：江蘇古籍出版社，1997 年），頁 43～45。

〔註45〕〈本館投函用紙〉，《世界繁華報》，1901 年 6 月 24 日，第 79 號。並且在「本館投函用紙」下方有對「看花荐格」更詳細的解釋：「諸君走馬看花如有賞識，無論長三、么鳳，凡該妓之年歲、籍貫、住址、色藝，以及鴉婢雛鬟有足稱許者，均望填入此格裁寄，本館次日登報，名曰『看花荐格』。」

報》上設一方格，說明讀者可以將自己想要推薦的商家字號、戲曲劇評、妓女色藝、崑曲小調等等內容寫入此紙方格，寄到繁華報館，隔天就能登載於報中，並且「此紙祇能寫一事，併寫不錄」，格中有附註日期，隔日便不能再使用。因此，當《世界繁華報》要舉辦曲榜時，欲推薦者就必須購買該報，才能填寫「本館投函用紙」然後進行投票、推薦：

> 本館花榜早經揭曉，茲擬特開曲榜，惟恐見聞有限，故特布請走馬諸君各舉所知及早保荐，各妓居址、年歲，并擅唱某劇，均望一一註明格內裁寄，本館以便隨□考較，評騭優劣，展期五月內揭曉。此佈。〔註46〕

如此一來，不僅會增加報紙的銷售量，亦與讀者產生更多的互動，「各妓居址、年歲，并擅唱某劇，均望一一註明格內裁寄」，而且次日就登載於報上，供冶遊者品評尋芳，想必能引起更多讀者的閱報興趣。約過了一星期，李伯元又開設花叢經濟特科榜：

> 本館於色藝兩榜之外，特設此科選舉人才，凡歷屆花榜、花選已與名、未與名，不論出身，不論資格，苟有奇材異能皆准保荐填入後格裁寄，本館以荐函之多寡，定名次之高下，逐日所收薦函仍於每人名下以圈為記，刊列本報前幅，以示優異，一切章程，請看十四報中。此布。本館啓。〔註47〕

這個花叢經濟特科選舉是不論有無入選過花榜、花選者均可參加，「不論出身，不論資格」，範圍十分廣泛，「苟有奇材異能皆准保荐填入後格裁寄」，仍然必須使用特定的投函用紙，最為特別的是每日都會將收到的荐函數登於報上，「逐日所收薦函仍於每人名下以圈為記，刊列本報前幅」，更加公開化這場選舉，也是刺激讀者追蹤妓女選情的好方法，而這場選舉的結果是：「曲弄中人。有何經濟。良辰佳節即景生情。聊以提倡羣芳。亦猶賢乎已之意也。計取一等六人。二等四十四人。三等免其錄報。金閶人才淵藪。見聞所及。甄取數人。以備一格。」〔註48〕一、二等共五十位，三等則有六十位妓女入選〔註49〕，其實李伯元舉辦妓女的「經濟特科榜」，實與經世濟民無關，只是

〔註46〕〈曲榜徵荐〉，《世界繁華報》，1901年6月24日，第79號。

〔註47〕〈本館特開花叢經濟特科告白〉，《世界繁華報》，1901年6月30日，第85號。

〔註48〕〈論今天開經濟特科榜〉，《世界繁華報》，1901年9月27日，第174號。

〔註49〕〈花叢經濟特榜三等榜 續昨稿〉云：「以上共取六十名，其已得花榜前列及花選者，各書給『花國揚芬』四字，准其□區懸掛，其未得者各賞給花博士

花榜名目上的翻新，目的是再次提倡妓女名聲，而入榜者有李蘋香〔註50〕、戊戌狀元兼花選梅花林寶珠、庚子狀元謝桂香〔註51〕、探花金小寶、金剛祝如椿等人皆早已芳名遠播〔註52〕，於是李伯元也曾另開雛姬花榜：「一文武宜設兩途也，文以色取，武以藝取，并行不悖，相得益彰，搜豔窟之賸材，拔芳叢之後勁，願與提倡不涉阿私」，似乎是想要提拔年紀較輕的妓女，並且限定年齡「以九歲起至十三歲止」〔註53〕，推薦時間限期爲一個月，可以推想在這段時間內，《世界繁華報》應該又會繼續吸引讀者購報、閱報，若再對照告白所期望的：「本館特開雛姬花榜章程在今日報首，自即日起徵收荐函，隨到隨錄，葉榜准於九月內揭曉，惟所收荐函無多，尚望走馬諸公從速再荐。此佈。」〔註54〕，則會發現希望能廣徵荐函的目的，背後仍是爲了提高報紙的銷售量。

第二節　媒體公信力的建立及其看待妓女的方式

前文曾提及李伯元在大開花榜之初，有不少讀者皆提供他們對花榜選舉方式的意見，眾說紛紜，事實上在選舉結束後亦是另一場爭論的開始，然而

街。」（見《世界繁華報》，1901 年 10 月 1 日，第 178 號。）此外，關於匾額另有〈林小星星擇期懸匾〉一則云：「迎春三林小星星。本屆雛妓花案拔居首選。現聞其家擇於二十日。懸掛狀元匾額。爲此傳諭各熟客一體知之。」可見花榜掛匾額已是常見之事。（見《世界繁華報》，1903 年 10 月 22 日，第 904 號。）

〔註50〕龐樹柏《紅脂識小錄》云：「李蘋香初至滬，流轉於棋盤街雙富堂，名李香蓮，名猶未著。嗣爲海上漱石生知，以爲此青泥蓮花也，爰爲延譽，而南亭亭長、沈悅庵皆繩其美，並爲設法作出幽邊喬之計，乃移仁壽里，更其名曰李蘋香，且以天韻閣爲榜門之字，一時香譽鵲起，不特結駟其門者，有闤巷之概，而出入亦如楚蓮香之蜂蝶多隨，其盛可想。」李蘋香也曾得到孫玉聲（海上漱石生）、李伯元（南亭亭長）的讚賞而聲名大噪。見魏紹昌編，《李伯元研究資料》，頁 522。

〔註51〕思綺齋〈花史〉：「六馬路松勝胡同謝宅，南亭亭長文讌回翔之所也。院中謝桂香者，年僅十七，雖鉛華弗御，而花紅雪白，豔若貌姑，亭長頗心賞之。辛丑八月，亭長復開豔榜，以桂香爲第一人，由是聲名大噪。」見魏紹昌編，《李伯元研究資料》，頁 521。

〔註52〕〈特開花叢經濟特科榜〉，《世界繁華報》，1901 年 9 月 27 日，第 174 號。

〔註53〕〈擬開花叢雛姬花榜章程〉，《世界繁華報》，1901 年 10 月 7 日，第 184 號。

〔註54〕〈本館特開雛姬花榜告白〉，《世界繁華報》，1901 年 10 月 7 日，第 184 號。

李伯元卻在一一次的花榜選舉中建立了花榜的公信力與其良好的口碑〔註55〕。並且，像《游戲報》這樣的小報，報導妓界的新聞是非常繪聲繪色的，在報導的同時，只要一有機會就會流露對國是、時事的諷刺〔註56〕；另一方面，到了《世界繁華報》的「海上看花日記」專欄，則是少了《游戲報》繪聲繪色的報導方式，改用吳語記錄妓女的生活起居，十分瑣碎，又貼近生活，很能吸引讀者的窺探、好奇的慾望，而這些妓女生活起居的紀錄亦能看出小報對「讀者的趣味」的迎合與重視。

一、花界提調——媒體與權力的運作

李伯元在當時有一個別名叫「花界提調」，所謂的「花界」就是指妓界，而「提調」則是一個總指揮、總調度的角色，還要能夠擺平一切大小事務，可見李伯元在妓界中的地位〔註57〕。然而，花榜的公信力與花界提調的威信並非一天之內建立起來的，像是最初的丁酉花榜以張四寶為狀元、金小寶為榜眼，就遭到讀者們的批評〔註58〕，李伯元也為此寫了〈論花榜金小寶詞史不取狀元之故〉：

> ……溯自余創行特開花榜之議，所得荐函不下二百餘通，其間褒美者固多，而謗毀者亦復不少。出榜前一夕，尚有人來書力詆小寶者，余皆付諸不論不議之列。……小寶為人志高氣傲，遇所歡則娓娓談

〔註55〕《海上繁華夢》第二十三回寫道：「秀夫帶了一張《游戲報》來，說金菊仙已在《游戲報》上點了曲榜狀元，取得真是不錯。幼安聽了，將報接來看過，也說游戲主人賞識不虛，並講起近來各報館裡開花榜的許多陋處。最醜的是張《支那小報》，聽說狀元、榜眼、探花一個個都要花錢去買，做了個生財之道，真是斯文掃地。秀夫道：『《支那小報》現還開麼？』幼安道：『這種報怎能夠開得長久？早已關掉的了。若使他此刻還開，報界上不知削盡幾多面色。』」由此可見李伯元所舉辦的花榜、曲榜在上海報界、妓界皆具有一定的公信力，品評妓女還稱得上公允。見孫玉聲（海上漱石生）：《海上繁華夢》第二十三回（上海：上海古籍出版社，1991年），頁609。

〔註56〕范伯群：《中國現代通俗文學史（插圖本）》，頁61。

〔註57〕參見范伯群：《中國現代通俗文學史（插圖本）》（北京：北京大學出版社，2007年），頁49～50。

〔註58〕如〈懊儂致游戲主人論金小寶詞史書〉一文，見陳無我：《老上海三十年見聞錄》，頁198；並且，〈以評文之法評花〉云：「……游戲主人評定花榜，以張四寶為榜首，以金小寶為榜亞，非特游冶羣有阿私之言，即小寶每借姊妹行之列於後者代為不平，其實自發牢騷也。」可見金小寶自己也不滿屈居第二，見陳無我：《老上海三十年見聞錄》，頁212。

不倦，見生客則默無一言。不知者輒嫌其盛氣凌人，恃才傲物，由
是譽之者一，毀之者百，謠詠繁興，而聲名遂從此大減矣。……此
次編次花榜，抑置之正所以保全之，否則位置過高，則摧折者益
眾。……至其色藝過人，久為有目共賞，允稱滬江領袖，余亦不作
違心之論也。〔註59〕

這篇論說表示因為金小寶「志高氣傲，遇所歡則娓娓談不倦，見生客則默無
一言」，因而備受客人批評，在出花榜前夕甚至有詆毀金小寶的謗書，但李伯
元皆置之不理，那麼為什麼仍取金小寶為榜眼呢？其解釋說：「抑置之正所以
保全之，否則位置過高，則摧折者益眾」，原來是擔心金小寶若得到狀元，反
而更遭人嫉妒，才會如此安排，是基於一種愛護的心態，而李伯元本身對金
小寶亦是讚譽有加，說她是「滬江領袖」也不為過。由此可見，李伯元所謂
的秉持公正原則，且不加入自己價值判斷的花榜，但最終的決定權仍在李伯
元手上，要提拔哪位妓女還是要先得到其認同〔註60〕，並非讀者可以任意動
搖。又如讀者蒲郎的來信抗議：

大興里金小寶，風致豔麗，倜儻不群，弁冕群花，信堪無愧，而主
人抑之於第二人，不免為小寶扼腕。……至如武榜中之王秀蘭、金
小卿、王秀林，歌曲皆臻絕妙，而小如意以無鹽、嫫母之流，其藝
不能與秀林等，乃欲加而上之，此僕所深惡而痛絕也。顧或曰色藝
不能兼備，此捨色而取藝，詎無不可。然王秀林、李媛媛皆駕小如
意之上，而名次高下倒置如是，不大違閱者意乎？噫！環肥燕瘦，
體態各自宜人；王後盧前，品評應歸無我。寸心敢布，實維圖之，
蒲郎拜啟。〔註61〕

文中認為金小寶的色藝出眾，「弁冕群花，信堪無愧」，但李伯元竟只排於第
二，不禁為金小寶扼腕不已，還有武榜中的小如意外貌、歌藝皆稱不上絕妙，
居然能排名前列，由「此僕所深惡而痛絕也」一句，可見該讀者的不滿情緒
極為強烈，並認為雖然「環肥燕瘦，體態各自宜人」，每個人的喜好有所不同，
但是品評時至少也要公正無私，希望李伯元有所改進。針對這些讀者來信，

〔註59〕 〈論花榜金小寶詞史不取狀元之故〉，《游戲報》，1897 年 8 月 5 日，第 43 號。
〔註60〕 李伯元曾說：「本屆花榜余以祝如春（按：應為「椿」）詞史明眸善睞，秀媚
天生，特拔置第三人，所以愛護之、獎勵之意甚厚也」云云，《游戲報》，1897
年 8 月 22 日，第 60 號。
〔註61〕 〈來書照錄〉，《游戲報》，1897 年 8 月 11 日，第 49 號。

還有金小寶個人的不滿，李伯元則再次強調：「主人於諸名妓之中一一觀其品格，考其藝能已非一日，且並以荐書之多寡定名次之高下，並無阿私所好之」，對於花榜依然是按照荐函多寡，絕無私心，況且花榜選舉不過是文人間的逢場作戲，「即諸妓之花榜名標直比邯鄲一夢」，實在無須如此計較相爭〔註62〕。並且，李伯元之後還寫了〈贈金小寶詞史詩〉，末首即云：「兼金身價豈尋常，玉尺當前細較量，若向風前比顏色，可知不讓畫眉張」〔註63〕，並表示金小寶雖位居花榜第二，與狀元張四寶實是各有妍妙，難分軒輊。至此，再也沒有讀者抱怨金小寶的排行，倒是有〈金榜眼令人稱服〉的新聞，讚美金小寶「明眸善睞，秀絕人寰，其來也光射四筵，其去也香留滿座，真不愧榜眼公也」〔註64〕，看來狀元之爭已告一段落。

當花榜品評成為上海花界一大盛事，妓女們也是躍躍欲試，因為一旦榜上有名，便立刻身價百倍，而沒有入榜的妓女則會想其他辦法：其一，批評花榜不具有代表性，如〈劣妓自負〉一則記錄有妓女對花榜中沒有將自己列入，感到憤恨不平，心中不是滋味，甚至對入榜者發出質疑之聲，而李伯元則在報上諷刺其毫無見識可言：「該妓想終年無人叫局，故拾而從未與張等相遇，從未上過書場，故不知王等之善唱，實在生意清淡，無怪其一無聞見也。吁，可憐哉！」〔註65〕可看出李伯元對花榜、武榜維護之意；其二，由妓女投書自薦，如〈金詞史忽投自薦書〉：「本館前屆花榜揭曉後，始獲金巧林詞史薦書約二十餘函，……足見詞史精通翰墨，卓卓不羣，且書中時文調甚多，……至末後又自稱女中堯舜，如此頌揚，吾見亦罕」〔註66〕，接著又有讀者感慨道人替寫金巧林校書荐函，由其中發現金巧林其實胸無點墨，荐函中所推薦事項還讓李伯元逐一駁斥，讀來不覺莞爾：

> 來書已悉。據稱妓女金巧林「風韻非常，聰明絕世」，本主筆詳加察

〔註62〕〈閱本報名妓牢騷一則再申論之〉，《游戲報》，1897年8月23日，第61號。

〔註63〕〈贈金小寶詞史詩〉，《游戲報》，1897年8月29日，第67號。

〔註64〕〈金榜眼令人稱服〉，《游戲報》，1897年11月2日，第132號。

〔註65〕〈劣妓自負〉：「本屆花榜既出有未曾錄取之西合典某校書，貌既惡劣，又不能歌祇，以榜上無名，心懷妒忌。昨向打查圍某客曰：『張四寶、金小寶、祝如椿不知何等樣人，竟取為文鼎甲；王秀蘭、金小卿、小如意輩，不知唱得如何好？又居然為武鼎甲。我尤不服者，以蔡新寶、林寶珠之稚年亦皆公然前列。』言畢快快之意見於詞色。……」（《游戲報》，1897年8月13日，第51號。）

〔註66〕〈金詞史忽投自薦書〉，《游戲報》，1897年11月26日，第156號。

看，該妓女貌亦猶人，並無所謂過人處，觀其舉止，尚屬流利。……
又稱該妓女「三墳五典，無不悉熟於胸中；諸子百家，亦已窮探其
大旨」，如此大學問，求之國初鴻博諸公尚不多覲，區區一妓女而能
若此，吾誰欺，欺天乎？又稱該妓女「或倚朱欄以寄傲，或翦紅葉
以題詩」，本主筆逐一研訊，該妓女堅稱既不識字，悉解吟詩？……
本主筆於花榜一事，一秉至公，苟有片長，無不甄錄。該道人砌詞
妄瀆，殊屬可厭，除嚴加申斥外，並將此批通飭代金妓寫信人一體
知照。〔註67〕

由此文可知金巧林應相貌平常，無過人之處，說其學問淵深，只是誇大之詞，
並且「該妓女堅稱既不識字，悉解吟詩」，既然不識字，那麼先前投的自薦書
想必亦是請人代筆。文末，李伯元再次表示其花榜一向秉持公正，而讀者感
慨道人「砌詞妄瀆，殊屬可厭」，除了登報斥責之外，還要將「此批通飭代金
妓寫信人」，可見李伯元早知薦書絕非出自該妓手筆，才會一開始就說自薦書
中的八股文語氣甚多、自稱女中堯舜相當罕見等等，暗示讀者此中有些不尋
常。

此外，李伯元展現「花界提調」的威信與權力，亦在處置「行爲不檢」
的妓女上：

……既稱長三書寓宜如何自高身價，莊重不苟，以掩人耳目，乃至
與堂倌調笑……不知恥尚復成何事體哉？犯此者，以上論交樓之水
香菱爲尤甚，查水香菱本屆榜有人保薦第十五名，今既如此，實屬
不知自愛，亟應斥革，不得與羣芳爲伍，致爲所汙。他時纂輯《春
江花史》一書亦必解其名。〔註68〕

所謂「行爲不檢」是指水香菱在書場中與堂倌調笑，這對長三書寓等高級妓
女來說是有失身份的事，對此李伯元相當不滿，認爲將該妓選爲武榜第二甲
第十五名之事決定要重新考慮，「亟應斥革，不得與羣芳爲伍，致爲所汙」，

〔註67〕 〈荐牘與批詞〉，見陳無我：《老上海三十年見聞錄》，頁63。妓女投書自薦除
了請人代寫，亦可自己撰寫，如〈來函自製〉：「有某妓貌醜而騷，略識之無，
專喜咬文嚼字，因門前冷落，無人問津，乃自製就來函數十通，……詎一日
妓他出，有客從其鏡奩中搜得來函無數，不特文理相同，抑且核對筆迹如出
一手，乃悟歷次來書皆該妓自製，實欲藉此誇耀於眾，並非實有其人。」（《游
戲報》1899年7月26日，第748號。）

〔註68〕 〈革出花榜〉，《游戲報》，1897年9月24日，第93號。

打算將她革出榜外，甚至正在撰寫的《春江花史》一書也要將其解名，而這個懲罰對該妓而言是有警惕作用的：

> 水香菱校書工大小曲，而秦腔尤爲擅長，本屆武榜曾拔列二甲，嗣因其酒後失檢，特革出花榜，以示薄懲，然主人惜花情深，懲戒之，正所以愛護之也。嗣聞校書被斥後深自怨自艾，每至歌臺舞榭，鞶笑不苟，亦足見校書之善□過焉。〔註69〕

水香菱酒後行爲失檢，在《游戲報》上被斥責後「自怨自艾，每至歌臺舞榭，鞶笑不苟」，因其有所反省、檢討，連李伯元也主動發佈新聞說水香菱知過能改，並示意「主人惜花情深，懲戒之，正所以愛護之也」，似乎也暗示其他妓女若有行爲失當將會被革出花榜，最好懂得愛護自身名譽才是正確而聰明的做法。

李伯元藉由花榜、辦報二事，名重一時，不只可以決定妓女聲譽的好壞，亦能影響妓女的身價，例如：在當時「張園」是上海妓女爭奇鬥勝、大出風頭的地方，每至斜日將西，遊人如織，而日必一至的上海名妓，爲陸蘭芬、林黛玉、金小寶、張書玉四人，李伯元在《游戲報》上戲稱她們爲四大金剛〔註

〔註69〕〈別院聞歌水香菱芳名新復〉，《游戲報》，1897 年 10 月 24 日，第 123 號。

〔註70〕〈遊張園四大金剛〉一則記載：張氏味蒓園樓閣玲瓏，花木陰翳，每當花晨月夕遊客如雲，若逢禮拜之期尤爲熱鬧，香車寶馬逐隊而來，所有時髦官人無不畢集，惟林黛玉、陸蘭芬、金小寶、張書玉四校書每日必到，每到必遲，其到也萬目灼灼，四座盡傾，宛如迎接貴官模樣，或者曰：「此督撫司道體制也。」又或者曰：「時人咸稱撫、藩、臬三大憲，茲則有四人焉，不如名之曰『四大金剛』，誠粉黛班中絕大人物。」吾聞四大金剛爲風調雨順，園中得此名校書日日光臨，亦祥瑞之兆也。（見《游戲報》，1897 年 10 月 12 日，第 111 號。）
〈擬舉上海嫖客四大金剛說〉亦云：「本報既於丁酉秋冬之交紀游張園四大金剛一則在當時不過偶然游戲藉以標目，不料風會所趨，播爲美談，林、陸、金、張四校書之名，幾於婦孺皆知，而四校書之聲價亦增十倍，亦可見本報風行，而好事附會者多矣。」（《游戲報》，1899 年 7 月 15 日，第 737 號。）
另外，孫玉聲《退醒廬筆記》（1925）中有〈天香閣韻事〉一文亦記錄李伯元爲四大金剛命名之事，內容如下：「清光緒季年，張味蒓園安壩地洋房設作茗寮，每至斜日將西，遊人麕至，俱以此爲消遣地，而青樓中之姊妹花，亦呼姨挈妹而來，其日必一至者，當時爲名妓陸蘭芬、林黛玉、金小寶、張書玉四人，南亭亭長李伯元之《游戲報》上，因戲錫（按：應爲賜）以四金剛之名。曰四金剛者，緣四人既至之後，每於進門之圓桌上淪茗，各人分佔一席，若佛氏之有四金剛守鎮山門，觀瞻特壯也。」（見氏著：《退醒廬筆記》下卷（台北縣永和鎮：文海出版社，1972 年），頁 181～182。

70〕，從此四大金剛的名號於街頭巷尾廣爲流傳，成爲最著名的上海妓女。值得注意的是，花榜從最初的極具爭議，似乎開始漸入佳境了，甚至當李伯元舉辦二次花榜後，想暫停花榜事務，還被不少讀者投書要求重開花榜，如〈與游戲主人請開花榜書〉〔註71〕、〈乞游戲主人仍開花榜啓〉〔註72〕，對此李伯元則回應〈鼎甲難求〉：「本館承看花諸君子貽書，殷殷以重開己亥花榜爲請風流豔舉，主人亦豈不樂，惟以此中稍有名望者前兩榜已十得八九，即有一二遺漏，第可拔置前茅，實無掄元問鼎之選」〔註73〕，可見花榜的舉行與否，最終決定權仍在於李伯元手上；花榜中的妓女有無可「掄元問鼎之選」，也在於李伯元自身的判斷。

二、誰是護花人——媒體看待妓女的方式

當《游戲報》中的花榜成爲讀者們關注的話題，連帶的報紙媒體的影響力也得以發揮，進而使該小報所報導花榜上的妓女，其行動與事件更受到渲染、擴大，以藉此吸引讀者們購閱報紙，例如：首次的丁酉花榜，狀元張四寶從良之事，在《游戲報》上有一連串的追蹤報導，花榜狀元所嫁之人爲誰，居然成了一個新聞追蹤的賣點，不同版本的從良傳言皆被登載於報紙上〔註74〕，至於尚未從良的榜眼金小寶、探花祝如椿等妓女更是經常被鉅細靡遺地報導著：「近日本報屢紀花間瑣事，閱者謂信息靈通，共相推許」〔註75〕，將妓女的生活點滴呈現於讀者眼前，或許正是能滿足讀者窺視、好奇的慾望，如此一來「花榜」是引發讀者購報的誘因，而妓女新聞則是持續發掘讀者購報慾望的主因，二者可說是相輔相成，皆是爲了促進報紙的銷售量。

若由此可推想出《游戲報》面對上海妓女時應有涉及其自身利益，冶遊風月不僅是文人的風流韻事，更關係著小報的經營是否興隆，甚至有合理化

〔註71〕〈與游戲主人請開花榜書〉，《游戲報》，1899年6月19日，第711號。
〔註72〕〈乞游戲主人仍開花榜啓〉，《游戲報》，1899年6月21日，第713號。
〔註73〕〈鼎甲難求〉，《游戲報》，1899年6月25日，第717號。
〔註74〕張四寶從良之新聞有：〈狀元歸去〉（《游戲報》，1897年10月7日，第106號。）；〈金屋誰家〉（《游戲報》，1897年10月8日，第107號。）；〈□□□從良傳疑〉（《游戲報》，1897年10月9日，第108號。）；〈□□□□〉：「本屆花榜狀元張四寶校書從良一節，本館迭據傳聞之語，採錄報端，茲有人從新馬路昌壽里來述……侯門似海，信不誣矣。」（《游戲報》，1897年11月29日，第159號。）上述四則皆是張四寶從良的新聞或傳聞。
〔註75〕〈各張豔幟〉，《游戲報》，1898年10月10日，第467號。

妓業的文章，如〈滬上妓館有關商務說〉一文：其中說道上海妓館應酬周到「几榻精潔，有端好之婢僕聽其驅使，有清雅之烟茗供其消遣」，常常使人流連忘返，「紈袴之子朝夕徵逐無一事」，其逸樂之趣可謂無窮，而這正是「滬上所以人數日增，而商務日益旺盛」的重要原因，接著表示「滬上商家各業友侶日中辦事，每於夜間偕一二知己，徜徉於福州路」，也就是白天工作，晚上到妓館尋樂子，實是「勞逸相等，而生趣獨得」，這也是捕房公堂事事嚴加禁止，卻不獨禁妓館開張做生意的原因，「或謂娼妓之流最壞風俗，不知風俗之美惡由於人心」，有人說娼妓最壞社會善良風氣，卻不知風俗好壞來自於人心，只要人心欲善，「雖日縱觀桑濮而性不移」，人心欲惡，「雖日對尊嚴而志不屬」，因此社會風俗絕非區區娼妓所能影響〔註76〕；其他像是〈滬上宜設驗妓局說〉更直接表明妓女與商務之關係：「殆亦以娼妓之有關商務，而不可盡革也。滬上之妓寮既有不可禁止之勢，而急宜仿照西政設立驗妓局一所，……如此則非特娼妓之受惠匪淺，而經商之客爭游滬瀆，商務不益臻盛哉？」〔註77〕因為妓女跟上海商務關係極為密切，有不可禁止之勢，但滬上妓女良莠不齊，因此提議應該設局管理上海妓女們，使「經商之客爭游滬瀆」，而上海商務也會益加蓬勃。

又如〈洋場日盛說〉一文提到：「其名妓輕珠翠厭、錦繡翠輿，朱轂僭越過命婦焉」〔註78〕，正因為妓女有錢消費，因而穿戴珠寶、身穿華服、乘坐馬車，享受不屬於她的階級制度的豪奢生活，但相對的她們亦是鞏固上海商業的基本消費群體；〈滬北妓院生意日衰說〉：「滬上一隅自開埠後，為冠裳薈萃之區，商賈輻輳之所，於是十步一樓，五步一閣，笙歌處處，風月年年，妓院生涯於斯為盛」，由此可見商業是促進妓業發達的重要因素，並且妓業之盛衰亦來自於商場，一旦商場倒帳之事頻頻發生，「滬北市面一蹶而不可收拾」，景氣環境不佳，也使得「狎客漂賬如是之多」，接著論者說：「倘市面稍復或不必如是，是則悵望海邦，又有世道之憂矣」〔註79〕，從「世道之憂」一句可以發現上海商業或妓業的沒落都是《游戲報》所不樂見的。

當小報媒體的論說文章試圖將上海妓業經營合理化（即妓業與商業有密

〔註76〕〈滬上妓館有關商務說〉，《游戲報》，1899 年 1 月 7 日，第 556 號。
〔註77〕〈滬上宜設驗妓局說〉，《游戲報》，1899 年 3 月 8 日，第 608 號。
〔註78〕〈洋場日盛說〉，《游戲報》，1899 年 6 月 3 日，第 695 號。
〔註79〕〈滬北妓院生意日衰說〉，《游戲報》，1899 年 6 月 7 日，第 699 號。

不可分的關係），那麼《游戲報》以妓女為主軸的報導自然也找到了立足點。
並且，小報媒體將妓女生活瑣碎之事一一呈現，亦同時營造妓女姣好、時尚
的那一面：「滬濱美人裏張書玉校書舉止端莊，姿容艷麗，其居處之奢，服御
之華，足與林、陸相垺」〔註80〕，故將張書玉排入四大金剛之列，而所謂林、
陸二人分別指林黛玉、陸蘭芬，還有一位則是丁酉榜眼金小寶，如前文曾提
及的此四人被李伯元題名為「四大金剛」。這四位名妓在《游戲報》上的新聞
也是多不勝數，處處可見其蹤跡，如〈大金剛擇期戴帽〉：「九月秋深，涼風
颯肅。男子之蘇空頭者，早已一個瓜皮小帽合在頂心」，戴帽之事原屬於男性，
至於女性是不戴帽的，「女子戴帽，照例甚遲」，然而「昨日在張氏味蓴園，
見林、金、張、陸四校書，即所謂四大金剛者，一時俱集，綺羅圍坐，笑語
生春，張、陸兩校書業已戴帽，固覺粧飾一新」，對張書玉、陸蘭芬兩位名妓
戴帽有讚美之意，「而金、林兩校書不曾戴帽，愈顯髮光可鑑」，仍有妓女是
沒有戴帽的，接著對金小寶、林黛玉何時戴帽的日期做了記錄，約定「十月
初一」一定戴帽，旁邊的客人聽到此事則說：「可見金剛既大，其戴帽子必先
期選擇吉辰，非尋常所得而比擬也。」〔註81〕其實，戴帽與否、何時戴帽這
原本只是妓女個人的事情，原本的傳播場域可能是只有在張園，頂多成為街
頭巷尾之談，但是一旦被登載於《游戲報》就是屬於公眾的事物，眾人關注
的焦點，可以想見在約定戴帽的日期一定不少人關注金小寶、林黛玉的裝扮
是否改變了，於是透過《游戲報》對妓女的穿著打扮的仔細觀察、報導，更
讓妓女的裝扮成為公眾討論的話題。如〈林黛玉衣裳出色〉一則亦是如此：

> 前數日為滬濱秋賽之期，遊者如雲，爭相誇美，於是各校書皆鮮衣
> 盛飾，鬥艷於十裏洋場中，鬢影生光，衣香成陣，誠一時勝事也。
> 昨見金、張、林、陸四大校書同觀賽馬，其裝飾穠艷，各有不同，
> 惟林黛玉皓齒明眸，別饒風韻，身著大紅□織金衣一件，鑲以珠邊，
> 光彩四射，令人耀目，然斯衣誠美矣，苟使三五嬌娃著之，其光華
> 更不知如何增色也。〔註82〕

所謂「滬濱秋賽之期」指的是西人的秋季賽馬會，在上海的英租界地區，英
人將賽馬風潮帶入租界中，中外遊人無不爭相前往觀看，而對妓女來說觀賽

〔註80〕　〈賽麗華〉，《游戲報》，1897 年 11 月 10 日，第 140 號。

〔註81〕　〈大金剛擇期戴帽〉，《游戲報》，1897 年 10 月 18 日，第 117 號。

〔註82〕　〈林黛玉衣裳出色〉，《游戲報》，1897 年 11 月 5 日，第 135 號。

馬並不是那麼重要，在賽馬場上爭奇鬥豔才是重點，「於是各校書皆鮮衣盛飾，鬥豔於十裏洋場中」，特別是這則新聞對林黛玉的裝扮格外矚目，「惟林黛玉皓齒明眸，別饒風韻」，身穿金衣一件，並有珍珠鑲邊，可說是「光彩四射，令人耀目」，極力推許其華服之美。而這則報導立即引起其他妓女仿效：

> 上海婦女衣服，無年不變，年來競尚淡素，近則悉改爲大紅大藍，復用金絲織繡，益覺五光十色、斑駁陸離。賽馬日見林黛玉、林月英兩校書，各著大紅織金衣一件，於是海上諸名花衣飾頓爲一變。昨有□□□合美里某校書因欲製造新衣，鴇母不允，校書爰出所有舊衣付諸質庫，卒製新衣一襲。噫，中日一役後，中國士大夫競言變法，競言自強，而卒至曠日需時，成效罕觀，若該校書者，眞可謂勇於自強，善於變法者矣。〔註83〕

原本上海女性的衣服是「競尚淡素」，但最近卻「改爲大紅大藍，復用金絲織繡」，推其源由是在賽馬日見林黛玉、林月英兩位妓女，「各著大紅織金衣一件」，於是上海的其他妓女也爭相模仿。有趣的是，某妓「因欲製造新衣，鴇母不允」，只好點當她所有的舊衣，只爲了重新做一件符合流行的新衣，文末報導的撰寫者還說自中日甲午戰爭後，士大夫競言變法，「卒至曠日需時，成效罕觀」，並無太大效果，反而不如該妓女的行動力，感嘆地說這才是眞正的勇於自強、善於變法的人，可見妓女們對於追求時尙潮流是無所不用其極的。

　　在《游戲報》中妓女的一舉一動是可以包裝、美化，成爲一則新聞，或是一則美談，然後被登上報紙進行販賣，就此而言，筆者認爲《游戲報》將妓女新聞塑造成當時時尙與消費的一種符號，其功用在於：或是提供尋芳客徵逐歡場的想像，或是成爲其他妓女模仿追逐的對象，或是滿足一般讀者好奇名妓的心理，總之，李伯元藉由妓女新聞成功地吸引了不同讀者群的注意力。值得注意的是，雖然《游戲報》上的花榜題詞、徵詩皆是捧妓溢美之作，而在一些新聞裡主筆者亦以「護花人」自居，即對妓女是有憐惜愛護之意，在描述妓女的容貌、才藝時也是推崇備至，然而奇怪的是《游戲報》中有更多新聞卻未必是站在護花者的態度書寫，有時倒是充滿揶揄、諷刺的意味，如〈金剛做壽彈詞〉：

> 淞濱訪事齊來報，前宵有段好新聞。聞來述與諸公聽，戲仿彈詞七字文。這新聞，出在英界大興里，第二衖堂第一門。這人家，赫赫

〔註83〕〈典舊衣校書善變〉，《游戲報》，1897 年 11 月 10 日，第 140 號。

聲名非小可，長三書寓大先生。芳名兩字呼黛玉，系出西河身姓林。
自從出身做大姐，卻無端，一朝得意做倌人，從良少說六七次。細
數芳齡三十春，在人前，假說華年剛二十。禮拜六，十月十二做生
辰。從前恩客多多少，一齊祝嘏到門庭。酒擺雙抬不算闊，更有貓
兒新戲文。……這日裏，先生頭戴雙珠鳳，衣著紅綃是織金。雖則
他，徐娘半老容顏好，卻便是，強學時髦年少人。〔註84〕

這則是新聞是為林黛玉做壽而寫，說她已經從良六、七次，芳齡三十，在人
前卻謊稱二十，「酒擺雙抬不算闊，更有貓兒新戲文」，慶生宴上大擺酒席，
還有貓兒戲可看，而林黛玉的衣著前不久才被力讚豔光四射，現在又說「強
學時髦年少人」，充滿調侃、諷刺的意味，但事實上《游戲報》日前才說：「林
黛玉校書丰姿端麗，久飲香名，獵艷者共推為海上第一」〔註85〕，而在做壽
彈詞之後，也有〈名校書聰慧絕倫〉：「滬上各校書之有名者，類皆明眸皓齒，
秀外慧中，而論者謂當為林黛玉為第一」〔註86〕，又是在讚美名妓林黛玉，
這些矛盾反覆的新聞，其實正意味著《游戲報》是一份媒體的特殊性，妓女
輿論背後的掌控者最終是文人。

　　上海的高級妓女向來喜愛極度豪奢的排場，其虛偽擺闊的特性正符合晚
清的官場文化：

滬上妓女惟長三最為貴重，每逢出局乘坐藍呢大轎，龜腿持燈前導，
娘姨大姐在後頭，隨及至抵門則高呼一聲，必有幾人接應，入座之
後不過酒一巡、歌一曲，匆匆又趕他局，其應酬之忙碌，直與官場
無異。〔註87〕

話說上海地方妓女最多，上等的要派長三書寓房間陳設，以及衣裳
首飾何等華麗，出來坐藍呢大轎，燈籠上寫著公務字樣，何等氣慨，
看起來比做官的還要闊綽，其實不過也是虛場。〔註88〕

長三書寓可是說是高級妓女，出門當然要有排場以顯尊貴，像是「每逢出局
乘坐藍呢大轎」、「燈籠上寫著公務字樣」，而其應酬之忙碌與官場的送往迎來
沒什麼不同，房間陳設、衣服首飾皆以華麗為尚，看起來似乎很氣派、闊綽，

〔註84〕　〈金剛做壽彈詞〉，《游戲報》，1897年11月9日，第139號。
〔註85〕　〈艷幟重張〉，《游戲報》，1897年10月15日，第114號。
〔註86〕　〈名校書聰慧絕倫〉，《游戲報》，1897年12月7日，第167號。
〔註87〕　〈妓院公務〉，《游戲報》，1897年10月15日，第114號。
〔註88〕　〈財神顯靈平話〉，《游戲報》，1897年11月9日，第139號。

然而也不過是虛場,很可能是負債累累,左支右絀者居多〔註89〕。此外,妓女的驕縱相爭、彼此互毆之事也是《游戲報》經常報導的:「各名妓驕侈成性,以盛氣爭相凌爍,亦既習慣自然驕侈之,尤則推向林黛玉、陸蘭芬兩校書,金小寶來自金閶藉藉聲華幾幾乎後來居上之三人者」〔註90〕,陸蘭芬、金小寶相打的新聞也是該報的大新聞;特別是,文人最無法忍受的就是上海妓女專以姘戲子為事,文人既無法理解,也不認同:「噫!本埠各名妓之姘識優伶者,固已司空見慣、無足為奇,而校書甫抵申江便爾鍾情傅粉,何勾欄豔福盡屬諸伶,安得向情天慾海中一起氤氳使而問之」〔註91〕,而這股風氣也逐漸在上海形成,甚至有姘戲子的妓女才稱得上「時髦倌人」的反諷〔註92〕,像是林黛玉、陸蘭芬二人就曾被說:「由來闊客知多少,枉說朝朝戲子姘」〔註93〕,她們二人姘戲子的新聞在《游戲報》上是很常見的。如此看來,文人於小報中對妓女的大量報導與書寫正是在重構妓女形象,妓女既是美好時尚的代表,亦可能是道德低落的象徵,而文人所掌控的媒體逐漸演變成為妓女形象的左右者,那麼報紙上的輿論也就不單是「護花人」的心態可以一語道盡,可以是推崇吹捧,可以是揶揄調侃,特別是當文人的妓女書寫呈現在報紙這種公共媒體,妓女成為可供大眾消費的新聞題材,勢必有迎合大眾口味的必要性,否則難以立足生存,這也是為什麼明清的妓女與文人還可以進一步共建「情感世界」、營造「情藝生活」,譜出了無數的旖旎戀曲,藉此塑造文人的高雅品味〔註94〕,然而晚清《游戲報》上的妓女,她們在報紙的公共空間

〔註89〕〈北里漏卮談〉:「滬俗崇尚奢靡,而北里為尤甚,然卒負債累累,左支右絀者居多。有老嫖客推原其故,厥有八端:一、酒資所得有限,而下腳太輕;二、房價逐年增添,百物昂貴;三、衣飾太奢;四、傭人帶擋,利息過重;五、本家勒索過嚴,規例不能短少;六、客人竹槓難敲;七、打白茶圍者太多,煙茶之費虛擲;八、漂帳無著。」,見陳無我:《老上海三十年見聞錄》,頁32。

〔註90〕〈論金剛意見甚深〉,《游戲報》,1899年9月3日,第783號。

〔註91〕〈爛污妓夢喚美伶名〉,《游戲報》,1897年10月16日,第115號。

〔註92〕〈時髦倌人〉:「今日各長三妓院又值立夏之期,狎客之鬥酒徵歌者,往往通宵達旦……偵知校書當時並無他酬應,實與某伶倌同作陽臺之會耳。吳忿忿不平,意欲往興問罪之師,或從旁解勸曰:『君等固言須尋一時髦倌人,倌人而姘戲子其時髦已極,亦既如願而償,略識個中滋味,何必少所見而多所怪哉。』」(《游戲報》,1899年5月6日,第667號。)

〔註93〕〈上海竹枝詞〉,見陳無我:《老上海三十年見聞錄》,頁96。

〔註94〕王鴻泰:〈青樓名妓與情藝生活——明清間的妓女與文人〉,收入熊秉真,呂妙芬主編,《禮教與情慾:前近代中國文化中的後現代性》(台北:中央研究院近代史研究所,1999年),頁73~123。

的形象卻總是反反覆覆，搖擺不定，當文人無法藉由輿論控制妓女作爲（如：崇尚奢侈、爭風吃醋、喜姘戲子等行徑），只好將它們寫入報紙中，視之爲茶餘飯後的消遣品，正符合平民大眾對妓女生活的窺探欲望，進而使上海名妓進入了娛樂、消費的大眾市場，可說是日後「明星文化」的開端，亦可說是晚清的另一種現代性。

三、花國要聞──妓女生活起居

前文曾提及《世界繁華報》有一項目是「花國要聞」，也就是「專載花叢緊要新聞、花叢掌故，如新訂設官大考各章程、香國綸音、授職考試，均以官樣文章出之。另有海上看花記、侍兒小名錄等名目，隨時改易，不能悉載。」〔註95〕主要是記錄有關妓女的重要新聞，像是〈擬開花叢武備學堂條陳 再續稿〉〔註96〕、〈禁止碰和欠帳告示〉〔註97〕、〈擬開雛姬花榜啓〉〔註98〕、〈戲爲已故金剛請建專祠摺〉〔註99〕等文章皆是模仿官樣文章的口吻，來發佈一些妓院的規定，或是花榜的啓示、章程；而所謂的「海上看花日記」則是用吳語撰寫，以便更貼近上海市民，並且多以妓女姓名爲標題，如1901年6月30日的「海上看花日記」專欄，就有左翠玉送客殷勤、范彩霞撤回本任、李筱卿忘恩負義、阿小妹更名、記高翠玉屋裡客人、杜采秋曇花一現、陳鳳雲曲子很好、孫金寶買馬桶、林絳雪娘要修行、謝三寶客人獨樂樂、陳媛媛喫大菜等等標題，每則兩三行不等，而由標題更能得知這些都是記錄妓女的生活瑣事，可說是深閨獵豔之作，供讀者取樂。

此外，《世界繁華報》對妓女的裝扮十分注意，在「游園雜記」的欄目中總是記錄不同妓女的穿著、舉止：

> 昨日星期午後雖微雨灑塵，癡雲蔽日，而味蒓園中人影如織，聞見所及命筆記之。

〔註95〕〈新出《世界繁華報》章程〉（原載《同文消閒報》，1901年4月16日），引自薛正興主編：《李伯元全集（五）》，頁43～45。

〔註96〕〈擬開花叢武備學堂條陳 再續稿〉，《世界繁華報》，1901年9月29日，第176號。

〔註97〕〈禁止碰和欠帳告示〉，《世界繁華報》，1901年10月2日，第179號。

〔註98〕〈擬開雛姬花榜啓〉，《世界繁華報》，1901年10月6日，第183號。

〔註99〕〈戲爲已故金剛請建專祠摺〉，《世界繁華報》，1901年12月28日，第266號。

程靜蘭先至，衣水紅衣，望之如玉井蓮華，令人有秋水落霞之想。

沈月梅衣繡衫，錦簇花團，甚為華炫。……〔註100〕

即是將到張園遊玩的妓女身影一一做了記錄，像是 1902 年 7 月 14 日有〈游記〉一則亦是如此：

陳鳳雲著鐵綫紗單衫，偕母大金寶珠毛囝攜手行紫藤花下。

高雲卿曳裙而至，寶相莊嚴。

公陽花寶寶坐西廂品茗。

謝情香在池邊領畧荷香。

釵光鬢影更僕難終，熟魏生張，略存大概，午窗揮汗都付梓人，揚屬鋪張俟諸異日。〔註101〕

又如 1902 年 10 月 6 日的〈游記〉：

禮拜六游園見聞錄後

林黛玉偕其女林笑春來，戴纏臂金十餘副，琅琅作響。

花翠琴著四喜鞋，紅綠相鮮，楊太真雀頭屐，不能獨專其美。……

金三寶品藍緞襖，熠耀生光。

其餘不能悉記。〔註102〕

這些記錄不同妓女的穿著打扮，就猶如星光大道的展示場，藉由報紙的點滴記錄帶動妓女的流行時尚。《世界繁華報》還有「北里妝飾志」，專對妓女的最新流行裝扮加以報導：

炎炎夏日，北里中多改梳風涼髻，有以鑽石紮成平陛三級者，頗為眩目。

以珠綴於網絡遠望之，繁密如星，陳洪二寓實其嚆矢，表件有以赤金鑄成車輛、算盤等類者，重不過一錢許，而手工需洋八、九圓，其物亦玲瓏別透，令人可愛。

煎綠翡翠釵環，風吹日炙，易於失色，臏鼎者究不足以支持久遠。

〔註103〕

〔註100〕〈游園雜記〉，《世界繁華報》，1901 年 10 月 7 日，第 184 號。
〔註101〕〈游記〉，《世界繁華報》，1902 年 7 月 14 日，第 457 號。
〔註102〕〈游記〉，《世界繁華報》，1902 年 10 月 6 日，第 541 號。
〔註103〕〈妝飾志〉，《世界繁華報》，1902 年 7 月 14 日，第 457 號。

鑽石的價錢貴得驚人〔註104〕，也只有妓女可以拿來當作妝點，像是其他手工製品也是價格不斐，「手工需洋八、九圓」，但這些飾品皆「玲瓏剔透，令人可愛」；而平常配戴的綠翡翠釵環，若是贗品將因「風吹日炙，易於失色」，無法像眞正的寶石一樣永保光澤。而這些新聞報導都顯示了妓女裝扮的奢華作風，她們是當時時尙潮流的領導者，於是如果有人不認得上海名妓則表示其人身份、地位不夠有份量：

> 凡妓女之最有名者，如林黛玉、金小寶之類，必一一識其面貌，彼不識我則可，我不識彼則不可。遇禮拜日與人循行馬路，俟馬車過乃指之曰：「此某某也，此某某也。」有不識者則曰：「此無名小卒也。」置諸不議不論之列之列可耳。〔註105〕

這則文章是出現在「滑頭新語」專欄，文章標題爲〈滑頭必讀　續稿〉（所謂「滑頭」指的是給上海的輕浮之輩，專門騙吃騙喝、無所事事之人），內容是說上海最著名的妓女莫過於四大金剛，像是林黛玉、金小寶等人必須要一一認識其面貌，這樣才能在他人面前炫耀自己認識某某名妓，顯示自己在風月場中是頗有份量的常客，遇到不認識的妓女則說這是無名小卒，一方面標榜自己的身份品味，一方面得以欺騙不知實情的人。由上述可知，滑頭能夠用自己結交上海名妓做爲交際矇騙人的手段，可以推想上海妓女在晚清已經成爲大眾渴望瞭解、窺探的對象，特別是《世界繁華報》中專寫一些與妓女相關的遊戲文字，正是小報媒體在扮演將妓女、青樓文化推向大眾的決定性角色。

第三節　《游戲報》的妓女小傳與報導之間的妓女形象

晚清小報也能反映文人在社會的處境與心態，在晚清時期小報編者大都是失意的科場文人，他們在上海討生活，不得不自食其力，成爲中國最早的職業文人，而小報的風格與內容多以嬉笑怒罵的遊戲文章諷刺時政，或以駢體散文消愁解悶，或以「新聞報導」捧優玩妓〔註106〕，這些看似遊戲的文字

〔註104〕〈新到金鋼鑽批發不二價〉廣告說：「外洋新到金剛鑽其價自二、三千元至一、二百元不等。」可見鑽石價格之昂貴。（《世界繁華報》，1903年10月22日，第904號。）

〔註105〕〈滑頭必讀　續稿〉，《世界繁華報》，1901年10月5日，第182號。

〔註106〕李楠：《晚清、民國時期上海小報研究——一種綜合的文化文學考察(插圖本)》（北京：人民文學出版社，2006年），頁42。

其實都反映著晚清文人的無奈情緒〔註107〕。因此，除了前文以《游戲報》的
商業意識爲出發點的討論，筆者另一個想關注的重點則是文人的書寫心態，
這些報業文人、洋場才子是如何看待上海的妓女？《游戲報》中爲妓女作傳
可說是常見之事，這些層出不窮的捧妓文章，必然帶給妓女名譽上、生意上
的雙重利益，文人們的書寫策略爲何？這些以妓女爲主體的報導文章其新聞
性、眞實性又該怎樣判斷？上海妓女們如何展現自我於大眾的公共／報刊空
間？值得注意的是，小報多半紀錄妓女的行動或事件，但卻由文人專斷敘述，
因而令筆者感到好奇，欲通過各種相關妓女報導剖析其眞實性，並希望能進
一步探索其隱含的文人書寫意識。

一、妓女小傳書寫

《游戲報》中除了有大量歌詠妓女的「荐函」外，妓女小傳亦是小報中
時常出現的文章〔註108〕。而李伯元也曾自述其有意爲妓女寫小傳：

> 中尚仁里高桂生校書圭姿綽約，顧盼生情，於流利中時露天眞，絕
> 無矯揉造作之習。游戲主人耳其名久矣。昨有友招飲於其妝閣，始
> 獲一覩芳姿。……太和豐顧寓，即小顧蘭蓀，貌柔媚，而性極瀟洒，
> 尊邊呢語，尤覺一往情深，其生平事蹟甚繁，容他日再爲另構一小
> 傳也。〔註109〕

這一則報導一方面提供妓女的蹤跡動向，一方面也用略筆寫出妓女形貌、性
格，最特別的是說小顧蘭蓀「生平事蹟甚繁，容他日再爲另構一小傳也」，似
乎表示爲妓女作傳是身爲編報者不得不做的傳播任務，限於篇幅不足此刻無
法多著筆墨，只能容日後再述，但其暫時的留白也給予讀者更多嚮往空間。
並且，小傳文章篇幅比一般的報導要長（並且擺在報紙最顯眼的地方，可以
說是當時的頭條新聞），因此對妓女的生平也有了更仔細的描述，而這些小傳
的撰寫者多半是出自護花者的角度。例如〈林小紅傳〉：

〔註107〕讀者橫山舊主在〈詠游戲報〉亦云：「游戲報創辦迄今幾三閱寒暑矣，主人借
　　　　嬉笑怒罵之文，發憂世嫉俗之意，軫結鬱露，而不能自己者，蓋亦傷心人別
　　　　有懷抱。」（見《游戲報》，1897 年 8 月 17 日，第 55 號）。
〔註108〕爲妓女作傳，向來是文人視爲風雅之事，是延續唐代《北里志》、《教坊記》
　　　　以降，至明清青樓傳記的漫長傳統。關於文人的青樓書寫，可參見毛文芳：〈青
　　　　樓：遊戲、品鑑、權力論述〉，收入氏著：《物・性別・觀看——明末清初文
　　　　化書寫新探》（台北，學生書局，2001 年），頁 377～397。
〔註109〕〈尋芳日記〉，《游戲報》，1899 年 4 月 7 日，第 638 號。

> 小久安里林小紅詞史名逸，姑蘇臺畔人也。幼失怙，依姨氏度日，
> 姨氏愛之如掌珠。性沈默，不輕言笑，長則尤甚，而喜與倜儻文秀
> 之士爇香煮茗，作娓娓清談，言及幼年身世顚離之苦，恆悲泣終夕，
> 憤不欲生。〔註110〕

首述「小久安里」點出妓女的歸屬地，亦是提供尋芳客按圖索驥的重要線索，接著說明妓女自幼失怙，與姨親相依爲命，因有不得已苦衷不幸淪落風塵，當與文士談到自己落難多舛的命運時，甚至會悲泣到不欲生的程度。然後，撰寫者開始將林小紅的形象一一勾繪出來，說她「身長肩削，婷婷玉立」，有雙纖細的小腳「蓮瓣纖仄不盈握，尤爲花叢之冠」，甚至對其生活喜好也做一番觀察「喜著淡色衣，有潔癖，房中所設几榻光可鑑人」，給人高潔、不可褻玩的形象，再根據撰寫者的親身經驗「嘗見其穿淡羅衫，繫百褶裙，瘦腰束，素攬鏡」，該妓顯露的神情氣韻竟是「自視有凌波微步，迴風却塵之致」，這種孤傲高潔的形象與前文的「性沈默，不輕言笑，長則尤甚」相互呼應。由這一段的描述，讀者大概對林小紅的身世顚離會產生一種悲憫與同情，特別是林小紅不幸淪落風塵，卻潔身自好的模樣似乎正是傾倒眾多尋芳客的主因，這一點可由讀者的回應看出。

此篇小傳的刊登立即引起讀者來函，署名爲省盦主人的讀者即寫了「七絕十首」要贈與林小紅，並將自己讀〈林小紅傳〉的感想娓娓道來：

> 讀本月初六日。貴報載有林小紅詞史傳。繪聲微色。委婉周到。將
> 詞史心事曲曲傳出。纖悉必達。讀之終篇。若眞與詞史爇香煮茗，
> 作娓娓清談者，令人思慕不止。僕與詞史亦嫺熟有年。故益信此傳
> 之寫詞史，爲眞切不浮。非作阿好之談也。〔註111〕

省盦主人認爲該篇小傳確實寫出了林小紅的心事，讀完終篇，不禁產生了思慕與嚮往，並指出自己與林小紅熟識多年，更相信這篇小傳的可信度，認爲小傳已經毫釐不差地將該妓的氣質風度勾繪出來，末了還自謙寫的十首詠贊林小紅的七絕詩，只是「聊以自遣悶懷用，供眾噱云耳」，純粹自娛娛人，那麼究竟讀者特地來函的用意爲何呢？即是「爲眞切不浮，非作阿好之談也」二句，要肯定該小傳絕非虛構的這些文字才是讀者省盦主人所要傳達的旨意。

〔註110〕〈林小紅傳〉，《游戲報》，1898 年 9 月 21 日，第 448 號。
〔註111〕〈贈小久里林小紅詞史七絕十首〉，《游戲報》，1898 年 9 月 22 日，第 449 號。

　　不到一星期的時間，省盦主人再度來函，這一次他則是與另一為署名春盧主人的讀者作了一番意見交流：

> 讀春盧主人贈詞史詩，莫將珠幕捲花，弱不禁風之句，將詞史之秀骨姍姍，凌波微步，一種嬌弱柔媚之態，已曲曲傳出。即春盧著意體貼憐愛倍至，一往情深，亦隱□於楮墨間見之。〔註112〕

原來春盧主人亦寫贈林小紅的詩作，將其一副弱不禁風、楚楚可憐的嬌態模樣細細刻畫，得到了省盦主人的稱許。而省盦主人則接著表達對該妓內在高潔的讚嘆，說林小紅性情「為人柔婉，生性閑靜」，但卻因「重以少小失怙，倍受身世顛離之感」，自此悲愁不已，幸而「愛好天然，身無俗骨」，潔身自愛，不願爭名奪利，亦「不屑屑與時世爭妍孋得失之榮」，對競豔比美之事絲毫不感興趣。

　　另有一篇〈記校書劉小蘭〉〔註113〕亦是採取相同的敘述策略，作者署名「鄘齋」：說劉小蘭「世務農，有田千頃，頗稱小康」，但因其父遊蕩，「不復治生業」，從此家道中落，將其送至煙花之地。經過時間的流逝，「及長嬝娜輕盈，姿明態雅，天然愛好，神仙不殊」，憑藉著姿色過人，「於是駕扁舟泛秦淮，豔幟初張，香名大噪一時」。然而，其性情卻與一般妓女不同，說她彈琴「一曲既終，便低首俯視，不苟笑言」，儘管如此「其沉靜之致，能令人對之，竟日不倦」，就連「輕薄少年偶與相值，往往不敢作平視，或坐未定，輒求去」，由此來凸顯劉小蘭品格之高。亦在該文章中進一步論述自己評花的次序：

> 吾嘗謂評花當以品為貴，藝次之，色為輕，十年來徵逐歡場，輒持此為宗旨。夫世界中所謂妓者，不知幾千萬人矣，求如小蘭之兼斯三者而有之，詎亦覯哉。

看來文人的品鑑根據在於妓女的高潔品格，而外在的美色反而是較為次要，這一點甚至也反映在選舉「葉榜」〔註114〕上面，己亥屆葉榜第二甲第一為薛寶釵：評語為「色妙藝佳，工酬善飲，名花小謫，卓爾不群」〔註115〕。雖然

〔註112〕〈贈小久里林小紅詞史七絕十首〉，《游戲報》，1898年9月28日，第455號。

〔註113〕〈記校書劉小蘭〉，《游戲報》，1899年5月6日，第667號。

〔註114〕妓女既為花，她們的侍女也就是葉，若無綠葉相扶則無花朵之豔，所以既開「花榜」，也就得開「葉榜」。「葉榜」是在高級妓女的侍女中選舉出色者。參見王學鈞〈李伯元的「豔榜三科」——佚文與傳記〉，頁178。

〔註115〕〈淞濱葉榜〉，《游戲報》，1899年5月24日，第685號。

薛寶釵的名次並非最突出的一位，但是李伯元曾寫〈書本報紀薛寶釵薦函後〉，試圖解釋其舉辦「葉榜」的弦外之音：

> 人生在天地間，不可必者遇也。……妓遇之不幸也，既爲妓矣。
> 而又飄泊風塵生涯，冷落不逢知己，終身墮溷，遇之更不幸也。
> 然而志可嘉也，或高自期許，不與俗伍，或潔身自愛，羞逐污流，
> 於是其遇益窮，其志亦堅，而其節乃益著。……本報於選花之外，
> 更爲題葉，雖屬游戲之舉，仍寓勸懲之意。平康之中其遇皆可悲
> 也，欲求志之可嘉節之可欽者，往往難之，然甚願合滬江之所謂
> 花者，所謂葉者，於未經飄泊之先爲之一一品題，以勵其志而勉
> 其節焉。〔註116〕

由此可知，薛寶釵亦是一位誤入煙花的女子，李伯元則以「志可嘉也，或高自期許，不與俗伍，或潔身自愛，羞逐污流」等文字述說她身處濁流、淤泥之中依舊孤高自賞、不流於俗的品格，因而最終獲得「名花小謫，卓爾不群」的批語。李伯元並在文中肯定「葉榜」雖屬遊戲之舉，卻也是別有寓意，須由讀者自行領會；其實要「勵其志而勉其節」就是惜才的同情心理，在〈擬出大姐花榜說〉中亦有相同的論述：

> 天之生才，不擇地而施也。何地無才，何才而無掩沒之憾。自天下
> 以資格求才也，而才爲之一厄。……終阻於資格，深山窮谷，歎歔
> 咨嗟，皓首沒齒者，可勝數哉。況不幸而爲女，又不幸爲妓，又不
> 幸爲侍妓之人。……自客觀之，則所謂先生者爲尊稱，所謂大姐者
> 爲賤呼，而自彼中人觀之，則爲先生、爲大姐，無尊之非卑，無卑
> 之非尊也。……是亦游戲主人憐才若命之心，迫而出之也。〔註117〕

有才華卻礙於身份資格而不被重用，這對文人來說是常見之事，並且晚清的這批報業文人多半是科舉失意的文人，必須藉由編報自食其力，處境也顯得特別落魄，對於身份卑微的「侍妓之人」自然有了一份同情心，而無看輕之意，反覺得有種「憐才若命」的使命，是以援花榜之例，首次爲侍女開了葉榜。仔細閱讀上面兩段引文會發現，李伯元顯然有意在游賞間將知遇寄情，但無論是「士爲知己則死」的知遇論述，或是潔身自好、桀傲不屈等情操把持，都是以往被政治場域拋離的邊緣文人所必須面臨的問題，而逐漸成爲歷

〔註116〕 〈書本報紀薛寶釵薦函後〉，《游戲報》，1899 年 4 月 18 日，第 649 號。
〔註117〕 〈擬出大姐花榜說〉，《游戲報》，1897 年 11 月 10 日，第 140 號。

代文人們生命中的重要環節。將這流傳已久的文人形象重新複製／塑造在同樣風塵淪落的妓女身上，二者形象產生了疊合，文人寫妓女的同時似乎也是在述說自己不得志的悲苦境遇，進而產生了「同是天涯淪落人」的感受，並將此情感投射於妓女小傳之中，才會特別重視妓女的淪落遭遇，與其品格、操守的把持。

如上所述，妓女小傳在《游戲報》是經常出現的篇目〔註118〕，撰寫者通常採取悲憫的角度看待女主角的落難身世，甚至有形塑妓女擁有高潔品格的意味。此外，作者在同情煙花之遭遇的同時，亦不免提及妓女的姿色，將妓女形貌細細勾勒，如「小顧蘭蓀，貌柔媚，而性極瀟灑，尊邊呢語，尤覺一往情深」；林小紅的「身長肩削，婷婷玉立，蓮瓣纖仄不盈握，尤爲花叢之冠」；劉小蘭的「嫋娜輕盈，姿明態雅」，皆是提供尋芳客擬想佳人神韻面容，由此可以發現文人寫作妓女小傳的心態通常站在憐憫與愛賞二個角度。

二、妓女新聞報導

小報多半報導或紀錄妓女的行動與事件，但發聲權卻由男性文人壟斷，筆者審視眾多相關妓女的新聞報導後，發現其與妓女小傳所呈現形象大不相同，潔身自愛、不願爭名奪利並非是妓女的唯一典型，在這些極具時效性的報導中反而多了幾分競爭意味，更能顯現出十九世紀末上海妓女的「各張豔幟」形象。例如1899年的上海春賽第一誌：

> 每屆賽馬滬北各著名校書無不駕言出游，彼此爭勝。此三日內，每

〔註118〕除了本文引出的〈林小紅傳〉、〈記校書劉小蘭〉外，還有〈江船女子檀香小傳〉（1897年9月12日，第81號）、〈珠江兩錄事合傳〉（1897年9月16日，第85號）、〈珠江錄事張嬌小傳〉（1897年9月30日，第99號）、〈某歌姬小傳〉（1897年10月3日，第102號）、〈凌□□校書小傳〉（1897年10月6日，第105號）、〈謝添香小傳〉（1897年10月27日，第126號）、〈楊月琴詞史傳〉（1897年10月30日，第129號）、〈金小寶傳〉（1897年11月18日，第148號）等小傳。經筆者閱後，發現雖然各妓女遭遇略有不同，但無論是敘述策略，或是背後透露的知遇情懷皆很類似。並在花榜丁酉屬花榜結束後，於1897年9月7日至1897年9月29日陸續有刊登〈徵刻名花小傳〉告白，內容爲：「本屆花榜早經選定，蒙諸君子賜以序言題詠，漸已成帙，茲擬集爲一知名曰《春江花史》，然須仿照海上羣芳譜，舊例每人列一小傳，惟望青衫韻客、白袷才人各舉所編錄其梗概，函送本報，集纂成書，非特本主人得叨珠玉之光，即海上羣芳亦所深幸也。」然，《春江花史》筆者尚未得見此書。不過1897年11月8日、9日兩日的〈來書總覆〉，則有部分小傳篇目。

> 妓馬車一部需價自三十元至二十元不等。而馬夫尤必衣以新式號衣
> 以相爭賽。〔註119〕

在上海的英租界地區,英人將賽馬風潮帶入租界中,其時賽馬會即將展開前
會有數十天的廣告,直到賽馬當天也有相關的報導,當然對妓女來說觀賽馬
並不是那麼重要,在賽馬場上爭奇鬥豔才是重點。馬車是妓女必備的交通工
具〔註120〕,招搖過市已不足為奇,連馬夫也「尤必衣以新式號衣以相爭賽」,
都要仔細打點一番。在上海春賽第三誌報導中,更是將名妓穿著打扮描繪出
來:

> 每屆賽馬游人最盛,非觀賽馬也,觀人耳;非觀他人也,觀倌人耳。
> 而各倌人亦莫不靚妝豔服,日換一新,以炫耀游客之目,故標其目
> 賽人,茲將昨日所見列下　林黛玉銀紅珠邊衫　陸蘭芬灰色白梅花
> 點珠邊衫　金小寶銀紅珠邊衫　張書玉灰色白花珠邊衫……亦至張
> 園啜茗,珠圍翠繞,鬢影衣香,幾令觀者目迷五色云。〔註121〕

在這些報導賽馬的新聞中,賽倌人反而成了重頭戲,她們可以乘馬車,興致
一來也能遊張園〔註122〕。張園是上海妓女爭奇鬥勝、大出風頭的地方。每至
斜日將西,遊人麇至,青樓中人,均呼姨挈妹而來。在九十年代日必一至的
為名妓陸蘭芬、林黛玉、金小寶、張書玉四人,李伯元稱她們為四大金剛。〔註

〔註119〕〈綺陌生輝〉,《游戲報》,1899年5月3日,第664號。

〔註120〕關於上海妓女與馬車的介紹可參看羅崗:〈性別移動與上海流動空間的建構:
從《海上花列傳》中的馬車談開去〉,(《華東師大學報》2003年第1期),頁
89~97。

〔註121〕〈賽人〉,《游戲報》,1899年5月5日,第666號。

〔註122〕上海張園,是中國清朝末年上海最大的市民公共活動場所,被譽為「近代中
國第一公共空間」。張園位於今南京西路以南,石門一路以西的泰興路南端,
其地本為農田,1878年由英國商人格龍營造為園。1882年8月16日,中國
商人張叔和自和記洋行手中購得此園,總面積21畝,起名為「張氏味蓴園」,
簡稱張園。

〔註123〕〈擬舉上海嫖客四大金剛說〉,《游戲報》,1899年7月15日,第737號。
該文云:「本報既於丁酉秋冬之交紀游張園四大金剛一則在當時不過偶然游戲
藉以標目,不料風會所趨,播為美談,林、陸、金、張四校書之名,幾於婦
孺皆知,而四校書之聲價亦增十倍,亦可見本報風行,而好事附會者多矣。」
又〈金剛不作〉一則:「以金剛名妓祇一時取譬,并非美號,然以金剛為極爛
污之稱,亦屬儈父之見,游戲主人無是言也。」(《游戲報》,1899年6月25
日,第717號),可見李伯元對於「四大金剛」的稱呼是保持中立態度,既非
美譽,亦非污爛之稱。

123〕四大金剛可說是上海最著名的四位妓女，她們的所佔的新聞數量也遠比其他妓女多。

然而，弔詭的是四大金剛雖被視爲極具盛名的名妓，但撰寫報導者卻未必是站在護花者的態度，有時倒是調侃的語氣多了幾分，如〈肥瘠不勻〉〔註124〕一則，先說林黛玉、陸蘭芬兩校書同爲滬北諸名花之冠，兩人善於養顏美容，「然林豐容盛鬋，體碩而腴；陸則憔悴容顏，瘦骨盈把」，進而詢問二人發現其補養之法皆亦相類，「辛乃一肥一瘠，判若天淵」，撰者最後只好說「此其理殊解人難索，願與格物家共商之」，以「格物」二字爲稱足見其遊戲之筆墨，像是這類的調侃話語用在四大金剛身上，在《游戲報》是多見的。

另外，上海名妓們也會爭風吃醋，甚至到揮拳相向的地步：

> 昨晚本報已定稿，忽傳陸蘭芬、金小寶兩人在金谷春打架，一則略受微傷，一則珠花脫落，非尋常相爭可比，至□何□鬶及詳細情形，明日補錄。〔註125〕

由於當天報紙已經定稿，但是金剛打架非比尋常，李伯元還是先做了預告，果然隔天就以較大篇幅報導陸蘭芬、金小寶兩人打架的種種經過〔註126〕，然後在此事件發生的第三天《游戲報》上就出現了大篇幅的評論：

> 吾觀於陸蘭芬、金小寶兩校書互相爭毆一事，而知二人積不能平之心已非一日，亦本乎兩賢不並立之意。若區區以客人爭風目之，吾知非二人之初心也。林、陸、金、張素爲滬上花叢之領袖，其芳聲豔幟之卓卓，車馬服御之輝煌，固已事事競華，色色爭勝，不肯稍遜一籌。……此次狒焉，啓釁者蓄積已久，特借此爭風之事而一洩其憤不能平之氣，……不然如二人之歌舞生涯，盛極一時，門外車馬轍跡喧填，何必競競於一客，而授人笑柄，並致損失首飾釵環，價值數千金之鉅耶。〔註127〕

該篇評論雖未署名，但極有可能是出自李伯元之手，畢竟李伯元爲「四大金剛」起名，其又以花界盟主自居，勢必有調停的責任。此篇文章居於頭條，由文意來看陸蘭芬、金小寶二人爲了搶客人而大打出手的事件已經引起了文

〔註124〕〈肥瘠不勻〉，《游戲報》，1899 年 8 月 7 日，第 760 號。

〔註125〕〈金剛相打〉，《游戲報》，1899 年 5 月 14 日，第 675 號。

〔註126〕〈名妓揮拳〉，《游戲報》，1899 年 5 月 15 日，第 676 號。

〔註127〕〈書陸蘭芬金小寶爭毆事〉，《游戲報》，1899 年 5 月 17 日，第 678 號。

人不滿情緒，因而李伯元以一種規勸的口吻，示意二人應停止這場風波。在
事件發生的第六天又有署名惜紅院主人的讀者來稿：

> 本院主意切看花情殷護……茲聞爾等因小忿而頓棄前盟，挾私念而
> 互傷舊好，同此溫柔鄉裏烏用干戈，須知風月場中，豈容踩躪，速
> 遵此判，永棄前嫌，各返香巢……兩造咸遵，如敢抗違，定加鐵筆
> 之誅，削爾金剛之號，慎之此判。〔註128〕

其口吻較前一篇評論更爲嚴厲，題名「判」字就是要爲此事件做一了結。雖
然撰者前半部仍是說自己「看花情殷護」，不忍溫柔鄉裡大動干戈，希望陸蘭
芬、金小寶二妓重修舊好，沒想到話鋒一轉竟威脅說「兩造咸遵，如敢抗違，
定加鐵筆之誅，削爾金剛之號」，要二人好自爲之，謹慎考慮。如此動之以情、
脅之以力的大費周章，令人不禁懷疑難道妓女打架並非偶有之事？

原來在同年5月2日的報導中，即有二則可察端倪，一爲〈張書玉悲聲
大放〉：

> 訪事人報稱西薈芳妓女張書玉前晚於某處檯面上，不知緣何與大姐
> 名阿寶者，口角齟齬，大約因爭奪恩客起見，一時舌劍唇槍，各不
> 相下。……張妓不敢與較，只得痛哭流涕，以袖障面，匆匆登轎而
> 去。〔註129〕

該事件起因即是爭奪恩客，張書玉儘管名氣極高，但在口角相爭之時卻敗於
某妓侍女，不禁放聲痛哭；另一則爲〈文秀英悍性稍除〉：

> 昨有人投書本館云：滬上四馬路妓館林立，爭風吃醋，習爲常事。
> 東薈芳文秀英即□住西尚仁之林鳳寶，性情悍潑，喜做恩客。前晚
> 有某闊老在文處碰和，偶因口角，扭作一團。〔註130〕

此則報導一開始就說昨日已有讀者投書，認爲爭風吃醋是上海妓女間常有之
事。接著說文秀英就是個「性情悍潑」之人，偶有口角就鬧得天翻地覆。這
兩則新聞可以確定上海妓女吃醋揮拳的舉措已是文人關注的問題。又〈又見
揮拳〉一文：

> 祝如椿與林佩紅齟齬一節久誌前報，禮拜晚祝、林兩妓同在兆富里
> 某校書家侑觴覿面之餘，頓觸前事，已不覺怒形於色，始則語含譏

〔註128〕〈名妓揮拳判〉，《游戲報》，1899年5月20日，第681號。

〔註129〕〈張書玉悲聲大放〉，《游戲報》，1899年5月2日，第663號。

〔註130〕〈文秀英悍性稍除〉，《游戲報》，1899年5月2日，第663號。

刺，繼則肆口謾罵，終乃舉手相搏。一霎那間錦簇花團、釵飛鬢亂，
座中係如椿熟客，如椿又力大如牛，以致佩紅寡不敵眾、弱不禦
強。……聞佩紅傷痕甚重，自回院後，至今未曾出局，聲言一俟傷
勢平復，誓不與之干休云云。以後如何容再行訪錄。〔註131〕

祝如椿於丁酉花榜取得探花的頭銜，在《游戲報》也是位頗有聲望的名妓，
然而其與妓女林佩紅積怨頗深，大庭廣眾下便舉手相搏，受傷一方也不甘罷
休，似乎預告還有下一場相鬥場面。由此看來，撰者的描述是建立在真實的
事件上，但在「一霎那間錦簇花團、釵飛鬢亂」、「如椿又力大如牛」等句的
筆墨用詞上卻不免有添醋渲染的成分，令人讀之可笑。並且，撰者更進一步
論述對妓女互毆的看法：

按自四月內陸、金兩校書互相搏擊，抓破面皮，曾幾何時，祝、林
又蹈其故轍，而前數日陳寓與蘭芬口角，又欲助翁梅倩痛毆蘭芬。
何海上諸妓之勤習於武耶？且悉出於盛名，鼎鼎之人，此其故尤不
可解，紛香脂膩，韻事無存，愛花者，既愁焉為之隱憂，而尤不能
不為諸姬惜也。〔註132〕

這段文字再度證實妓女的相爭的風氣已經浮上檯面，引起撰者困惑「何海上
諸妓之勤習於武耶」？而且這些互相揮拳的妓女也出自盛名，不顧形象的吃
醋撒潑行徑令文人感到不可思議。當妓女打鬥習以為常，隨之而來的則是一
連串諷刺妓女打鬥的文章，如〈打彈子名妓爭雄〉〔註133〕謂近日妓女遊張園
喜以打彈為樂，一時極為盛行，其中某金剛尤為擅長此道，卻被說是「勤於
習武，以之驅策從軍」，或許可以像花木蘭、梁夫人之輩得成奇蹟，但緊接著
又諷刺若真將妓女送上戰場，恐怕只是勇於私鬥未必能贏得勝利，其調侃、
揶揄的意味極為濃厚，甚至有大開「武榜」之笑談：

本館今年不開花榜，海內人士望眼欲穿。昨有京友貽書游戲主人謂
主人以人才難得，故不開榜，然近日花叢多以用武為事，宜大開武

〔註131〕〈又見揮拳〉，《游戲報》，1899 年 8 月 10 日，第 763 號。
〔註132〕〈又見揮拳〉，《游戲報》，1899 年 8 月 10 日，第 763 號。
〔註133〕〈打彈子名妓爭雄〉，《游戲報》，1899 年 8 月 31 日，第 784 號。
　　　　文中提及：「蹴踘、秋千、拋球、打彈此皆男子游藝之事，非婦女所為也。乃
　　　　近日倌人之遊張園者打彈一風，一時極盛，其中尤以某金剛為熟手，玉臂一
　　　　伸，金丸四射，狎客觀者密若堵墻……特恐其勇於私鬥，怯於公戰，以之禦
　　　　敵，復蹈中東一段庸將疲兵之故轍也」云云。

榜，專以打架詈罵以及吃醋之尤，分班考取，實事求是，不猶勝於
上屆之武榜耶。區區改科舉之心，幸蒙賜采云云。按近來滬妓動輒
毆打，固為花叢變相風雅淪胥，極盛難繼，宜京友之嘖有煩言而異
想天開也。〔註134〕

李伯元之前已有開花榜之先例，引起一陣搶購熱潮，然而這次因「人才難得，
故不開榜」，讓許多讀者望眼欲穿，殷切期盼。而遠在北京的讀者看到妓女互
毆破壞形象之事，則打算讓妓女們「專以打架詈罵以及吃醋之尤，分班考取，
實事求是」，如此一來，說不定猶勝去年之武榜，末了還說希望這個選舉方式，
能夠為李伯元採納。李伯元則回應說上海妓女動輒毆打的行徑已使風雅淪
落，難怪有讀者會有此異想天開。

由此可見，小報實際報導妓女的新聞，呈現的是上海妓女爭風吃醋、互
不相讓的一面，與妓女小傳呈現的清高形象大不相同，並且在《游戲報》中
文人為妓女作傳通常該妓名氣未必最高，而有濃厚的捧妓意味；另一方面，
富有盛名的「四大金剛」雖有大量的新聞報導，然其挪揄諷刺的口吻，讓人
不禁懷疑這是否能稱得上捧妓文章？關於文人這兩種截然不同的書寫心態，
下文將繼續探討。

三、遊戲與權力的雙重進行

如上所述，除了妓女互毆打鬥之事為文人所不滿，對於妓女夜遊滋事文
人甚至想出懲治之法，認為應與流氓滋事同辦，加以嚴懲。〔註135〕然而，
事實上在晚清時期上海妓女的行動力已不可同日而語，不是文人們能輕易掌
控，她們的行動空間遠比較早期的明清妓女更為活躍，之前提到的已有：觀
賽馬出遊、到張園品茗、乘馬車招搖過街等等行為，表示了上海妓女於公共

〔註134〕〈武榜改章〉，《游戲報》，1899 年 8 月 31 日，第 784 號。
　　　　花榜相當於科舉制度中的「文榜」。之後，李伯元又接著開「武榜」，而所謂
　　　　武榜，也就是在藝妓中選舉技藝出色者。然而，這篇〈武榜改章〉指的則是
　　　　妓女互毆動武之「武榜」。

〔註135〕〈論妓女夜遊滋事當照流氓滋事同律懲辦〉，《游戲報》，1899 年 8 月 17 日，
　　　　第 770 號。
　　　　該文提到：「嗚呼！滬上妓習之壞，至今日極矣。偎紅倚翠之鄉非用武之地也，
　　　　游目騁懷之所非角力之場也。……滬妓入夏競作夜游，燈明若星，馬疾於電，
　　　　相馳騁於張、愚兩園中者，蓋日以數百計……。」這段敘述可以看出文人對
　　　　妓女過度放縱、鬥勝之作為所產生的不滿情緒。

空間已享有較高的自主權，並且上海妓業的發達意味著妓女不再特別需要仰賴文人，即可賺取財富，彼此的買賣關係更爲明確，商業的色彩濃厚。〔註136〕並且，當時的上海妓女在租界社會並沒有因本身的職業而受到大眾排斥，她們可以按照一般市民的生活方式生活，享受市民生活中應有的樂趣和時髦。〔註137〕

這對晚清文人而言，自然是一種政治與現實的雙重失落，以致對於妓女的書寫產生自我矛盾的窘況。在《游戲報》中，文人們不止一次地述說上海妓女的醜態，認爲她們的格調低俗：

> 滬上長三書寓雖有一千餘人，大半庸脂俗粉，可稱絕色者實尠。
> 〔註138〕

長三書寓範圍即已限定於高級妓女，儘管是高級妓女，卻也不比晚明時期的秦淮名妓出眾，表示了文人面對現實的失落感。〔註139〕或有更爲誇張的筆墨來醜化妓女：

> 滬上爲烟花淵藪，小東門外與蘭芳里等處，向晚各煙妓羅列門前塗脂抹粉，大半野叉變相，一經西風燥之、秋陽暴之，面間粉即班駁落下，黑白繽紛如京劇所演探親相罵，面上塗小粉將火烘乾，一經大笑必片片如殘葉落地也。〔註140〕

妓女擦脂抹粉的舉動，竟被描寫成「野叉變相」，又稱妓女脂粉的斑駁落下、片片如殘葉，則是嘲笑妓女塗粉過厚，如此難看的場面令人莞爾。還有取笑〈校書綽號〉之另類文章：

> 滬妓綽號棺材板、鐵梗海棠、倒扦楊柳、外國馬等名目繁多，亦指

〔註136〕 李長莉指出以往舊式妓業，雖然妓女與客人之間也主要是買賣關係，但接待客人是以文化素質較高的文士紳商爲主，妓女與客人間推崇重情，以單純買賣關係爲恥；而這時期的上海妓館來往客人雖也有少數文士，但主要顧客已是商賈，以及販夫僕役等下層人。見氏著：《晚清上海社會的變遷——生活與倫理的近代化》（天津：天津出版社，2002年），頁329。

〔註137〕 馬陵合著：〈流民與上海租界社會〉，收入汪暉、余國良編：《上海：城市、社會與文化》，頁52。

〔註138〕 〈軋拼頭定價錢〉，《游戲報》，1899年4月19日，第650號。

〔註139〕 葉凱蒂：〈文化記憶的負擔——晚清上海文人對晚明理想的建構〉一文，曾以王韜爲例探討晚清文人對晚明秦淮妓女的緬懷與追憶，及其深層意涵。該文收入陳平原、王德威、商偉編：《晚清與晚明：歷史傳承與文化創新》（武漢：湖北教育出版社，2002年），頁53～63。

〔註140〕 〈抹粉〉，《游戲報》，1897年8月15日，第53號。

不勝屈。茲聞又有臭豆腐乾、扦腳刀、老虎絨毯之稱，不倫不類，刻薄無比，在作俑者亦必有命意，當訪明以上諸人實在姓名，續錄供覽。〔註 141〕

這類不倫不類的綽號連主筆者都覺得刻薄無比，卻亦想要一一訪明諸人的真實姓名，擇期另當公布。儘管這類北里趣談足以引逗讀者的窺探樂趣，增加小報的銷售量，但畢竟涉及到妓女不為人知的另一面，這對高級妓女來說無疑是一種完美形象的破壞。然而，這樣以調侃妓女為樂的文章在《游戲報》中處處可見，實在與妓女小傳中文人的護花心態格格不入，令人察覺文人的書寫心態並不只是在憐憫、愛賞兩個角度之間出發，反而有相當程度的嘲諷意味。

特別是，妓女小傳也有過度美化妓女的可能性，即如余懷《板橋雜記》中提到秦淮妓女：「妓家各分門戶，爭妍獻媚，鬥勝誇奇」〔註 142〕，其中也不避諱妓女爭較美色的敘述，而實際上競逞豔名很可能是一般妓院皆有的情況。然而，《游戲報》的妓女小傳書寫卻以高潔為尚，這種形容就算非溢美之辭，也少見於晚清文人對於上海妓女的新聞報導。正如葉凱蒂（Catherine Vance Yeh）教授談到的新聞報紙的特點在於反映「真實」，而妓女通過報紙的報導，形象極不可愛，並進一步指出《游戲報》所反映的文人心態：

> 這些美化，冷諷，緬懷，自相矛盾的態度，是洋場才子對自己在上海處境的複雜的反映。他們需要理想典範作為自我認識的基礎，同時因為明白現實與這理想之間的差距，又以報導「實事」，加以瓦解。
>
> 〔註 143〕

正因為新聞報紙的特性應在於呈現事件的「真實」，若真實性不夠可靠那就失去新聞的意義，只能成為虛構的小說故事，或是街頭巷談。因此，可以想見妓女的報導遠比妓女小傳的書寫來得可靠，並且在這些具有時效性，又是當地所發生的事件，若報導的虛構成份太高是容易被識破的。

當然編報者採取的角度，亦會影響報導的真實程度，晚清文人既是緬懷秦淮名妓的風月時代，卻又實際身處在新興的上海都市歡場裡生活，使得文

〔註 141〕〈校書綽號〉，《游戲報》，1900 年 10 月 31 日，第 1198 號。
〔註 142〕余懷：《板橋雜記》，收入《香豔叢書》（台北市：古亭出版，1969 年影印本），頁 180。
〔註 143〕引自葉凱蒂：〈文化記憶的負擔——晚清上海文人對晚明理想的建構〉，收入陳平原、王德威、商偉編：《晚清與晚明：歷史傳承與文化創新》，頁 53～63。

人面對妓女的心態十分的矛盾，除了美化、冷諷、緬懷妓女外，亦有對妓女產生失望與痛恨情緒，例如〈海上冶遊自懺文〉就明白說道：「尋花問柳，始逢場而作戲，繼久假而不歸，雀自投羅，魚來吞餌，不惜千金擲去，聊作纏頭，那知半面逢時已經失足」〔註144〕，正是在述說縱情歡場的下場總非善終，而被妓女玩弄感情之事亦是層出不窮，又如〈校書無情〉〔註145〕一文，即談到姑蘇高小寶校書與某公子相遇之事，「初校書本沒沒無聞，自得遇公子，其名始彰」，從此門庭若市、車馬盈門，因此公子深得校書愛戴，豈料「自公子允與贖身即付定洋數百金，不料校書陡然心變」，又於公子懷中攫取洋票五百元，棄之而去，某日兩人再次偶遇「校書頭戴珠花、身穿錦服，無非公子所給」，卻眼見公子，竟無愧態，向自覺得顧盼自榮，最後撰者不禁感嘆「嗚呼！該妓者是真不恤人言矣，特錄之以昭勸誡」，要以此則文章告誡冶遊者歡場之情未必為真情，以及暗諷妓女眼底只有利益，毫無感情。由此可見，這類文章固然是以勸誡為出發點，但其實也間接影響到了妓女的形象，同樣是妓女一樣在《游戲報》就可能遭受到不同的待遇：捧妓的妓女小傳可能令該妓聲價十倍，門庭若市；指責妓女的文章卻可能令該妓再次生意冷落，無人聞問。〔註146〕這麼一來，文人於小報中對妓女的大量書寫與報導正是在重構妓女形象，也就是說妓女的形象是由文人所辦的小報決定的，而文人所掌控的媒體逐漸演變成為妓女形象的左右者。

經過一段時間，上海妓女也開始清楚地意識到這一點，大約於《游戲報》創辦一年後，妓女有在小報中刊登廣告，藉此招攬生意；或是金小桃因受人污衊心有不甘所寫的澄清告白，署名即為「公陽里金小桃告白」〔註147〕；遇

〔註144〕〈海上冶遊自懺文〉，《游戲報》，1899年8月7日，第760號。

〔註145〕〈校書無情〉，《游戲報》，1899年4月8日，第639號。

〔註146〕由於妓女生意的好轉與沒落，留下的實際證據並不明顯，多數是由推測得知《游戲報》仍有一定影響力，例如可以從〈語燕新巢〉：「中秋節後北里羣艷紛紛調頭，飛檄召花，每多糾錯。中尚仁顧寓顧蓮生校書長身玉立，品格逌麗，見者無不傾倒。……從此枇杷門巷馬如遊龍，車如流水，未妨崔護重來也。」（1899年10月7日，第464號）此則是報導妓女從原來的妓院轉到另一妓院中營業，希望尋芳者再次前往。〈更正芳名〉：「廿二日（陰曆）本報登語燕新巢一則，所志顧蘭蓀校書為手民悮作蓮生，合行更正。」（1898年10月11日，第468號）由此可以推測《游戲報》的報導應有實際的影響與需求，才必須特地進行改正妓女名稱。

〔註147〕〈污衊難甘〉，《游戲報》，1898年9月4日，第431號。

到難以公開之事，亦有代擬之文章，如：〈代某校書致皮條客人書〉〔註148〕，
為當事人保有適度的隱私空間。當上海妓女於此小報登廣告、發表告白，表
示這個空間已經受到大家的認同，雖然李伯元曾再三表示自己不干預花榜選
舉，但是《游戲報》的文章仍是多半出自李伯元之手，由前文的探討可以發
現「花榜狀元」的名聲固然響亮，可是《游戲報》中相關妓女的文字報導與
書寫，才是找出晚清文人建構妓女形象之最佳材料。或者可以進一步推論，
文人藉由小報重新取得主導權的優勢，而小報就是成為文人重建權力、維生
的方法〔註149〕，這些看似遊戲筆墨的文章，實則是文人建立自信與權力的途
徑，而妓女則期望仰賴小報這個傳播媒體，進行自我宣傳，讓自己聲名大噪，
換得更高的地位，在《游戲報》這個報紙公共空間裡，文人與妓女互有利害
關係，各取所需，由此形成一種微妙的供需關係。〔註150〕

〔註148〕〈代某校書致皮條客人書〉，《游戲報》，1899年4月27日，第658號。
之後，有回覆信為〈代皮條客人復某校書書〉，《游戲報》，1899年4月29日，
第660號。

〔註149〕晚清出現不少職業報人與職業小說家，李伯元也曾同時兼任小說雜誌或報
紙、書局的編輯工作，基本上需要賺取稿酬或銷售報紙才足以維生。

〔註150〕此觀點得自葉凱蒂教授於2007年10月12日政治大學演講時所受之啟發，該
講題為「上海消閒，印刷娛樂與小報」，特此說明。

第五章 《游戲報》、《世界繁華報》中的娛樂與日常生活〔註1〕

自 1843 年開埠以來，上海租界裡的商業日益蓬勃，經濟繁榮的盛況也讓上海在十九世紀末已經具備近代都市的雛形與規模。並且，在晚清最具影響力的第一大報——《申報》中所呈現的洋場風景，可以發現眾多西方物質文化的移入，包括服飾、飲食、居住、交通工具，以及工作、娛樂等等。這些西方新奇事物也造成了上海市民對生活方式的改變，例如：由於電力和煤氣的引進，使人們的活動從白天延伸到夜晚，為城市拓展了新的時空；對西方作息（七日一休息）的接受，更進一步促進了新式娛樂業的發展，因為有固定的時間可以去消閒、消費〔註2〕。而在《申報》上登載文人所創作的俚俗淺白的竹枝詞〔註3〕，以及圖像為主的《點石齋畫報》中，更可以看到報刊媒體對於西方物質、科技的引介，讓西方文明進入了市民的瑣碎生活，並對上海市民的娛樂方式產生了最實際的影響。

〔註1〕 本章初稿為〈趨新追奇——《游戲報》中的娛樂與日常生活〉，發表於《雲漢學刊》第 18 期（台南：成功大學中國文學系研究生學生會，2009 年 6 月，頁111～142），該文以《游戲報》為考察對象，因此《世界繁華報》則不在研究範圍之內。

〔註2〕 六勿山房主人〈申江雜詠百首・禮拜日〉：「不問公私禮拜虔，閒身齊趁冶遊天。雖然用意均勞逸，此日還多浪費錢。」由此可知時人對於禮拜日去休閒、消遣的感受，雖然要多花錢，但也促進了上海商業、娛樂業的繁榮。葛元煦：《滬遊雜記》（上海：上海古籍出版社，1989 年），頁 56。

〔註3〕 關於晚清竹枝詞的流行，可參看熊月之：《上海通史》第六卷（上海市：上海人民出版社，1999 年），頁 502～510。以及于佩靈：〈清末的上海圖景——竹枝詞的集體描繪〉，《中極學刊》第四輯（2004 年 12 月），頁 121～145。

近年來隨著報刊資料備受重視，許多研究學者對於探討西方物質文化的引入，多以早期的《上海新報》（1861）、《申報》（1872）、《點石齋畫報》（1884）等各種報刊資料〔註4〕，或是從文人的「滬遊筆記書」〔註5〕進行相關研究。然而，更接近二十世紀，且以娛樂事業為中心的小報，卻少有人進行梳理。1897年，李伯元（1867～1906）創辦《游戲報》有著指標性的意義，那意味著晚清報刊已經走向專門化、分類化的趨勢，在當時形形色色的報刊雜誌中，娛樂報紙的產生與風行、模仿〔註6〕，勢必將對上海的娛樂事業、娛樂文化場域帶來巨大的影響〔註7〕，就這一觀點來說，小報扮演著推動娛樂事業的角色，而這即是本文關切的重點之一。

此外，在甲午戰爭（1894）後，西方物質生活方式已經從不適應到適應了，這是因為西方的器物文化不斷輸入已經產生了不小的影響，加上清政府的洋務活動也開展了三十多年，上海市民對於外國事物已經見怪不怪了，於是接受西方生活，乃至接受西方文化的影響成了一部份人很自然的選擇，甚

〔註4〕 關於這類研究為數眾多，以下只舉列幾個代表性的學者。羅蘇文〈晚清公共租界的公共娛樂區〉，收入氏著《近代上海都市社會與生活》（北京：中華書局，2006年），頁71～92；瓦格納（Rudolf G. Wagner）著，徐百柯譯〈進入全球想像圖景：上海的《點石齋畫報》〉，《中國學術》第8輯（2001年11月），頁1～96；李孝悌〈上海近代城市文化中的傳統與現代（1880s～1930s）〉，收入氏著：《昨日到城市：近世中國的逸樂與宗教》（台北：聯經出版，2008年），頁313～363；李長莉：《中國人的生活方式：從傳統到近代》（成都：四川人民出版社，2008年），頁82～162、530～692。

〔註5〕 「滬遊筆記書」：如黃楙材《滬遊脞記》（1866）、王韜《瀛壖雜志》（1875）、葛元煦《滬遊雜記》（1876）、黃式權《淞南夢影錄》（1884）、鄒弢《春江燈市錄》（1884）、辰橋《申江百詠》（1887）、池志徵《滬遊夢影》（1893）等等。相關研究可參呂文翠：〈巴黎魅影的海上顯相——晚清「域外」小說與地方想像〉，《東華人文學報》第十期（2007年1月），頁233～260。

〔註6〕 晚清小說家吳趼人曾為李伯元作傳，說其：「創為《游戲報》，為我國報界闢一別裁，踵起而笑嚬者，無慮十數家，均望塵不及也。」（《月月小說》第一年第三號，1906年）可見當時銷售風行之盛況，以及《游戲報》成為日後小報發行者的模仿典型。如高太痴《消閒報》（1897）；吳趼人、孫玉聲《采風報》（1898）；吳趼人、李芋仙《寓言報》（1901）；孫玉聲《笑林報》（1901）等等皆是追隨《游戲報》而誕生。

〔註7〕 葉凱蒂（Catherine Vance Yeh），"Entertainment Press and Formation of a New Kind of "Cultural Field": 1896～1920s"（晚清民初的娛樂小報與新文化場域的建立），發表於「文化場域與教育視界——晚清——四〇年代國際學術研討會」（台北：台大中文所，2002年11月）。該論文勾勒出娛樂小報從1896年創始到1920年的轉變軌跡，進而探討小報與新文化場域之間的建構關係。

至開始有了崇洋的心理變化。〔註8〕隨著對西方事物的接受，而造成一股「趨新」的潮流，不單純滿足於洋貨、洋物，更習慣於追求新奇的西方事物，此時趨新追奇才是眞正的時髦與流行，也就是從「洋」到「新」的概念〔註9〕。而《游戲報》在此時所介紹、報導的煙火新聞、馬戲團表演，以及番菜館、腳踏車等信息，早在二十年前就已風靡上海〔註10〕，如今再次以它們作爲報導事件必須要有新奇之處，才能夠吸引讀者目光，而李伯元正是抓住了這個市民心理，在娛樂新聞的行文中處處可見「新」、「奇」二字充斥其間，因此，筆者認爲《游戲報》不只是體現著中西文化碰撞之後的融合情況，亦在無形之中展現了晚清另一面的現代性。

　　面對報刊這個新興的文化載體，它爲研究者提供當下的線索，筆者僅就《游戲報》中與西方事物相關的娛樂新聞作一探討，擬先討論這兩份娛樂小報中與西方表演、活動相關的新聞，做爲其推動娛樂事業的直接證據；接著討論具有西方事物的新聞，其報導巧妙的隱含商業意識，藉此將西方物質與商業利益結合；最後從娛樂小報中的娛樂文章來看文人所形構出上海娛樂文化，及其講究趣味、新鮮的敘述手法。

第一節　《游戲報》、《世界繁華報》對消閒、娛樂事業的推動

　　近代上海發展到了十九世紀九〇年代，在外國租界裡已經形成了空前繁華的十里洋場，舉凡茶館、鴉片館、書樓、妓院、戲園等無不林立，而《游戲報》中除了有著大量妓女、優伶的相關報導，對於西洋娛樂的報導亦是不

〔註8〕　孫燕京：《晚清社會風尚研究》（台北：知書房，2004 年），頁 38～39。又如陳伯熙《上海軼事大觀》所說：「電燈亦始於光緒中葉，創辦者爲西人德里。創議之初，華人聞者以爲奇事，一時謠諑紛傳，謂爲將遭雷擊，人心洶洶不可抑制。當道患其滋事，函請西官禁止，後以試辦無害，謠諑乃息。當電車甫行時，眾議亦甚沸騰，甚矣世俗之少見多怪也。」此段文字敘述了電燈、電車初次引進中國時，上海人心惶惶、議論紛紛，將西方科技事物視爲異類，怕引發災禍，隨著時間的經過從逐漸接受，進而到見怪不怪的變化過程。見陳伯熙編著：《上海軼事大觀》（上海：上海書店，2000 年），頁 155。

〔註9〕　參見孫燕京：《晚清社會風尚研究》，頁 38～40。

〔註10〕　比《游戲報》早二十年的西方事物流行情況，可詳見熊月之：《上海通史》第六卷，頁 5～38；而馬戲團表演則可參見夏曉虹：〈車利尼馬戲班滬上尋踪〉，收入氏著：《晚清上海片影》（上海：上海古籍出版社，2009 年），頁 30～45。

遺餘力，其中並以「新奇」為主要賣點，像是放煙火、影戲、馬戲等娛樂新聞皆是《游戲報》中最具代表性、當時最流行的西式娛樂，主筆者用墨最多的即是「新」、「奇」二字，正反映著當時求新求異的時代風氣。

一、煙火奇觀

《游戲報》作為一份娛樂報紙，它展現的是一種與大報不同的新型報紙，也就是以消遣趣味的文字為主要內容，其所刊登的告白（廣告）亦多與娛樂事業有關，市民想要知道的娛樂信息可在該報中得知：

> 啟者：前在愚園內燃放外洋各種五彩烟火，十色五光，蒙中西士女聯袂來觀，有目共賞，□與尋常，所放者迥乎不同也。茲將玩戲十餘年積存新異烟火，定於禮拜晚及禮拜二四晚十點半鐘准期燃放，簇簇生新，別開生面，有層出不窮者矣。諸君納涼清興，一續眼界，幸甚此佈。〔註 11〕

這雖然是一則告白，但是裡面透露出來的訊息皆是為了吸引觀眾，刊登廣告者不再只以「外洋各種五彩烟火」做為號召，而以是非比尋常、迥乎不同的煙火做為噱頭，由「玩戲十餘年積存新異烟火」、「簇簇生新，別開生面」等文字敘述，可印證上海市民追求新奇的心理。又一則〈愚園大放燄火〉的告白亦有相同點：

> 本園特催東洋粵東名師，紮就奇巧新法、各種燄火，與眾不同，變化無窮，擇定廿五晚八點鐘設放，諸君欲賞奇觀，祈請　駕臨為幸。
> 〔註 12〕

此次特別聘請來自「東洋粵東名師」，其奇巧新異的煙火花樣，更是與眾不同、變化無窮，末了直接點出「奇觀」二字，將各種新式煙火的綻放視為不平凡的事件，這不僅是刊登廣告者的吹捧，連編報者李伯元也是趕著親眼目睹：

> 本館昨承張園炬樂社燄火公司邀往該園縱觀外洋煙火，趁壓線之餘，間命巾車而前往快觀，五光十色，蔚成海外奇觀，試看火樹銀花，始信城開不夜，請□倦眼諒有同心。〔註 13〕

〔註 11〕〈愚園內　禮拜晚及禮拜二四晚十點半鐘大放外洋烟火〉，《游戲報》，1897 年 8 月 5 日，第 43 號。

〔註 12〕〈愚園大放燄火〉，《游戲報》，1898 年 7 月 11 日，第 375 號。

〔註 13〕〈請觀煙火〉，《游戲報》，1897 年 8 月 14 日，第 52 號。

另一個娛樂場所張園亦邀請李伯元前往觀賞煙火，眼見這些火樹銀花的燦爛奪目，照耀著上海的夜空，讓李伯元說出「始信城開不夜」的讚嘆，並在報上邀請讀者前往觀賞此奇景，認爲讀者觀後想必也會有同樣感受。而張園的煙火也相當有名氣，如〈燄火翻新〉一則報導：

> 日來秋高氣爽，月色大佳，初八、初九兩夜，游客紛紛咸坐馬車邀遊于張氏味蒓園看放燄火，其靈變奇巧，□□翻新，五色迷離，觀者無不目迷心醉，可見樂炬社主人造此奇觀，眞煞費經營，以供游覽，名園佳節，俱爲之生色也。[註14]

首先指出秋高氣爽之際，遊人紛紛前往張園觀看煙火，然後同樣強調煙火的奇巧翻新，讓觀眾無不目迷神醉，大力稱讚名園、奇觀之樂趣，令人嚮往一遊。然而，實際的煙火觀賞未必都是「賞心樂事」，《游戲報》中仍然對一些意外事件作了記錄，如〈燒衣〉[註15]一則即是報導某遊客在觀看煙火時，「忽被燄火中之花炮飛到身上」，身上穿的馬掛立時焚燼，由這則新聞中可以發現觀看煙火仍有其危險性，但觀眾們仍是趨之若鶩，不怕危險[註16]，這點亦可由愚園、張園一直持續在該報上刊登廣告來推測。

二、影戲畢現

秦紹德曾指出：「《游戲報》中還有一種遊樂記述，這類記事有點類似通訊，又像特寫，文字自由輕鬆，和新聞報導最爲接近。」[註17]並且，這些「遊樂記述」文章的篇幅往往比一般的報導要長，通常擺在報紙最顯眼的地方，可以說是當時的頭條新聞，讓讀者難以忽視它的存在。例如〈天華茶園

[註14] 〈燄火翻新〉，《游戲報》，1897 年 10 月 5 日，第 104 號。
[註15] 〈燒衣〉，《游戲報》，1897 年 9 月 14 日，第 83 號。
該文云：「是日愚園中燃放燄火，觀者甚眾，有某遊客身穿鐵線紗馬掛，手攜小孩，在人叢中觀看，忽被燄火中之花炮飛到身上，所穿馬掛立時焚燼，駭極狂呼，傍人七手八腳代將火燒衣脫下，始免剝膚之痛，然已受驚不小矣。某不及看完，敗興而去。」有趣的是，此段文字後有「聞江湖賣戲法者，有燒衣送客之法，用樟腦濕水燒之，衣不能傷，然亦未曾試過，茲花炮焚衣亦戲法中之新創者也」云云，似乎暗示著「花炮焚衣」有成爲新戲法的可能性。
[註16] 時人在〈遊張園十快說〉中亦云：「看放潮州焰火，數套甫畢，忽然寂滅，眾皆逼視，俄聞畢撲之聲大作，流星火炮四面迸射，眾皆抱頭鼠竄而逃，豈不快哉！」可見當時觀眾將煙火四射所造成的聲光效果視爲刺激的快事。引自陳無我：《老上海三十年見聞錄》（上海：上海書局，1997 年），頁 91。
[註17] 秦紹德：《上海近代報刊史論》（上海：復旦大學出版社，1993 年），頁 139。

觀外洋戲法歸述所見〉〔註 18〕一文提到「禮拜六夜，本埠胡家宅天華茶園主人以新到美國影戲法、法國戲法柬請往觀，該園影戲聞已來數禮拜矣，頗有人嘖嘖稱其美」，首先李伯元說明他被天華茶園的主人邀請去觀看新到之美國影戲、法國戲法，該項表演已喧騰一時，在某個機會下，李伯元與友人前往觀賞，「至則中國戲劇已演畢，正演法國戲法，有兩西人在檯跳舞，作種種痴態引人嘻笑，間亦插科打諢，如中國之丑腳，然言語雖不通，而其意可領會也」，一開始演的中國戲劇其實只是暖場的作用，畢竟這是中國人早已嫻熟的表演，接著的「法國戲法」類似於西方的滑稽小丑，以逗人發笑為樂，甚至亦有出神入化的魔術表演〔註 19〕，直到最後才是此次觀賞的最精彩高潮：

> 法人既演畢，接演美國影戲，是時抬前懸布幕一縷，上下燈火俱熄，對面另設一檯，有西人立其上將匣內電光啓放，是照對面布幕，初猶黑影模糊，繼則鬚眉畢現，睹其上有美女跳舞形、小兒環走形、老翁眠起形，以及火車馬車之馳驟，宮室樹木之參差，無不歷歷現諸幕上，甚至衣服五色亦俱可辨，神光離合，乍陰乍陽，幾莫測其神妙焉。每奏一齣，其先必西樂競鳴，並有華人從旁解說，俾觀者一覽便知。

由這段敘述可以得知所謂的「美國影戲」即是今日人們所熟悉的電影，不僅講述了放映的過程：要先擺設布幕、燈火俱滅，然後才能開始播放影片；其內容也應以西方事物為主，才需要「華人從旁解說」，這讓目不識丁的觀眾也能從中得到樂趣，比起靜態的圖像畫報，更具有強烈的視覺效果，透過電影的鏡頭帶給觀者會是截然不同的感官經驗，是全新的體驗西方文化的方式。因此，「影戲」所給予的直觀體驗與異國風情一直受到市民的熱烈喜愛〔註 20〕，並且對這項西方的奇異絕技感到驚歎不已。

〔註 18〕 〈天華茶園觀外洋戲法歸述所見〉，《游戲報》，1897 年 8 月 16 日，第 54 號。

〔註 19〕 同前註。文中提及：「次以巨袋一有一人自入其內，另遣一人將袋口束縛，即將袋中鎖閉，箱內外塗火漆封識甚固，遮以布幕，約片時許，袋中人忽寨悼出，迨啓箱審視，已另易一人矣。大致與本報五月廿九日所記張園俄國技師演藝相同，而此則另易一人閉置箱中，尤為出神入化焉。」由此可知，《游戲報》之前就有類似的魔術表演報導，但是這項魔術表演也必須是「推陳出新」才能吸引觀眾，得到「尤為出神入化」的讚許。

〔註 20〕 《游戲報》中關於影戲的廣告不少，例如〈影戲重來〉：「天華茶園前有美商雍□演做影戲，中外稱賞，嗣因數見不鮮，改往奇園，今因續增多戲仍到天華，大約禮拜三可以開演，屆時必另有一番熱鬧也。」（1897 年 9 月 5 日，第

另有一篇〈觀美國影戲記〉亦是在報導「美國影戲」之奇妙〔註21〕：

> 近有美國電光影戲，製同影燈，而奇妙幻化，皆出人意料之外者。……
> 座客既集，停燈開演。旋見現一影，兩西女作跳舞狀，黃髮蓬蓬，
> 憨態可掬。又一影，兩西人作角觝戲。又一影，為俄國兩公主雙雙
> 對舞，旁有一人奏樂應之。……種種詭異，不可名狀。……又一為
> 火輪車電捲風馳，滿屋震眩，如是數轉，車輪乍停，車上坐客蜂擁
> 而下，左右東西分頭各散。……又一為美國之馬路，電燈亮燭，馬
> 車來往，往如游龍，道旁行人紛紛如織，觀者至此幾疑身入其中，
> 無不眉為之飛，色為之舞，忽燈光一明，萬象俱滅。其他尚多，不
> 能悉記，洵奇觀也。〔註22〕

此則新聞再次以「新奇」為描述主軸，美國影戲雖「製同影燈」（即幻燈片）〔註23〕，然而其「奇妙幻化」卻有更勝之處，以各式不同的短片集結播映，人物皆能動能舞，給予觀眾的更是層出不窮的新奇，「種種詭異，不可名狀」即是符合奇觀的要旨。特別是，火車進站的影片是西方電影史上經典的畫面〔註24〕，給予觀者城市中人與人之間距離變得擁擠卻又疏離的感覺，而這種氛圍也逐漸在上海城市瀰漫，才會在看到美國馬路的電燈、馬車而有「幾疑身入其中」的認同感。

---

74 號）；〈大西洋特們斯大影戲〉：「今有大西洋特們斯大技師之機□活動影戲，從英法各國奏技而來，所到之處爭相嘆賞，其影片人物之靈動，栩栩欲活，真可巧奪天工，久為西報稱道。」（1899 年 2 月 21 日，第 593 號）；〈品陞樓影戲目錄〉：「火輪車　公園拍毬　英國兵隊　俄法皇跑馬　俄皇御極　禮拜堂西人婚禮　西女善舞　西人水嬉　其餘花樣尚多不能殫述」（1899 年 2 月 26 日，第 598 號），可發現其不僅是放映技術的驚奇，內容上也以新奇的西方事物、異國文化為賣點來吸引觀眾前往觀看。

〔註21〕電影的傳入最早的紀錄是《申報》1891 年 1 月 14 日第 5 版刊登的一張放映「電戲」（即電影）的廣告，而最早的一篇電影評論就是《游戲報》1897 年 9 月 5 日這篇〈觀美國影戲記〉，可參范伯群：〈「電戲」最初傳入中國的概況〉一節，見《中國現代通俗文學史（插圖本）》（北京：北京大學出版社，2007 年），頁392～395。

〔註22〕〈觀美國影戲記〉，《游戲報》，1897 年 9 月 5 日，第 74 號。

〔註23〕〈觀美國影戲記〉中說道：「曾見東洋影燈，以白布作障，對面置一器，如照相具。燃以電光，以小玻璃片插入其中，影射於障。山水則峰巒萬疊，人物則鬚眉畢現，衣服、玩具無不一一如真，然亦大類西洋畫片，不能變動也。」由此可知，「影燈」即為幻燈片。

〔註24〕法國的盧米埃爾兄弟，在 1895 年 12 月 28 日，於巴黎公開放映他們所拍攝的數部短片。這個公開的放映，被世界公認為是電影的誕生，而當天安排最先播放的片子「火車進站」，也就成為電影史上第一部放映的電影。

三、馬戲開演

李伯元身爲《游戲報》的主筆者，在該報中陸續刊登不少的遊樂記述，並爲上海的娛樂事業起了推波助瀾的效果：

> 華倫、白而司托二人以演馬戲馳名歐西，日前來申，已於清明日開演，昨日登有本報告白，并承柬邀主筆人逐日往觀，諸君欲悉其詳，當於明日報中爲之細細演說也。〔註25〕

李伯元先是特地爲馳名歐西的「馬戲表演」（即馬戲團）做了預告，果然隔天就以較大篇幅報導詳述馬戲特技的種種神妙，並有著濃厚的廣告、宣傳意味：

> 華倫、白而司托馬戲由外洋來申，在虹口百老匯路豐順水手館對過開演，其大略情形已見昨報，前夕晚承兩君柬邀往觀。……是夕觀者約有數千人之多，僉謂歷屆馬戲從未有如此技藝，可謂空前絕後。……華君并擬自下禮拜爲始將逐日緊要戲目送交本館登報，俾閱者先知其節署，以便入夜往觀云云。惟連日春寒特甚，夜間需著重裘，寄語遊人須加珍重云。〔註26〕

其表演的節目有趣味十足的平衡技巧、小丑雜耍、馬知算數，亦有驚險刺激的高空鞦韆、空中飛人等〔註27〕，這些馬戲表演無礙於語言與種族隔閡的問題，也不受年齡或階級的限制，在當時不僅轟動了西方世界，亦飄洋過海遠到上海租界演出，其所創造感官上的新體驗，是上海歷屆馬戲前所未有的，因而得到「空前絕後」的高度評價。

並且，在《游戲報》中不只一次地出現相關的馬戲報導或文章，以及馬戲廣告的相關宣傳〔註28〕，其中尤以新奇特異爲號召，例如：「兩君馬戲之奇

〔註25〕〈快觀馬戲〉，《游戲報》，1899年4月7日，第638號。
〔註26〕〈馬戲奇觀〉，《游戲報》，1899年4月8日，第639號。
〔註27〕李伯元曾仔細描述其所觀賞到的馬戲表演，如「馬知算數」則云：「又次爲一馬能知算數，叩以年月日時則以前蹄扣地板作幾響，譬如西四月即作四響，禮拜五即作五響之類。」；文中又對「高空鞦韆」的描述最詳盡：「又次爲二女伶鞦韆之戲場中設一極大網幕，二女盤旋而上空際懸鞦韆架二，相離約二丈許，又約二丈許設一木架，一女伶在北首鞦韆盤旋不停，逾時輒倒掛架下，作拍手相招勢，其一女伶由南首鞦韆飛立架上，每聞手拍聲輒借鞦韆飛渡而過，接握前女手腕相隨，倒懸空際再一播蕩，依舊借南首鞦韆飛渡而立於架上矣。」詳見〈馬戲奇觀〉，《游戲報》，1899年4月8日，第639號。
〔註28〕〈馬戲開演〉告白云：「啓者：本班到申後，定於即晚在虹口百老匯路試演，以後每日下午九點鐘准演，所有本班駿馬奇獸均經教練純熟，曲解人意，馬能寫數作鞦韆舞，共有馬十七匹，都到過學堂，學業有成，給有憑據。驢能

巧百出，本報已爲之縷縷細述」〔註29〕、「華倫、白而司托馬戲本館主人迭承
班主邀往觀覽，已詳細登列，昨報標其目曰『馬戲奇觀』，以見此戲空絕前後，
中西各邦所不經見也」〔註30〕，甚至還舉辦抽獎活動來吸引觀眾：

> 華倫、白而司托馬戲到埠開演，迭登本報，近日班中復別開生面，
> 前往觀劇者每人各贈彩票一紙，假海利洋行開彩，第一可得金表一
> 枚，小彩不計，本館聞之亟錄報端，想好游諸君亦各爭先恐後於游
> 目騁懷之外，得逞奪標手段也。〔註31〕

可見在當時觀看馬戲已經藉由《游戲報》上的討論而成爲最熱門話題，並且
馬戲團再用「彩票」爲噱頭，以最大獎是「金錶一枚」來爭取更多觀眾入場，
這項訊息散佈所造成的直接效果就是提高群眾的觀賞意願，讓更多人想要前
往一窺究竟，並且試試自己的手氣。

　　值得注意的是，李伯元在〈誌華倫孛而司托邀觀馬戲因縱論中外戲劇盛
衰之故〉一文中，論述了中西戲劇的盛衰乃因華人戲館不善宣傳，而西人懂
得運用報紙來打廣告，由此贏得了觀眾的支持，其中李伯元並罕見地透露了
自己對「報紙」這項新興傳播媒體的看法：

> ……報紙者萬事之先容也，告白者萬物之媒妁也。夫人之操一技、
> 習一藝者，非以求名，即以求利，名之所在，利即隨之，乃同一技
> 也。……其他一草一木、一名一物，一經品題，莫不聲價十倍，自
> 有千秋，此月旦之權所以能□人物之命，無論何藝莫不藉以表彰，
> 而報紙則尤任月旦之責也。……然到埠之始，即柬邀報館主筆晨夕
> 往觀，以期報紙爲之先容，告白爲之媒妁，於是一噚表揚通國皆知，
> 競相娛目，爭先恐後，名望既隆，生涯遂盛，苟非西人之明於事理，
> 諳於物情，深知愛力不可不引，報焉之足以引人愛力也。〔註32〕

由「報紙者萬事之先容也，告白者萬物之媒妁也」二句，可知李伯元的辦報

在繩上行走，騎馬者能連挑數板，超躍而過，種種戲劇新奇奪目。又女伶歌
舞、躍索及丑腳傳神，各戲無不惟妙惟肖，足以暢懷娛目，爲本埠從爲讀過
之戲，戲目甚多，不及盡述，請諸公惠然賜顧，始知言之不謬也。」（《游戲
報》，1899年4月19日，第650號。）

〔註29〕　〈觀華倫孛而司托馬戲記〉，《游戲報》，1899年4月9日，第640號。

〔註30〕　〈二美庋止〉，《游戲報》，1899年4月9日，第640號。

〔註31〕　〈馬戲奪標〉，《游戲報》，1899年4月26日，第657號。

〔註32〕　〈誌華倫孛而司托邀觀馬戲因縱論中外戲劇盛衰之故〉，《游戲報》，1899年4
月16日，第647號。

觀念是：報紙是將新事物介紹給讀者的載體，而廣告則是傳播新事物的媒介。並且，報紙肩負「月旦品評」的重要責任，若能得到主筆者的認同即能「聲價十倍」，像是西人就明白即使是最新潮的馬戲表演，也需要靠報紙的宣傳與廣告才能讓更多人來觀賞〔註33〕，「深知愛力不可不引」，因而屢屢邀請上海娛樂小報的主編兼主筆者李伯元前往觀看，希望能藉由報紙來「引人愛力」。〔註34〕

然而，這種以介紹娛樂事物爲目的之說法，可以說是李伯元的另一種辦報理念，因其曾自述其創辦《游戲報》之本意爲「假游戲之說，以隱寓勸懲」〔註35〕，也就是藉著辦小報來諷刺時政，其採取的遊戲筆墨、詼諧手法正是爲了吸引更多讀者注意，以使世人覺醒朝政國事之黑暗。但是若仔細閱讀《游戲報》，會發現這份諷刺精神固然隱隱存在，可是呈現更多的仍是商業性的消費文學，這些具有消閒、娛樂性質的新聞報導反而推動了上海的娛樂事業的蓬勃發展。

四、曲藝獻技

並且，上述的這些現象亦展現於李伯元另創的《世界繁華報》中：

> 日本大曲藝所演各種戲法，出神入化，怵目驚心，曾經萬國博覽會褒賞，現來中國，前在蘇州售技，觀者萬人空巷。茲已回申，定於月之二十九日，即禮拜六，於是日爲始，日夜在羣仙茶園演技。……
> 又聞此戲較之從前虹口所演馬戲，花樣尤多。〔註36〕

這段看似告白的文字，並非是羣仙茶園所刊登，反而是出自李伯元之手，因爲它出現於「菊部要誌」的欄目中〔註37〕。最爲特別的是這項表演曾經到「萬

〔註33〕又如前文曾引〈馬戲奇觀〉云：「華君并擬自下禮拜爲始將逐日緊要戲目送交本館登報，俾閱者先知其節畧，以便入夜往觀云云。」（《游戲報》，1899年4月8日，第639號）皆是想要得到《游戲報》的廣爲宣傳。

〔註34〕第二章談「推動娛樂事業的辦報理念」即已引過此段引文，原應避免重複，然而此段引文是最能看出李伯元對待娛樂小報、報紙媒體的態度，因此不能不再次出現，加以強調。

〔註35〕〈論游戲報之本意〉，《游戲報》，1897年8月25日，第63號。

〔註36〕〈新到東洋戲將開演〉，《世界繁華報》，1901年10月8日，第185號。

〔註37〕羣仙茶園刊登的廣告內容爲：「本園定於二十九日，日夜添演日本大曲藝各種戲法，此□曾經萬國博覽會褒賞，馳名中外，茲遊歷來申，紳商挽留在□園逐日獻技，此戲滬上從未到過，欲飽眼福者，幸無交臂失之。」（《世界繁華報》，1901年10月10日，第187號）與李伯元所寫的介紹內容極爲相似。

國博覽會」演出，馳名中外，「此戲較之從前虹口所演馬戲，花樣尤多」，可想見應是前所未有的表演。隔了三天，就連原本「諷林」欄目也暫時不諷刺官場了，轉而寫歌詠表演的詩作：「日本新來曲藝，初次羣仙獻技，車馬碾香塵，引游人。博覽會中襃賞，許以一時無兩，中外共知名，震先聲。」〔註38〕當天的本館論說也是以該項表演爲主題而有〈論日本大曲藝〉一文：

> 歲辛丑秋八月大曲藝來從日本國，初議獻技於味蓴園……吾身親見及
> 之之舉，心摹神追，蓄之已久，不圖數日後乃有改在羣仙女伶園舊址
> 之議也。趣去之，趣去之，其拭目以俟之，毋交臂以失之。〔註39〕

這篇論說仍然是希望讀者去觀賞難得一見的「日本大曲藝」，可見《世界繁華報》上一連串的宣傳就是非引起讀者的興趣不可。

第二節　西方物質的充斥與兩小報中的商業廣告

如前所述，「趨新」成爲一種世風，這種追求新變化的趨勢，反映了當時上海市民對於西方事物的接受度極高，唯有「出奇制勝」，不斷的引進西方新事物才能吸引買氣。像是李伯元曾寫〈論馬車行生意日衰〉即透露出上海人的喜新厭舊之心理：「蓋人情每喜新而厭故，好異而矜奇，苟有一新奇者在前人無不趨之若鶩」〔註40〕；而香水廣告中亦云：「本藥房歷運各國著名上等香水至中國館售，久已馳名遐邇，前知中國紳商厭故喜新，故又新到外洋運到『香水箭』一種，……誠第一稀奇可玩之物。」〔註41〕或是腳踏車的廣告：「今有外洋新到大風腳踏快車，一轉有十碼之快，其靈捷無比，此車中華從未有過，物廉價美」〔註42〕、「本號向外洋定造新式金邊黑邊各式快車，現已到申，

〔註38〕〈一痕沙〉，《世界繁華報》，1901 年 10 月 11 日，第 188 號。
〔註39〕〈論日本大曲藝〉，《世界繁華報》，1901 年 10 月 11 日，第 188 號。
〔註40〕該文並舉出實際例子：「回憶二十年前之馬車，有八角式、轎式、船式、皮篷式，此數式者在昔日固視爲新奇而爭乘之，乃不數年而有鋼絲輪馬車出焉，象皮輪馬車出焉，其快若飛，其行無聲……無不爭先購坐，馳騁於十里洋場以爲快樂，而向之八角式及船式諸車則已無人顧問焉。」見〈論馬車行生意日衰〉，《游戲報》，1899 年 5 月 10 日，第 671 號。
〔註41〕〈外洋新到香水箭〉，《游戲報》，1900 年 10 月 28 日，第 1195 號。關於香水，李伯元亦有〈香水說〉提到：「香水一微物耳，而西人取精用宏，製煉出奇，流入中國，竟可爲□利之一□，以草木而易我金，□□亦隱窺我中國人之嗜好，而爲此奇巧以相投也。」由此可見，西人將香水的市場擴展到了上海。
〔註42〕〈大風腳踏車〉，《游戲報》，1899 年 8 月 11 日，第 764 號。

倘蒙諸君雅愛，無不貨美價廉」〔註43〕等等，皆是以「新奇」、「新到」訴諸於讀者，而其他的商品特別標出是新引進的西方事物，在廣告中更是不勝枚舉。接下來將先以《游戲報》中出現次數十分頻繁，且極具流行時髦特性的腳踏車、番菜館（即西餐館）來進行討論，藉此發掘娛樂新聞與商業廣告密切結合的關係。

一、腳踏車

值得注意的是，《游戲報》中常有與廣告相呼應的文章，如許多和腳踏車的相關文章、新聞，即可視為瞭解當時社會的一個側影：

> 近來海上盛行腳踏車，十里洋場中，彼來此往，互相鬥勝，非特外洋各國男女乘之，即華人之好此者亦不可勝數，其坐法必預先操練方能驅避，自然不致有顛躓等患，而尚有調護之法不可不知。……一宜專食生菓及牛乳之類，一牛乳菓品亦宜少吃多頓，便無太飽致生氣喘之病，以上兩法係坐腳踏車，攝生要訣，想華人得此訣，則將來腳車愈行愈多，馬車行、東洋車行之外，又添一腳車行矣。〔註44〕

這段文字可見當時腳踏車的盛行，「華人之好此者亦不可勝數」，亦被視為「娛游之勝事」〔註45〕，而關於騎腳踏車的秘訣也被登載於報紙上。並且，李伯元亦曾寫〈論腳踏車有盛行之機〉一文，對腳踏車的盛行做了一番論說：

> ……前歲有某西人竟以腳車周游歐亞兩洲，見諸紀載，羣詫為奇。……獨於腳踏車則行於馬路間者，日盛一日，每當夕陽西下，凡鬥雞豪客、走馬王孫，相屬於車水馬龍之間者不絕於道，響鈴一聲，人影數里，張、愚兩園尤為腳車所薈萃，所乘者皆歐西美製，光澤可鑑……其素擅此技者，又復於芳□繡陌、縱橫馳驟，頗有脫手彈丸、御風而行之妙，其技之神間堪凌駕西人矣。〔註46〕

文中說「前歲有某西人竟以腳車周游歐亞兩洲，見諸紀載，羣詫為奇」，是指

〔註43〕〈新車又到〉，《游戲報》，1900 年 10 月 28 日，第 1195 號。

〔註44〕〈坐自行車秘法〉，《游戲報》，1897 年 10 月 26 日，第 125 號。

〔註45〕〈傷及要害〉：「近日洋場之內，風行腳踏車，每值夕陽西下，青年子弟狹袖短衣，相與乘腳踏車馳驟於衣香人影之間，亦娛游之勝事也。」（《游戲報》，1898 年 9 月 17 日，第 444 號。）

〔註46〕〈論腳踏車有盛行之機〉，《游戲報》，1899 年 5 月 7 日，第 668 號。

前年有英國人遠從倫敦騎腳踏車抵到上海租界的壯舉，〔註 47〕引起上海人對腳踏車的強烈興趣，於是騎腳踏車的人也越來越多，尤其以「張、愚兩園尤爲腳車所薈萃」，因爲空地較大，也比在馬路上練習安全，當然這也是展現自己新式腳踏車的地方，才會說「所乘者歐西美製，光澤可鑑」，而善於騎腳踏車的人可以「脫手彈丸、御風而行」，其騎車的技術甚至有凌駕西人的情況。

然而，腳踏車這項西方事物的便捷，雖然對上海人造成震撼，但想要使用它之前則需要有學習騎乘的過程：

> 購腳踏車一輛於張園中，演習數日，技尚未嫻，遽向大馬路一帶行走，屢行屢躓弗顧也。昨晚正在風馳電掣之際，又無故跌下，移時不能起，旋經相識者扶起，則口歪鼻腫，殊不雅觀。〔註 48〕

> 中巷衖有王姓子，性喜時髦，……近見租界腳踏車盛行，遂摒擋購得一輛，朝夕向空曠處練習，無如足力疲軟，屢次跌倒，甚至受傷吐血，多方調治，始或痊愈。腳車之興，仍復不淺，又照常練習，又跌三四次矣。〔註 49〕

上面二則新聞皆是描寫學習騎腳踏車的情況，雖然會經常跌倒而造成傷害，但不管是「口歪鼻腫」，抑或是「受傷吐血」，上海人仍樂此不疲，心甘情願爲此受傷，可見其受歡迎的程度，時人甚至將它列入〈遊張園十快〉之一快事〔註 50〕。又如〈青衫血漬〉一文：

> 腳踏三盞燈一則已誌前報，茲悉喜踏腳車之某甲，實係英界某洋行

〔註 47〕 徐濤指出：「1897 年，上海租界內接連發生兩個爆炸性的新聞事件，激起中國人對試騎自行車的莫大興趣。一是公共租界爲慶賀英國女王維多利亞登基 60 周年在賽馬場舉辦的一次自行車比賽。……；二是 3 名英國人騎自行車遠遊地球抵達上海。據《點石齋畫報》記載，此壯舉始於 1896 年 7 月 20 日，3 人從倫敦出發，由印度入中國，歷經漢口、蕪湖、蘇州等城市，1897 年 12 月 22 日抵達上海，歷時 520 餘日，行程 14332 公里。騎行者每到中國的一個城市，都有大批的中國人前往看稀奇。抵滬時，寓滬外國人騎車幾百輛蜂擁出城迎接，一時蔚爲壯觀，華人觀者如潮。」見氏著：〈自行車普及與近代上海社會〉，《史林》第 1 期（2007 年），頁 2。

〔註 48〕 〈傷及要害〉，《游戲報》，1898 年 9 月 17 日，第 444 號。

〔註 49〕 〈鞠躬盡瘁〉，《游戲報》，1898 年 11 月 14 日，第 502 號。

〔註 50〕 時人〈遊張園十快〉中有「一快」就是描述園中練習自行車的情形：「在青草隙地見有多人試演腳踏車，有一人軀體粗肥，見獵心喜，必欲一試。友人苦勸不聽，甫踏上即跌下，車既滾倒，此人費盡氣力尚未爬起，豈不快哉！」見陳無我：《老上海三十年見聞錄》，頁 92。

夥，自被行主辭歇後，終日益無覊束，除陰雨外，自清晨踏起，非
深夜不歸，家人禁之不聽也。昨日正在興高采烈之際，詎偶不小心
遽爲輪旁螺螄所傷，血流如注，致將所著青紗長衫血痕點點，經旁
人道破，某乃下車略一束縛，仍舊踏車如飛而去，若某者亦可謂勇
往直前者矣。〔註51〕

由「腳踏三盞燈一則已誌前報」可以發現這則新聞應該是追蹤報導，先是說
明「某甲」的身份爲英租界某洋行伙計，被開除後整天以騎腳踏車爲樂，家
人也無法禁止，昨天又在興高采烈地騎腳踏車，被螺絲所傷亦無動於衷，「仍
舊踏車如飛而去」，主筆者戲稱爲「勇往直前者」，讚賞之中又有些許的取笑
意味。經由以上這些新聞報導可以發現騎腳踏車對當時的上海人來說是一件
時髦的事情，並且騎腳踏車的事件能夠引起讀者的興趣，至少絕對是主編者
的興趣，否則就不會陸續地出現在《游戲報》中了。

　　至於其他文章則有寫騎腳踏車的實際好處，如「居家者購一輛腳踏車可
省牧馬之費」〔註52〕、「每日乘坐可以健筋骨、運血脈、振精神、祛百病」〔註
53〕；又或者是寫腳踏車的新奇爲時人不解：

鄉農灌田以水車置田畔，兩足踏之，即能把彼注此。有某農人俗所
稱獸子也，一日因事至滬，見泥城橋一帶乘腳踏車者，絡繹不絕，
歸而告人曰：「上海有一種車子，以兩腳踏之，即能行動，其捷如飛，
我裏的車子一樣用腳踏，且所踏不止一人，然從未見過有一部能行
動的，究竟是何緣故？」一老農掀髯歎曰：「此即中國人不及外國人
之處。」〔註54〕

昨有一身穿外國絨馬掛之少年，金光璀璨，斑駁陸離，滿身細白，
點形如金錢豹，頭戴五色草帽，鼻架墨晶眼鏡，乘坐腳踏車，從四
馬路西行，見之者目光一炫，有某鄉老正在昇平樓，倚欄游眺，忽
見此形，大爲詫異，急詢人曰：「方纔滾過去的是個什麼東西？」

〔註55〕

以上兩則是新聞，第一則諷刺意味極濃，第二則雖極爲生動、有趣，但亦略

〔註51〕 〈青衫血漬〉，《游戲報》，1899 年 8 月 22 日，第 775 號。
〔註52〕 〈蜜蜂傳書〉，《游戲報》，1899 年 2 月 26 日，第 598 號。
〔註53〕 〈論腳踏車有盛行之機〉，《游戲報》，1899 年 5 月 7 日，第 668 號。
〔註54〕 〈鄉下腳踏車〉，《游戲報》，1899 年 3 月 31 日，第 631 號。
〔註55〕 〈什麼東西〉，《游戲報》，1900 年 10 月 19 日，第 1186 號。

有諷刺之感。首先第一則是敘述鄉下人來到上海這個繁華城市，回鄉後轉述所見的怪異飛車，其所產生的疑惑當然是同樣處於鄉下的老農無法回答出的，只能感嘆「此即中國人不及外國人之處」，而它的整個敘述背景是晚清的國難當頭、外國入侵，諷刺中國的軟弱、無力抵抗；第二則儘管是在上海最熱鬧的四馬路，仍有不識那是「什麼東西」，當然是因其「身穿外國絨馬掛」、「頭戴五色草帽，鼻架墨晶眼鏡」，整身幾乎都是西洋貨，自然讓人覺得極為打扮怪異，加上又「乘坐腳踏車」飛馳而過，不禁讓「見之者目光一炫」，大為詫異，隱約諷刺當時的「崇洋」心態〔註56〕。此時可以發現《游戲報》藉由其媒體傳播的力量在為上海市民（甚至是內地的人民），建構他們對西方世界的認知與想像，這些令人驚奇的西方新興事物，讓有關西方物質的廣告與購物（甚至於只是一般日常用品的購買），現在都已經幾乎完全失去了其作為一種活動的地位，而簡直變成了一種體驗，可以說它失去了一種物質性，成了一種文化事件〔註57〕，而中西文化的交融、衝突與矛盾即在此展現。

二、番菜館

此外，西方生活的方式被帶進了上海，在飲食方面格外顯著，特別是「通商各口之居民，尤與洋人熟習，事事效法，而於飲食一項更為愛慕」，而西方人的廚藝精製，「肴品芳潔，遠勝中國」，因此「滬上番館林立，仿行西式建造洋房，並用外洋什物」，吸引了眾多的名宦士商、王孫公子，乃至於青樓名妓等等，這種「願嘗異味」的好奇心理，使得番菜館（即西餐館）經常是「賓朋滿座，車馬盈門」，而番菜館生意獲利倍市〔註58〕。可是由於「上海寸金地，

〔註56〕《游戲報》上經常出現嘲諷華人學習西人事物，卻只學到表面皮毛的文章，如〈沖洋〉一則提到：「近來中國尚洋務，其實識洋務者能有幾人，而吸食洋煙之人則日新月盛，想亦洋務之一道也。」（《游戲報》，1897 年 8 月 28 日，第 66 號。）；還曾有以滬上少年最易「變法」來諷刺其崇洋之態：「最易變者是滬上之少年也，彼乃習見西人之起居、飲食、衣服，而從而效之，出必馬車，食必番菜，言必西語……華人於番館中飛花醉月，淫樂無度，至其所學西語則提愛斯之外，無他能焉……吾思久之，而覺天下之人，欲求其變法如滬上之少年者已不可得也。」（見〈中國難於變法說〉，《游戲報》，1899 年 2 月 18 日，第 590 號。）

〔註57〕羅鋼、王中忱主編：《消費文化讀本》（北京市：中國社會科學出版，2003 年），頁 154。

〔註58〕詳見〈論上海新正番菜館漸不如昔〉，《游戲報》，1899 年 3 月 17 日，第 617 號。

欲拓業斯間者，固甚非易易也」〔註59〕，因而這些新開的番菜館無不想盡辦
法爭取聲名，其強烈的商業氣息即展現於《游戲報》中，而番菜館的生意興
隆則有一部份也歸功於李伯元的廣為推薦。

　　筆者認為對於這些西方事物李伯元經常扮演著一個介紹者，甚至是引領
潮流的角色，就以上海流行已久的番菜館來說，李伯元時常被邀請去品嚐新
開的番菜館，而在《游戲報》致感謝之辭，如〈誌謝盛筵〉一則：

> 本埠四馬路金谷春番菜館，自新正初二日開張後一時聲名鵲起，坐
> 客常滿，昨承主人畢楊陸三君折柬相邀，房間陳設之雅，廚丁烹調
> 之精，細崽伺應之善，洵堪冠絕儕行，宜其生意蒸蒸日上也。聞之
> 主人云其大菜司務，係從外國菜館聘來，本係老斷輪手，其門徒分
> 布各番菜館者，不下三四十輩，而彼獨落落寡合，今為該館所用，
> 知音欣遇，隨畢獻其生平所能，以邀客賓，該館生意之興，實由於
> 此，醉飽之餘，為綴數言以伸謝。〔註60〕

當時的番菜館以「一品香」最為著名〔註61〕，要與已經流行了二十年的老招
牌「一品香」一爭高下，甚至是在眾多番菜館凸顯出來〔註62〕，勢必要多加
宣傳、打廣告，而身為編報者的李伯元則成為番菜館爭相邀請的對象，好讓
他可以在報紙上介紹給讀者知道，「房間陳設之雅，廚丁烹調之精，細崽伺應
之善，洵堪冠絕儕行」，加上「從外國菜館聘來」的主廚等說明，幾乎可以確
定李伯元是在幫金谷春番菜館打廣告，而且這種情況還不只此一家：

> 本埠番菜館林立，故業此者無不銳意講求，以博盛譽，萬長春番菜
> 館開設有年，近由粵東友人唐君等糾股盤替，擴充房間，重加整頓，

〔註59〕〈番館初開〉，《游戲報》，1899年8月30日，第783號。

〔註60〕〈誌謝盛筵〉，《游戲報》，1899年3月18日，第618號。

〔註61〕像是白雲詞人〈海上黃鶯兒詞〉即云：「大菜仿西洋，最馳名，一品香，刀叉
漸漸如霜亮。樓房透涼，杯盤透光，洋花洋果都新樣。吃完場，咖啡一盞，
灌入九廻腸。」（《游戲報》，1897年8月22日，第60號）；又如〈追論金谷
春番菜館生意之盛〉說道：「滬北各番菜館林立而坐位之寬廠，餚饌之潔美，
陳設器□之精雅，向以一品香為首屈一指，故生意之盛，亦甲於他家。」（《游
戲報》，1899年7月17日，第739號。）

〔註62〕1909年創刊的《圖畫日報》曾對上海西餐館作了一番回顧：「上海番菜館林立，
福州路一帶，如海天村、富貴春、三臺閣、普天春、海國春新號、一家春、
嶺南樓、一枝香、金谷春、四海村、玉樓春、浦南春、旅泰等，計十四五家。
以上各家均開設於光緒二十年後，獨一品香最早。」可見上海番菜館名目之
多、之盛。轉引自熊月之：《上海通史》，頁491。

昨承主人設酌相邀，酒洌肴芬，盡歡而散，歸綴數語，以祝該館之
蒸蒸日上焉。〔註63〕

滬上番菜館林立，無不爭奇鬥勝，以廣招徠。杏花春自去冬開張迄
今生涯鼎盛，前月又將海天春之屋宇、器具一律盤歸，並以擴充，
伊始定價，格外從廉，前日承主人唐君招飲，烹調之美，陳設之精，
較之去歲開張時，局面又自不同，醉飽之餘，爰誌□□以鳴謝悃。
〔註64〕

四馬路東首蓬萊春番菜館擇於昨日開張，早登本報先期一日，該館
執事人預飭扎花工匠，將沿街門面，四間遍用五色綢紮成各色花樣，
頗為炫目，室中陳設一律簇新，大小房間號稱百外，開張之日坐客
即滿……。〔註65〕

諸如萬長春、杏花春、蓬萊春等都是如此。並且，滬上眾多的番菜館也很有
生意頭腦，不僅投士紳所好，取名吉利〔註66〕，又各自有新噱頭來吸引顧客，
像是金谷春番菜館特地放置妓女照片〔註67〕；萬長春番菜館則焚燬舊帳，好
讓更多顧客能夠繼續上門〔註68〕，由此既能博得美譽，亦能在報紙上廣為宣
傳，可謂是一舉兩得。

另外，李伯元對於這些番菜館也是十分看重，如寫〈辭年詩十二首〉當
中就有一首要贈給上海的番菜館，詩云：「矗矗危樓曲曲房，大餐番菜仿西洋。

〔註63〕 〈誌謝雅誼〉，《游戲報》，1899年3月30日，第630號。
〔註64〕 〈盛筵誌謝〉，《游戲報》，1899年5月15日，第676號。
〔註65〕 〈番館初開〉，《游戲報》，1899年8月30日，第783號。
〔註66〕 〈一定高陞〉云：「官場中人最取吉利，以故宴客必至一品香、萬年春、金谷
春、聚豐園等處，取其官官高一品、萬年不敗，而又富埒石崇、萬寶豐盈也。」
（《游戲報》，1899年4月9日，第640號。）
〔註67〕 〈北里花容〉：「本館曾將滬上後起校書詳加遴選，得金佩蘭、金如玉、金湘
娥、金月蘭、金紅卿等五人，因五人皆金姓，因標其目曰『五經魁首』，……
招齊各校書往為之合拍一照，隨又將葉榜首列四人亦拍一照，不日即為放大
懸之金谷春番菜館，以便人之前往開宴者得以共□芳□云。」（《游戲報》，1899
年5月29日，第690號。）
〔註68〕 〈焚券風高〉：「本埠番菜館林立，靡不爭奇鬥勝，精益求精，萬長春自唐君
集股頂替以來，房位放寬，裝潢精雅，所用庖丁係由香港著名某酒店延來，
並聞主人以開張伊始推廣生意，凡屬上年欠賬各客，其賬目雖由前手移交，
准由新股追討，而主人特檢出舊券，一概焚燬，以廣招徠，俾昔年熟客仍可
照常來往，寄語諸君尚其無負該號主人一片雅意也。」（《游戲報》，1899年4
月7日，第638號。）

奇花五色妝成彩，吉語先傳一品香。」又說：「右贈番菜館也。各館互相爭勝，烹調各有擅長，茲專提一品香，取其佳名，非有所偏嗜也。」〔註69〕不忘說自己是平等地看待各家番菜館，說它們「互相爭勝，烹調各有擅長」，而番菜館生意的好壞也確實反映著上海的經濟情況，如〈論上海新正番菜館漸不如昔〉談到：

> ……近年來華商之仿行開設者，於福州路一帶，日多一日，去冬今正又添開杏花春、金谷春，裝潢華美，烹調精良，駸駸乎更有後來居上之勢。……推原其故，一由於舊歲銀根吃緊，市面蕭索，凡屬遊客半皆外強中乾，連掉不靈，囊中羞澀，祇得謝絕應酬。……一由於今歲新正陰晴不常，春寒逼人，若作洋場之遊，恐衣衫浸濕，鞋襪泥塗，游興為之大減。……阮囊既罄，則口福亦衰，非游人之樂於從儉，乃市面蕭索有以使之然也。尚望二三月天公做美，市面改觀，香車寶馬，絡繹不絕，則春間生意與時俱來，或駕往年而上之，亦未可量，預為各館禱之。〔註70〕

由華商開設的番菜館日多一日，可見有其市場，去年又新開杏花春、金谷春二間番菜館，然而近來的生意卻不如以往，李伯元認為其原因是因「舊歲銀根吃緊」，市面上不景氣，只得少應酬；此外，天氣的「陰晴不常，春寒逼人」，也影響了遊客的興致，但李伯元認為這並非是「游人之樂於從儉」，相信日後「天公做美，市面改觀」則顧客會絡繹不絕，甚至生意會更勝昔日亦未可知。由此可見，李伯元對番菜館的生意是持續且長久的關注，才能得到此見解，另一篇〈論番菜館宜講究烹調〉的論說，亦能得知其對番菜館的瞭解：

> 今日番菜之美且備者也。嘗攷西人番菜之製必精必潔，必鮮必腴，燔炙烹調皆有良法，無論肉腥魚臟必得其味而後已。通商而後，華人粗諳西法，知番菜異味亦堪嘗試，厥後時髦一流，且有癖嗜番菜者。……然於烹調一道全不講求，名為西菜，實則中菜，不過易著匙為刀叉而已，然中菜猶有至味存焉，而不中不西之菜且有難下咽焉者，亦何貴其為番菜也。〔註71〕

可見品嚐番菜滋味在上海被視為「時髦一流」，才會不停的有新開的番菜館，

〔註69〕 薛正興主編：《李伯元全集（五）》（南京：江蘇古籍出版社，1997），頁3～4。
〔註70〕 〈論上海新正番菜館漸不如昔〉，《游戲報》，1899年3月17日，第617號。
〔註71〕 〈論番菜館宜講究烹調〉，《游戲報》，1899年8月25日，第778號。

甚至有「癖嗜番菜者」，然而這些番菜館卻不甚講究烹調之法，只是「易著匙為刀叉」就以為是西餐，味道仍存中菜口味，這讓李伯元說是「不中不西之菜且有難下咽」，怎麼能說是「番菜」呢？這樣的批評反映出時人一味追求新奇、時髦，卻流於膚淺的缺點；另一方面也與先前談及番菜館的相關文章產生了矛盾，可見李伯元在介紹番菜館時，其吹捧、溢美的成份不小，而這樣的情況筆者認為是基於商業的需要，因為報紙的廣告是收入的重要來源之一。

　　如上所述，《游戲報》中的廣告強調的是「新奇」、「新到」，並且李伯元在該報中發表的娛樂文章，亦多有呼應當時廣告的情況，如腳踏車、番菜館就是很明顯的例子，兩者的關係其實是彼此照應的，就像是李伯元所寫的〈辭年詩十二首〉所寫給各個登廣告的店家云：「洋商大賈互爭雄，闤闠交通萬寶充。共說今年真利市，開筵除夕各分紅。」並說：「右賀生意也。本報承各寶號刊登告白，互有往來，理宜致賀。」〔註72〕此外，番菜館經常邀請李伯元前去品嚐西餐，李伯元也寫出「誌謝盛筵」之類的文章，可說是有達到宣傳、廣告的效果，這也是最實際的推薦，無怪乎上海的番菜館皆極力邀請李伯元為座上賓了。

三、紙捲烟、火油火爐

　　《世界繁華報》亦是一份娛樂小報，其中在「滑稽新語」的欄目中，有一系列的趣味短文連載於該報中，有時會教讀者如何與「流行」接軌，如〈滑頭必讀再續稿〉：

> 學時髦必吸雪茄烟及紙捲烟，然其價甚貴，雪茄烟尤貴，則紙捲尚矣。紙捲烟以錫包為最闊，宜覓空錫包一個，插強盜牌烟三兩支，有人處從懷中取出劃火燃之，人但見我吸錫包紙捲烟，必謂此非有錢者不辦。〔註73〕

在《游戲報》、《世界繁華報》上皆經常刊登洋煙的廣告，尤其是紙捲煙，因為雖然其價格不便宜，但比起雪茄的昂貴價格算是平易近人了。而「紙捲烟以錫包為最闊」，因此文中說不妨找個空錫包，放入幾根「強盜牌」香煙，在有人的地方拿出來「劃火燃之」，那麼旁人一見便覺得此人「吸錫包紙捲烟」

〔註72〕薛正興主編：《李伯元全集（五）》，頁3～4。
〔註73〕〈滑頭必讀　再續稿〉，《世界繁華報》，1901年10月7日，第184號。

應是有錢之人；又或是自製時尚的金絲黑色墨鏡：「取黑色玻璃瓶底爲眼鏡片，外扭以銅絲鍍金少許，便成一副金絲墨晶眼鏡矣」〔註74〕，這兩則短文看似不登大雅，甚至帶有無賴、滑頭的意味，然而卻反映了上海市民對於外國商品的崇尚心態，及其亟於擁有洋貨、炫耀洋玩意的心情。

前文提及《游戲報》中常有廣告與文章相呼應的情況，在《世界繁華報》亦是如此，如「火油火爐」一項，先是有萃豐洋行刊登的廣告〔註75〕，當日就登讀者的荐函（即推薦信），說了它的種種優點：「拋球場萃豐洋行新到火油火爐，又暖熱，又省油，又靈便，又公道，又乾淨，花園、書房、寫字間均宜，可入無雙譜。畏寒人荐」〔註76〕；李伯元依循番菜館的模式，亦有〈本館誌謝〉一文：

> 本館昨承拋球場南萃豐洋行經理沈君靜軒，以行中新到火油火爐一具見貽，式既玲瓏，製尤精雅，費油不多，而滿室生春，不覺陽和之氣煦煦而生也。書此鳴謝，并以告禦寒無具者。〔註77〕

此則很明顯的就是要爲「新到火油火爐」作廣告宣傳，雖說是受人贈貽而寫的誌謝之言，仍不忘向「禦寒無具者」傳達這項新商品的樣式、好處、用途，以及在哪裡購買等訊息，其隱含的商業意識即在字裡行間透露出來。

值得注意的是，李伯元的《世界繁華報》與商業活動有更密切的關係，可以說是李伯元有意爲之的，首先他在報紙上廣徵各式荐函：

> 凡商藝投標　觀劇品評　看花荐格　曲榜荐函　均載入此格內裁下封寄本館，次日登報。　此紙祇能寫一事，併寫不錄。　此紙隔日不用。〔註78〕

也就是在《世界繁華報》上設一方格，說明讀者可以將自己想要推薦的商家字號、戲曲劇評、妓女色藝、崑曲小調等等內容寫入此紙方格，寄到繁華報館，隔天就能登載於報中，並且「此紙祇能寫一事，併寫不錄」，格中有附註日期，隔日便不能再使用。這樣的作法勢必將與讀者產生更多的互動，進而引起讀者的閱報興趣，增加報紙的銷售量。如此一來，讀者的來函與上海商

〔註74〕〈滑頭必讀　四續稿〉，《世界繁華報》，1901年10月10日，第187號。
〔註75〕〈本行始創定造無煙煤油火爐〉，《世界繁華報》，1901年12月17日，第255號。
〔註76〕〈上海無雙譜　來函九誌〉，《世界繁華報》，1901年12月17日，第255號。
〔註77〕〈本館誌謝〉，《世界繁華報》，1901年12月18日，第256號。
〔註78〕〈本館投函用紙〉，《世界繁華報》，1901年6月24日，第79號。

家的「聲名四播」被連結了起來〔註79〕，其中所謂的「商藝投標」，李伯元並加以解釋爲：「本館爲振興市面，鼓勵商業起見，故設爲此格，如有某字號貨眞價實，某人材具優長，恐無人知者，可寫在此紙內，封寄本館，次日登報代爲揄揚」，可見李伯元瞭解如何運用報紙的傳播力量去影響商業活動，並且增加自己報紙的聲譽。

　　此外，由於《世界繁華報》的盛行，逐漸成爲商家們喜愛刊登告白的媒體，但因廣告太多，無法一一刊入報紙內，而有了「正張」、「附張」的區別：

> 本館□場極廣，故各寶號附登告白，日多一日，致報紙不敷刊登，然本館取價雖廉，既荷惠顧亦何忍檳而不納，致辜雅意。今議自九月初一起，加添附張一頁，以副雅顧，願登告白諸君不妨預先掛號。

> 各寶號惠登告白均喜刊在正張，不願刊在附張，此恆情也。今本館特出心裁，設一新法，必使人人不能不看附張，是則雖在附張，亦與正張無異。〔註80〕

以上兩則可以看出李伯元的經營之道，廣告既然爲收入的重要來源之一，當然是多多益善，卻也明白商家的心理：「均喜刊在正張，不願刊在附張」，因而想盡辦法要讓讀者也不忘附張的存在，於是「設一新法，必使人人不能不看附張」，雖然並未明說要用什麼方法來吸引讀者，但很可能是將投函用紙放在附張之中〔註81〕，這樣一來讀者必須保留投函用紙，不會輕易丟棄它，便能使附張發揮它應有的廣告效果。後來李伯元甚至有「代客排印各項傳單、招帖、章程」的創新服務〔註82〕，並可以將這些廣告隨《世界繁華報》附送，

〔註79〕　〈投函有益　本館告白〉：「本館凡遇外□投函無不照錄，故凡新開占舖以及□才之士，因本報而得聲名四播者甚眾，推及觀劇看花、各種荐函亦莫非代人增長聲譽，間作笑謔，亦足以□睡遣悶，惟事涉挟□猥褻者不登，此佈。」（《世界繁華報》，1901年6月24日，第79號）可見李伯元向讀者說明投荐函的好處：「得聲名四播」、「代人增長聲譽，間作笑謔」，希望讀者踴躍投函。

〔註80〕　〈本館特別告白〉，《世界繁華報》，1901年10月8日，第185號。

〔註81〕　〈本館告白〉：「本館因告白雲屯，故暫將論前投函格紙除去，俟初一起添印附張再爲排入，日內諸君如欲投函，即請另紙繕寄可也。此佈。」見《世界繁華報》，1901年10月10日，第187號。

〔註82〕　〈本館精印各項傳單招帖告白〉：「本館首創爲梨園刊布傳單，故今年梨園生意爲各行之冠，各行亦均照辦，無不均受其益□，本館精益求精，特備大小鉛字、精選花邊，代客排印各項傳單、招帖、章程等件，并可代爲隨報附送，欲印者請來面議可也。此布。」（《世界繁華報》，1902年1月31日，第300號）其中由「首創」二字，可推測當時應該尚無報紙特爲商家排印廣告。

等於不僅爲商家印廣告傳單，連其日後的發放銷路也一併考慮進去，而這項舉動也使《世界繁華報》與上海商家的互動關係更爲密切、頻繁。

第三節　遊戲場與趣味性娛樂新聞

　　除了前文所討論的《游戲報》呈現的西方娛樂事物外，該報中的娛樂新聞實則是更多面向的。首先《游戲報》以妓女、優伶爲報導主體，自然充斥著捧妓評優的各種新聞，不僅有提供眾多上海妓女的介紹，例如：該報「特飭訪事人將上海所有長三書寓，各校書姓氏里居逐一抄錄齊全，排列爲表」，由於篇幅有限，因而逐日登載在報紙上，並且註明某弄第幾家字樣，十分詳細，「至於調頭搬場更隨時更正此佈」，當妓女搬離居處也都立即更正，好讓尋芳客能夠按圖索驥，這是屬於當時文人冶遊性質的娛樂〔註83〕；還有每日在報紙上刊登當晚要搬演的戲目，像是著名的丹桂茶園、天仙茶園、桂仙茶園等都在《游戲報》刊登廣告，提供讀者關於戲園的演出情況，包括劇目、名角（主演人）等等〔註84〕，這是中國傳統戲曲的娛樂。此外，尚有〈上海英界茶坊表〉〔註85〕、〈上海英界烟間表〉〔註86〕等爲品茶者、吸鴉片煙者所提供的娛樂指南，可見上海的娛樂事業已經發展到一個鼎盛的階段，需要有報紙來傳遞娛樂消息。

一、娛樂新聞

　　特別是《游戲報》也運用一些手法來增添娛樂新聞的趣味性，如〈茶樓小令〉：

> 英租界茶樓最多，其中之甚著者，如四海昇平樓、鳳來閣、引鳳樓、三元同慶樓、百花樓、滬江第一樓、青蓮閣、風月樓、長春樓、得意樓、五層樓、鵬飛白雲樓、玉壺春、一洞天、碧露春、樂也樓、

〔註83〕〈本報按日排印海上羣芳姓氏里居表告白〉，《游戲報》，1897 年 8 月 12 日，第 50 號。

〔註84〕〈觀劇須知〉一則云：「各梨園既不抄送戲目登報，觀劇者咸稱不便，故本館特飭訪事人按日照牌抄錄，茲將今晚戲目擇錄於後」（《游戲報》，1900 年 2 月 5 日，第 930 號），之後幾天都有《游戲報》所抄錄的當日劇目，可見其劇目提供讀者訊息確有實際的功用。

〔註85〕〈上海英界茶坊表〉，《游戲報》，1897 年 8 月 11 日，第 49 號。

〔註86〕〈上海英界烟間表〉，《游戲報》，1897 年 8 月 14 日，第 52 號。

龍泉樓等。有觀樂詞人集成〈鷓鴣天〉一闋，極巧合有趣，詞云：「四海昇平引鳳來，三元同慶百花開。滬江第一青蓮閣，風月長春得意回。金鳳闕，玉龍台，五層樓峙白雲隈。玉壺春向洞天買，碧露龍泉樂也該。」〔註87〕

這則〈茶樓小令〉與其說是娛樂新聞，倒不如說是一則娛樂指南，其目的在介紹英租界裡的茶樓給讀者知道，可以發現英租界茶樓之多，甚至只引「其中之甚著者」，就有十七家之多，經由觀樂詞人寫成〈鷓鴣天〉一闋，頗為朗朗上口，比起單純羅列出茶樓之名更加有趣，且讓人印象深刻。由此可以發現透過報紙將訊息的重新編輯，讓娛樂信息傳布於讀者之間，當讀者有消閒時間的時候，或許就能想到這些娛樂訊息，進而前往該地從事娛樂活動、排遣一天的時間，因而對娛樂事業的推動有著不容小覷的助益。

又如白雲詞人的〈海上黃鶯兒詞〉：「海上最繁華，望迷離，眼欲花，條條馬路東西扠。鋼絲馬車，皮篷馬車，風馳電捲行來快。路三叉，華洋巡捕，持棍往來查。（其一）」〔註88〕、山陰蓬萊舊樵的〈海上青樓黃鶯兒詞〉：「游興一時誇，並嬌娃，坐馬車，偎紅倚翠乘良夜。滿目繁華，滿耳諨譁，御風足算人間快。怕回家，花天酒地，便是好生涯。（其五）」〔註89〕等一系列的俚語歌謠，呈現的則是海上繁華的娛樂氛圍，正如同李伯元〈本館遷居四馬路說〉所說的：「中國通商各埠之熱鬧，以上海為最」，而上海的最繁華的地方又以四馬路為最，因為四馬路上的茶樹、烟寮、書場、戲館林立如雲，「曲室洞房，康衢大道，電燈、自來火照耀幾同白晝，車如流水，馬如游龍，男女往來絡繹似織」，令到上海的遊人們，無不感到「目迷五色，意醉魂銷」，就算是有萬恨千愁也消磨於無形了，親見海上繁華「一夕所費不知幾千百萬」，真可說是「中國絕大游戲之場也」。〔註90〕由於上海租界裡商業興盛而繁榮，各式各樣的茶樹、烟寮、書場、戲館林立如雲，既能滿足物質消費的需要，又充滿著各式的娛樂可供遊玩，自從有了電燈引進上海，晚上就成為最好的消遣、娛樂時間，可以去冶遊、觀劇、聽書、遊園，亦能看西式煙火、馬戲、影戲，無怪乎能被李伯元視為一個「中國絕大游戲之場」。筆者認為這裡的「游戲之場」，即意謂娛樂場所，正呼應著《游戲報》命名之由來。

〔註87〕〈茶樓小令〉，《游戲報》，1897年9月15日，第84號。
〔註88〕〈海上黃鶯兒詞〉，《游戲報》，1897年8月22日，第60號。
〔註89〕〈海上青樓黃鶯兒詞〉，《游戲報》，1897年8月27日，第65號。
〔註90〕〈本館遷居四馬路說〉，《游戲報》，1897年10月2日，第101號。

　　值得注意的是，《游戲報》雖然扮演了實際推動娛樂事業的角色，但對於「消閒」、「娛樂」的詮釋和演繹卻沒有專篇的文章，只能從一些隻字片語去發現李伯元的實際想法〔註91〕。而關於這一點，筆者認爲亦可以從《游戲報》的命名作爲探討的起點，例如1899年的上海春賽第三誌：

> 本報以游戲命名，故每屆跑馬採訪極詳，雖足饜閱者之目，而自主人視之則悉係照例之事，故今日惟將最要者節錄一二則，餘皆置之不錄也。蓋擇之貴精，正不必以多爲貴耳，特標其目曰賽新聞。〔註92〕

自1850年始，西人每年春秋兩季在跑馬廳舉行大賽，吸引了大量中外男女前往觀看，看賽馬成爲上海人的一項新的盛大娛樂活動〔註93〕。並且，在賽馬會即將展開前會有數十天的廣告，直到賽馬當天也有相關的報導，西人賽馬會通常會舉行三天，此則新聞就是這一系列賽馬相關報導的最後一則，標題爲「賽新聞」。由此可知李伯元很清楚他的辦報理念：「本報以游戲命名，故每屆跑馬採訪極詳」，就是要將上海的娛樂盛事加以報導、介紹給讀者知道，以滿足讀者的好奇心理；加上李伯元所說的「中國絕大游戲之場」的概念，可以推測李伯元對於「消閒」、「娛樂」的看法，實際上就是反映在他辦的報紙當中：即在娛樂場中傳遞各種娛樂消息，換句話說，人們是需要娛樂來排遣生活的，也因此娛樂報紙才能得以生存。因此，《游戲報》的本意除了李伯元所要強調的諷刺寓意，本質仍是提供一種娛樂消遣，以輕鬆、趣味爲其新聞導向。

　　像是在賽馬新聞裡，李伯元所報導的就是賽馬場上的趣事，關於這點從1899年的上海春賽第一誌的標目即可看出：〈天公做美〉、〈賽馬計數〉、〈車行減色〉、〈綺陌生輝〉、〈路遇情人〉、〈一對小姘頭〉、〈馬車過癮〉、〈翻車〉、〈搶扇〉、〈流氓搶賭臺〉、〈光頭落水〉、〈亡羊失雞〉〔註94〕，其中有紀錄當天的天氣狀況、賽馬馬匹數目，以及周邊場景：妓女觀賽馬、揭露緋聞、在馬車中過煙癮、翻車搶扇的意外事件、賭賽馬卻被流氓搶、看台擁擠和尚與人吵

〔註91〕詳見第三章談「推動娛樂事業的辦報理念」。

〔註92〕〈賽新聞〉，《游戲報》，1899年5月5日，第666號。

〔註93〕關於晚清時期上海租界裡的賽馬活動，可參看熊月之：《上海通史》第六卷，頁580～586；夏曉虹：〈晚清上海賽馬軼話〉，《尋根》雜誌（2001年第5期），頁94～102。

〔註94〕〈西曆一千八百九十九年上海春賽第一誌〉，《游戲報》，1899年5月3日，第664號。

架後跌入水中，以及跑馬之際羊群、雞群正好走散，鄉人追逐的滑稽場面。由此可推測，閱讀這些賽馬新聞的人不限於文人圈，它的受眾範圍極為廣大，雖然這些文章是由文人所撰寫的，但由於其用字較為淺白俚俗、內容逗趣，對於這些娛樂新聞，適合的對象可以是文人，亦可以是稍通文字的一般市民。

馬光仁指出晚清的娛樂報紙有三項特點：「一、它是新聞紙，以傳播新聞信息及其評介為主要任務，雖然所報導的不一定是當時的重大時事；二、比一般報紙較重視消息的有趣味或消息表述的趣味性……；三、篇首評論絕少書卷氣的說教，常有文藝佳構」〔註95〕，由賽馬新聞來看，《游戲報》雖是以「賽馬」這個娛樂盛事為報導主題，但所紀錄的卻多是周邊瑣碎的趣事，該報導更重視的是「消息的有趣味」，或採取諧謔筆法增加「消息表述的趣味性」，藉此吸引讀者目光。此外，李伯元首創「一論八消息，標題四對仗」的模式，即每日報紙至少有一篇較長篇幅的首論和八則簡短的新聞，八則簡短新聞的標題要兩兩相對，而成為四組對聯，其選擇刊出的新聞著重趣味性，就連敘述手法也要是「遣詞必新，命題皆偶」，讓讀者亦能在讀報中感到新鮮〔註96〕。

此外，班雅明（Walter Benjamin）曾針對現代報紙的專欄說明其特性，可作為娛樂小報的註解：

> 這些信息條目只需很小的空間，使得報紙的面貌每天各異的不是政治專欄，而是這些條目。它聰明地使每一頁都顯得豐富多彩而又各不相同，這是報紙魅力的一部份。這些條目必須不斷地填滿，市井閒話、桃色新聞以及「值得了解的事情」是它一般的來源。它們本身易得、精巧，非常符合專欄的特點。〔註97〕

如此看來，《游戲報》中「一論八消息」的新聞內容的確是「使每一頁都顯得豐富多彩而又各不相同」，在每日八則簡短的新聞中多是「市井閒話、桃色新聞」，以及娛樂新聞，而當讀者隨便翻開一張報紙，這樣生動的對仗式標題立

〔註95〕 馬光仁主編：《上海新聞史（1850～1949）》（上海市：復旦大學出版社，1996年），頁147～148。

〔註96〕 馬光仁主編：《上海新聞史（1850～1949）》，頁152～153。如1899年4月1日，第632號的篇目：〈論鴇婦作惡〉、〈上古異聞〉、〈中華大局〉、〈公堂懲淫餘誌〉、〈妓院還債新談〉、〈忘帶便章〉、〈預愁漂賬〉、〈能騎赤兔〉、〈不醉烏龜〉，即是「一論八消息，標題四對仗」的模式。

〔註97〕 班雅明（Walter Benjamin）著／張旭東，魏文生譯：《發達資本主義時代的抒情詩人：論波特萊爾》（台北市：臉譜出版、城邦文化發行，2002年），頁85。

即就能博得讀者的歡心〔註98〕。並且，這與之後李伯元所創辦《世界繁華報》分欄目的辦報趨勢吻合〔註99〕，不僅方便讀者閱讀，在每個欄目之中，提供的是不停變換的新信息，著重點在於新聞的趣味性，在讀者眼裡報紙的吸引力很可能不在於嚴肅的政治話題（即使有也是抱持著輕鬆諧謔的態度看待政治）〔註100〕，而在符合市民口味，既生活化又通俗化，且與消遣、娛樂相關。

二、上海無雙譜

　　娛樂小報上的新鮮事層出不窮，而常由小報鼻祖李伯元標新立異，如他曾在《世界繁華報》中首創徵文選輯成書一事，其〈新編上海無雙譜章程〉云：

> 本館仿無雙譜例而推廣之，輯爲《上海無雙譜》一書，無論爲官爲商，爲士爲民，或開闢一事，或獨有專長，一律收錄，茲酌擬章程列後：一現在官宦中有能開創一事爲民利賴者入選。一商統工藝而言，上自洋行公司、銀行票據，下迄肩挑叫賣之流，或興一利，或精一藝者入選。一士有工中外古今各項學問，雕蟲小技但精一藝者入選。一各項人民，上自官商紳富，下逮倡優隸卒，容止作爲有一異於人者入選。一以上各項均徵收荐函，無論入選與否，自明日起一例次第刊入報端，以一個月爲期，截止後逐加評騭，以定去留，然後分門分類，編輯成書，流傳久遠。〔註101〕

〔註98〕范伯群曾說《游戲報》：「且標題醒目，活用了中國傳統章回體的對仗，……讀者隨便翻開一張報紙，這樣生動的對仗式標題就能博得讀者的歡心。……他的辦報方針是以市民趣味爲指向，以迎合社會生態爲指歸，迎合、靠攏、緊貼是建立現代化的文化市場的一種策略。」見氏著：《中國現代通俗文學史（插圖本）》，頁63。

〔註99〕李伯元另創的《世界繁華報》（1901）的欄目眾多，該報並以此爲特色，如〈上海《世界繁華報》告白〉所云：「本報首列評林、諷林兩門，或詩或詞，義取諷諫。次本館論說、藝文志。次翻譯新聞、最新電報、滑稽列傳、時事嬉談、野史、地理志、利園日記、鼓吹錄、海上看花記、北里志、侍兒小名錄、食貨志、群芳譜等名目。……殿以文苑、雜俎、來函雜登，五花八門諸體悉備，洵稱報界中之特色。」見薛正興主編：《李伯元全集（五）》，頁150。

〔註100〕余芳珍認爲雖然李伯元自述「借游戲之說，以隱寓勸懲」爲其辦報旨趣，但是這種以諷喻時事，寓針砭於嬉樂之中的內容，卻也無形中擴大了消閒式閱讀概念的影響力。見氏著：〈閱書消永日：良友圖書與近代消閒閱讀習慣〉，《思與言》第43卷第3期（2005年9月），頁264。

〔註101〕〈新編上海無雙譜章程〉，《世界繁華報》，1901年12月5日，第243號。

可見《上海無雙譜》的內容包羅萬象，沒有階級貴賤之分，主要收錄上海的時人、時事事蹟，尤其書名以「無雙譜」為號召，勢必要「或開闢一事，或獨有專長」，也就是要有特殊、獨到之處才可刊登，而來函的文字有時則趨向趣味、推薦的意味，以下列出幾例：

　　○德律風通信之便，可入無雙譜。　問信人。

　　○麥家圈綺園烟間之烟最佳，老癮頭趨之若鶩，可稱烟間中之巨擘。
　　　餐霞舊侶。

　　○老晉隆品海香烟銷場最大，味道極高，可入無雙譜。　吞烟吐霧
　　　人。

　　○法界救火，水龍其射出之水，高出五層樓上，可入無雙譜。　觀
　　　救火人。〔註102〕

上面四則皆與上海的西方事物、娛樂事業有關，由讀者自行推薦介紹娛樂、新奇事物，或許更有說服力，並且文字淺白、通俗易懂，深得讀者的喜愛，眾多荐函中甚至有稱讚李伯元所辦的《世界繁華報》為小報之冠：

　　○繁華報上之能言能語，為各小報之冠，可入無雙譜。　玩月生荐。

　　○貴報無雙譜一格，戛戛獨造，為他報所無，宜入無雙譜。　海上
　　　報館林立，其借以品花評月者，亦各一格，然究無如貴報之有趣
　　　味　主人手筆宜入無雙譜。□一子。〔註103〕

自從李伯元創辦《游戲報》，引起滬上開辦娛樂小報的熱潮，「一時靡然從風，效顰者踵相接也」，對此現象李伯元頗不以為然，說道：「何善步趨而不知變哉？」於是將《游戲報》報館盤給別人，「遂設《繁華報》，別樹一幟。一紙風行，千言日試，雖滑稽玩世之文，而識者咸推重之」〔註104〕，由此可見李

〔註102〕引文分別見〈上海無雙譜　來函三誌〉，《世界繁華報》，1901年12月8日，第246號；〈上海無雙譜　來函五誌〉，《世界繁華報》，1901年12月10日，第248號。

〔註103〕引文分別見〈上海無雙譜　來函七誌〉，《世界繁華報》，1901年12月12日，第250號；〈上海無雙譜　來函八誌〉，《世界繁華報》，1901年12月13日，第251號。

〔註104〕周桂笙說：「昔南亭亭長李伯元徵君，創《游戲報》，一時靡然從風，效顰者踵相接也。南亭乃喟然曰：何善步趨而不知變哉？遂設《繁華報》，別樹一幟。一紙風行，千言日試，雖滑稽玩世之文，而識者咸推重之。」見魏紹昌編：《李伯元研究資料》（上海：上海古籍出版社，1980年），頁12。

伯元在當時的報界已佔有一席之地，並且在《世界繁華報》中勇於嘗試各種創新手法，如「貴報無雙譜一格，戛戛獨造」所云；另一方面娛樂小報群中不乏是妓女、優伶的新聞，這位讀者卻說「究無如貴報之有趣味」、「主人手筆宜入無雙譜」，可見除了題材的趣味性外，執筆者的撰文功力也在此展現〔註105〕，正因爲李伯元的善於創新、注重趣味，才得以在小報界居於領先地位。特別是，若由李伯元自己稱讚自己的報館特色，難免有自賣自誇之嫌，但由讀者主動來函，更能印證《世界繁華報》在當時風行的盛況。

〔註105〕 洪煜認爲：「小報敘事方式同大報不一樣，大報記事，往往平鋪直敘，面孔嚴肅；而小報活潑有趣，在其新聞或故事中使用了大量的諷刺幽默、冷嘲熱諷、皮裡陽秋之類的話語，能激發起讀者的興趣，而這類敘事風格及話語表達不是一般文人可以熟稔駕馭的。」見氏著：《近代上海小報與市民文化研究（1897～1937）》（上海：上海書店出版社，2007 年），頁 126。

第六章　結論：作爲「一日暢銷書」的
上海小報

　　晚清報刊是近代以來的新式媒體，它不僅是提供人們豐富的信息來源與知識來源，也有效地改變著城市人的生活方式，特別是「報章媒體」有著巨大的擴散效應，對於娛樂事業的推動、日常生活方式的改變起了極大的作用，而報刊中關於消閒、娛樂的新聞亦是讓讀者們最易接受的文化信息。而李伯元創辦的《游戲報》、《世界繁華報》在晚清風靡一時，其以趣味、娛樂爲中心的內容，完全適應了十里洋場市民精神文化生活的需要，是和以享樂爲中心的市民物質生活相對應的，因此有著廣泛的社會基礎，受到讀者的熱烈喜愛。

　　經由本論文第二章的背景介紹，可以發現李伯元創辦《游戲報》的成功，勢必有承襲前人辦報的一些經驗，特別是《申報》的成功對他影響深遠，他站在大報已有的基礎模式上，又加上自己的調整、變化，由此奠定了小報的三大特色，其一是以「諷喻人世」爲其報刊宗旨；其二是以消遣趣味爲主要的內容；其三創造了晚清小報的編排方式，因此能被後世稱爲小報的始祖。而當時晚清朝廷之黑暗，國事日艱，以及租界中的新聞言論自由，都是促使李伯元可以用「痛哭流涕之筆，寫嬉笑怒罵之文」〔註1〕，藉由遊戲筆墨來諷

〔註1〕 1906 年吳趼人寫〈李伯元傳〉云：「夙抱大志，俯仰不凡，懷匡救之才，而恥於趨附，故當世無知者，遂以痛哭流涕之筆，寫嬉笑怒罵之文，創爲《游戲報》，爲我國報界闢一別裁……」，見魏紹昌編：《李伯元研究資料》（上海：上海古籍出版社，1980 年），頁 10。

刺朝廷、時事的原因，如〈老爺王八蛋糊裏糊塗〉一則即有強烈的鬧劇精神〔註2〕；並且隨著維新報刊受到社會看重，報刊文人的地位有一定的提升，小報文人多與大報、政論性報刊關係密切，在社會上也開始多少發揮其影響力；而在小說文學方面的影響，像是配合狎邪小說的娛樂指南用途，還有官場、時事的譴責小說連載出刊，「每一脫稿，莫不受世人之歡迎，坊賈甚有以他人所撰之小說，假君名以出版者，其見重於社會可想矣」〔註3〕，在譴責小說受到讀者歡迎的同時，亦不可忽略的是：《世界繁華報》正是最初讓諷刺時事的譴責小說大為風行的主要媒介。

　　並且，娛樂小報中總是不斷地介紹各種娛樂事物，而這些娛樂訊息的雜然紛呈，可說是間接地推動了上海的娛樂事業，因為有報紙傳播的力量讓人們更容易獲得娛樂資訊，進而有機會去從事這些娛樂活動；並且娛樂小報也將消閒、娛樂進一步地合理化，強調讀者有追求娛樂的正當性，或是點出閱讀小報是排遣消愁的最佳方式，這些論述無疑是重新為市民詮釋消閒、娛樂的種種方式，並且在小報媒體的推波助瀾之下，讓娛樂似乎不再背負沈重的逸樂罪名，而消閒活動（甚至是閱報活動）則逐漸成為市民日常生活的一部份。

　　接著第三章主要是討論李伯元創辦小報的理念及目的。從 1896 到 1911年的十幾年中，是晚清上海報刊極度蓬勃發展的時期，政論性報刊急遽增多，維新派、革命派報刊蜂湧而起，在這股浪潮下，李伯元另闢蹊徑，自行創辦小報，有一部份原因是為了維持生計，如鄭逸梅就曾說：「海上文人，薈莘蔚莘。我輩操觚為活者，當推我佛山人以及南亭亭長等為先進。」接著又說：「時海上尚無小報梓行，伯元首創《游戲報》，以揄揚風雅。《游戲報》有諧文，

〔註2〕 〈老爺王八蛋糊裏糊塗〉，《游戲報》，1897 年 11 月 9 日，第 139 號。

　　　該文云：「常州武進縣某令係科甲出身，尚不脫書生本色，其於案情審斷不甚了了。有鄉民某甲之田為某乙侵佔，就田地上起造房屋，某力爭不勝，以致涉訟。……謂甲曰：『田固是爾之田，然渠房屋業已造好，勢難拆毀，令其償爾數百元便可了案，不必爭也。』甲曰：『此係祖產，斷難捨去。』令強其具結，甲不服。令曰：『凡事總貴和息，前年中日交戰皇上家以若大臺灣尚且讓與日本，爾區區田地，何至倔強如此。』甲怫然曰：『大老爺公堂之上可能割據其半，為小人酣睡地乎？』令大怒拍案，罵曰：『王八蛋。』甲應曰：『大老爺。』令連罵王八蛋，甲亦連應大老爺不止，聞之者為之譁然失笑云。」實是「以痛哭流涕之筆，寫嬉笑怒罵之文」的典型例子。

〔註3〕 吳趼人〈李伯元傳〉（原載 1906 年 11 月《月月小說》第一年第三號），見魏紹昌編：《李伯元研究資料》，頁 10。

有笑話，有花史，足以傾靡社會。於是冠裳之輩、貨殖者流，莫不以批閱一紙《游戲報》爲無上時麾，南亭亭長李伯元，名乃大噪。」〔註4〕由此可見《游戲報》確實已在上海報界佔有一席之地，擁有眾多的市民讀者群，成爲一份商業性營利報紙。

再者，李伯元所建立的兩種辦報理念，即「隱寓勸懲」的辦報觀、推動娛樂事業的辦報觀，這或許正是吸引讀者閱報的主因，既不用背負沈重的逸樂罪名，又能從中得到娛樂、消遣，符合當時文人與市民的實際需要；然而，在這之中推動娛樂事業觀的成份似乎佔了更多，因爲同爲小報主筆者吳趼人即對其小報生涯感到無限的悔恨，他於 1902 年寫文章說自己辦小報的經歷：「回思五六年中，主持各小報筆政，實爲我進步之大阻力；五六年光陰遂虛擲於此。吳趼人哭。（悔之晚矣，焉能不哭。）」〔註5〕若是隱寓勸懲的辦報理念真的達到效果，那麼吳趼人應該不會悔不當初，也不會認爲辦小報是件虛擲光陰的事情〔註6〕。

至於第四章是探討李伯元藉由花榜選舉及花榜的副產品（如：蕊宮花選〔註7〕、徵刻名花小傳、妓女照片小影等其他有關花榜的活動），不斷製造花榜的話題性，由此可以想見「花榜選舉」的效益與商機應是無可限量。並且，讀者們紛紛來函投書、發表意見，或是妓女主動刊登廣告、招攬生意，都顯示《游戲報》已是一個被公眾認同的交流平台，特別是李伯元在花榜選舉進行的過程中，逐漸形塑出《游戲報》身爲媒體的影響力，雖然李伯元曾自云

〔註4〕 我佛山人指吳趼人、南亭亭長指李伯元。見魏紹昌編：《李伯元研究資料》，頁 22。

〔註5〕 吳趼人自云：「上海有所謂小報者，如《游戲報》、《采風報》、《繁華報》、《消閒報》、《笑林報》、《奇新報》、《寓言報》等是也。吳趼人初裏《消閒報》，繼辦《采風報》，又辦《奇新報》，辛丑九月又辦《寓言報》，至壬寅二月辭寓言主人而歸，閉門謝客，暝然僵臥。回思五六年中，主持各小報筆政，實爲我進步之大阻力；五六年光陰遂虛擲於此。吳趼人哭。（悔之晚矣，焉能不哭。）」見魏紹昌編：《吳趼人研究資料》（上海：上海古籍出版社，1980 年），頁 270。

〔註6〕 1906 年《月月小說》第一年第一號的《《月月小說》序》，吳趼人亦曾發出感嘆：「嗚呼！吾有涯之生，已過半矣。負此歲月，負此精神，不能爲社會盡一分之義務，徒播弄此墨床筆架，爲嬉笑怒罵之文章，以供談笑之資料，毋亦攬鬚眉而一慚也夫！」由此可以看出吳趼人身爲一個創作者及編輯者所背負的社會責任感及使命感。見陳平原、夏曉虹編：《二十世紀中國小說理論資料（第一卷）》（北京：北京大學出版社，1997 年），頁 186～188。

〔註7〕 參見日本學者樽本照雄〈游戲主人選定「庚子蕊宮花選」——花榜と花選〉，收入於《清末小說研究》（第 5 號，1981 年），頁 502～512。

要以秉持公正為目標，但實際上仍可見到李伯元掌控媒體輿論，並建立自身名譽、威信的那一面。

若從《游戲報》是一份商業性營利報紙的觀點來看，更可以推論出以下看法：即《游戲報》將上海妓業的存在合理化，藉此作為該小報以妓女報導為主軸的立足點，並且在妓女新聞中將「上海名妓」塑造成當時時尚與消費的一種符號，基本上妓女的一舉一動是可以經過包裝、美化，成為一則新聞，然後被登載於報紙上進行販賣；而妓女在《游戲報》、《世界繁華報》等小報媒體的公共空間形象也是由執筆者（文人）所決定的，無論是捧妓之作，還是貶抑之詞，說穿了仍是茶餘飯後的消遣品，正符合平民大眾對上海妓女的窺探欲望，而這樣的作法更使得晚清的青樓文化徹底地走入大眾消費市場，上海妓女透過媒體傳播的力量更加地被廣為人知，這種模式成為日後「明星文化」的開端，這或許也是晚清另一種現代性的展現。

並且，第四章還有探討《游戲報》中的妓女書寫，可以發現李伯元等晚清文人對晚清妓業其實有著某種「秦淮想像」，在明末清初時期秦淮河畔的妓業最為蓬勃，與文人之間有許多旖旎戀曲，當時才色品藝兼具的名妓亦不可勝數〔註8〕；相較於現實中上海租界的法律不願意禁娼〔註9〕，並給予妓女相當程度的自由空間，以致上海妓女與文人較多是商業性質的買賣關係，多數妓女也非有才藝的名妓，然而文人卻謬以風雅，大開花榜，卻又何嘗不自知是虛妄之舉？今昔對比之下，進而讓文人的妓女書寫產生了自我矛盾的感情：既在妓女小傳中美化妓女，亦將自身不遇之經驗加以投射；又於妓女新聞裡冷嘲熱諷，並不時透露對秦淮妓女的緬懷，述說現今妓女多為庸脂俗粉；大肆宣傳花榜選舉之餘，亦偶有告誡尋芳客妓女無情，於歡場之中得多加留意的文章。再者，《游戲報》中的妓女書寫經常有過渡美化、誇張渲染的成分，以致於未必能由這些妓女書寫看出妓女完全真實的面貌，但這些不同的妓女形象卻意外反映出晚清文人的錯綜複雜心態。此外，最值得注意的是文人在

〔註8〕 關於南京秦淮妓業興盛情況，可參見大木康：《秦淮風月——中國遊里空間》（台北：聯經出版，2007年），該書已有重要研究成果。

〔註9〕 馬陵合指出：「租界初闢時，租界當局竟以開招稅源為由公然應允妓院營業，開徵『營業稅』，捕房裡特設管理妓女的『花捐班』。1906年前，花捐一直是租界當局的主要財政收入來源。」由於可向娼戶收取數量可觀的捐稅，妓業在租界地區即為合法行業。見氏著：〈流民與上海租界社會〉，收入汪暉、余國良編：《上海：城市、社會與文化》（香港：中文大學出版社，1998年），頁50～51。

小報中書寫妓女，也可說是一種遊戲與權力的雙重進行，這些看似遊戲筆墨的文章，實則是文人建立自信與權力的途徑。在小報中妓女的形象是由文人來掌控，文人進而取得主導地位；而妓女則需要靠小報自我宣傳，讓自己聲名大噪，換得更高的地位，二者有更直接的利害關係，各取所需。如此看來，在這《游戲報》場域中，文人再度居於上位，小報則成為文人重建權力、維生的方法。

　　最後第五章探討《游戲報》、《世界繁華報》中的西方事物、娛樂新聞等內容，可以發現李伯元身處充斥西方物質的租界，其所辦的小報亦具有濃厚的現代性，西洋新奇事物的介紹更是層出不窮，這些新事物的雜然紛呈，無疑重新為市民詮釋娛樂、消閒的種種方式，例如：晚上可以去觀看西式煙火綻放，或是精彩難得一見的馬戲團表演，以及平常可以去番菜館品嚐西菜，或以新式腳踏車為代步工具等等。有趣的是，李伯元在報導、介紹西方事物的時候，莫不以「新奇」為主軸，反映了時人不僅樂於接受西洋事物，又喜愛追新流行的情況。並且，娛樂小報對於新認知的傳輸功能也是極為重要，例如《游戲報》中報導「美國影戲」的文章就為當時的讀者建構他們對西方世界的認知／想像，這也可以說是一種另類的文化啟蒙〔註10〕。

　　此外，值得注意的是《游戲報》首以娛樂報紙的身份出現，其刊載的娛樂新聞、廣告就是在推動上海娛樂事業，因為當時《申報》之類的大報少有娛樂廣告的刊登，有時只以新聞報導的方式呈現，每日最常在《申報》登載的娛樂信息多是戲園當天演出的劇目而已。然而，《游戲報》則有所不同，提供愚園、張園放煙火的廣告在此發佈，還有馬戲廣告、影戲廣告、番菜館廣告、腳踏車廣告、洋煙廣告、跑馬廣告、茶樓廣告、書場廣告、妓女廣告、戲園廣告等等不勝枚舉，稍晚的《世界繁華報》亦是如此。而李伯元也懂得掌握市場潮流，經常針對廣告上的娛樂事物寫一些報導或文章，這正是呼應著市民生活的需要，而其隱含的商業意識亦在這些文章展現，並且透過這些

〔註10〕此外，學者范伯群曾提出「通俗能啟蒙」的主張，即通俗文學也能在大眾中發揮啟蒙作用，例如晚清譴責小說作家的作品即扮演著啟迪蒙昧的先頭部隊的角色。而這一點或許亦能與《游戲報》透過報導馬戲、影戲、腳踏車、番菜館等西方娛樂事物，使讀者增廣見聞，儼然具有文化啟蒙的實際功用作一相互參照。詳見氏著：〈通俗文學的文化啟蒙與文化傳承〉，收入梅家玲主編：《文化啟蒙與知識生產：跨領域的視野》（台北：麥田出版，2006年），頁195～212。

娛樂新聞卻也意外地考察出李伯元另一種推動娛樂事業的辦報理念，加上其報紙內容的善於創新、注重趣味，又以消遣、娛樂為主要趨向，似乎更能體現《游戲報》為娛樂小報的本質。

筆者以李伯元最具代表性的娛樂小報為主題研究，幾乎是仔細地看過每日的報紙內容，從這些瑣碎的資料裡面試圖找尋其中的意義，這是以往研究者較少實際去做的，但由於本論文僅以十幾萬餘字的論述成為一本碩士論文，且每一章都以「問題」作為討論的出發點，因此內容上難以將小報上發生的事件全部面面俱到，其中仍有一些事件是值得再去深究的，像是李伯元除了大開花榜選舉，還有舉辦妓女花塚的活動〔註11〕，這也是《游戲報》上的一件大事，但受限於論文整體的論述只好暫且省略不談；又或者是李伯元曾與日本的一些文人（像是永井禾原、小田切富卿、山根立庵彪、牧放浪卷次郎等人）頗有交情，彼此經常吟詩唱和〔註12〕，而李伯元的《游戲報》也在日本文人圈中大受歡迎，這些文化傳播活動也應做一番考察。另外，李伯元與當時報界文人（如：袁祖志、吳趼人、孫玉聲、高太痴、歐陽鉅源、周病鴛等）的交友、來往情況也是筆者頗感興趣的論題，皆有待日後進一步研究。

另外，本論文作為第一本專論，最主要的貢獻就是重新發現了李伯元的辦報理念，以及他的報刊具有的現代性意義。學者王德威曾對晚清的現代性格作了很有啟發性的闡發與詮釋：「被壓抑的現代性」亦泛指晚清、五四及三〇年代以來，種種不入（主）流的文藝實驗，如果文學作品不感時憂國，或者是吶喊徬徨，便被視為無足可觀。〔註13〕筆者認為《游戲報》即具有「被壓抑的現代性」的特質，從上海新聞史的發展來看，小報無疑地代表了另一

〔註11〕劉文昭〈李伯元瓜豆園雅集〉說：「他又創議妓女募款建『花塚』，在靜安寺附近購地一方，專作無主芳魂埋骨之所，同時就配合此舉，在報上廣徵詩文，編輯《玉鉤集》，並授意他同伴病紅山人龐樹柏和茂苑惜秋生歐陽鉅源合著《玉鉤痕傳奇》十齣，記敘建置『花塚』的始末，渲染得十分熱鬧。實際上這也是李伯元在當時辦報的一種手腕。」（原載於 1962 年 10 月 15 日，香港《大公報》），見魏紹昌編：《李伯元研究資料》，頁 59～60；關於花塚的購置始末亦可參看陳無我：《老上海三十年見聞錄》（上海：上海書局，1997 年），頁 106～128。

〔註12〕詳見薛正興主編：《李伯元全集（五）》（南京：江蘇古籍出版社，1997 年），頁 2～3。

〔註13〕參見王德威著，宋偉杰譯：《被壓抑的現代性：晚清小說新論》（台北：麥田出版，2003 年），頁 25～26。

個全新消閒閱讀市場的開發，不論是在各個方面都能更貼近民眾生活的脈動，既生活化又通俗化，且與消遣、娛樂相關，讀者對於小報往往是「寄其深情，愛不釋手」〔註14〕，成為名副其實的「一日暢銷書」，可見其具有濃厚的商業性質；另一方面，因《游戲報》所刊登的這些不登大雅的遊戲文章，必須藉由不斷強調「隱寓勸懲」而來掩飾其推動娛樂事業觀和商業營利目的，才能擴展《游戲報》在社會上的影響力，進而獲得更多閱報讀者的認同，在充斥維新啟蒙、國族主義論述的晚清中國，無意中展現了其「被壓抑的現代性」的報刊特質。

〔註14〕 吳趼人《近十年之怪現狀》第九回：「不知凡是看新聞紙的人，無非看看第一張幾條專電及緊要新聞罷了。那第二張以後的各省新聞、本埠新聞，除非認真閒暇無事，才拿他當閒書小說看看；有事關心的，或者看看本埠新聞。」（收入《吳趼人全集》第三冊，哈爾濱：北方文藝出版社，1998年，頁355）；另外，趙君豪《中國近代之報業》說：「小報唯一之特質，厥為每一新聞，皆具有若干趣味，而所得之材料，又顯然與大報不同，故讀報者寧願匆匆翻閱大報，略省一日間重要之事件，獨於小報，寄其深情，愛不釋手，於以見小報能把握一般人之心理也。」（收於《民國叢書》，上海：上海書店，1990年）上面兩則引文可以發現當時大報對於一般人而言只是「拿他當閒書小說看看」，隨手匆匆翻閱重要事件而已，但對於小報卻是「寄其深情，愛不釋手」，只因「小報能把握一般人之心理」，更貼近市民的日常生活。

徵引及參考資料

一、文本及資料叢編

1. 上海申報館編：《申報》（1872～1949），上海：上海書店，1982 年。

2. 《點石齋畫報》，揚州：江蘇廣陵古籍刻印社，1997 年。

3. 《字林滬報》微卷資料，上海：字林滬報出版社，1882 年～1899 年。

4. 《新聞報》微卷資料，上海：新聞報出版社，1893 年～1949 年。

5. 《游戲報》微卷資料，1897 年 8 月～1908 年 7 月。

6. 《消閒報》微卷資料，1897 年～1899 年 6 月。

7. 《采風報》微卷資料，1898 年 7 月 12 月～1900 年 10 月。

8. 《笑林報》微卷資料，1901 年 4 月～1910 年 5 月。

9. 《世界繁華報》微卷資料，1901 年～1907 年。

10. 《寓言報》微卷資料，1901 年 3 月～1905 年 3 月。

11. 〈李伯元研究資料目錄〉，《清末小説研究》第 5 號，1981 年，頁 558～581。

12. 上海通社編輯：《上海研究資料》，上海：上海書店，1992 年。

13. 包天笑：《釧影樓回憶錄》，台北：龍文出版社，1990 年。

14. 申報館編：《最近之五十年》，台北縣永和市：文海出版社，2001 年。

15. 余 懷：《板橋雜記》，收入《香豔叢書》，台北市：古亭出版，1969 年影印本。

16. 吳趼人：《二十年目睹之怪現狀》，台北市：博遠出版，1987 年。

17. ———：《近十年之怪現狀》，收入《吳趼人全集》第三冊，哈爾濱：北方文藝出版社，1998 年。

18. 李伯元：《文明小史》，台北市：博遠出版，1987 年。

19. ———主編：《繡像小說》，上海：商務印書館，1903～1906 年。

20. 李維清編著，吳健熙標點：《上海鄉土志》（原 1907 年在上海出版，著易堂印製），上海：上海古籍出版社，1989 年。

21. 胡祥翰著，吳健熙標點：《上海小志》（原 1930 年由上海傳經堂書店鉛印出版），上海：上海古籍出版社，1989 年。

22. 孫玉聲（海上漱石生）：《海上繁華夢》，上海：上海古籍出版社，1991 年。

23. ———：《退醒廬筆記》上下卷，台北縣永和鎮：文海出版社，1972 年。

24. 孫寶瑄：《忘山廬日記》，上海：上海古籍出版社，1983 年。

25. 張春帆（漱六山房）：《九尾龜》，台北市：博遠出版，1987 年。

26. 尊聞閣主人編，吳友如繪圖：《申江勝景圖》，台北：廣文書局，1981 年。

27. 葛元煦：《滬遊雜記》，上海：上海古籍出版社，1989 年。

28. 滬上游戲主編：《海上游戲圖說》，清光緒二十四年（1898 年），上海石印巾箱本。

29. 薛正興主編：《李伯元全集》，南京：江蘇古籍出版社，1997 年。

30. 韓邦慶，張愛玲註譯：國語版《海上花》，台北：皇冠出版社，1983 年。

31. 韓邦慶：《海上花列傳》，台北：三民書局，1998 年。

32. 魏紹昌：《晚清四大小說家》，台北：臺灣商務印書館，1993 年。

33. ———編：《吳趼人研究資料》，上海：上海古籍出版社，1980 年。

34. ———編：《李伯元研究資料》，上海：上海古籍出版社，1980 年。

二、研究專著

1. C atherine Vance Yeh（葉凱蒂）, Shanghai Love: Courtesans, Intellectuals, and Entertainment Culture, 1850～1910.University of Washington Press, 2006.

2. 于醒民：《上海 1862》，台北：雲龍出版社，1999 年。

3. 大木康：《秦淮風月——中國遊里空間》，台北：聯經出版，2007 年。

4. 小濱正子著，葛濤譯：《近代上海的公共性與國家》，上海：上海古籍出版社，2003 年。

5. 中國古典文學研究會主編：《文學與傳播的關係》，台北市：台灣學生書局，1995 年。

6. 戈公振：《中國報學史》，收於《民國叢書》，上海：上海書店，1990 年。

7. 方漢奇：《中國近代報刊史》上、下冊，太原：山西人民出版社，1981 年。

8. ───主編：《中國新聞事業通史》，北京市：中國人民大學，1992 年。

9. 毛文芳：《物、性別、觀看──明末清初文化書寫新論》，台北：學生書局，2001 年。

10. 王日根：《明清民間社會的秩序》，長沙：岳麓書社，2003 年。

11. 王書奴：《中國娼妓史》，上海市：上海書店，1992 年。

12. 王德威：《小說中國──晚清到當代的中文小說》，台北：麥田出版，1993 年。

13. ───：《想像中國的方法》，北京市：生活‧讀書‧新知三聯書店，1998 年。

14. ───著，宋偉杰譯：《被壓抑的現代性：晚清小說新論》，台北：麥田出版，2003 年。

15. 史梅定：《追憶──近代上海圖史》，上海：上海古籍出版社，1996 年。

16. 布勞岱爾（Fernand Braudel）著、顧良等譯：《十五世紀至十八世紀的物質文明》第 1 卷，北京：生活、讀書、新知三聯書店，1992 年。

17. 安克強（Christian Henriot）著，袁燮銘、夏俊霞譯：《上海妓女：19～20 世紀中國的賣淫與性》，上海：上海古籍出版社，2004 年。

18. 朱　英：《商業革命中的文化變遷──近代上海商人與海派文化》，武漢：華中理工大學出版社，1996 年。

19. 何金蘭：《文學社會學》，台北：桂冠圖書，1989 年。

20. 佐藤慎一著，劉岳兵譯：《近代中國的知識份子與文明》，南京：江蘇人民出版社，2006 年。

21. 佚　名：《老上海見聞》，台北，廣文書局，1986 年。

22. 吳友如：《清末浮世繪：《點石齋畫報》精選集》，台北：遠流出版社，2005 年。

23. 吳圳義：《清末上海租界社會》，台北：文史哲出版社，1978 年。

24. 呂芳上主編：《近代中國的婦女與國家（1600～1950）》台北，中研院近史所，2003 年。

25. 李　楠：《晚清、民國時期上海小報研究──一種綜合的文化文學考察（插圖本）》，北京：人民文學出版社，2006 年。

26. 李又寧、張玉法編著：《中國婦女史論文集》，台北，臺灣商務印書館，1981 年。

27. ───、───著：《中國婦女史論集》，台北，臺灣商務印書館，1988 年。

28. 李仁淵：《晚清的新式傳播媒體與知識分子：以報刊出版為中心的討論》，台北縣板橋市：稻鄉出版社，2005 年。

29. 李文海：《世紀之交的晚清社會》，北京：中國人民大學出版社，1995 年。

30. 李孝悌：《中國的城市生活》，台北：聯經出版社，2005 年。

31. ———：《戀戀紅塵：中國的城市、欲望與生活》，台北：一方出版社，2002 年。

32. 李長莉：《中國人的生活方式：從傳統到近代》，成都：四川人民出版社，2008 年。

33. ———：《晚清上海社會的變遷——生活與倫理的近代化》，天津：天津出版社，2002 年。

34. 李政茂：《傳播學》，台北市：時報文化，1982 年。

35. 李瑞騰：《晚清文學思想論》，台北：漢光文化事業股份有限公司，1992 年。

36. 李歐梵：《上海摩登》，香港：牛津大學出版社，2000 年。

37. ———：《現代性的追求：李歐梵文化評論精選集》，台北：麥田出版，1996 年。

38. 李澤強（Littlejohn, S. W.）著，程之行譯：《傳播理論》，台北市：遠流出版社，1993 年。

39. 汪　暉、余國良編：《上海：城市、社會與文化》，香港：中文大學出版社，1998 年。

40. 汪仲賢撰文，許曉霞繪圖：《上海俗語圖說》，上海：上海書店，1999 年。

41. 忻　平：《從上海發現歷史——現代化進程中的上海人及社會生活》，上海：人民出版社，1996 年。

42. 卓南生：《中國近代報業發展史》，北京：中國社會科學出版社，2002 年。

43. 周　蕾：《婦女與中國現代性：東西方之間閱讀記》，台北：麥田出版，1995 年。

44. 孟兆臣：《中國近代小報史》，北京：社會科學文獻出版社，2005 年。

45. 武　舟：《中國娼妓史》，湖南：文藝出版社，1993 年。

46. 邵　雍：《中國近代妓女史》，上海：上海人民出版社，2005 年。

47. 阿　英：《晚清文藝報刊述略》，上海：古典文學出版社，1958 年。

48. 侯運華：《晚清狹邪小說新論》，開封市：河南大學出版社，2005 年。

49. 哈伯瑪斯著，曹衛東等譯：《公共領域的結構轉型》，台北：聯經出版公司，2002 年。

50. 姜　進、李德英主編：《近代中國城市與大眾文化》，北京：新星出版社，2008 年。

51. 姜龍飛：《上海租界百年》，上海：文匯出版社，2008 年。

52. 姚公鶴：《上海閒話》，上海：上海古籍出版社，1989年。

53. 姚福申、管志華：《中國報紙副刊學》，上海：上海人民出版社，2007年。

54. 星野克美著，黃恆正譯：《符號社會的消費》，台北：遠流出版社，1988年。

55. 洪　煜：《近代上海小報與市民文化研究（1897～1937）》，上海：上海書店，2007年。

56. 胡道靜：《上海新聞事業之中的發展》，收於《民國叢書》，上海：上海書店，1990年。

57. 范伯群：《中國現代通俗文學史（插圖本）》，北京：北京大學出版社，2007年。

58. 唐振常、沈恆春等主編：《上海史》，上海：上海人民出版社，1989年。

59. 唐振常：《近代上海繁華錄》，台北：商務印書館，1993年。

60. 埃斯卡皮（Robert Escarpit）著，葉淑燕譯：《文學社會學》，台北市：遠流出版社，1990年。

61. 夏曉虹：《返回現場——晚清人物尋蹤》，南昌：江西教育出版社，2002年。

62. ──────：《晚清上海片影》，上海：上海古籍出版社，2009年。

63. ──────：《晚清女性與近代中國》，北京：北京大學出版社，2005年。

64. ──────：《晚清文人婦女觀》，北京：知識出版社，1995年。

65. 孫燕京：《晚清社會風尚研究》，台北：知書房，2004年。

66. 班雅明（Walter Benjamin）著，張旭東，魏文生譯：《發達資本主義時代的抒情詩人：論波特萊爾》，台北市：臉譜出版、城邦文化發行，2002年。

67. 秦紹德：《上海近代報刊史略》，上海：復旦大學出版社，1993年。

68. 袁　進：《中國小說的近代變革》，北京：中國社會科學出版社，1992年。

69. ──────：《中國文學的近代變革》，桂林：廣西師範大學出版社，2006年。

70. 袁昶超：《中國報業小史》，香港：新聞天地出版社，1957年。

71. 馬光仁主編：《上海新聞史（1850～1949）》，上海：復旦大學出版社，1996年。

72. 馬泰・卡林內斯庫（Matei Calinescu），顧愛彬、李瑞華譯：《現代性的五副面孔》，北京：商務印書館，2002年。

73. 張　偉等編著：《老上海地圖》，上海：上海畫報，2001年。

74. 張仲禮：《近代上海城市研究》，上海：上海人民出版社，1990年。

75. 郭廷以：《近代中國的變局》，台北：聯經出版社，1987年。

76. 郭延禮：《中國近代文學發展史》，濟南：山東教育出版社，1990 年。

77. 陳三井：《近代中國變局下的上海》，台北：東大出版社，1996 年。

78. 陳平原、王德威、商偉編：《晚明與晚清：歷史傳承與文化創新》，武漢：湖北教育出版社，2001 年。

79. 陳平原、夏曉虹編：《二十世紀中國小說理論資料（第一卷）》，北京：北京大學出版社，1997 年。

80. ───、───編注：《圖像晚清》，天津：百花文藝出版社，2001 年。

81. 陳玉申：《晚清報業史》，濟南：山東畫報出版社，2003 年。

82. 陳伯海、袁進主編：《上海近代文學史》，上海：上海人民出版社，1993 年。

83. 陳伯熙編著：《上海軼事大觀》，上海：上海書店，2000 年。

84. 陳東原：《中國婦女生活史》，台北，臺灣商務印書館，1970 年 10 月台三版。

85. 陳國明，陳雪華著：《傳播學概論》，台北市：巨流出版社，2005 年。

86. 陳無我：《老上海三十年見聞錄》，上海：上海書店，1997 年。

87. 陶慕寧：《青樓文學與中國文化》：北京：東方出版社，1993 年。

88. 游鑑明主編：《近代中國的婦女與社會（1600~1950）》，台北，中研院近史所，2003 年。

89. 程麗紅：《清代報人研究》，北京：社會科學文獻出版社，2008 年。

90. 費正清（John King Fairbank）編，中國社會科學院歷史研究所編譯室譯：《劍橋中國晚清史：1800～1911》，北京：中國社會科學出版社，1985 年。

91. 賀　蕭（Gail B. Hershatter）著，韓敏中、盛寧譯：《危險的愉悅：二十世紀上海的娼妓問題與現代性》，南京：江蘇人民出版社，2003 年。

92. 葉中強：《從想像到現場──都市文化的社會生態研究》，上海：學林出版社，2005 年。

93. 賈　明：《現代性語境中的大眾文化》，上海：上海人民出版社，2007 年。

94. 賈樹枚主編：《上海新聞志》，上海：上海社會科學院出版社，2000 年。

95. 蒯世勛：《上海公共租界史稿》，上海：上海人民出版社，1980 年。

96. 熊月之、高綱博文：《透視老上海》，上海：上海社會科學院出版社，2004 年。

97. 熊月之、張　敏：《上海通史‧晚清文化》，上海：上海人民出版社，1999 年。

98. 熊月之主編：《老上海名人名事名物大觀》，上海：上海人民出版社，1997 年。

99. 趙君豪：《中國近代之報業》，收於《民國叢書》，上海：上海書店，1990年。

100. 樓嘉軍：《1930～1939 上海城市娛樂研究》，上海：文匯出版社，2008 年。

101. 樂　正：《近代上海人社會心態（1860～1910）》，上海：上海人民出版社，1991 年。

102. 蔣曉麗：《中國近代大眾傳媒與中國近代文學》，成都：巴蜀書社，2005年。

103. 魯　迅：《中國小說史略》，上海：上海古籍出版社，2006 年。

104. 樽本照雄著，陳薇監譯：《清末小說研究集稿》，濟南：齊魯書社，2006年。

105. 盧漢超著，段煉、吳敏、子羽譯：《霓虹燈外──20 世紀初日常生活中的上海》，上海：上海古籍出版社，2004 年。

106. 蕭國亮：《中國娼妓史》，台北：文津出版社，1996 年。

107. 賴光臨：《中國近代報人與報業》，台北：商務印書館，1980 年。

108. ───：《中國新聞傳播史》，台北：三民書局，1978 年。

109. 鮑家麟編著：《中國婦女史論集》，台北，稻鄉出版社，1988 年。

110. ───編著：《中國婦女史論集第三集》，台北，稻鄉出版社，1992 年。

111. ───編著：《中國婦女史論續集》，台北，稻鄉出版社，1991 年。

112. 謝桃坊：《中國市民文學史》，成都：四川人民出版社，1997 年。

113. 謝慶立：《中國早期報紙副刊編輯形態的演變》，北京：學苑出版社，2008年。

114. 羅　鋼、王中忱主編：《消費文化讀本》，北京市：中國社會科學出版，2003 年。

115. 羅久蓉、呂妙芬主編：《近代中國的婦女與文化（1600～1950）》，台北，中研院近史所，2003 年。

116. 羅茲‧墨菲（Murphey, Rhoads）：《上海：現代中國的鑰匙》，上海社會科學院歷史研究所編譯，上海：上海人民出版社，1986 年。

117. 羅蘇文：《上海傳奇──文明嬗變的側影（1553～1949）》，上海：上海人民出版社，2004 年。

118. ───：《女性與近代中國社會》，上海：上海人民出版社，1996 年。

119. ───：《近代上海都市社會與生活》，北京：中華書局，2006 年。

120. ───：《近代上海──都市社會與生活》，北京：中華書局，2006 年。

121. 蘇利萬（Sullivan, Tim O'）著，楊祖珺譯：《傳播及文化研究主要概念》，台北市：遠流出版社，2001 年。

122. 蘇智良：《上海：近代新文明的型態》，上海：上海辭書出版社，2004 年。

123. 顧炳權：《上海歷代竹枝詞》，上海：上海書店，2001 年。

三、單篇論文

1. Catherine Vance Yeh（葉凱蒂），"Entertainment Press and Formation of a New Kind of "Cultural Field": 1896～1920s"，「文化場域與教育視界——晚清——四〇年代國際學術研討會」，台北：台大中文所，2002 年 11 月，頁 1～16。

2. 于佩靈：〈清末的上海圖景——竹枝詞的集體描繪〉，《中極學刊》第四輯，2004 年 12 月，頁 121～145。

3. 方　平：〈清末上海民間報刊與公眾輿論的表達模式〉，《二十一世紀》第 63 期，2001 年，頁 67～75。

4. 王學鈞：〈李伯元的「功名」與選擇〉，《學海》第 6 期，2005 年，頁 77～81。

5. ———：〈李伯元的「豔榜三科」——佚文與傳記〉，《明清小說研究》第 1 期，1998 年，頁 161～179。

6. ———：〈歐陽鉅源與李伯元的兩度合作〉，《明清小說研究》第 1 期，2005 年，頁 140～152。

7. ———：〈魯迅、胡適對李伯元人格與創作的誤解〉，《南京大學學報（哲學、人文科學、社會科學版）》，2003 年第 6 期，頁 117～123。

8. 王鴻泰：〈青樓：中國文化的後花園〉，《當代》第 37 期，1999 年 1 月，頁 16～29。

9. ———：〈青樓名妓與情藝生活——明清間的妓女與文人〉，收錄於熊秉真，呂妙芬主編：《禮教與情慾：前近代中國文化中的後現代性》，台北：中央研究院近代史研究所，1999 年，頁 73～123。

10. 平襟亞：〈上海小報史料〉，《上海地方史資料》，第 5 輯，上海：上海社會科學院出版社，1986 年。

11. 瓦格納（RudolfG. Wagner）著，徐百柯譯：〈進入全球想像圖景：上海的《點石齋畫報》〉，《中國學術》第 8 輯，2001 年 11 月，頁 1～96。

12. 何宏玲：〈《世界繁華報》語境中的《官場現形記》寫作〉，《現代中國‧第八輯》，北京：北京大學出版社，2007 年，頁 125～144。

13. ———：〈《海天鴻雪記》的寫作與新聞媒介〉，《南京師範大大學文學院學報》第 4 期，2000 年 12 月，頁 97～101。

14. ———：〈晚清上海小報與近代小說關係初探〉，《江淮論壇》，2006 年第 1 期，頁 175～179。

15. 余芳珍：〈閱書消永日：良友圖書與近代消閒閱讀習慣〉，《思與言》第 43 卷第 3 期，2005 年 9 月，頁 191～282。

16. 呂文翠：〈巴黎魅影的海上顯相——晚清「域外」小說與地方想像〉，《東華人文學報》第十期，2007 年 1 月，頁 233～260。

17. ───：〈城市記憶與在地意識——談晚清上海冶遊文學〉，收入樊善標、危令敦、黃念欣編：《墨痕深處：文學‧歷史‧記憶論集》，香港：牛津大學，2008 年，頁 18～51。

18. 李　微：〈近代上海電影院與城市公共空間（1908～1937）〉，《檔案與史學》，2004 年第 3 期，頁 25～28。

19. 李孝悌：〈上海近代城市文化中的傳統與現代（1880s～1930s）〉，收入李孝悌：《昨日到城市：近世中國的逸樂與宗教》，台北：聯經出版，2008 年，頁 313～363。

20. 沈史明：〈我國小型報發展簡述〉，中國人民大學新聞系《新聞學論集》編輯組編，《新聞學論集》，7，1983 年。

21. 孟　悅著，李廣益、孟悅譯：〈繁華作為歷史：狂歡與急進的上海 1830～1910〉，收入楊念群主編：《新史學》第 1 卷，北京：中華書局，2007 年，頁 251～295。

22. 邱彥儒：〈紙上花榜——以晚清《游戲報》為例〉，《畢業論文製作‧第九輯》，南投：暨南大學中國語文學系，2008 年，頁 1～16。

23. 范文馨：〈中國新新聞先驅者李寶嘉之傳記與評論研究（A Biographical and Critical Study on Li Pao-chia: The Pioneer of New Journalism in China）〉，《空大人文學報》第 8 期，1999 年 6 月，頁 43～79。

24. ───：〈李寶嘉及其《官場現形記》(Li Pao-Chia and His The Bureaucracy Exposed)〉，《明新學報》第 11 期，1993 年 1 月，頁 205～224。

25. 范伯群：〈通俗文學的文化啟蒙與文化傳承〉，收入梅家玲主編：《文化啟蒙與知識生產：跨領域的視野》，台北：麥田出版，2006 年，頁 195～212。

26. 唐振常：〈市民意識與上海社會〉，汪暉、余國良編：《上海：城市、社會與文化》，香港：香港中文大學出版社，1998 年，頁 91～112。

27. 夏曉虹：〈晚清上海賽馬軼話〉，《尋根》雜誌，2001 年第 5 期，頁 94～102。

28. 徐雅文：〈晚清狹邪小說中的娼妓形象——以風月夢、海上花列傳、海天鴻雪記為探討對象〉，淡江大學中文所主編：《問學集》，第五期，1995 年 9 月。

29. 祝均宙：〈李伯元與《指南報》〉，《圖書館雜誌（雙月刊）》，1990 年第 5 期，頁 55～57。

30. 秦賢次：〈中國報紙副刊的起源與發展〉，《文訊月刊》21 期，1986 年，頁 42～57。

31. 耿巧麗：〈《游戲報》：中國小報的開端〉，《文學教育（上）》，2008 年第 4 期，頁 133。

32. 馬陵合：〈流民與上海租界社會〉，收入汪暉、余國良編：《上海：城市、社會與文化》，香港：中文大學出版社，1998 年，頁 41～55。

33. 馬薇薇：〈《游戲報》娛樂觀研究〉，《學習月刊》，2009 年第 6 期，頁 24～25。

34. 張　純：〈《游戲報》——晚清小說研究資料大發現〉，《明清小說研究》第 3 期，2000 年，頁 214～231。

35. ———：〈訪書偶記 2〉，《清末小説から》第 60 號，2001 年 1 月。

36. ———：〈訪書偶記 3〉，《清末小説から》第 61 號，2001 年 4 月。

37. 張　敏：〈從稿費制度的實行看晚清上海文化市場的發育〉，上海社會科學院歷史研究所主辦，《史林》2001 年第 2 期，頁 86～94。

38. ———：〈晚清上海租界文人職業生活（1843～1900）〉，收入馬長林主編：《租界裡的上海》，上海：上海社會科學院出版社，2003 年，頁 55～70。

39. ———：〈晚清新型文化人研究〉，收入《史林》2000 年第 2 期，上海：上海會科學院出版社，2000 年 5 月。

40. 張世瑛：〈晚清上海西式公園出現後的社會反應〉，《國史館學術集刊》第 14 期，2007 年 12 月，頁 39～96。

41. 許　敏：〈士・娼・優——晚清上海社會生活一瞥〉，收入汪暉，余國良編：《上海：城市、社會與文化》，香港：中文大學出版社，1998 年，頁 113～126。

42. 連玲玲：〈情愛上海：名妓、文人與娛樂文化（Shanghai Love: Courtesans, Intellectuals, and Entertainment Culture）書評〉，收錄到《近代中國婦女史研究》第 15 期，台北：中央研究院近代史研究所，2007 年 12 月，頁 263～273。

43. 陳平原：〈文學史視野中的「報刊研究」〉，收入陳平原主編：《現代中國・第十一輯》，北京：北京大學出版社，2008 年，頁 152～169。

44. 曾佩琳（Paola Zamperini），余芳珍、詹怡娜譯：〈完美圖像——晚清小説中的攝影、慾望與都市現代性〉，收於李孝悌：《中國的城市生活》，台北市：聯經出版，2005 年，頁 451～475。

45. 楊詞萍：〈李伯元《游戲報》中的妓女書寫〉，收入《繼承與超越：國立中央大學文學院研究生第一屆人文中央論壇論文集》，桃園縣中壢市：中央大學文學院，2009 年，頁 177～200。

46. ———：〈消遣與消費——《游戲報》中的花榜與「妓女」報導〉，發表於「第四屆有鳳初鳴——漢學多元化領域之探索」，台北：東吳大學中文系等合辦，2009 年 5 月 26 日，頁 1～19。

47. ──────：〈晚清娛樂小報與消閒閱讀──以《游戲報》爲考察核心〉，發表於「視覺與流變：國立中央大學文學院研究生第二屆人文中央論壇」，桃園縣中壢市：中央大學文學院，2009 年 5 月 8 日，頁 289～308。

48. ──────：〈醒世與玩世之間──論李伯元《游戲報》〉，發表於「物之戀：明清物質文化學術研討會」，南投：國立暨南國際大學中文系與歷史系合辦，2009 年 5 月 2 日，頁 1～27。

49. ──────：〈趨新追奇──《游戲報》中的娛樂與日常生活〉，收入《雲漢學刊》第 18 期，台南：成功大學中國文學系研究生學生會，2009 年 6 月，頁 111～142。

50. 葉凱蒂：〈文化記憶的負擔──晚清上海文人對晚明理想的建構〉，收入陳平原、王德威、商偉編：《晚清與晚明：歷史傳承與文化創新》，武漢：湖北教育出版社，2002 年，頁 53～64。

51. ──────：〈從護花人到知音──清末民初北京文人的文化活動與旦角的明星化〉，陳平原、王德威主編：《北京：都市想像與文化記憶》，北京：北京大學出版社，2005，頁 121～134。

52. ──────：〈清末上海妓女服飾、家具與西洋物質文明的引進〉，《學人》第九輯，江蘇文藝出版社，1996 年 4 月，頁 381～436。

53. 葉曉青：〈上海洋場文人的格調〉，汪暉，余國良編：《上海：城市、社會與文化》，香港：中文大學出版社，1998，頁 127～132。

54. 熊月之：〈上海租界與文化融合〉，收入馬長林主編：《租界裡的上海》，上海：上海社會科學院出版社，2003 年，頁 41～54。

55. ──────：〈張園：晚清上海一個公共空間研究〉，《檔案與史學》，1996 年 6 期，頁 31～42。

56. ──────：〈略論晚清上海新型文化人的產生與匯聚〉，《近代史研究》，1997 年第 4 期，頁 257～272

57. ──────：〈歷史上的上海形象散論〉，《史林》，1996 年第 3 期，頁 139～153。

58. 趙孝萱：〈非聖賢、反英雄的商業才子──近代（1897～1949）報刊文人的世俗性格與遊戲心態〉，《甘肅社會科學》，2004 年第 1 期，頁 19～24。

59. 蔡佩芬：〈想像的社群──《游戲報》中的晚清上海藝文活動〉，《中極學刊》，2007 年 12 月，頁 123～145。

60. 樽本照雄：〈游戲主人選定「庚子蕊宮花選」──花榜と花選〉，《清末小說研究》第 5 號，1981 年，頁 502～512。

61. 戴博元：〈李伯元家世考〉，《清末小說》第 15 號，1992 年 12 月。

62. 羅　崗：〈性別移動與上海流動空間的建構：從《海上花列傳》中的馬車談開去〉，《華東師大學報》，2003 年第 1 期，頁 89～97。

63. 羅蘇文：〈城市文化的商業化與女性社會形象〉，收錄於葉文心等著：《上海百年風華》，台北：躍昇文化出版，2001 年，頁 57～110。

64. ───〈論清末上海都市女裝的演變（1880～1910）〉，收錄到《無聲之聲（Ⅱ）：近代中國的婦女與社會（1600～1950）》，台北：中央研究院近代史研究所，2003 年，頁 109～140。

四、學位論文

1. 王鴻泰：《流動與互動───由明清間城市生活的特性探測公眾場域的開展》，台北：台灣大學歷史學研究所博士論文，1998 年。

2. 朱瑞月：《申報反映下的上海社會變遷 1895～1927》，台北：國立台灣師範大學歷史研究所碩士論文，1990 年。

3. 江昆峰：《《三六九小報》之研究》，台北：銘傳大學應用中國文學系碩士論文，2004 年。

4. 周明華：《李伯元小說、報刊研究》，台北：中國文化大學中國文學研究所碩士論文，1990 年。

5. 周宰嬉：《《文明小史》研究》，台北：國立台灣大學中國文學研究所碩士論文，1984 年。

6. 符馨心：《李伯元及其《文明小史》研究》，台北：輔仁大學中國文學研究所碩士論文，1990 年。

7. 陳上琳：《李伯元《活地獄》研究》，桃園：銘傳大學應用中國文學系碩士論文，2006 年。

8. 陳美玲：《李伯元《官場現形記》研究》，高雄：國立高雄師範中國文學研究所碩士論文，1992 年。

9. 薛　梅：《迷失在「遊戲」與「道德」的糾纏中───李伯元論》，上海：華東師範大學碩士論文，2006 年。

10. 嚴雪櫻：《《官場現形記》與《二十年目睹之怪現狀》比較研究》，台北：國立台灣師範大學國文系碩士論文，2002 年。

附錄一：《游戲報》的現存報紙日期
（原上海圖書館館藏）

第 1 卷（註：此為微卷卷數）

1987 年 8 月 5 日、11 日～20 日、22 日～31 日、9 月 1 日～12 月 12 日（缺：
    9 月 3 日～4 日、10 月 11 日、19 日、21～23 日、25 日）

1898 年 6 月 29 日（第 4 版天窗）、7 月 5 日（第 4 版天窗）、11 日（第 4
    版天窗）、16 日（缺：第 2 版左下角、第 4 版天窗）、8 月 30 日、
    9 月 4 日、16 日～30 日、10 月 1 日～14 日（缺 12 日）、11 月 14
    日、12 月 31 日

1899 年 1 月 1 日～2 日、7 日、20 日、30 日、2 月 2 日、18～21 日、24
    日、26 日、3 月 5 日～9 日、11 日～27 日、29 日～31 日、4 月 1
    日～5 月 25 日（缺：4 月 10 日、17 日、22 日、5 月 8 日～9 日、
    21 日）

第 2 卷

1899 年 5 月 26 日～9 月 4 日（6 月 27 日～7 月 7 日、8 日、8 月 6 日～7
    日略損；附張）

1900 年 2 月 5 日（略損、缺：附張）、11 日（缺：附張）、19 日（缺：附
    張）、6 月 2 日、10 月 17 日、19 日、23 日、27～28 日、31 日（缺：
    本月附張）、11 月 1 日（殘）、4 日、23 日～26 日、29 日～30 日
    （缺：本月附張）、12 月 10 日（缺：附張）、27 日（缺：第 1、4
    版及附張）

1901 年 1 月 9 日（缺：附張）、3 月 26 日（缺：附張）、4 月 8 日（殘）、9 日、15～16 日（缺：本月附張）、6 月 23 日、24 日（缺：本月附張）、7 月 1 日（殘、缺：附張）、11 日（缺：附張）、12 日、11 月 11 日～12 月 15 日

第 3 卷

1901 年 12 月 16 日～1902 年 1 月 20 日（缺：1901 年 12 月 17 日）、22 日～31 日、2 月 1 日～2 日、26 日～29 日、3 月 2 日～9 日、4 月 17 日（缺：附張）、5 月 20～21 日、30 日～31 日、6 月 3 日、6 日～15 日（缺：12 日附張）、17 日～22 日、23 日（缺：附張）、24 日、25 日（缺：附張）、26～30 日（缺：29 日附張）、7 月 1～4 日

1902 年 7 月 6 日、7 日～8 日（缺：附張）、9 日、10 日（缺：附張）、12 日（缺：附張）、31 日、8 月 14 日、23 日（缺：附張）、9 月 5 日（缺：附張）、7 日（缺：附張）、10 月 3 日、5 日、13 日（缺：本月附張）、11 月 3 日、13 日、15 日（缺：本月附張）、12 月 3 日、15 日、22 日～24 日

1903 年 2 月 2 日（缺：附張）、14 日（缺：附張）、15 日、17 日～20 日（缺：附張）、3 月 21 日～22 日（缺：附張）、7 月 9 日（缺：附張）、8 月 16 日（缺：附張）、9 月 15 日（缺：附張）、12 月 27 日（缺：附張）

1904 年 1 月 8 日～9 日、14 日、17 日～31 日（缺：本月附張）

第 4 卷

1904 年 2 月 1 日～10 日（缺：3 日、本月附張）、3 月 15 日（缺：附張）、5 月 31 日（缺：附張）、6 月 1 日（缺：附張）、7 月 6 日、14 日、25 日（缺：本月附張、14 日殘）、8 月 2 日（缺：附張）

1905 年 6 月 24 日

1908 年 7 月 24 日

附錄二：《世界繁華報》的現存報紙日期
（原上海圖書館館藏）

1901 年 6 月 24 日、30 日、9 月 27 日～29 日、10 月 1 日～2 日、5 日～8
　　　日、10 日～11 日、11 月 27 日、29 日～30 日、12 月 4 日～5 日、
　　　7 日～31 日（16 日破損嚴重、28 日天窗、缺：29 日）

1902 年 1 月 1 日、9 日、31 日、7 月 14 日、8 月 1 日、9 月 22 日、10 月
　　　6 日、23 日、25 日、29 日、12 月 14 日

1903 年 2 月 11 日、9 月 11 日、10 月 22 日

1904 年 2 月 23 日、5 月 19 日、21 日、24 日～25 日、12 月 16 日略損

1905 年 3 月 8 日（天窗）

1906 年 3 月 29 日、5 月 23 日、6 月 15 日、3 月 20 日

1907 年 5 月 13 日、10 月 21 日

附錄三：圖片、報影

圖一：李伯元像。（照片引自魏紹昌編《李伯元研究資料》一書，原載於吳
　　　趼人《月月小說》第一年第三號，1906 年 11 月。）

李伯元像

圖二：1897 年 7 月 5 日《游戲報》，第 12 號。（引自阿英《晚清文藝報刊述
　　　略》）

晚清小報縮影

圖三：〈論游戲報之本意〉，揭示了該報的創刊宗旨，登於 1897 年 8 月 25
日《游戲報》，第 63 號。

圖四：1898 年 7 月 12 日《采風報》第 3 號，版面與《游戲報》十分雷同。

圖五：《消閒報》為《字林滬報》所附送，為近代中國最早之副刊。1898 年
1 月 30 日，第 62 號。

圖六：1901 年 3 月 9 日《寓言報》第 5 號，首論是〈論倌人看戲坐馬車之
弊〉，其與《游戲報》的內容主要以上海妓女為報導、討論對象相同。

圖七：1901 年 4 月 2 日《笑林報》第 19 號，右邊告白爲附送小說《仙俠五花劍》一頁。

圖八：《游戲報》的每日皆有八條新聞，不分欄目。1897 年 11 月 12 日，第142 號。

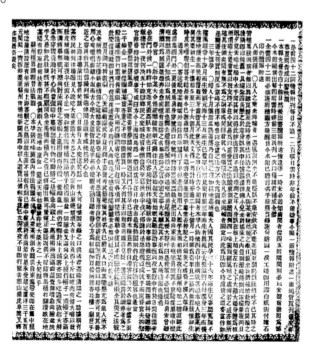

圖九：《世界繁華報》開始有了清楚的分欄版面。1901 年 9 月 28 日，第 175 號。

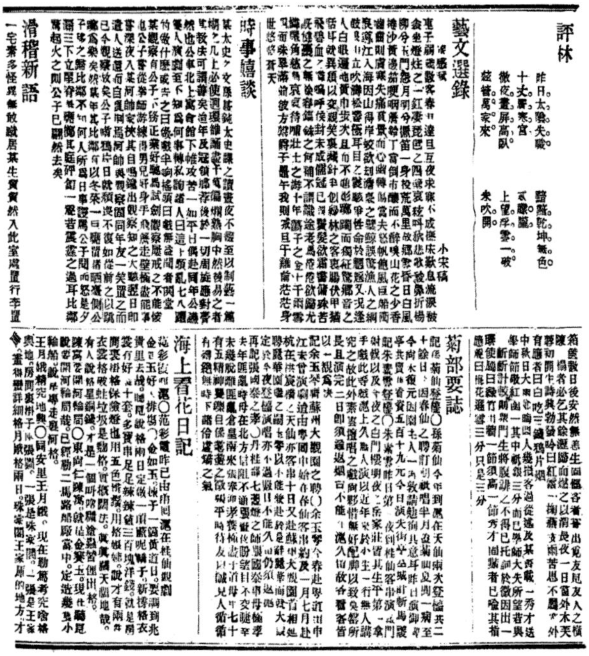

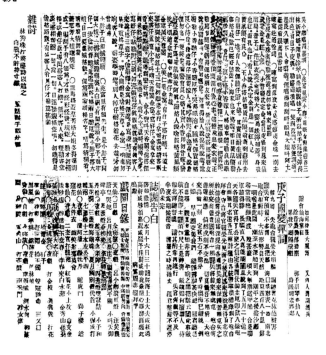

圖十：《世界繁華報》上連載李伯元《庚子變國彈詞》。1901 年 12 月 28 日，第 266 號。

圖十一：「特別來函」是讀者閱讀《官場現形記》後的來信，接著它後面的
　　　　是《官場現形記》的連載專欄。《世界繁華報》，1903 年 10 月 22
　　　　日，第 904 號。

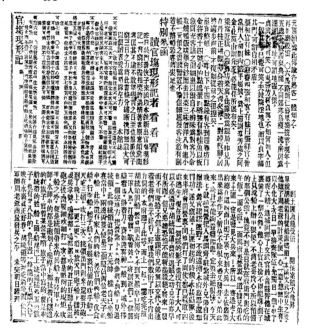

圖十二：1899 年 4 月 30 日《游戲報》第 661 號，有重印丁酉、戊戌兩年《游
　　　　戲報》廣告。

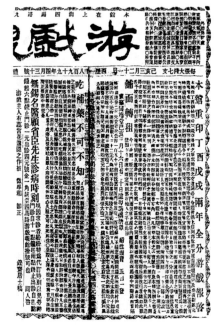

圖十三：1899 年 4 月 1 日《游戲報》第 632 號，附張贈送《鳳雙飛》小說一頁。

圖十四：1901 年 6 月 24 日《世界繁華報》第 79 號，中間花邊方格即爲「投函用紙」。

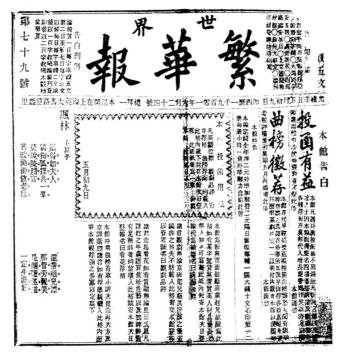

圖十五：1898 年 9 月 30 日《游戲報》第 457 號，在首版右方有「妓女小影專欄」。

圖十六：〈林小紅傳〉，1898 年 9 月 21 日《游戲報》第 448 號，「妓女小傳」擺在《游戲報》最顯眼的地方，可說是當時的頭條新聞。

圖十七：上海妓女於《游戲報》上刊登廣告（見右上角）。1898年4月9日，
第431號。

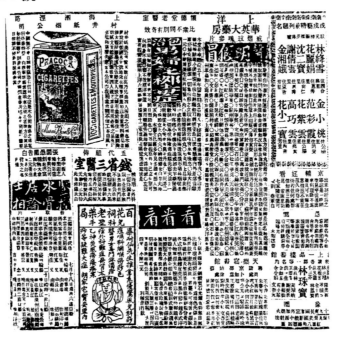

圖十八：1901年9月27日《世界繁華報》第174號，「花叢經濟特科榜」
揭曉名單。

圖十九：娛樂指南性質的〈上海英界烟間表〉，1897 年 8 月 14 日《游戲報》
第 52 號。

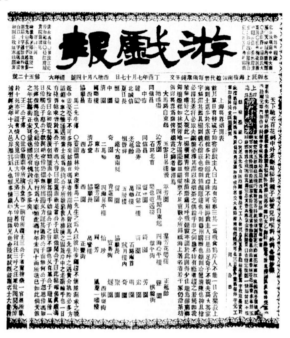

圖二十：〈觀美國影戲記〉，是一篇電影評論，登於 1897 年 9 月 5 日《游戲
報》第 74 號。

圖二十一：《游戲報》上的「馬戲開演」廣告。1899年4月19日，第650
號。

圖二十二：《游戲報》上的腳踏車廣告（放大圖）。1900年11月23日，第
1221號。

圖二十三：《游戲報》上的「強盜牌香煙」廣告（放大圖）。1899 年 8 月 1
日，第 754 號。

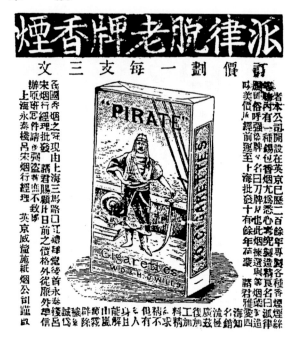

圖二十四：《游戲報》上登了許多娛樂廣告要遊人前往消遣。1899 年 8 月 4
日，第 757 號。

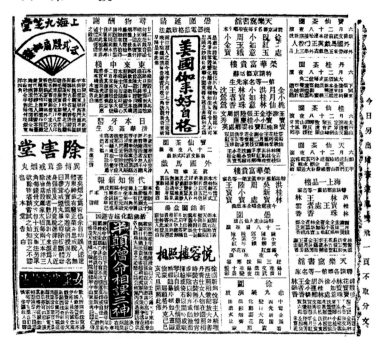

圖二十五：《世界繁華報》首版即放置火爐廣告。1901 年 12 月 17 日，第 255 號。

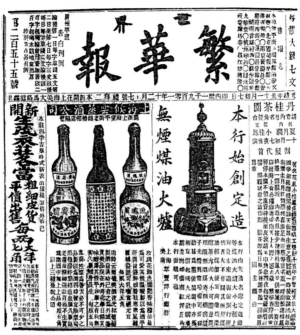

圖二十六：1901 年 12 月 5 日《世界繁華報》，有〈新編上海無雙譜章程〉，向讀者徵文。

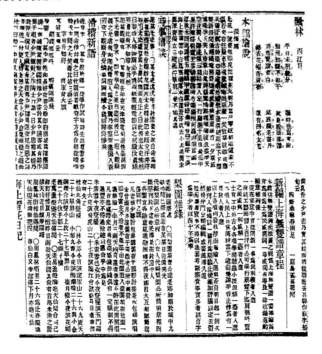

圖二十七：「四大金剛」小像，分別是林黛玉、陸蘭芬、金小寶、張書玉。
　　　　　（圖片引自夏曉虹《晚清上海片影》一書，原載於 1898 年滬上
　　　　　游戲主編《海上游戲圖說》）

林黛玉小像(选自《海上游戏图说》)　　　陆兰芬小像(选自《海上游戏图说》)

金小宝小像(选自《海上游戏图说》)　　　张书玉小像(选自《海上游戏图说》)